ALLES GUTE

Eva Rossmann

Alles Gute

Ein Mira-
Valensky-
Krimi

folio

Lektorat: Joe Rabl

© Folio Verlag Wien • Bozen 2024
Alle Rechte vorbehalten

Umschlaggestaltung: no.parking, Vicenza
Gestaltung Innenteil: Dall'O & Freunde
Druckvorbereitung: Typoplus, Frangart
Printed in Europe

ISBN 978-3-85256-903-1

www.folioverlag.com

E-Book ISBN 978-3-99037-159-6

[1.]

Ich lehne mich an die Mauer und schaue über Graz, die Musik noch immer im Ohr. Ein letzter Hauch Abendlicht auf den Dächern der Altstadt. Der Moment, in dem alles gut ist. Magisch. Ich sehe zu Vesna hinüber. Besser, ich behalte meine Gedanken für mich. Schwärmerische Gefühle sind meiner Freundin eher fremd.

Vesna lächelt. „Es passt", sagt sie.

Rund um uns Menschen, sie sind wie wir in der Pause ins Freie hinaus. Es ist Mitte September, aber die Luft ist lau. Keine aggressive Hitze, sondern gute Wärme, die von den Mauern und Wegen strahlt. Die Kasematten, übrig geblieben von einer mittelalterlichen Burganlage, jetzt einer der schönsten Veranstaltungsorte, die ich kenne.

„Er ist großartig", sagt Vesna. „Und die anderen auch."

Ich nicke.

„Wer hätte das gedacht, vor ein paar Jahren."

„Es gibt eine Menge, was wir uns nicht gedacht haben", murmle ich. Der magische Moment ist vorbei. Aber der Schlossberg, er bleibt. Mit Befestigungsanlage und Uhrturm, vielen hohen Bäumen, kleinen Wegen und nicht ganz so charmanten Gastronomieeinheiten.

Vesna sieht auf die Uhr. „Wir sollten zurück. Man muss sich vorstellen: Tausend Menschen sind gekommen und ich sage dir, das ist erst der Anfang. Es ist Musik, die in den ganzen Körper geht. Und in Seele."

„Sie werden das größte Stadion rocken", spotte ich.

So vieles haben wir schon miteinander erlebt. Wie lange ist es her, dass ich Lifestyle-Journalistin beim „Magazin" war und sie meine Putzfrau? Das Wiener Wort Bedienerin hat Vesna Krajner nie gemocht. „Ich putze anderen Leuten Dreck weg", hat sie gesagt. Drei Jahre alt waren ihre Zwillinge, als sie mit ihnen vor dem Krieg in Jugoslawien nach Österreich geflüchtet ist. Inzwischen gehört ihr ein gut gehendes Reinigungsunternehmen, Fran und Jana haben studiert und jetzt gibt es auch Lilli, ihre heiß geliebte Enkeltochter. Was bleibt? Letztlich sind es Beziehungen. Wie ihre zu Hans. Der jetzt wohl hinter der Bühne auf Teil zwei des großen EverLyn-Konzerts wartet. Ein Rockstar der besonderen Art.

„Was hätte wohl Evelyn …", setze ich an. Ein Mann versperrt uns den Weg. Vesna versucht ihn zur Seite zu schieben.

„Sie müssen mir helfen!" Er sieht sich gehetzt um.

„Keine Zeit", antwortet Vesna. „Mein Mann spielt Konzert."

„Sie … sind vielleicht meine letzte Chance!" Er packt meine Freundin am Oberarm.

Bald geht's weiter. Wie wird man ohne Aufsehen einen Irren los? Vesna versucht es mit einer halben Drehung und einem raschen Schritt zur Seite. Er taumelt, hält sich an mir fest. Durchschnittstyp, mittelgroß, mittelschlank, nicht jung, nicht alt, Brillenträger, braune dichte Haare mit grauem Schimmer. Verrückte haben keine besondere Physiognomie.

„Sie müssen mir helfen! Sie verfolgen mich! Ich lasse mich schon länger nicht mehr in der Öffentlichkeit sehen, ich habe mich zurückgezogen, aber es hat nichts gebracht! Was soll es auch bringen? Die Shitstorms, die bleiben und falsche Beschuldigungen. Dazu die durchstochenen Lisas, die Telefonanrufe. Sie wissen, wo ich bin. Immer."

„Am besten, Sie schalten Computer aus", rät Vesna und setzt sich Richtung Kasematten in Bewegung. „Wir müssen zurück, mein Mann …"

Es gelingt mir nicht, seine Hand abzuschütteln. Er ist kräftiger, als es scheint. „Es gibt auch Drohbriefe, ganz analog, und die Lisas mit dem Messer, und Sachen, die in Verbindung mit meiner verstorbenen Frau stehen, die wissen genau, wer ich bin, wo man mich treffen kann …"

Vesna sieht auf die Uhr und macht mir Zeichen, die ich nicht zu deuten weiß. Weg sind sie, unsere Momente der glücklichen Verbundenheit mit dem Universum, dem Schlossberg, der Musik, dem …

„Lisa hat ein Messer?", fragt Vesna. Immer mehr Menschen, die entspannt schwatzend und gut gelaunt an uns vorbeiströmen. Sie will ihn ablenken. Kapiert. Ich reiße mich los und setze mich auch in Bewegung. Er breitet die Arme aus, flehend. Tappt händeringend neben uns her. Irgendwo müssen doch die von der Security sein. – Wie werden sie mit ihm umgehen? Er ist verzweifelt, so viel ist klar.

„Nicht Lisa! Im Polster, da stecken Messer! Ich weiß es nicht, das ist es ja! Die von der USP, sie sehen mich schon seit meinen Schultagen als Feind! Mit denen ist nicht zu spaßen! Man muss aufhören, sie zu verharmlosen! Vielleicht sind es auch die gierigen Giganten, die Lisa kaufen und missbrauchen wollen!"

Ich schüttle den Kopf. Auch wenn ich davon ausgehe, dass er von der Union der Sozialpatrioten und nicht von USB, der Computerschnittstelle und den dazu passenden Datensticks, redet: Seine Schulzeit liegt sicher dreißig Jahre zurück, da war von dieser Bewegung zum Glück noch lange keine Rede. Ein Psychopath.

„Wer ist Lisa? Wer will sie kaufen und missbrauchen?", ruft Vesna. Rund um uns fröhliches Gedränge.

Zwei Frauen starren uns an. Sie haben offenbar Teile des bizarren Dialogs mitbekommen.

„Wir kennen ihn nicht", versuche ich ihnen zu erklären. Vielleicht finden sie jemanden von den Wachleuten.

Die beiden drücken sich an uns vorbei, es ist klar: Die halten nicht nur ihn, sondern auch uns für Freaks.

„Meine Lisa wünscht alles Gute! Das ist ihr Auftrag! Gegen die Spaltung!"

Die Erklärung macht nichts besser, ganz im Gegenteil.

Vesna wirft einen Blick auf die Uhr, runzelt die Stirn. „Mit Lisa, Sie meinen keine Frau, sondern diese App – kann das sein?"

Er holt tief Luft. „Natürlich. Was sonst. Ich bin Peter Gruber. Ich habe sie erfunden. Das heißt, um ehrlich zu sein, war es Lisa. Meine Nichte. Jedenfalls was die Figur angeht."

Mir dämmert etwas. Ich habe die App. Ich habe sie sogar vor kurzem erst benutzt, um mich wieder mal ganz unverbindlich bei einer Cousine zu melden. Eine Strichfigur, freundliche Kleinkinderzeichnung, runder Kopf mit lächelndem Mund, daran zwei Strichbeine. Daneben der Text „Alles Gute". Man kann das Logo posten und zeigen, dass man an jemanden denkt. Im Guten. „Sie haben die App LISA entwickelt", sage ich.

Er schüttelt den Kopf. „Entwickelt eigentlich nicht, das haben zwei hochbegabte Jungs getan."

„Sie machen Millionen damit. Wenn Sie es wirklich sind", setzt Vesna nach. Wir sind nahe beim Eingang, eigentlich wollten wir noch hinter die Bühne.

„Niemand soll damit reich werden, es geht um ein einfaches Tool für mehr Miteinander! Gegen die Spaltung! Lisa hat die Zeichnung gemacht, um mich zu trösten. Nach dem Tod meiner Frau, nachdem man mich suspendiert hatte. Ich habe die Figur gesehen und mir gedacht: Vielleicht bringt sie mehr als Aufklärung und Fakten und Aktionen, die ohnehin keiner will."

„Und deswegen man verfolgt sie? Und will eine App erstechen?" Vesna weicht einer Gruppe lachender Frauen aus, sie sind wohl alle schon über sechzig, aber ganz taufrisch sind die Musiker von EverLyn auch nicht.

Ich nicke, Vesna hat es auf den Punkt gebracht. Ich will keinen Song verpassen. Wer immer er ist, Gruber oder Hochstapler, der Typ spinnt.

„Nicht die App, das waren Polster. Zum Glück hat Lisa sie am Heimweg nicht gesehen."

„Und wohin ist Ihre Lisa so gegangen?", fragt meine Freundin.

„Na heim. Nach dem Kindergarten."

„Ihre App geht also noch in den Kindergarten."

„Meine Nichte! Die haben nicht nur mich, sondern auch sie bedroht! Ich muss untertauchen, die wollen mich beseitigen! Sie müssen herausfinden, wer dahintersteckt! Sie müssen Lisa beschützen!"

„Jetzt müssen wir zurück ins Konzert", mische ich mich ein.

Vesna nickt. „Wir vereinbaren einen Termin, in Ordnung? Mein Sohn ist IT-Experte, wenn es um die App geht, er kann helfen. Auch wenn ich nicht weiß, wie man App entführt. Ich werde mit ihm reden, vielleicht kann er bei Treffen dabei sein. Dann können wir besser über alles reden."

Peter Gruber schüttelt so heftig den Kopf, dass er mich an eine durchgeknallte Computerspiel-Figur erinnert. Noch drei Sekunden, dann schleudert er seinen Kopf ab und ein neuer …

„Nein! Niemand aus der Branche! Man weiß nicht, was die für Interessen haben! Ob sie mit ihnen gemeinsame Sache machen! Es wird gekauft, bestochen, überall geht es ums Geld und um die Macht und das ist erst der Anfang. Die wollen mich beseitigen, um an Lisa zu kommen!"

Vesna sieht wieder einmal auf die Uhr. „Fünf Minuten. Was ist mit Lisa?"

Jetzt nickt er. Inzwischen ist es dunkel geworden. Menschen, die nach drinnen drängen, dicht an dicht. Irgendwo schlägt eine Glocke. Melodisch. Oder war es ein Handyton? Es ist zu laut, um selbst Glockengeläut eindeutig auszunehmen.

„Ich … war Gymnasiallehrer. Sie haben mich suspendiert. Dabei: Die Parallelen zur Zwischenkriegszeit sind bedrohlich. Noch können wir handeln, gegensteuern, hoffe ich. Aber niemand will die Zeichen der Zeit erkennen. So war das schon damals. Und was ist passiert? Eben. Man weiß nicht, wer schlimmer ist, die Ignoranten oder die Kollaborateure, die ihr Fähnchen nach dem Wind richten, noch bevor er zum Sturm wird."

„Okay", unterbreche ich ihn. „Ich glaube, das wird eine lange Geschichte. Wie wäre es mit einem Drink nach dem Konzert?"

Peter Gruber starrt in die Menschenmenge. „Ich kann nicht so lange bleiben. Es ist zu gefährlich. Es wird Zeit, dass der Westen seine Hochnäsigkeit ablegt! Wir haben die Demokratie nicht gepachtet! Wir sind nicht besser oder klüger als die Menschen in Ländern, in denen schon jetzt Krieg ist. Wer kümmert sich noch um Verständigung? Um Dialog und Kompromiss?"

Es scheint mir nachvollziehbar, dass man ihn von der Schule geworfen hat. Im schlechteren Fall ein Verschwörungstheoretiker der besonderen Art. Im besseren ein besessener Weltretter. Klar gibt es beunruhigende Signale. Aber unsere Welt ist groß und bunt, sieht man gerade heute Abend. Sie lässt sich nicht auf Hetzer und ihre Gefolgsleute reduzieren.

„Keine Zeit für Vortrag. Sie kommen besser zum Punkt. Sie sind der doppelte Onkel: von Lisa, der App, und Lisa, der Nichte", sagt Vesna ungeduldig. Sie bedauert schon, ihm fünf Minuten gegeben zu haben.

„Es geht um die Zusammenhänge! Immer! Verkürzt: Die USP und ihre Freunde in der Regierung haben dafür gesorgt, dass ich freigestellt wurde. Zum Glück hatte ich durch eine Erbschaft ein wenig Geld. Ich brauche nicht viel. Und zum Glück gibt es meine Nichte Lisa. Ohne sie wäre ich an allem, vor allem aber am Tod meiner geliebten Frau, zerbrochen. Sie hat mir die Strichfigur gezeichnet und damit mein Leben verändert."

„Und deswegen ist man jetzt hinter Ihnen her", sagt Vesna trocken.

„Es gibt starke Kräfte, die Interesse an der Spaltung der Gesellschaft haben, die gegen das Miteinander arbeiten, früher hat man es Solidarität genannt, oder auch Nächstenliebe. Und es gibt welche, da macht die Gier vor nichts halt. Für die gibt's nur Geld und Erfolg und Macht. Wenn sie erkennen würden, wohin das führt!"

„Vielleicht es wäre besser, Sie konzentrieren sich auf einen Feind", wirft Vesna ein.

Er lässt sich nicht beirren. „Algorithmen haben keine Moral! Wenn meine App in falschen Händen ist, dann wird sie pervertiert, statt ums Gute geht's um Gewinn, statt um Freude geht's um Datenabzocke! Ich will, dass Menschen etwas ohne Profit und Belohnung tun, einfach anderen eine unschuldige freundliche Figur schicken und alles Gute wünschen, als Zeichen der Verbundenheit, der Gemeinschaft! Das darf nicht verkauft werden! Der Gewinn wird gespendet! Alles nachvollziehbar ... Es war gar nicht gedacht, dass man überhaupt etwas damit verdient, aber das ist passiert ... Das ist nicht zu stoppen ..."

Jemand drängelt durch die Menge, gegen den Strom, nach draußen. Der Schwarm driftet ein wenig auseinander. Unser Psycho zuckt zusammen, sucht nach einer Fluchtmöglichkeit. Hinter uns die Mauer, vor uns die Menschenmasse. Vesna packt ihn, gibt ihm, so gut es geht, Deckung. Ich blende gerne aus, dass sie neben ihrem Reinigungsunternehmen noch einen anderen Erwerbszweig hat. Personenschutz, inzwischen ganz legal, während das Detektivische irgendwo in der Grauzone mitläuft. Auch dabei geht es ums Sauberhalten, sagt sie. Ich versuche mich zu ducken. Ist schwierig, ich bin um einen halben Kopf größer als Vesna. Die Menge spuckt aus, was da konträr unterwegs war.

Der Gesichtsausdruck meiner Freundin wechselt von gespannter Aufmerksamkeit zu freudigem Strahlen. Hans. Ihr Hans. Im Bühnenoutfit, die weißen Haare eher struppig, Jeans, eine Lederjacke, mit der er schon vor einem halben Jahrhundert am Schlagzeug gesessen ist. Damals, als er noch nicht davon ausgegangen ist, dass seine Musikerkarriere von vierzig Jahren Autohandel unterbrochen sein würde.

Er ist bestens gelaunt, wehrt Huldigungen und Autogrammwünsche ab. „Ich muss meine Liebste einfangen", sagt er. „Sonst geht sie mir durch, das macht sie gerne!" Die Leute lachen. Vesna, die immer coole, fast immer kühle Vesna, wirft sich ihm an den Hals, lacht auch. „Dem renn ich nicht davon! Nie!"

Hans küsst sie. „Ihr wolltet vor dem Pausenende vorbeischauen, anstoßen, gleich geht's weiter ..." Er ist aufgekratzt, glücklich. „Sie können gern mitkommen", sagt er zum doppelten Onkel.

Statt Spaltung ganz viel fröhliches Miteinander, vielleicht entspannt das selbst ihn.

Der freilich schaut an Hans vorbei. Schnappt nach Luft, duckt sich. „Ich muss weg! Sofort! Ich … Man kann niemandem mehr trauen, niemandem!"

Hans sieht Vesna fragend an.

„Wir reden am Mittwoch, okay? In ‚Sauber, Reinigungsarbeiten aller Art', in Vesnas Firma", schlage ich vor. Anstoßen mit den Musikern klingt großartig.

„Nein! Das ist viel zu gefährlich!"

„Das ist in Wien!"

„Darum geht's nicht."

„Dann bei ‚Auf die Palme!', der Location im ehemaligen Autohaus US-Speed. 14 Uhr. Da ist niemand. Außer uns."

„Ist meine ehemalige Firma", ergänzt Hans.

Liegt es an ihm, dass Peter Gruber nickt? Jedenfalls scheint er nicht zu wissen, dass Vesnas Unternehmen gleich im Haus dahinter ist. Ob er wirklich kommen wird? Kann mir egal sein, jetzt gibt's einen Backstage-Drink und dann großartige Musik.

Der ehemalige Lehrer starrt mit eingezogenem Kopf an uns vorbei, er fingert ein Kuvert aus der Jackentasche, gibt es Vesna. Er rennt los, den steilen Weg nach unten, touchiert beinahe einen Baum, dann ist er schlossbergabwärts verschwunden.

„Und was war das jetzt?", fragt Hans.

„Der Onkel von zwei Lisas", murmle ich.

Unterdessen hat Vesna das Kuvert geöffnet. Geldscheine. Sie zählt. „Das sind zehntausend Euro. Und ein Zettel, auf dem ‚Anzahlung' steht. Samt Telefonnummer."

[2.]

Unser Kater Vui weicht mir nicht von der Seite, er verfolgt jede meiner Bewegungen mit konzentrierter Aufmerksamkeit. Kein Wunder. Ich stehe in der Küchenzeile unseres weitläufigen Wohnraums. Beim Kochen kann immer etwas abfallen. Und er kennt Methoden, um die Wahrscheinlichkeit zu erhöhen.

In einer halben Stunde wird Oskar heimkommen. Wenn ihn kein zeitraubender Klient daran hindert. Anders als Vesnas Liebster dürfte er bei seinem Beruf bleiben. Er ist Wirtschaftsanwalt. Seine kleine Kanzlei hat einen ausgezeichneten Ruf. Er kann sich seine Klienten aussuchen und er kann es sich leisten, das nicht bloß nach der Höhe des Honorars zu tun. Hans hat sich fürs Abenteuer entschieden. Nicht nur er, auch Vesna wirkt verjüngt. Ein Autohändler, der als Musiker neu durchstartet. Vollgas der anderen Art. Schon lange her, dass wir ihn kennengelernt haben. Im Fall rund um Evelyn war er einer unserer Hauptverdächtigen. In einem Maybach ist er vorgefahren, ist zu dieser Frau in dem abbruchreifen Häuschen, die einmal zu oft Pech gehabt hat. Und doch einst eine vielversprechende Sängerin war. – Ob ich möchte, dass auch Oskar ausbricht? Den Alltag sein lassen … klingt verlockend. Auch wenn ich zugebe, dass ich eher fürs bequeme Leben bin. Und eigentlich genug Aufregung habe. Immer wieder. Herr Anwalt Kellerfreund würde dafür plädieren, dass ich den einen oder anderen gut recherchierten Artikel schreiben und ansonsten einsehen sollte, dass sich die Welt auch ohne meine Einmischung weiterdreht.

Es passt schon, wie es ist. Zumindest im Großen und Ganzen. Und was die schönen Seiten des Lebens angeht, so bietet sich zum Beispiel ein gutes Essen an. Heute Abend werde ich einiges von dem zubereiten, was ich am Grazer Kaiser-Josef-Markt gekauft habe. Regionales. Aus eigener Erzeugung. Ich mag den Dialekt steirischer Marktstandlerinnen. Andere nennen es Gebell, für mich ist es freundlicher Zuspruch. „Käferbohnen" klingt nach Käfern. Aber „Kaeiifabooana", mit vielen genussvoll lang gezogenen Vokalen, das klingt nach Verlockung.

Die dicken dunklen Bohnen, die ich gestern gleich nach meiner Rückkehr eingeweicht habe, köcheln – natürlich ohne Salz, sonst würden sie nie weich – zugedeckt auf dem Herd. Weil sie doch recht üppig sind und Oskar nicht gerade ein Fan von grünem Salat, habe ich mir etwas anderes überlegt: saure Äpfel. Hat Anklänge an die russische Küche. Ich brate fingerdicke Apfelscheiben kurz in einer Pfanne an, beträufle sie mit weißem Balsamico und lasse sie kalt ziehen. Es gibt welche, bei denen ist inzwischen alles Russische tabu. Was kann die gute Küche, was können russischstämmige Menschen, gerade auch Regimegegner, für einen psychopathischen Despoten?

Gegen die Spaltung, für mehr Miteinander. So soll die App von Peter Gruber wirken. Einigermaßen naiv. Auch wenn ich sie selbst verwende. Ganz abgesehen davon, dass es die eine große Spaltung, so als würde ein Land, jedes Land, in der Mitte mit einem Beil durchgehauen, nicht gibt. Stattdessen gibt's viele Konflikte, vielleicht mehr als früher. Und auch Selbstgerechte, die deutlich mehr Möglichkeiten haben, sich zu äußern, als in vergangenen Jahrzehnten. Ich habe vor kurzem eine Soziologin interviewt, die davon ausgeht, dass „die Spaltung der Gesellschaft" ein Konstrukt derer ist, die sie eigentlich befördern wollen. Darüber zu reden schüre Unsicherheit, Angst. Wir alle, oder fast alle, wollen eigentlich Freude, Friede, Eierkuchen – nur eben ein ganz besonders großes Stück davon für uns selbst, hat sie gesagt. Würden wir lernen, mit genug zufrieden zu sein, dann hätten die Spalter ein schweres Leben. Und jene, die wirklich zu wenig haben, die Chance auf mehr. Auch bloß eine These, aber sie hat mir gefallen.

Meiner Chefredakteurin war sie zu sozialromantisch. Sie wollte das mit der Spaltung, die uns von den Hetzern aufs Aug gedrückt werden soll, in den Mittelpunkt stellen. Erinnert mich an einen alten Kinderspruch, habe ich geantwortet: Wer es sagt, der ist es selber! Sie hat mich irritiert angesehen. Sie ist aus der Computer- und Handygeneration. Wir sind als Kinder im Hof herumgetollt und wenn die eine die andere eine „blöde Kuh" geschimpft hat, war es am coolsten zu antworten: „Wer es sagt, ist es selber!" Sam hat gelacht und mir eine Old-School-Anti-Stalking-Kolumne vorgeschlagen. Sie hat Ecco, ein Onlinemedium mit Qualität, aufgebaut und sie hält es ziemlich gut am Laufen. Inzwischen gibt's auch einen europäischen Verbund an Ecco-Ausgaben. Unter anderem in Italien, was mir besonders lieb ist. Allein dafür sollte ich ihr dankbar sein. Ansonsten hat sie eben einen etwas anderen Blick aufs Leben als ich. Um Versöhnliches zu denken. Die Sache mit Gruber, seiner Lisa und seiner Angst wäre eigentlich eine Story, die gut für Ecco passen würde. Vorausgesetzt, ich recherchiere noch einiges nach. Ich bin gespannt, ob Peter Gruber am Mittwoch aufkreuzt. Eine Anzahlung von zehntausend Euro ist ein starkes Indiz dafür.

Vui wummert mir seinen dicken Kopf in die Kniekehle. Ich bin nicht klein, trotzdem braucht er sich dafür nicht zu strecken. Unser weißer Maine-Coon arbeitet in der höchsten Katzenklasse. Gewichts- und größenmäßig. Fast wäre ich eingeknickt. Vor mir am Brett liegt ein zart geräuchertes Schweinsfischerl. Noch so etwas nett Steirisches. Hat nichts mit Fisch zu tun, auch wenn es, mit viel Fantasie, ein wenig so aussieht. Es war der gängige Ausdruck für das Filet vom Schwein. Vor grenzüberschreitendem Fernsehen und Streaming. Kein Grund zu raunzen. Dafür sind neue Wörter zu uns gekommen. Sprache lebt. Trotzdem möchte ich das eine oder andere vor dem Aussterben bewahren. – Ob Peter Gruber das mit dem „Beseitigen" wörtlich gemeint hat? Oder ist er doch in erster Linie ein Neurotiker?

„Die können allerdings auch Todesangst haben", sage ich zu Vui. Er sieht mich unerschrocken mit seinem blauen und seinem braunen Auge an. Was er will, ist eine Kostprobe vom Schweinsfischerl, wie immer ich das Teil auch nenne. Er soll nicht betteln, also ein Kompromiss: Ich schneide zwei Scheibchen für ihn, zwei Scheibchen für mich ab und lege seine in die Futterschüssel. Weil er mir so interessiert beim Denken zuschaut. Sekundenbruchteile später sind die Stücke weg und er sieht mich an, als hätte es sie nie gegeben.

Der Hühnerfond steht bereit, die Burrata lasse ich in einer Schüssel abtropfen. Für dieses Gericht sollte sie zimmerwarm sein. Bis Oskar kommt, könnte ich das eine oder andere im Internet nachsehen. Er hat mir versprochen, etwas über die Stiftung herauszufinden, von der ich auf der Homepage zur LISA gelesen habe. „LISA wünscht ALLES GUTE" heißt die App im Wortlaut. Damit man sie in den App-Stores nicht verwechseln kann. Weil es viele Applikationen gibt, die beliebte Mädchennamen wie Lisa, Lena, Sara oder Mia verwenden. Unter den FAQ wird erklärt, warum man bloß das fixe Logo mit der lächelnden Strichfigur samt dem Text „Alles Gute" verschicken kann: um sicherzugehen, „dass diese einfache Botschaft für ein besseres Miteinander nicht missbraucht oder verfälscht werden kann". Allerdings gibt es sie inzwischen in mehr als fünfzehn Sprachen. Wer möchte, kann ohnehin, je nach Medium, noch etwas dazuschreiben: hängt eben davon ab, ob man via E-Mail oder WhatsApp oder Threema oder TikTok postet. Wie viel verdient man mit so einer App? Der Download kostet einen Euro, ich habe sie geladen und dabei nicht daran gedacht, wie viele es sonst noch tun. Und, ich gebe es zu, ich habe mich auch nicht darum gekümmert, welche Berechtigungen ich dem Anbieter durch den Download erteilt habe. Sollte man tun, das weiß ich von Fran, Vesnas schlauem Sohn.

Im Netz kursieren Gerüchte, Gruber sei längst Multimillionär und habe sich deswegen aus der Öffentlichkeit zurückgezogen. Er sei ein Betrüger, ihm gehe es nicht um Verständnis und Miteinander, sondern ums Geld. Das Logo sei patentiert und jeder, der es nachmache, werde erbarmungslos verklagt. Jetzt, wo so einiges klar werde, entziehe er sich der Kritik. So seien sie eben, die „Eliten", die „uns arbeitende Menschen an der Nase herumführen". Es gibt auch Postings, die radikaler sind. Mit Heuchlern und Hetzern solle man „kurzen Prozess" machen. Ich habe bei weitem nicht alles gelesen, was in den Suchmaschinen aufgepoppt ist. Es tut mir nicht gut zu sehen, wie gewisse Menschen ticken. Und der Erkenntnisgewinn geht gegen null.

Ich öffne die LISA-App auf meinem Smartphone. Viel kann man, können wohl auch die Betreiber, nicht damit anstellen. Ein einfaches Tool, so wie Peter Gruber gesagt hat. Man kann das Logo auf den gewünschten Kommunikations-Kanal laden und wünscht jemandem „Alles Gute", lächelnde Strichfigur inklusive. Ob seine Nichte sie genau so gezeichnet hat? Ist wohl nicht wichtig. Es funktioniert. Sie stimmt fröhlich, freundlich. Wie hat Gruber bei den Kasematten gesagt? Er hat die Zeichnung gesehen und sich gedacht, dass gute Wünsche vielleicht mehr Positives bewirken als mahnende Worte. Ist er ein Heuchler? Der Hinweis in der App, dass man auch Karten, T-Shirts und Polster mit dem LISA-Logo bestellen kann, ist mir bisher entgangen. Ein bisschen Zusatzgeschäft soll also mit all den guten Wünschen doch gemacht werden. Ich suche nach einem Bestell-Button und finde stattdessen den Hinweis: „Ordern können Sie die analogen LISAS über unsere Homepage, niemand soll durch einen schnellen Klick zu einem Einkauf verleitet werden." Zu gut, um wahr zu sein? Vielleicht können die Betreiber durch den Aufruf der Homepage auf andere, auf mehr Daten zugreifen. Ich nehme mir vor, Fran danach zu fragen.

Ein Klick auf meinen App-Store. Die LISA-wünscht-ALLES-GUTE-App wird mit „mehr als 4 Mio. Downloads" ausgewiesen. Macht mehr als vier Millionen Euro. Dazu die Gewinne aus dem Onlineshop – wer immer sich so einen Polster bestellt. Und natürlich die aus den anderen App-Stores. Insgesamt werden es wohl zwischen sechs und acht Millionen Downloads sein. Vorsichtig geschätzt.

Da steht auch etwas zum Thema Datensicherheit: „Die Datenschutz- und Sicherheitspraktiken können je nach Verwendung, Region und Alter des Nutzers variieren. Diese Informationen wurden vom Entwickler zur Verfügung gestellt und können jederzeit von ihm geändert werden." Kurz zusammengefasst: Alles ist möglich, besser, du liest das Kleingedruckte. Da erzählt der App-Store etwas über geteilte Daten, personenbezogene Daten, App-Interaktionen. Und davon, dass die Daten bei der Übertragung verschlüsselt werden. Wer sieht sich so etwas genau an und überlegt, was es bedeutet? Ich bisher nicht. Ohne Interpretation durch unseren Experten Fran würde ich wohl auch nicht schlau daraus. Aufs Erste scheint es, als würde die Lisa-App nicht viel an Daten nutzen, aber so manches ist anders, als es scheint. Als es mir scheint. Datenverkauf. Noch etwas, mit dem Peter Gruber bei Millionen an Downloads verdient haben könnte. Wie viel? Keine Ahnung.

Ich öffne meinen Laptop und bin zehn Minuten später auch nicht klüger. Wie filtere ich aus der Menge an Vorschlägen und Informationen das, was ich brauche? Wenn ich „Gewinn durch Datenverkauf" eingebe, poppen zuallererst Suchergebnisse von Unternehmen auf, die mir erklären, wie ich meinen Gewinn vergrößern kann, wenn ich die richtigen Daten kaufe. Erst deutlich weiter unten gibt's einen Eintrag unter „Die wertvollste Ressource der Welt? Eventuell Daten". Angeblich verdienen die Social-Media-Giganten rund zwei Cent pro Minute genutzter Bildschirmzeit. Und wenn ich mehr als eine halbe Stunde auf ihrer Plattform bin, steigert sich das noch.

Ich seufze. Auch das klingt plausibel, aber ich kann es nicht nachvollziehen. Klar ist wohl: Lisa hat Peter Gruber reich gemacht. Mit oder ohne Datenverkauf. Glücklich scheint er nicht zu sein. Im Gegenteil. Er hat Angst. Oder hat er uns das nur vorgespielt? Um unbehelligt untertauchen zu können? Als Teil eines größeren Plans?

Ich freue mich auf Oskar. Nicht, dass er mehr von Online-Umtrieben versteht, eher im Gegenteil. Aber er denkt so strukturiert. Während mein Gehirn zum Mäandern neigt. Außerdem kann ich mich dann auf die schönen Dinge des Lebens konzentrieren. Wie Kochen und Essen. Ich stehe auf und sehe mich nach Vui um. Wenn er nicht frisst, hat unser Kater zwei Lieblingsplätze: Der eine ist der Korb mit den alten Zeitungen. Der andere ist mein Laptop. Am besten aufgeklappt. Die logische Erklärung ist wohl, dass das Gerät so mehr Wärme abstrahlt. Das mag er. Die andere: Unser Kater ist die Reinkarnation eines Reporters, vielleicht sogar eines Schriftstellers. Ich tendiere zu Egon Erwin Kisch. Oskar zu Kafka. Vui schreibt manchmal geheimnisvolle Botschaften auf dem Laptop. Und er ruht auf bedrucktem Papier. Vielleicht kann er im Schlafen lesen. Seit ein Kollege von Oskar geglaubt hat, wir meinen das ernst, sagen wir immer dazu, dass wir Seelenwanderung trotzdem für eher unwahrscheinlich halten. Obwohl … so wie mich Vui ab und zu ansieht …

Ich finde unseren Kater zwischen Herd und Kühlschrank. Er liegt eingekringelt auf einem Geschirrtuch. Und hofft wohl eher auf Futter als auf geistige Nahrung. Wir sollten recherchieren, welcher Schreiber verfressen war. Welcher bedeutende Schreiber. Weil dass es sich nicht um irgendeinen Provinzjournalisten handeln kann, der in unserem prächtigen Vieh wiederauferstanden ist, darüber sind wir uns einig.

Vui hebt den Kopf, als ich die Kühlschranktür öffne. Zwiebel, Knoblauch, Kren: Daran hat er wenig Interesse. Beleidigt trabt er davon. Mise en Place. Die hat bei unserem letzten Fall eine gewisse Rolle gespielt. Manningers wunderbares Gasthaus „Apfelbaum". Wir sollten wieder mal hin. Zum Hauptgang wird es Safran-Fregola geben. Ich werde diese köstlichen handgerollten Pasta-Kügelchen aus Sardinien wie Risotto zubereiten. Also brauche ich fein geschnittene Zwiebel und etwas Knoblauch. Hühnerfond hatte ich noch im Tiefkühler, ein Rest trockener Weißwein steht auch bereit.

Die Käferbohnen sind inzwischen weich. Wie immer habe ich zu viele gekocht. Die eine Hälfte fülle ich mit ein bisschen

Kochwasser in eine Glasbox. Darüber Salz und ein Spritzer Essig, das konserviert. Ich lege jeweils drei Balsamico-Apfelringe auf große flache Teller und streue die lauwarmen Bohnen darüber. Naturbelassenes Meersalz, Pfeffer, noch etwas vom weißen Balsamico. Das Kürbiskernöl kommt erst vor dem Servieren drauf. Lässt man es zu lange verlaufen, erinnert es doch stark an grünliche Wagenschmiere.

Ich sehe zum Laptop. Und lächle amüsiert. Vui hat seinen Lieblingsplatz bezogen. Vielleicht hat er sogar etwas geschrieben. – Habe ich den Computer deswegen offen gelassen? Wie muss man drauf sein, wenn man schon darauf hofft, dass einem der Kater neue Inspiration bringt? Ich gehe zum Tisch und pflücke unser Tier herunter. Schwer ist er immer. Aber er kann sich noch schwerer machen, wenn er keine Ortsveränderung möchte. Interessiert sehe ich auf den Bildschirm.

Uuuuuuuuuuuuusppp…grrrrrrrrrrrrrrrrrrrrrrrrrrrrrrrrrrr

So klar war er noch selten. Ich kraule Vui zwischen den Ohren. USP. Die Union der Sozialpatrioten. Und grrrrrrrrrrrrrrrrrrrrrr heißt wohl, er mag die auch nicht. Wer weiß, ob diese Partei, die sich als „neue Volksbewegung" bezeichnet, einen Kater mit einem braunen und einem blauen Auge für rassisch einwandfrei hielte. Grrrrrrrrr könnte natürlich auch Gruber bedeuten. Oder alles beide. Vielleicht gar nicht so schlecht, wenn mein Hirn mäandert.

Es gab einen Eklat rund um Peter Gruber, der ursprünglich an mir vorbeigegangen ist. Ich glaube, wir waren damals gerade in Sardinien, im Haus einer lieben Freundin. Auszeit von vielem, auch von der österreichischen Innenpolitik. Wobei die italienische nicht besser ist, nur kriegen wir da weniger mit.

Dass sich der Ex-Geschichtslehrer und Neo-IT-Unternehmer schon vor einiger Zeit aus der Öffentlichkeit zurückgezogen hat, dafür gab es einen Anlass: Er war Gast in einer der bekanntesten deutschen Talkshows. Sie trug den Titel „Was tun gegen die Spaltung der Gesellschaft?". Er wollte seine Lisa-App im besten Licht präsentieren: gute Wünsche als Mittel für ein neues Miteinander. Doch dann hat ihn der Moderator offenbar gefragt, ob er nicht selbst so sehr polarisiert habe, dass man ihn aus dem Schuldienst entlassen musste. Laut Medienberichten hat sich Gruber damit verteidigt, dass er bloß die bedrohlichen Parallelen zur Zwischenkriegszeit behandelt habe, das gehöre zur Zeitgeschichte, das sei seine Aufgabe als Lehrer gewesen. Und wer spaltet dann eigentlich, soll der Moderator weitergefragt haben. Klimakleber? Seenotretter? Die USP? Wohl eher die USP und vergleichbare Gruppierungen, war Grubers Antwort. Dann soll er die Sozialpatrioten mit den Nazis verglichen haben. Der Sprecher der deutschen USP hat ihn flugs „den größten Hetzer und Spalter" genannt. Und einen Heuchler, der „den Menschen Millionen aus der Tasche zieht". Die App kostet einen Euro. Zählt man alles zusammen, ergibt das freilich Millionen. Habe ich vorher nicht gerade ähnlich gerechnet? Was folgte, war so etwas wie ein Shit-Hurricane. Es gab erstaunlich wenige, die Gruber in Schutz genommen haben. Man hält sich bedeckt, wenn es um Internet-Tycoons geht. Sie haben einen noch schlechteren Ruf als andere Millionäre. Viel Geld zu haben wird nur Celebritys verziehen. So wie dieser Sängerin mit den zwei Privatjets. Ich will wissen, was in dieser Talkshow genau gesagt wurde. Irgendwo im Netz werde ich sie finden.

Aber nicht jetzt. Ich klappe den Laptop zu, streichle Vui, um mich noch einmal zu bedanken. Er schnurrt. Vielleicht ist er lieber Kater als Redakteur. Ich gehe in die Küchenzeile und stelle den Topf mit dem Hühnerfond zu. Ich habe Hunger. Oskar ist inzwischen überfällig. Wobei: Wir wollten nie das alte Ehepaar werden, bei dem alles seine feste Zeit und Regel hat. Das Essen und der Urlaub und vielleicht sogar der Sex. Sind wir auch nicht geworden. Immerhin. Und Oskar als Rocker: kann ich mir nicht vorstellen. Andere Eskapaden, die vielleicht besser zu ihm passen würden, fallen mir auch keine ein. Zum Glück.

Als mich etwas hinter dem Ohr berührt, zucke ich zusammen. Mein Mann gibt einen erstaunten Laut von sich. Üblicherweise klingelt er, bevor er die Eingangstür aufschließt. Hat mit seiner Art von Höflichkeit zu tun, nicht einfach in ein Leben zu platzen, auch nicht in meines.

„Wen hast du erwartet?", fragt er.

„Niemanden ... Ich dachte gerade an Eskapaden. Und dass ich mir bei dir keine vorstellen kann."

„Nicht besonders schmeichelhaft."

„Sehe ich anders ... Geht die Türklingel nicht?"

„Die Tür war bloß angelehnt. Ich dachte, du bist vielleicht in der Arbeitswohnung und hast vergessen ..."

Angelehnt? Ich runzle die Stirn. Ich war drüben. Vor mehr als einer Stunde. Um den Laptop zu holen und dann mit den Essensvorbereitungen zu beginnen. Ich habe die Tür nicht geschlossen?

„Kann schon mal passieren", murmelt Oskar und stellt seine abgewetzte Aktentasche auf die Vorzimmertruhe.

„Für so etwas bin ich noch zu jung", behaupte ich.

„Hat wohl weniger mit Alter als mit Ablenkung zu tun."

Vui. Klar. Der wollte ins Stiegenhaus. Ich konnte ihn gerade noch einfangen und dann ... egal. Die Kaeiifabooana rufen.

Wenig später schnappt Oskar nach Luft und hält sich die Nase zu. Ich habe nicht nur reichlich Kernöl über die Bohnenvorspeise geträufelt, sondern auch viel frischen Kren darauf gerieben. Offenbar etwas zu viel.

„Putzt durch", sage ich.

Er versucht zu lachen. Tränen in den Augen. „Du bringst mich zum Weinen", prustet er.

„Ich bringe dich zum Lachen" widerspreche ich.

„Alles zusammen. Typisch. – Die Bohnen sind großartig. Der Sitz der ALLES GUTE AG ist übrigens nicht Graz, sondern ohnehin Wien."

Ich runzle die Stirn. „Warum war Gruber dann am Grazer Schlossberg? Niemand hat gewusst, dass wir dort sind."

„Niemand? Da kann man sich nicht sicher sein. Und damit meine ich gar nicht Social Media. Man braucht doch nur in Vesnas Firma anzurufen. Oder man weiß, dass Hans Tobler ihr Mann ist und zählt zwei und zwei zusammen."

„Du meinst, es ging ihm darum, Vesna zu treffen?"

„Und nicht dich?" Oskar sieht mich nachdenklich an. „Wirkt eher wie ihr Metier, oder? Er wollte dir als Journalistin wohl kaum zehntausend Euro zustecken."

„Wenn, wäre es ein großes Missverständnis. Klar ist, dass er mit der Lisa-App Millionen verdient hat. Und mit dem ganzen Drumherum noch zusätzlich."

Oskar teilt einen Apfelring, legt eine große Bohne darauf, etwas vom Kren. Ich liebe es, wenn er so sorgsam isst, statt alles in sich hineinzustopfen. „Du solltest Umsatz nicht mit Gewinn verwechseln. Wobei ... die Sache scheint wirklich gut zu laufen."

„Er hat gesagt, dass es nie darum gegangen sei, mit der App Geld zu verdienen. Und dass er alles spenden will. Gibt es tatsächlich eine Stiftung?"

„Es ist jedenfalls keine gemeinnützige Stiftung", murmelt Oskar. „Bei der Alles-Gute-Privatstiftung hat er sich einiges offengelassen."

„Mir ist die ganze Sache gleich etwas zu ... gut vorgekommen", stelle ich klar.

„Der Geschäftsführer der Stiftung ist ein gewisser Christof Beck. Steuerberater. Ich kenne ihn nicht. Er ist auch im Vorstand. Die anderen Vorstände sind Alexander Silvestri, der persönliche Assistent von Gruber, und Gruber selbst."

„Wirkt wie klassische Verschleierung. Die tun, was Gruber will."

„Kann sein, muss es aber nicht. Gruber ist auch der Stifter. Zweck der Stiftung: Der Gewinn der Alles Gute AG muss an gemeinnützige Einrichtungen zum sozialen Ausgleich und besseren Miteinander gehen. Abgesehen von fünfundzwanzig Prozent, die für seine Nichte Lisa bis zu ihrem achtzehnten Geburtstag verwaltet werden."

„Wow – wie hast du das so schnell herausgefunden?"

„Stiftungserklärungen stehen im Firmenbuch und sind öffentlich." Oskar lächelt.

„Jedenfalls hat Gruber mit der App und allem drum herum nicht nur Umsatz, sondern auch Gewinn gemacht, sonst hätte er ja gar keine Stiftung gründen können", füge ich hinzu. So ganz ahnungslos bin ich in diesen Dingen auch nicht.

„Na ja. Das mit den Stiftungen geht in Österreich leichter, als die meisten glauben. Man braucht weniger als hunderttausend Euro. Und eine halbwegs korrekte Stiftungserklärung."

„Wie passt das mit dieser AG, von der du geredet hast, zusammen?"

„Er braucht ein Unternehmen, in welcher Gesellschaftsform auch immer. Das operative Geschäft kann man über eine Stiftung nicht abwickeln. Die ALLES GUTE AG gehört übrigens zum ganz überwiegenden Teil Peter Gruber, der auch Vorstandsvorsitzender ist."

„Lass mich raten: Geschäftsführer ist wieder dieser Steuerberater."

Oskar lächelt. „Beck und Silvestri besitzen je fünf Prozent an der AG. Das Unternehmen ist klein, ich schätze mal, dass es weniger als zehn Beschäftigte gibt."

„Das geht sich aus, mit Onlineshop und App und Millionen Downloads?"

„Alles ausgelagert. Bis hin zum Putzdienst."

„Vielleicht könnte Vesna auf diesem Weg einmal nachschauen …"

„Die alte Putzfrauen-Nummer? Sie macht sauber und schnüffelt rum? Ich glaube nicht, dass die so naiv sind. Wenn sie etwas zu verbergen haben."

„Ist wohl naheliegend, bei dieser Konstruktion", werfe ich ein und stehe auf. Wie bequem, dass unser Wohnbereich aus einem einzigen großen Raum besteht. So kann ich das Fregola-Risotto rühren und gleichzeitig mit Oskar reden.

„Auslagern: Das machen viele so, gerade im Digitalbereich", meint er.

Ich lasse die fein geschnittene Zwiebel in etwas Butter und Olivenöl glasig werden, rühre Fregola und gehackten Knoblauch ein und lösche wenig später mit Weißwein ab. Ein naiver Weltverbesserer scheint Gruber jedenfalls nicht zu sein. – Andererseits: Warum sollte jemand, der eine gute Idee hat, sie nicht auch möglichst gut umsetzen?

„Stimmt es eigentlich, dass er die App hat patentieren lassen und alle verklagt, die sie kopieren?", frage ich.

„Mira, mein Tag hat lange nicht so viele Stunden, wie es Zeug gibt, das irgendwo behauptet wird. Es gibt kein Patent auf eine App. Zumindest nicht auf so eine."

„War also Fake."

„Es gibt so etwas Ähnliches. Die AG hat die Wort-Bild-Marke des Logos schützen lassen. Weltweit."

„Ist das üblich?"

„Wenn man an die Marke glaubt und daran, dass sie weltweit von Interesse sein könnte, dann ja."

„Naiv und wirr wirkt das nicht. Eher geschäftstüchtig."

„Oder vorsichtig. Ich verstehe bloß nicht, warum man jetzt schon eine App braucht, um jemandem alles Gute zu wünschen. Von Angesicht zu Angesicht ist das doch deutlich persönlicher", überlegt Oskar.

„Das schlagen sie auf ihrer Homepage vor", gebe ich zurück. „Sie sagen, die App sei bloß ein Hilfsmittel, ein Tool, wenn man nicht genau weiß, wie und wann und wo." Ich ergänze die Fregola mit einem großen Schöpfer kochender Suppe und rühre um. Safranfäden dazu, einen Hauch Cayenne. Und einen Zweig Thymian. Zum Glück haben wir viele Kräuter auf unserer Dachterrasse.

Ich stoppe am Tisch und nehme einen Schluck Wein. Sardischer Vermentino wäre zur Fregola ideal gewesen, aber auch in Österreich wächst mehr als genug, was uns schmeckt. Eva und Martina Berthold. Mutter und Tochter, die im Weinviertel großartige Weine produzieren. Denen wir seit vielen Jahren, nicht nur deswegen, verbunden sind.

„Der Veltliner ist köstlich", sage ich und proste Oskar zu. „Wir sollten zu Eva. Nicht nur, um Wein zu kaufen. Auch um mit ihr wieder einmal zu plaudern. Und ihr zu sagen, wie toll ihr DAC schmeckt. Gute Worte. Ganz analog."

Oskar nickt. „Wenn ich mit jemandem rede, kann ich erkennen, wie er zu mir steht. Online schickt man mir eine grinsende Strichfigur und ich soll glauben, dass das gut gemeint ist."

„Vielleicht ist es einfach besser als nichts. Ich habe meiner Cousine vor kurzem eine LISA gepostet. Ich hatte ewig keinen Kontakt mit ihr, so musste ich nichts erklären, aber sie hat doch gesehen, dass ich an sie denke. Vielleicht meldet sie sich zurück. Ich würde gerne wissen, wie es ihr geht."

„Du kannst sie anrufen."

„Wäre mir zu … ich weiß nicht. Zu verbindlich. – Ganz abgesehen davon: Wenn wir im persönlichen Kontakt wirklich erkennen könnten, wie jemand tickt, dann gäbe es keine Lügen, Täuschungen, Betrügereien."

Oskar lächelt. „Du hast recht. Aber du wirst zugeben, dass das online mehr geworden ist."

„Warum soll es im Netz nicht auch Gutes geben?"

„Du selbst hast den Verdacht, dass zumindest bei ALLES GUTE nicht alles so gut ist, wie es scheint."

„Ja. Andererseits … Peter Gruber hat sich gegen die USP engagiert und ist dafür sogar von der Schule geflogen", murmle ich.

„Soviel ich mitbekommen habe, ist er allen auf die Nerven gegangen. Statt Geschichte zu unterrichten, hat er von den bedrohlichen Parallelen zur Zwischenkriegszeit schwadroniert und überall Zeichen eines neuen Weltkriegs gesehen. Ich halte Zeitgeschichte für wichtig. Es sollte mehr davon geben. Aber den Lehrplan zu ignorieren und sonst nichts mehr zu unterrichten, das geht eben nicht. – Es ist genau das, was mich an Social Media so nervt: Alles wird zugespitzt, da gibt es nur mehr Freund oder Feind. Für die einen ist Gruber ein Held, der gegen die neuen Rechten aufsteht. Für die anderen ein Hetzer, der sein Volk oder was immer verrät."

„Du hast also auch ein wenig recherchiert? Dafür ist das Internet gar nicht so unpraktisch, oder?" Ich schiebe die gläserne

Terrassentür auf. Kühler Wind. Die Tage werden kürzer. Am Grazer Schlossberg war die Luft erstaunlich mild. Die Stadt hat südliches Flair. Oder war es einfach unsere Stimmung? Sagt man nicht, dass einem warm ums Herz werden kann? Was für ein schöner Abend. Das Auftauchen von Peter Gruber war bloß ein seltsames Intermezzo. Ich breche einen großen Zweig Thymian ab. Die Lichter von Wien. Immer wieder faszinierend. Wie viel Glück wir haben, so leben zu dürfen. Ich schließe die Terrassentür und achte darauf, dass Vui nicht ins Freie entwischt. Manchmal neigt er zu Kamikazeaktionen und geht am Geländer zwischen den Töpfen spazieren.

„Gute Wünsche sind gute Wünsche", sage ich zu Oskar.

Er sieht mich irritiert an. „Und das ist ein Friedenszweig?"

„Das ist Thymian. Ob online oder nicht, es kann nicht schaden, wenn man anderen alles Gute wünscht. Und was das Drumherum angeht ..." Ich unterbreche und mache einen raschen Satz zum Herd. Gerade noch rechtzeitig, bevor meine Safran-Fregola angebrannt wäre. Mit einem großen Schöpfer Hühnerfond aufgießen, umrühren.

Die Türklingel.

Wenig später sitzt Vesna bei uns am Tisch. Hans habe Probe, EverLyn seien dabei, ihr Programm auszuweiten, auch eine CD und eine Vinylscheibe seien geplant. „Ich wollte das lieber nicht am Telefon besprechen."

„Dass sie eine Platte herausbringen? So top secret ist die Band schon?"

Meine Freundin schüttelt ungeduldig den Kopf. „Peter Gruber. Das zumindest ist klar: Wir haben wirklich mit ihm geredet und nicht mit einem Hochstapler."

Ich schenke ihr ein Glas Wein ein. „Wir wissen sogar etwas mehr." Es macht mir Freude, sie auf den neuesten Stand zu bringen. Ist nicht so häufig, dass ich einen Informationsvorsprung habe. Dank Oskar.

Zurück zum Herd. Die Fregola ist gerade richtig. Die Teigkügelchen sind gegart, aber noch bissfest. Die Konsistenz des

Safran-Hühner-Fonds ist dickflüssig, er steht etwas über der Pasta. Ich weiß, dass er noch anzieht. Induktion auf Warmhaltestufe. Etwas milden Hartkäse darüber reiben und gemeinsam mit einigen Butterwürfeln unterrühren. Gute Wünsche. Freundliche Gedanken. Und sie auch aussprechen. Oder schreiben. Danke sagen. Vielleicht wäre besseres Zusammenleben wirklich so einfach? Allerdings braucht es dafür ein Gegenüber, das Ähnliches will.

Ich schöpfe die safrangelbe Fregola in drei vorgewärmte tiefe Teller, verteile cremige Burrata-Stücke darauf und umkränze es mit Scheiben vom geräucherten Schweinsfischerl. Vui wird mit einem Beutel seines Lieblingsfutters ruhiggestellt.

So essen wir ungestört. Friedlich, im Einvernehmen. Eine Zeit lang, nach angenehm viel Lob für mich, schweigend.

„Rezepte gegen die Spaltung", sage ich dann.

Oskar legt die Gabel auf den Tellerrand. „Wir sind nicht gespalten."

„Sagt die Philosophin auch, die ich vor kurzem interviewt habe."

„Geheimstudie über uns?"

Ich lächle. „So schlimm ist es noch nicht."

„Rezepte gegen Spaltung klingt gut. Und schmeckt gut. Vielleicht du sollst das Gruber anbieten. Zur Ergänzung", schlägt Vesna vor.

„Besser gutes Essen als eine App fürs Gute", assistiert Oskar.

„Nur …", überlegt Vesna. „Warum ich eigentlich hier bin. Was ich lieber nicht am Telefon erzählen wollte: Gruber ist verschwunden."

„Er hat sich doch schon seit längerem zurückgezogen", werfe ich ein.

„Er hat mir diese Telefonnummer gegeben. Also habe ich angerufen. Mit meinem speziellen Handy, das man schwer nachverfolgen kann. Nichts. Er hebt nicht ab. Nur der Spruch: ‚Der Teilnehmer ist im Moment nicht erreichbar.'"

„Könnte viele Ursachen haben", überlege ich träge. „Er kann das Telefon ausgeschaltet haben. Kommt vor."

„Über so viele Stunden? Warum gibt er mir dann die Nummer?"

„Vielleicht hat er sein Telefon verloren?", rät Oskar.

„Unwahrscheinlich. Leider ist Fran mit einem schwierigen Kunden unterwegs. Sonst ich hätte ihn gefragt, ob man das klären kann. Wann und wo Telefon zum Schluss eingeloggt war, all so etwas."

„Und wenn ihr in der ALLES GUTE AG anruft?", schlägt Oskar vor. „Gibt's übrigens noch einen Nachschlag?"

Ich bringe den Topf mit der restlichen Fregola. „Er hatte Angst. Man hat ihn offenbar bedroht. – Was, wenn wir das nicht ausreichend ernst genommen haben?"

Meine Freundin sieht mich an. „Er hat gesagt, man will ihn beseitigen."

„Melodramatisch", meint Oskar und nimmt noch Fregola. „Was gäbe es für einen Grund, ihn zu ermorden?"

Ich überlege. „Sie wollen seine LISA, hat er gesagt. Wobei nicht ganz klar ist, wer ‚sie' sind. Und sie sind sauer auf ihn. Damit hat er wohl die USP und ihr Umfeld gemeint."

„Wer gibt einem zehntausend Euro und geht dann nicht einmal ans Telefon?", fragt Vesna.

„Jemand, der etwas plant und ihr seid Teil der Inszenierung", schlägt Oskar vor.

„Jemand, der zu viel Geld hat und etwas weltfremd ist", kontere ich.

„Das Firmenkonstrukt sieht nicht weltfremd aus", widerspricht mein Mann.

Da muss ich ihm recht geben.

„Ich glaube, es hat keinen Sinn, solche Thesen zu machen", stellt Vesna fest. „Wir sollten mit denen reden, die ihm nahe sind. Vor denen er keine Angst hat."

„Seine Frau ist gestorben", überlege ich. „Wir wissen nicht, woran. Aber es gibt Lisa, seine kleine Nichte. Sie muss Eltern haben."

„Ich sehe zehntausend Euro als Auftrag."

Oskar sieht meine Freundin etwas spöttisch an. „So einfach ist das nicht, daraus einen konkludenten Vertrag für Nachforschungen abzuleiten."

„Was soll es sonst sein?"

„Schweigegeld? Köder? Strategische Maßnahme, um euch auf seiner Seite zu haben? Überlegt einmal: Wenn ein erwachsener, wenngleich vielleicht etwas neurotischer, Mann einen Tag lang nicht erreichbar ist, dann gibt es wohl keinen besonderen Grund zur Sorge. Was er euch erzählt hat, war einigermaßen wirr. Wenn ihr nicht einmal erkennen konntet, vor wem er sich konkret fürchtet."

„Wenn er es weiß, er wäre zur Polizei gegangen", stellt Vesna fest.

„Wäre er? Vielleicht hat er guten Grund, es nicht zu tun."

„Du glaubst den Gerüchten im Netz, dass er mit seinen Millionen untergetaucht ist? Das ist rechte Hetze. Es gibt genug Leute, die darauf reinfallen. Aber du?" Ich schüttle den Kopf.

„Ich glaube wenig, was im Netz steht", setzt Oskar noch eins drauf. „Mit diesem Gesocks habe ich nichts am Hut, das weißt du. Trotzdem könnte es in diesem Fall passen."

„Du hast ihn nicht gesehen. Er war … verzweifelt. – Was, wenn er sich umbringt?"

„Dann hat es keinen Sinn, er redet mit uns und gibt mir das Kuvert", widerspricht Vesna.

„Wer weiß, was seither passiert ist."

Sie nickt. „Wir werden seine Verwandten fragen."

„Woher hat er gewusst, wer ihr seid? Und dass er euch in Graz bei dem Konzert ansprechen kann?", überlegt Oskar.

„Auch das will ich über Fran klären", sagt Vesna. „Kann sein, es ist Zufall. Kann sein, es hat mit der Lisa-App zu tun. Mira hat sie verwendet."

„Du meinst, die haben eure Spur online verfolgt? Das wäre wohl gegen die Datenschutz-Grundverordnung."

„Vielleicht können sie mehr, als man darf. Vielleicht ist aber auch seine Familie in Graz. Das werde ich zuerst klären, da brauche ich meinen Sohn nicht."

„Wie geht's eigentlich Hans?", fragt Oskar. „Tut mir wirklich leid, dass ich beim Konzert nicht dabei sein konnte."

Vesna lächelt. „Er ist super drauf, anders man kann nicht sagen. Fast schon zu euphorisch. Ich überlege, ob er nicht übertreibt."

„Du meinst wegen seines Herzinfarkts."

„Er scheint nicht mehr daran zu denken, ich tue es schon. Ist eigentlich verrückt. Ich habe ihn bekniet, dass er die Firma sein lässt. Und vorgeschlagen, in der Pension kann er vielleicht wieder ein bisschen Musik machen mit alten Freunden. Und was ist jetzt?"

Ich lache. „EverLyn sind ein Riesenerfolg. Passt zu Hans. Er gibt immer Gas."

Oskar runzelt die Stirn.

„Wäre mir zu anstrengend", füge ich an und tätschle seinen Unterarm.

Vesna nickt. „Jedenfalls will ich so oft wie möglich dabei sein. Er hat schon recht. Man sollte leben und tun, was einem passt. Und es ist außerdem genau die Musik, die ich mag."

[3.]

Ein Hauseingang sieht aus wie der andere. Dazwischen schmale Wege, Bänke, junge Bäume, eine Sandkiste, kleine Grünflächen, Turngeräte, Garageneinfahrten. Im Finstern möchte ich hier nicht heimkommen. Beschwipst schon gar nicht. Gut möglich, dass ich länger nach der richtigen Tür suchen müsste. Eine der neueren großen Wiener Vorstadtsiedlungen. Eigentlich freundlich.

„Die Planungsfirma wird mit so etwas wie ‚menschengerecht wohnen' geworben haben", sage ich zu Vesna. „Wo ich aufgewachsen bin, gab es eine Siedung, die hat die Baugenossenschaft ‚Maß – Mensch' genannt. Bei allen anderen hieß sie ‚Marsmensch'."

Meine Freundin lacht.

„Menschengerecht – für mich funktioniert das ab einer gewissen Anzahl von Menschen auf engem Raum nicht."

Vesna sieht mich spöttisch von der Seite an und sagt nichts.

„Zu wenig Platz", ergänze ich. „Zu wenig Luft."

„Können nicht alle Dachterrassenwohnung in Wiener Innenstadt haben."

„Wenn Peter Gruber wirklich so viel mit der App verdient, dann lässt er seine Schwägerin wenig davon abhaben. Und seine geliebte Nichte", rede ich rasch weiter.

„Sie wohnen da vielleicht länger, als es ALLES GUTE gibt. Außerdem: Er wohnt auch nicht nobel. Immerhin Altbau im sechsten Bezirk. Seit Wochen hat ihn dort niemand mehr gesehen."

Wir wollen mit Katharina Föhrenburg reden, der Schwester von Peter Grubers verstorbener Frau, der Mutter von Lisa, die ihm die Strichfigur geschenkt hat. Mehr Verwandtschaft scheint es nicht zu geben. Ich habe Katharina Föhrenburg am Telefon erzählt, dass ich eine Reportage über die erfolgreiche App „Lisa wünscht Alles Gute" mache. Kann ohnehin sein, dass ich das tue. Nur dass ich noch nicht dazu gekommen bin, Ecco davon zu erzählen.

„Besser, sie weiß nicht, was wir wissen", sagt Vesna, als wir Haus- und Stiegennummer gefunden haben.

„Wir wissen ohnehin fast nichts, deswegen reden wir mit ihr."

„Doch, dass Peter Gruber Angst hat. Dass er verschwunden ist."

„Oder momentan nicht erreichbar. – Ob er möchte, dass wir seine Familie ausfragen?"

„Wenn nein, hätte er mir nicht nur Geld, sondern auch einen konkreten Auftrag geben müssen. Wir machen uns Sorgen, also fragen wir nach. Kann ich ihm so sagen."

„Wenn er wieder auftaucht."

„Ja, wenn."

Wir sitzen mit Katharina Föhrenburg in ihrem etwas beengten Wohnzimmer. Die beiden beigen Sofas brauchen zu viel Platz. Wenigstens lässt das große Fenster Licht herein, der Blick geht auf die Balkone des gegenüberliegenden Gebäudes, dazwischen eine Grünfläche mit Bäumen, die hoffentlich noch wachsen. Ich mag keine Vorhänge. Hier würde ich welche wollen. Ich geniere mich. Noch so ein Luxusgedanke.

Die Frau ist jünger, als ich gedacht habe. Schlank, gepflegt bis hin zu den makellosen dezent rosa Fingernägeln. Sie scheint geschmeichelt, dass ich sie interviewe. Zum Glück ist sie nicht auf die Idee gekommen, bei Ecco nachzufragen. Ich habe es aber auch offengelassen, wo die Story erscheinen soll. Wahrscheinlich geht sie ohnehin davon aus, dass ich sie fürs „Magazin" schreibe – ist ja nicht gelogen, dass ich lange Chefreporterin der größten Wochenzeitung des Landes war. Was ich ihr verschwiegen habe: Ich bin schon vor einigen Jahren von dort weg, dem neuen Chefredakteur waren die Anzeigen wichtiger als der Inhalt. In letzter Zeit hat das Blatt auch noch eine unangenehme politische Schlagseite bekommen. Motto: Österreich und die Österreicher zuerst. Österreicherinnen meint man offenbar mit. Und mehr als zwei Geschlechter gibt's nicht. Das sagen auch die von der USP. Ich versuche mich wieder auf unser Gegenüber zu konzentrieren.

„Peter ist ein besonderer Mensch", sagt Katharina Föhrenburg gerade. „Nicht immer einfach, aber sehr klug. Und sehr lieb zu Lisa."

„Seine einzige Nichte?", fragt Vesna. „Ich habe eine Enkeltochter, Lilli. Sie ist ... großartig."

Katharina Föhrenburg lächelt. „Ja, seine einzige Nichte. Eigene Kinder hat er leider nicht. Er ist auch deutlich älter, als meine arme Schwester Julia es war. Sie ist mit einunddreißig gestorben. Es war so fürchterlich. Das kann man sich nicht vorstellen. Ich habe es noch immer nicht überwunden."

Ich nicke. „Es muss sehr schlimm für ihn sein, er hat es angedeutet."

„Ich will nicht zu viel sagen, das soll er selbst erzählen, aber es hat ihn aus der Bahn geworfen, oder, anders gesagt: Es hat seine Bahn verändert. Er hat eine Zeit lang überall nur mehr das Schlechte gesehen, das ist kein Wunder, oder? Sie werden davon wissen. Doch dann hat ihn Lisa mit ihrer Zeichnung inspiriert, etwas Neues, Positives zu wagen. Er ist ihr sehr dankbar."

Ich rechne. Bin ein wenig irritiert. „Wie lange ist es her, dass Ihre Schwester gestorben ist?"

„Ich mag eigentlich nicht darüber reden. Es werden jetzt bald acht Jahre, aber es ist wie gestern."

„Acht Jahre?", sage ich erstaunt. Bei ihm hat es gewirkt, als wäre es vor kurzem gewesen, als wäre es Teil seiner Krise.

„Er leidet noch immer. Ich zeige es nicht so, er ist da anders. Er leidet auch sonst an der Welt, an allem. Trotz seines Erfolges mit der Lisa-App. Nicht, dass ich das negativ finde, er ist eben sensibel. Er sollte mehr das Gute sehen. Wie seine Nichte, die heranwächst und uns und ihm noch so viel schenken kann. Wir haben ja beinahe ein paralleles Schicksal, aber das hat er nie ganz akzeptiert. Er ist eben sehr … fokussiert."

„Paralleles Schicksal?", wirft Vesna ein und nimmt noch einen Schluck vom Filterkaffee. Dass er nur mehr lauwarm ist, macht ihn nicht besser.

Katharina Föhrenburg lehnt sich zurück und schlägt die langen schlanken Beine übereinander. Ich habe den Verdacht, sie hat auch mit einem Fotografen gerechnet. Oder sie wollte wenigstens vorbereitet sein. „Vielleicht haben Julia und ich, haben wir beide eine Vaterfigur gesucht? Unsere Kindheit war … nicht ganz einfach. Bei mir war diese Hinwendung zu einem älteren Mann freilich noch ausgeprägter. Julia und Peter trennen … trennten nur ein Jahrzehnt, bei mir und Hermann war es ein Vierteljahrhundert. Man denkt nicht so weit, wenn man jung ist. Er war auch noch nicht derart alt, dass man sofort mit seinem Ableben rechnen musste. Trotzdem ist es passiert. Ein Herzinfarkt und aus."

Ich versuche wieder zu rechnen: Viel mehr als sechzig wird ihr Hermann nicht gewesen sein, also etwa in unserem Alter. Ich rechne nicht mit unserem Ableben. Weder sofort noch in absehbarer Zeit.

„Was für spannende Lebensgeschichte", sülzt Vesna. Sie hat etwas vor, da bin ich mir sicher.

„Ach", sagt Katharina Föhrenburg. „Ich war so jung. Es hat sich herausgestellt, dass er es mit der Wahrheit nicht immer genau genommen hat."

„Oh … Freundinnen?", macht Vesna weiter. So etwas interessiert sie sonst nicht besonders.

„Nein, das wohl nicht … unter uns, natürlich nicht zum Schreiben: Ich hatte großes Glück, dass er mir Lisa geschenkt hat. Er konnte nicht mehr so … das Alter … "

Wird ja immer besser.

„Er war eine Art von Hochstapler. Man hat ihm geglaubt, ich glaube, weil er sich selbst geglaubt hat, in gewissem Sinn. Bis hin zu seinem Adelstitel war alles falsch. In meiner Heiratsurkunde steht noch immer Katharina von Föhrenburg, aber die brauche ich ohnehin nicht mehr. Jedenfalls hat er mir nichts hinterlassen als Schulden. Selbst das kleine Häuschen, das ihm offenbar doch gehört hat … Ich durfte die Erbschaft nicht antreten, weil da so viele Verbindlichkeiten waren. Mir ist es nie um Titel oder Geld gegangen, immer nur um ihn. Worum es ihm gegangen ist? Ich werde es nie erfahren."

„Wie war das Verhältnis zwischen Ihrem Schwager und Ihrem Mann?" Ich sollte langsam wieder zum Thema zurücklenken.

„Ach, Peter hat sich zu dieser Zeit immer mehr mit diesen angeblichen Parallelen zur Zwischenkriegszeit beschäftigt. Hermann hat gesagt, der lebt schon in einem Paralleluniversum. Mein Mann war nicht so … politisch. Im Gegenteil."

„Im Gegenteil?"

„Er hat nicht alles schlecht gefunden, was früher war. Den Krieg schon, natürlich. Überhaupt Kriege. Aber er hat immer gesagt, die Leute sollten daheim bleiben und dort kämpfen, wofür oder wogegen auch immer. Davonrennen sei kein Zeichen von Stärke."

„Aber Hochstapeln schon", knurrt Vesna.

Katharina Föhrenburg sieht sie erstaunt an. „Sorry, ich weiß nicht, warum ich so viel erzähle."

„Frau Krajner ist während des Jugoslawienkriegs zu uns geflüchtet. Ihre Kinder waren damals etwas jünger als Ihre Lisa", erkläre ich.

„Da war ich noch gar nicht geboren, glaube ich", sagt sie und klimpert mit den Wimpern. „Ich kenne mich diesbezüglich nicht so aus. Peter hatte sich jedenfalls damals, als Hermann verblichen ist, schon sehr verrannt gehabt in dieses … Paralleluniversum. Seit dem Tod meiner Schwester hatte er sich mehr und mehr eingegraben. Er hatte jede Menge Probleme mit dem Gymnasium, in dem er beschäftigt war."

„Wann war das?", fragt Vesna.

Katharina Föhrenburg sieht sie, sieht dann mich an. „Ich dachte, sie ist die Fotografin."

„Sie ist ... Praktikantin." Etwas Besseres ist mir auf die Schnelle nicht eingefallen.

Vesna blitzt mich wütend an.

„Damit ich das für die Story über die LISA-App einordnen kann, die ja auch Ihre Geschichte und die Geschichte Ihrer Lisa ist: Wann war das?" Ich lächle harmlos.

„Kurz vor der Pandemie. Lisa war noch ein Baby. Ich habe Sprachen studiert, irgendwie war nie die Rede davon, dass ich Geld verdienen muss. Man muss es Hermann lassen, es war immer genug da. Dass die Villa nur mit gefälschten Dokumenten gemietet war, wusste ich nicht. Ich dachte, seine Tante hat sie ihm geschenkt. Ich musste ganz neu starten. Als Sales Managerin bei ELENA. Die wollten jemanden, der Sprachen kann. Ich habe einen Job gebraucht, auch wenn ich dort sicher nicht ewig bleiben werde."

„ELENA? Die Boutique in der Kärntner Straße?", frage ich nach. Sauteuer und nicht mein Stil.

„Genau die. Ich werde fertig studieren, aber die erste Priorität hat natürlich Lisa."

„Ich war noch nie dort", sagt Vesna.

Man hört förmlich, was Katharina Föhrenburg denkt: Du? Klar nicht. „Dort kauft die High Society ein. Und sehr viele Asiatinnen. Und immer mehr Araberinnen, manche sind ganz verschleiert. Sie haben keine Ahnung, wie stressig das sein kann. Die glauben, nur weil sie Geld haben, können sie alles von den Haken und aus den Fächern reißen. Sieht aus wie auf einem Basar nach einem Bombenangriff, sagen wir manchmal. Und unhöflich sind die. Vor allem die Asiatinnen. Dabei: Wenn man bei denen auf Urlaub ist, tun sie scheißfreundlich."

„Sind vielleicht nicht dieselben", wirft meine Freundin ein.

„Jedenfalls: Sie haben wenig Ahnung, Hauptsache, es ist teuer. Und am besten ist noch etwas Wienerisches dabei."

„Was Wienerisches?"

„Klar, deswegen haben wir an der Kassa jetzt diese Schlüsselanhänger mit Riesenrad und Stephansdom mit Strasssteinen, kommt direkt aus China, habe ich gesehen, aber unsere Chefs wissen eben, wie man Geld macht. Na ja, wo ist das nicht so? Ein paar verdienen und wir arbeiten uns blöd."

Ich versuche ein Lächeln. „Apropos: Die Lisa-App ist sehr erfolgreich, auch finanziell."

Katharina Föhrenburg beugt sich zu mir. „Ich vergönne es Peter von ganzem Herzen. Auch wenn er … eher wenig Bezug hat zu Geld."

„Er will den Gewinn spenden, nicht wahr?"

„Das müssen Sie ihn selbst fragen. Ich habe schon viel zu viel geredet. Oder hat er Ihnen Genaueres darüber erzählt? Wann haben Sie ihn denn getroffen?"

„Vorgestern in Graz."

„In Graz? Warum?"

„Wir haben ihn nicht gefragt", mischt sich Vesna ein.

„Und Sie? Wann haben Sie ihn zum letzten Mal gesehen?" Bilde ich mir das ein oder wird ihr Blick um einiges misstrauischer?

„Leider habe ich sehr viel zu tun. Die Arbeit und meine Tochter und … Persönlich habe ich ihn schon länger nicht mehr gesehen."

„Persönlich?"

„Na eben direkt. Sie müssen mit ihm klären, was Sie schreiben dürfen. Er telefoniert immer wieder mit uns, Lisa ist ihm sehr wichtig. Er ruft sie an."

„Wann?", fragt Vesna dazwischen.

Jetzt ist das Misstrauen von Katharina Föhrenburg offensichtlich. „Letzte Woche. Er hat sich zurückgezogen, nach dem Eklat mit dieser Talkshow. Leider war er da sehr ungeschickt. Ich würde ja sagen, der Moderator hat ihn gelegt. Man weiß doch, wie er tickt. Ich meine Peter. Mit seinem Zwischenkriegs-Spleen."

Ich nicke freundlich. „Hat er sich bloß Sorge um die Weltlage an sich gemacht, oder war er in letzter Zeit konkret in Angst?"

„Das geht jetzt doch über die App hinaus, oder?"

„Tut mir leid, ich dachte mir bloß, Sie sind seine nächste Verwandte. Und können am besten erklären, was ihn antreibt. Sie wissen von seiner Sorge, dass die Gesellschaft immer mehr auseinanderdriftet. Bis sich die Lager unversöhnlich gegenüberstehen. Deswegen ja auch die App für gute Wünsche. Oder?"

„Ja … Lisa hat Peter die Figur gezeichnet, um ihn aufzuheitern. Nachdem sie ihn suspendiert hatten. Damals hatte ich wenig Zeit, Lisa war so klein, dann die Pandemie, noch mehr Chaos, auch mit der Boutique. Er hatte ohnehin Glück. Er hat Geld geerbt, seine Mutter war in zweiter Ehe gut verheiratet. Er hatte keine Existenzkrise. Soviel ich weiß, hat er sogar selbst gekündigt. Er konnte es sich leisten."

„Aber er war in Sorge."

„Er war immer schon ein ängstlicher Mensch. Kein positiver Geist, wenn Sie verstehen. So wie mein Hermann. Gut, der hat übertrieben. Deswegen hatte Peter auch diese Probleme in der Schule, in der er unterrichtet hat, wenn Sie mich fragen. Er war geradezu besessen davon, dass wir auf einen neuen Krieg zusteuern. Es gab viele Beschwerden."

„Von wem eigentlich? Hatte er besondere … Gegner?"

„Das weiß er doch wohl besser, oder?"

Ich lächle beruhigend. „Ich recherchiere, damit ich Ihrem Schwager gezieltere Fragen stellen kann. Sie bekommen die Reportage natürlich zu lesen, bevor wir sie veröffentlichen."

„Sie treffen Peter wieder? Persönlich?"

„Wir haben morgen einen Termin mit ihm."

„Glaube ich nicht."

„Bei ‚Auf die Palme', dort, wo die Klima-Clubbings stattfinden."

„Ich muss wirklich vorher sehen, was Sie schreiben. Ich will nicht, dass es falsch rüberkommt. Er war … Er ist ein guter Mensch."

„War?"

„Sorry, idiotisch … Sie bringen mich ganz durcheinander. Nur weil er mal kurz weg ist …"

„Sie erreichen ihn nicht?", fragt Vesna.

„Warum? Ja. Nein. Tue ich nicht. Aber Sie haben ihn ja gesehen. Angeblich."

„Warum sollte ich lügen?", sage ich beruhigend.

„Falls … Sie ihn wirklich treffen: Könnten Sie es mich wissen lassen? Es geht auch um Lisa."

„Die App oder Ihre Tochter?", wirft Vesna ein.

„Sie ist bloß Praktikantin", beruhige ich Katharina Föhrenburg.

„Ist sie nicht schon etwas zu …"

„Sie sieht älter aus. Ihr Mann startet gerade als Musiker durch. Zweiter Bildungsweg."

„Es geht um meine Tochter. Sie liebt ihn. Aber natürlich geht es auch um die App. Es gibt so wenig Gutes und denen, die etwas versuchen, wird unterstellt, dass sie böse Absichten haben. Überall gibt es Neider und Anfeindungen …"

„Wie viel hat Peter Gruber geerbt?", will Vesna wissen.

Katharina Gruber sieht mich an. Ich merke, wie meine Freundin wütend wird. Sie mag Herumgerede nicht. Und sie mag es noch weniger, wenn sie auf eine zugegebenermaßen seltsame Nebenrolle reduziert wird. Ich nicke Grubers Schwägerin aufmunternd zu.

„Nicht wenig, fast eine halbe Million. Jetzt ist das nicht mehr wichtig. Bei dem Erfolg von ALLES GUTE. Ich vergönne es ihm wirklich."

„Sie haben mit dem Unternehmen zu tun?", frage ich.

„So gut wie gar nicht."

Vesna macht ihr bestes Pokerface. „Interessant. Wo Ihre Tochter fünfundzwanzig Prozent aus der Stiftung bekommt."

„Das dauert noch lange. Ich habe keinen Einfluss darauf. – Frau Valensky, davon will ich nichts in der Öffentlichkeit haben. Ich muss an Lisas Sicherheit denken."

„Wer erbt, wenn Peter Gruber stirbt?", macht Vesna unbeirrt weiter.

Katharina Föhrenburg steht auf. „Das sind Fragen, die ich nicht beantworten möchte. Wenn das der neue Journalismus ist ..."

„Sie ist ... noch etwas unbeholfen", lächle ich beschwichtigend. „Das geht uns nichts an. Ich nehme an, er hat ein Testament."

„Hat er das gesagt?"

„Darüber haben wir nicht geredet. Lisa ist seine nächste Verwandte, oder? Könnten wir übrigens ein wenig mit Lisa plaudern? Natürlich nur über ihre Strichfigur und ihr Talent ... Sie muss ein sehr talentiertes kleines Mädchen sein."

„Ich tue mein Möglichstes, um sie zu fördern. Sie ist wirklich ganz besonders begabt. Wir haben eine Nanny aus dem künstlerischen Bereich."

„Das ist schön", mache ich weiter.

„Sie können sich das leisten?", fragt Vesna. Gleich schicke ich meine Praktikantin heim.

Katharina Föhrenburg blitzt sie an. „Lisa geht halbtags in den Kindergarten. Aber sagen wir einmal so: Peter ist ihr einiges schuldig, finden Sie nicht? Und er liebt sie natürlich sehr."

Unwillkürlich sehe ich mich in der doch etwas beengten Wohnung um. Sie hat meinen Blick gesehen.

„Wir sind zufrieden. Ich bin zufrieden, wenn es Lisa gut geht."

Die Kleine ist wirklich entzückend. Blaue Augen, schulterlange blonde Haare. Gäbe es bei uns wie in den USA eine Castingshow für hübsche talentierte Kleinkinder, sie würde sie gewinnen. Wir sitzen mit ihr im Kinderzimmer auf dem Boden. Ich weiß nicht so recht, wohin mit meinen Beinen. Knien geht nicht, meine Gelenke sind etwas eingerostet. Altersgemäße Abnutzung nennt man das. Die Beine wegzustrecken käme mir eigenartig vor. Und es würde den Großteil des freien Platzes zwischen dem schmalen Bett mit Pokémon-Bettwäsche und einem hellen Verbau mit Kasten und Schreibtisch auf der anderen Seite blockieren. Also hocke ich irgendwie angelehnt da. Lisa zeigt, was sie Neues gezeichnet hat: einen Esel und Blumen davor. Für mich könnte es auch ein Pferd oder ein Hund mit einem bunten Baum sein. Aber wie Vesna bisweilen feststellt: Meine Kompetenz bei Kindern ist eher unterentwickelt. Auch wenn mich die meisten aus irgendeinem Grund mögen. Vielleicht gerade, weil ich so wenig kompetent bin.

Ihre Nanny sitzt auf dem Schreibtischsessel. Ich hatte einen Teenager erwartet, vielleicht eine Frau Anfang zwanzig. Doch Beate – „Nennen Sie mich doch bitte Bea, Sie sind vom ‚Magazin'? Das lese ich sehr gerne!" – Prokop ist sicher einiges über vierzig. Sie trägt rote weite Hosen und einen bestickten Sweater.

„Ich zeichne immer neue Bilder. Und Bea singt auch mit mir", erklärt Lisa.

„Du hast für deinen Onkel ein ganz besonderes Bild gemacht", sage ich.

„Da war ich noch ganz klein. Aber das Bild ist jetzt ganz berühmt, es ist eine App. Die heißt wie ich."

Ich sehe Bea fragend an. Die lächelt. „Natürlich weiß Lisa, was eine App ist."

„Natürlich", kommt es von Lisa. Sie strahlt.

„Wann hat dein Onkel das letzte Mal angerufen?", frage ich. „Deine Mama hat gesagt, er ruft dich immer wieder an. Weißt du, wann das war?"

„Schon länger. Mein Onkel heißt Peter."

Bea schüttelt den Kopf. „Zeit, die sagt ihr nicht so viel …"

„Wie gut kennen Sie Peter Gruber?", will Vesna von der Nanny wissen.

„Kaum, fast gar nicht. Ich habe mit der App und all dem nichts zu tun, mir geht es nur um Lisa."

„Doch, die Zeit weiß ich", widerspricht Lisa. „Ich mache immer eine Lisa, wenn ich mit Peter telefoniere. Und wenn er kommt, tauschen wir. Ich kriege von ihm Geschenke und er kriegt meine Lisa. Ich warte schon lange."

Ich sehe ihre Nanny fragend an. Sie zuckt mit den Schultern. „Ja, das stimmt. Sie hat eine Mappe mit Strichfiguren. Er macht ihr eine Freude, indem er sie gegen kleine Geschenke tauscht."

„Verwendet er die Figuren für seine App?"
„Nein, das glaube ich nicht."
„Doch!", widerspricht Lisa. „Er sagt, meine Lisas sind wichtig und schön. Ich habe viele da." Sie hüpft auf, öffnet eine Lade, nimmt eine lila Mappe heraus und öffnet sie: viele verschiedenfarbige Strichfiguren. Nicht alle lachen. Eine steht auf dem Kopf. Eine ist vor einem Haus mit größeren Lisas.

Die Kleine sieht mir zu, während ich die Blätter betrachte. „Ich kann jetzt schon viel besser zeichnen, aber Peter will die Lisas. Die mag er besonders. Ich zeichne ihm welche, weil er sich freut. Es geht ganz schnell. Mama sagt auch, dass ich ihm Freude mache."

„Er muss schon lange nicht mehr da gewesen sein", murmle ich. „Das sind mehr als zehn Zeichnungen und du machst immer eine, wenn er anruft, oder?"

„Ja. Genau."

Ich sehe Bea Prokop fragend an.

„Damit habe ich nichts zu tun", sagt sie. „Ich bin auch nicht die ganze Zeit über hier."

„Sie sind ihre Nanny", stellt Vesna fest. Warum braucht sie am Boden so wenig Platz und ich so viel?

„Nanny? Na ja, das ist für eine Fünfjährige leicht auszusprechen. Ich bin Kreativ-Coach. Und mit Lisa arbeite ich, weil sie wirklich etwas ganz Besonderes ist."

„Bin ich", wirft die Kleine ein. Selbstbewusstsein kann man ihr nicht absprechen.

„Kathi und ich ... wir kennen uns vom Yoga. Ich helfe, Lisas Potenzial zu entwickeln. Kinder sind so spannend. Man kann nur darüber staunen, was sie alles vollbringen. Wie frei sie noch sind."

„Sie arbeiten als Kreativ-Coach auch mit anderen Kindern?", macht Vesna weiter.

„Kommt das in dem Porträt über die App?"

„Wir recherchieren, wir sammeln Material", erkläre ich. „Wir wollen auch das Umfeld beleuchten. Sie sind eine wichtige Bezugsperson für Lisa."

„Bea hat was mit Tieren gemacht. Ich mag Tiere und wir zeichnen ganz viele", mischt sich Lisa ein.

„Ich war Tierärztin. Am Land, vierundzwanzig Stunden verfügbar und null Dank. Im Gegenteil, die haben bezweifelt, ob ich mich auskenne, wenn sie mich mitten in der Nacht zu einer Kuh geholt haben. Weil ich eine Frau bin. Und das im einundzwanzigsten Jahrhundert. Ich wollte etwas Besseres aus meinem Leben machen." Sie fährt ihrem Schützling über den Kopf.

„Ich bin was Besseres", sagt Lisa und strahlt.

Ihre Mutter steht in der geöffneten Tür. „Du bist etwas ganz Besonderes", bekräftigt sie.

Eigenartig, so hochzusehen zu ihr. Ich rapple mich auf. „Sehr nette Zeichnungen. Schade, dass ihr Onkel sie schon so lange nicht abholen konnte."

„Bea wollte eigentlich eine Kinder-Kreativgruppe eröffnen, so eine Art Mini-Kindergarten für besonders Begabte, aber dann ist die Pandemie gekommen. Und wir haben dringend eine Nanny gebraucht. So gesehen war es ein Glück."

Bea Prokop runzelt die Stirn. „‚Kleine Sterne' hat die Corona-Maßnahmen nicht überlebt. Da wusste man, dass Kinder kein Problem mit diesem Virus, oder was immer das war, haben und trotzdem hat man sie weggesperrt. Jetzt tut es vielen leid."

Katharina lächelt. „So bist du zur Nanny von Lisa geworden, zum Glück."

„Ja, Lisa ist ein Glück. Sie weiß mich als Kreativ-Coach zu schätzen." Das kommt etwas spitz.

Lisa schaut von einer zur anderen: „Meine LISA wünscht alles Gute."

Vesna hockt immer noch auf dem Boden. „Ob es hilft?"

„Natürlich. Man kann nicht nur das Negative sehen", antwortet Katharina Föhrenburg. „Wer will hören, dass alles den Bach runtergeht und dass das erst der Anfang ist."

Kreativ-Coach Bea nickt. „Ich glaube, er hat erkannt, dass man die Sorgen der Menschen ernst nehmen muss. Und sie nicht verunglimpfen darf. Er ist … ein netter Mensch."

„Sie kennen ihn doch kaum, oder?", wirft Vesna ein.
„Trotzdem, das fühle ich."

Wir stehen im schmalen Vorzimmer, das von einer großen LISA-Strichfigur in einem Goldrahmen dominiert wird. Freundlicher harmloser Kopffüßer, der aussieht, als könnte er wirklich nur Glück bringen. Bea, ob Nanny oder Kreativ-Coach, ist im Zimmer bei Lisa geblieben. Wir haben uns schon verabschiedet. Katharina Föhrenburg öffnet die Tür.

„Eines noch", sagt Vesna.

Ich sehe sie verwundert an.

„Ich habe auch etwas recherchiert, so wie es mir Frau Valensky gelernt hat", sagt Vesna.

Sie soll es nicht zu weit treiben.

„Ihre Nanny hat mit der USP zu tun. Über die ‚Union Wiener Leben'. Wissen Sie davon?"

„Ich interessiere mich nicht für Politik. Bea ist eine nette und herzliche Person. Und sehr kreativ, das zählt."

„Weiß Ihr Schwager davon?"

„Keine Ahnung. Warum?"

„Weil die gegen ihn Shitstorms inszeniert haben? Weil er glaubt, die Drohungen könnten von denen kommen?"

„Das ist doch Unsinn. Früher … als er noch in der Schule und auf diesem Trip mit dem dritten Weltkrieg war, da haben sie ihn kritisiert. Er sie ja auch. Aber jetzt … Er ist gegen die Spaltung, das ist das Ziel der App."

Warum hat mir Vesna nichts vom USP-Kontakt der Nanny erzählt? Oder ist das einfach ein spontaner Versuchsballon?

„Weiß Peter Gruber von Bea Prokops Verbindung zur USP?", frage ich nach.

„Ich kann mir nicht vorstellen, dass sie politisch aktiv ist. Das passt nicht zu ihr. Bea … Die Pandemie hat sie besonders blöd erwischt. Und die Lockdowns. Sie wollte gerade neu starten, sie hat Räume gemietet, alles eingerichtet, Werbung geschaltet. Aber weil ihre kreative Kindergruppe noch nicht gelaufen ist, hat sie keine Unterstützung gekriegt. Kann sein, dass sie auf gewisse Coronakritiker reingekippt ist. Sie fühlt sich … ein wenig verfolgt."

Vesna schüttelt zweifelnd den Kopf. „Die ‚Union Wiener Leben' ist eine Kultureinrichtung, die zur USP gehört. Volkskultur und so."

Katharina Föhrenburg sieht sie an. „Wiener Volkskultur ist etwas Gutes, das werden Sie nicht verstehen."

„Werde ich nicht? Warum?"

„Sie stammen nicht von hier. Bei Ihnen gibt es sicher auch Volkskultur, nur eben eine andere. Mir ist das recht. Ich habe kein Problem mit anderen Kulturen. – Ich kenne die ‚Union Wiener Leben' nicht. Ich habe keine Zeit für so etwas. Leider. Deswegen brauchen wir ja auch Bea. Was soll das mit meinem Schwager zu tun haben?"

Wir nehmen den Lift und fahren schweigend nach unten. Als ich die Haustür aufstoße, frage ich: „Warum hast du mir nicht gesagt, dass Bea Prokop bei der USP ist? Was soll das?"

„Ich wollte nicht, dass du mit der Tür ins Haus fallst. Und ich wollte warten, ob wir rauskriegen, wie sie tickt. Ob uns Katharina mehr erzählen kann. Taktik."

„Zur Taktik gehört, dass du mich für dumm verkaufst."

„Zu deiner, dass du mich als Praktikantin vorstellst. Auf alle Fälle ist es so: Wenn es um Politik geht, bis du unsensibel wie Peter Gruber."

„Unsensibel? Spinnst du? Das sind rechte Hetzer, die wollen unsere Demokratie zerstören."

„Dreißig Prozent der Menschen in Österreich? Und in Deutschland? In Holland? In Italien? Überall? Echt jetzt?"

„Ihre Anführer. Und ein Teil der Mitläufer. Die anderen sind Idioten."

„Unsensibel war noch untertrieben. Und so was von hochmütig. Viele rennen mit, weil sie sauer sind. Da gibt es Gründe genug. Die sind auch nicht mit allem einverstanden. Warst du immer hundertprozentig einverstanden, wenn du eine Partei gewählt hast? Siehst du. Da ist nicht jeder Hitler persönlich!"

„Du findest es okay, wenn die Sozialpatrioten über die sogenannte Volksgemeinschaft und die Rettung des Abendlandes schwadronieren? Gerade du?"

„Beweist nur, wie du auszuckst, wenn man darüber bloß redet. Sei ganz beruhigt, ich werde die nicht wählen. Da würde mich Tochter Jana umbringen."

„Ich dich auch."

„Damit ist dann ja alles klar."

Vesna geht so schnell, dass ich kaum mithalten kann. Ich hole tief Luft. Vor uns steht eine pummelige junge Frau mit Kopftuch, sie schiebt einen Doppelkinderwagen.

„Die wollen sie weghaben. Zuerst das Kopftuch, dann die Leute. Das ist okay?", zische ich Vesna zu.

Sie packt mich am Unterarm und sieht mich an. „Das ist gar nicht okay und du weißt genau, dass ich das so sehe. Ich ... wollte einfach zuerst wissen, ob es einen Sinn hat, über die USP zu reden. Ich war mir nicht sicher ... Natürlich hätte ich es dir erzählt. Außerdem: Sehr viel weiß ich darüber nicht."

„Was?"

„Beate Prokop ist Mitglied. Wird man aber offenbar automatisch, wenn man dort auftritt. Sie hat gesungen bei der ‚Union Wiener Leben'."

„Das ist nicht nichts."

„Es ist eine Art Kultureinrichtung. Es wird genug geben, die gar nicht kapieren, wer im Hintergrund steht. Ich habe etwas anderes im Gespräch für interessanter gehalten: Bea Prokop macht auf Yogafreundin, die nur wegen der Talente der Kleinen hilft. Für Katharina ist sie einfach die Nanny, eine Angestellte, die noch dazu von Peter Gruber bezahlt wird."

„Ist mir auch aufgefallen. Und: Er dürfte lange nicht da gewesen sein, wenn stimmt, dass er Lisa wöchentlich anruft und sie ihm jedes Mal ein Bild malt", überlege ich.

„Er hat sich seit dieser Talkshow zurückgezogen. Wie es aussieht, sogar sehr. Oder immer mehr. Noch was: Peter Gruber war bei der Talkshow, als die App schon sehr erfolgreich war. Sonst wäre er gar nicht eingeladen worden. Aber seine Schwägerin Katharina tut so, als hätte er nur früher, als er in der Schule war, Probleme mit USP gehabt. Und jetzt gibt es die Lisa-App und alle sollen sich liebhaben."

„Du magst sie nicht."

„Sie ist mir egal. Mich nerven nur Menschen, die schön herumreden und in Wirklichkeit meinen, sie hätten viel mehr und Besseres verdient. Warum sollen ihr gebratene Hühner in den Mund fliegen?"

„Tauben."

„Wer?"

„Es sind Tauben im Sprichwort."

„Wer isst Tauben? Schon gar in der Stadt?"

Ich lache und schließe mein Auto auf. „Wir sollten uns beim nächsten Mal besser absprechen, okay?"

Vesna starrt an mir vorbei. Was habe ich jetzt wieder Falsches gesagt?

Ich drehe mich um. Beate Prokop. Sie hat alles andere als einen lieben Nanny-Blick.

„Lassen Sie mich aus dem Spiel!"

„Wir recherchieren ...", setze ich an.

„Gerade wollte Kathi von mir wissen, ob ich bei der USP bin! Was ist das? Gestapo?"

„Sind Sie?", fragt Vesna ungerührt.

„Nein! Bin ich nicht! Und wenn ich es wäre: Das ist Privatsache! Wenn Sie das schreiben, dann klage ich Sie wegen Rufschädigung und übler Nachrede!"

„Ich finde auch, es schädigt Ruf, dort zu sein", gibt ihr meine Freundin recht.

„Ich bin nicht dort! Und es ist eine große Partei!"

„Sie sind Mitglied bei der ‚Union Wiener Leben'. Die gehört zu USP."

„So ein Quatsch! Und wenn Sie es wissen wollen: Ich bin ausgebildete Sängerin. Ich habe an einem öffentlichen Abend der ‚Union Wiener Leben' drei Wienerlieder gesungen. Das war es. Sind wir eine Demokratie oder sind wir keine?"

„Noch", sagt Vesna.

„Wehe, Sie schreiben so einen Unsinn! Peter Gruber hat mich immer geschätzt. Sonst würde er mich wohl kaum bezahlen, oder? Wenn ich eine der Bösen wäre, die angeblich an der Spaltung schuld sind. Und überhaupt an allem. Als ob nicht ganz andere das Sagen haben und uns für dumm verkaufen!"

„Peter Gruber hat Sie geschätzt? Schätzt er Sie nicht mehr? Oder kann er nicht mehr ...", werfe ich ein.

„Weil er weg ist! Das sollte Ihnen klar sein! Es ist eine glatte Lüge, dass ausgerechnet Sie beide ihn gesehen haben sollen. Ich habe Kathi gewarnt! Wir werden nicht zulassen, dass die Medien Lügen verbreiten!"

„Haben wir nicht vor", sage ich so ruhig wie möglich. „Ist nett, dass Sie Ihre Chefin so verteidigen."

„Meine Chefin?"

„Sie sind Nanny von ihrer Tochter, da ändert ein ‚Kathi' da und gemeinsames Yoga dort nichts daran", setzt Vesna nach.

Ich sehe meine Freundin zufrieden an. So geht es. Jetzt gibt's wieder Gleichklang.

„Nur damit das klar ist: Nicht sie zahlt mich. Das könnte sie gar nicht. So toll findet Kathi ihren Schwager übrigens auch nicht. Der könnte ihr ruhig mehr von seinen Millionen abgeben. Sogar seine Mitarbeiter haben Anteile an der AG. Aber sie? Nichts. Da gibt's nur Geld für Lisa. Und das viel später. Vorausgesetzt, das Ganze ist dann noch nicht krachen gegangen. Wer weiß, was er mit den Zeichnungen von Lisa macht! Sie teuer verkaufen? Jedenfalls: Ich werde von der AG gezahlt. Nicht besonders gut, wenn man meine Qualifikationen bedenkt. Ich mache das für Lisa. Aber ich werde nicht dulden, dass über mich Lügen verbreitet werden!"

„Sie und Katharina Föhrenburg sind also Freundinnen", stellt Vesna fest.

„Natürlich. Was sonst? Sie ist ganz allein. Der Supergutmensch war Peter Gruber nie. Den kümmern die anderen wenig. Auch sein Verhältnis zu Julia, seiner verstorbenen Frau, war nicht Idylle pur. Das hat mir Kathi erzählt. Sie wollte Kinder. Er nicht. Weil man keine in diese Welt setzen kann. Er war nie daheim, sondern schon damals besessen von seinen Ideen. Nur damit Sie klarer sehen. Aber wehe, ich lese etwas davon. Ich kann mich wehren! Ich habe Freunde!"

Vesna setzt an. Ich falle ihr ins Wort. „Natürlich. Danke", sage ich bloß.

„Welche Freunde? Bei USP?", knurrt meine Freundin, als ich losfahre.

„Dann hätte sie nicht so heftig reagiert, oder?"

„Sie braucht Job. Wenn Gruber von ihrer Verbindung zu den Sozialpatrioten erfährt, kriegt Lisa eine andere Nanny."

„Wenn … Schon eigenartig, dass die beiden von ihm in der Vergangenheit geredet haben. So, als hätten sie ihn abgeschrieben", überlege ich.

„Oder als ob sie wüssten, er ist dauerhaft untergetaucht. Samt seinen Millionen."

[4.]

Ich sitze mit Fran im Hinterzimmer des italienischen Feinkostladens, den ich so mag. Vor uns ein Teller mit Antipasti, den üblichen Prosecco hat er verweigert. „Ich brauche noch einen klaren Kopf", hat er gesagt.
Ich bin auch beim Wasser geblieben. Mit etwas Bedauern.
„Mam wollte unbedingt, dass ich dir selbst erzähle, was ich rausgefunden habe. Auch wenn es nicht spektakulär ist. – Sie hat gesagt, ‚Mira soll nicht glauben, ich mache etwas an ihr vorbei.' Hat eigenartig geklungen. Alles okay bei euch?"
Ich grinse und nehme noch ein Stück würzigen Grana Padano. „Überrascht mich, dass sie ein schlechtes Gewissen hat."
Fran zwinkert mir zu und sieht auf die Uhr. „Wirkt, als wäre doch alles normal zwischen euch. Also: Aufs Erste hat diese Lisa-App auf mich wie eine Art Pyramidenspiel gewirkt. Gibt es ja nicht so selten: Schicke diese Nachricht an weitere zwölf Personen und du wirst in dieser Woche zwölfmal Gutes erleben. Und wenn du es nicht tust, gibt's zwölfmal Pech. Bei den böseren Pyramidenspielen geht's um Geld. Du zahlst und alle anderen zahlen auch. Solange sich immer mehr beteiligen, kriegst du auch etwas zurück. Aber wenn es kippt, und es kippt immer, ist alles futsch. Man kennt es. Soll sogar Banken und Investmentfonds geben, die dieses Muster probiert haben."
„Der Download kostet bloß einen Euro, dann kannst du die App, sooft du willst, benutzen", werfe ich ein.

„Macht bei Millionen Downloads auch ein nettes Sümmchen. Um ein Pyramidenspiel geht es bei dieser App wohl wirklich nicht. Es wird nicht einmal eine Extraportion Glück versprochen. Das Ganze ist schon fast zu harmlos."

„Eigentlich schlimm, dass wir inzwischen hinter allem eine böse Absicht vermuten. So viel Misstrauen ... Seit wann ist das so? Vielleicht will die App wirklich nichts anderes, als für ein bisschen mehr Miteinander zu sorgen."

„Mam hat gesagt, du verwendest sie auch."

„Hin und wieder. An guten Wünschen kann doch nichts verkehrt sein."

„Im Netz geht es um Daten. Immer, überall. Der neueste Dreh hat sogar viel mit deiner Branche zu tun. Hast du in letzter Zeit online nach einem Zeitungsartikel gesucht?"

„Klar, mache ich immer wieder."

„Da poppt immer häufiger auf, dass du das Blatt entweder ‚pur' lesen und dafür zahlen kannst, oder dass du gratis weitermachst und es mit Werbung liest."

„Halte ich für okay. Immerhin haben Zeitungen Ausgaben. Wenn ich schon kostenlos Inhalte ansehen kann, dann akzeptiere ich eben die Werbung dazwischen."

„Hm. Du solltest lesen, was sonst noch dabei steht: Häufig akzeptierst du damit nicht nur die Werbung, sondern stimmst auch zu, dass ganz viele deiner Daten verwendet, weitergegeben, verkauft werden dürfen."

Ich starre Fran an.

„Doch ein Glas Prosecco?" Er lächelt.

„Das heißt, ich lese etwas im ‚Magazin' online und die verhökern meine Daten? Traue ich ihnen allerdings zu."

„Ja. Aber so machen es die meisten, vielleicht sogar Ecco."

„Quatsch. Uns gibt's nur online. Wer lesen will, muss zahlen."

„Wer reinlesen will, vielleicht nicht sofort. Schau mal nach. Oder soll ich?"

„Mache ich später."

„Sie haben sich das übrigens von Meta abgeschaut. Dort kannst du ein Facebook-pur-Abo kaufen, dann wirst du nicht total mit Anzeigen zugemüllt. Wenn du es nicht tust, akzeptierst du nicht bloß die Werbung, sondern auch den vollen Zugriff auf deine Daten. Da läuft gerade eine Klage dagegen – mal sehen, wie es ausgeht und was es nützt."

Ich stehe auf und deute auf die Proseccoflasche, die in einem großen Eiskübel bereitsteht. Der Mann hinter der Theke lächelt und nickt. Er wirkt so verständnisvoll, als hätte er mitgehört. – Hat er wohl nicht. Oder?

Ich kann nichts dafür, dass er zwei Gläser einschenkt. Zur Not trinke ich beide.

„Was heißt das für unsere Alles-Gute-App?", frage ich Fran nach einem kräftigen Schluck. Sanft prickelnd, trocken, etwas Säure, etwas Frucht. Die haben hier Prosecco, der noch tatsächlich aus dem Prosecco-Gebiet im Veneto stammt. Wenigstens dabei kann man mir nicht so einfach etwas vormachen.

„Die Verwertung von Daten ist zu einem Milliardenbusiness geworden", redet Fran weiter. „Unternehmen wollen wissen, wie du tickst. Um dir etwas verkaufen zu können. Um überhaupt zu wissen, was sie produzieren müssen, damit sie es dir verkaufen können. Im noch schlimmeren Fall: um nicht nur deine Kaufentscheidungen, sondern auch deine gesellschaftliche und politische Einstellung manipulieren zu können."

„Das ist mir bewusst. Aber wenn ich eine App lade, kann ich mir anschauen, welche Daten wofür verwendet werden."

„Du checkst, was das genau bedeutet?"

„Wenn es mir dubios vorkommt, muss ich sie nicht downloaden."

„Gib mir dein Smartphone. Ich zeige dir etwas. Nur so als Beispiel."

Ich entsperre es und strecke es ihm rüber. „Natürlich ist generell Misstrauen angebracht. Aber nicht immer und überall. Oder?"

„Das ist eine philosophische Frage, da bin ich nicht zuständig. Schau mal her. Ich habe ‚Daten verkaufen' gesucht. Ergebnis

Nummer eins: offenbar eine Datenschutzseite. Dem Namen und der Aufmachung nach. Ich öffne die Homepage und es poppt das Übliche auf. Du kannst alle Cookies akzeptieren, alle ablehnen oder eine Auswahl treffen. Vor allem aber solltest du lesen, was dabei steht."

Ich lese: „Wir übermitteln personenbezogene Daten an Drittanbieter, um unser Webangebot zu verbessern und zu finanzieren. In diesem Zusammenhang werden auch Nutzungsprofile (u. a. auf Basis von Cookie-IDs) gebildet und angereichert, auch außerhalb des EWR. Hierfür und um bestimmte Dienste zu nachfolgenden Zwecken verwenden zu dürfen, benötigen wir Ihre Einwilligung. Indem Sie ‚alle akzeptieren' anklicken, stimmen Sie diesen zu. Dies umfasst auch Ihre Einwilligung in die Übermittlung bestimmter personenbezogener Daten in Drittländer, u. a. die USA, die als unsicheres Drittland gelten. Unter ‚Einstellungen' können Sie Ihre Einstellungen ändern oder die Datenverarbeitung ablehnen. Sie können Ihre Auswahl jederzeit ändern ..."

„Es ist übrigens eine Seite, die dir wirklich einige sinnvolle Infos über den Umgang mit Daten gibt. Auch wenn sich dann herausstellt, dass sie von einer Firma betrieben wird, die rechtliche Unterstützung anbietet – vor allem beim Ausloten der Möglichkeiten, was legal alles geht, wenn man als Unternehmen Daten sammeln und verkaufen möchte."

Ich schüttle den Kopf. „Legal?"

„Klar. Die meisten haben weder Zeit noch Lust und drücken auf ‚alles akzeptieren'. Seit der Datenschutz-Grundverordnung kannst du dich besser wehren, wenn die Grenzen überschritten werden. Besonders schützenswerte Daten dürfen nicht mehr weitergegeben oder verkauft werden. So etwas wie sexuelle Orientierung oder Zugehörigkeit zu einer Partei. Adressen aber schon – das ist eines der größten Geschäfte, nach wie vor. Der Traum der Internet-Werber ist ein punktgenaues Profil von dir, samt Adresszugängen. So können sie dich gezielt ‚informieren', wie das heißt. Wobei deine Profildaten aus verschiedenen Quellen stammen können. Die wissen, für welche Produkte du dich interessierst, wo du in letzter Zeit warst und wie lange, was du gekauft hast. Daraus kann man auf sozialen Status, Alter, finanzielle Verhältnisse – und darauf schließen, ob du eher misstrauisch oder eher gutgläubig bist. Spontan oder zögerlich. Ob du lieber gute Wünsche verschickst oder dich auf den Seiten irgendwelcher Wutbürger herumtreibst."

Ich seufze. „Sagen wir so: Du hast meinen guten Glauben an die Menschheit nicht gerade befördert. – Also: Was steckt hinter der App namens ‚LISA wünscht ALLES GUTE'?"

Fran lächelt mir zu. „Sie scheint relativ datensparsam zu sein, wie man das nennt. Sie ist sehr schlicht aufgebaut, klar gibt's Verknüpfungen zu den Anwendungen, die du mit ihr ansteuerst, um deine guten Wünsche loszuwerden, aber sie selbst scheinen nichts zu verhökern. Man kann natürlich alles über US-Server laufen lassen und Ähnliches, dann brauchst du keine Infos, weil dafür die Datenschutz-Grundverordnung nicht gilt, aber so schaut es nicht aus. Wobei …"

„Wobei was?"

„Glaubst du, ich bin der Wunderwuzzi, der da den sofortigen und kompletten Durchblick hat? Klar ist eines: Die durchschnittliche Usergruppe dieser App ist interessant. Weil sie eher weiblich, eher älter ist und eher guten sozialen Status hat."

„Und gutmeinend bis gutgläubig ist", seufze ich. „Denen kannst du viel verkaufen."

„Auch, aber nicht nur deswegen. Die meisten gesammelten Daten stammen noch immer von weißen Männern der Mittelschicht unter sechzig. Das Netz muss sich diversifizieren. Nicht nur um gezieltere Verkaufsprofile zu erstellen. Auch um die Vielfalt der Gesellschaft besser abbilden und wiedergeben zu können. Schon wegen der Anwendungen von künstlicher Intelligenz oder von Programmen, die zumindest in diese Richtung gehen. Die Systeme können nur rechnen und verbinden, was sie kennen, also nur, was schon erfasst wurde."

„Ich hatte nicht den Eindruck, dass Peter Gruber viel davon versteht."

„Keine Ahnung. Laut Mam handelt es sich eher um einen Geschichtslehrer auf einem Trip, der ihm nicht gut bekommt."

„Er verdient Millionen mit der App."

„Er hat offenbar Angst. Er ist verschwunden."

„Hast du eine Spur von ihm gefunden?"

„Nein. Seine Telefonnummer ist abgemeldet. Kein Anschluss unter dieser Nummer."

„Wie kann er gewusst haben, dass wir in Graz sind?"

„Mam hat erzählt, ihr habt die Vermutung, das könnte er über die Lisa-App herausgefunden haben. Das ist eher unwahrscheinlich. Du gibst deine Daten viel offener preis. Ich möchte nicht wissen, wie vielen Apps, Suchmaschinen, Routenplanern oder eben Zeitungsportalen du erlaubt hast, dass dein Standort erfasst wird. Sie haben deine momentane IP-Adresse, also die Internetadresse, bei der du eingeloggt bist. Also gibt's Daten darüber, wo du bist."

„Er konnte mich tracken?"

„Möglich, aber vieles ist doch verschlüsselt und nicht für jeden einsehbar. Man will es ja selbst verwenden oder verkaufen. Der einfachste Weg ist ein anderer: Es existiert ein Foto von euch mit der Band EverLyn, es wurde auf Facebook und Instagram geteilt. Da ist ganz offen und unschuldig der Veranstaltungsort markiert. Jeder, der nach euch sucht, kann es finden."

„Na super. Und trotzdem kannst du nicht sagen, wo Peter Gruber ist. Obwohl du dich so gut auskennst."

„Erstens kann man einiges tun, um keine oder nur wenige Spuren zu hinterlassen. Telefonnummer stilllegen, sich nicht fotografieren lassen, auch nicht von öffentlichen Kameras, mit keinen zuzuordnenden Zugängen ins Netz einsteigen, nur Bargeld verwenden. Anstrengend, aber es geht."

Ich nicke. „Er war … Er hat einigermaßen paranoid geklungen. Es gibt allerdings auch Gerüchte, er sei freiwillig mit seinen Millionen untergetaucht. Aber die kann er wohl nicht bar mithaben."

„Auskünfte von Banken sind schwierig zu bekommen. Sie gehören zu den größten Datensammlern, aber sie geben ungern etwas davon preis. Wir wissen nicht einmal, wie viel Geld Peter Gruber wirklich hat. Millionen Menschen haben einen Euro für den Download gezahlt. Allerdings kassieren die App-Stores davon gleich einmal rund ein Drittel an Provision. Außerdem muss er sein Unternehmen am Laufen halten. Keine Ahnung, was er für Ausgaben hat."

„Alles ausgelagert, sagt Oskar."

„Ist dann auch nicht gratis. Wobei diese ALLES GUTE AG schon ordentlich verdienen wird."

„Was, wenn er längst nicht mehr das Sagen hat? Oder ihn jemand ausbooten will?"

„Verschwörungstheorien gibt's massig: Hinter der App ‚LISA wünscht ALLES GUTE' stecken die üblichen Verdächtigen von George Soros bis Bill Gates. Der Lehrer Peter Gruber war von Anfang an nur eine Marionette im Kampf gegen das Abendland. Er ist längst Milliardär, hat eine Jacht und alles an Meta verkauft. Oder: Er wurde nach seinen Attacken gegen die Sozialpatrioten vom russischen Geheimdienst gekidnappt. Oder: Er ist einer der besten Freunde Putins und wurde in seiner Villa auf der Krim getrackt. Den Schrott kannst du selbst nachlesen, vorausgesetzt, du hast genug Zeit und Nerven."

„Er hat gesagt, man will ihm LISA wegnehmen. Er hatte Angst wegen der Drohungen. – Kann es sein, dass die großen Player tatsächlich hinter seiner App her sind? Die ja zumindest theoretisch viele interessante Daten liefern könnte? Und die vielleicht nicht millionen-, sondern mit der richtigen Werbung milliardenfach verkauft werden könnte? Weil wir ja alle eigentlich für das Gute und gegen die Spaltung sind."

„Wen meinst du mit ‚große Player'?"

„Na die üblichen eben: Meta. Elon Musk. Vielleicht auch Apple, Google …"

Fran schüttelt amüsiert den Kopf.

„Würdest du das überhaupt wissen? Wer kommt in so einem Fall nach Österreich und schließt das Geschäft ab? Und wer übt Druck aus, wenn jemand nicht verkaufen möchte?"

„Das ist nicht die Mafia. Zumindest nicht im engeren Sinn. Die kaufen keine Apps wie ‚LISA wünscht ALLES GUTE'. Bei ihnen geht es um Kommunikations-Apps in anderen Dimensionen."

„Ach, und wenn sie da eben doch Potenzial sehen? Alles ist ganz lieb und einfach: Es sorgt für gutes Image, wenn man eine App für gute Wünsche und gegen die Spaltung betreibt. Quasi als Wiedergutmachung, für das, was sie im Netz schon angestellt haben."

Fran lächelt und nimmt jetzt auch einen Schluck. „Wow, der ist super."

„Einer der besten. Da wenigstens kenne ich mich aus."

„Erfolgreich hochgestartete Apps werden von größeren Internet-Unternehmen gekauft, denen sie ins Portfolio passen: wegen der Reichweite, der Daten. Oder weil man vielleicht, wie in diesem Fall, tatsächlich auch für ein gutes Gefühl sorgen möchte."

„Und man bedroht den Entwickler, weil er nicht verkaufen will?"

„Druck gibt's wohl in allen Branchen. Außerdem: Vielleicht hat Gruber euch Unsinn erzählt."

„Seine Schwägerin hat die Drohungen bestätigt."

„Es kann inszeniert sein. Mira: Ihr kennt den Typ nicht. Und nur weil er vor autoritären Entwicklungen warnt und gegen die Idioten von der USP ist ... Vielleicht hat er die App zu Beginn wirklich für einen Beitrag gegen die Spaltung der Gesellschaft gehalten. Aber Geld verändert."

„Angst auch."

Fran seufzt. „Klar kann er untergetaucht sein, weil er sich fürchtet. Wobei bekannt ist, dass wir uns meistens vor dem Falschen fürchten."

„Wie vor dem dritten Weltkrieg? Oder der Unterminierung der Demokratie?"

„Ich habe eher an Impfungen gedacht. Fürchten sollte man sich vor der Krankheit. Apropos: Wenn ihr schon glaubt, dass Peter Gruber nicht freiwillig untergetaucht ist, checkt doch mal das USP-Umfeld. Auch wenn die Shitstorms gegen ihn in letzter Zeit abgeflaut sind. Ihr braucht dafür nur auf Peter Grubers Social-Media-Seiten zu gehen. Da gibt's zum Beispiel einen ehemaligen Kollegen am Gymnasium. Sein Pseudonym war peinlich einfach zu knacken. Man sollte auf so einer Seite nicht zu viele Querverweise und Fotos haben, die auf andere mit Klarnamen verlinkt sind. Andres Niwrad. Allein der Name. Peinlich."

„Warum?"

„Mira, echt jetzt? Darwin. Nicht gerade neu in der rechten Szene."

[5.]

Ich parke hinter der Halle von „Auf die Palme". Früher war hier der Schau- und Verkaufsraum von US-Speed, dem Autohaus von Hans Tobler. Amerikanische Traumwagen aus der angeblich besseren alten Zeit, ein gutes Geschäft. Jana hat ihn dazu motiviert, einige der spritfressenden Schlitten zu E-Autos umzubauen. Platz für Batterien haben sie ja genug. Das macht Hans auch jetzt noch. Alles andere hat er aufgegeben. Nach seinem Herzinfarkt. Und, so schließt sich der Kreis, jetzt nutzt Vesnas Tochter den Saal mit den hohen Palmen und dem schönen Marmorboden für „Klima-Clubbings".

Ich bin ausnahmsweise zu früh dran. Aber die Eingangstür ist schon offen. Ob Peter Gruber auftauchen wird? Seine Schwägerin hat gewirkt, als hielte sie das für unwahrscheinlich. Hat sie uns etwas verschwiegen?

Eigenartig, wie ruhig es hier ist.

Ich erinnere mich an das geschäftige Treiben, als wir zum ersten Mal in die Halle gekommen sind. Wir wollten Hans Tobler im Fall der unglücklichen Evelyn auf den Zahn fühlen. Beinahe fünfzehn Jahre ist das her. Sein Verkaufspersonal war so gekleidet, wie man es von gewissen US-amerikanischen Filmen kennt: Country-Romantik, enge Jeans, rotes neckisches Halstuch und karierte Hemden, die bei den Empfangsdamen einigermaßen eng geschnitten und nicht gerade hochgeschlossen waren. Nicht ganz mein Stil. Trotzdem haben wir den Autohändler schon bald als erstaunlich vielseitigen, sympathischen Menschen kennengelernt. Und Vesna, die ewig skeptische Vesna, hat sich in ihn verliebt.

Die Palmen, für die Hans immer ein Faible hatte, sind geblieben. Und ein 57er Chevrolet, original rot lackiert, glänzend und wie neu. Seine Hommage nicht nur an den amerikanischen Traum, sondern auch an den in jeder Beziehung außergewöhnlichen Willi Resetarits alias Doktor Kurt Ostbahn und seinen legendären Song. Vor kurzem gab es ein Fotoshooting. „57er Chevy" ist nun auch eines der Highlights im Programm von EverLyn.

Meine Schritte hallen. Ob ich ins hintere Gebäude soll? Da ist jetzt Vesnas Firma „Sauber – Reinigungsarbeiten aller Art" untergebracht. Quasi die Unternehmen der ganzen Familie vereint. Auch so was gibt es. Fehlt nur noch, dass Fran mit seiner Firma einzieht.

„Vesna?", rufe ich.

Keine Antwort.

„Jana?"

Nichts.

Irgendjemand muss aufgesperrt haben. Am Ende der Halle ist eine lange Bar, verlassen wie der Rest. Einige Lounge-Gruppen. Niemand zu sehen. Ich will nicht noch einmal rufen. Es ist beklemmend, wenn nichts zurückkommt. Unwillkürlich versuche ich, leiser aufzutreten. Mit meinen flachen Schuhen kein großes Problem. Noch immer zehn Minuten vor der vereinbarten Zeit. Dort, hinter der Palme mit dem dicken Stamm. Da sitzt jemand. Peter Gruber? Einer seiner Verfolger, der dank Internet genau weiß, wo er, wo vor allem auch ich zu finden bin? Ich schleiche näher. Kneife die Augen zusammen. Wie lächerlich, dass ich noch immer keine Brille trage. Ich bin kurzsichtig und das seit Jahrzehnten. Mein Manko ist aber auch nicht schlimmer geworden. Vielleicht krieg ich ja Altersweitsichtigkeit und die beiden … Ich ziehe erschrocken die Luft ein, ersticke einen Schrei. Da war jetzt wirklich ein Geräusch. „Hallo?"

Nein. Nichts. Niemand. Und hinter der Palme lehnt bloß ein Plakat, das für das nächste Klima-Clubbing wirbt. Janas

Konzept: „Auf die Palme!": Abende mit viel guter Musik, Infos zu Klima-Themen samt Vernetzungsmöglichkeiten. Natürlich alles CO_2-neutral. Die flächendeckende Fotovoltaikanlage am Dach hatte Hans Tobler als Technik-Freak ohnehin schon seit Jahren. Jana, Vesnas Tochter: Sie war drei, als ich sie kennengelernt habe. Gemeinsam mit ihrem Bruder Fran. Muntere, neugierige Zwillinge, sie haben ganz ohne Nanny ihren Weg gemacht. Jetzt hat sie selbst eine Tochter in diesem Alter. Von Lillis Vater lebt sie getrennt. Endgültig. Ähnlich wie Hans hat sie sich neu erfunden: Anstelle für CHANCE, die große Umwelt-NGO, zu arbeiten, organisiert sie hier … Party. Okay, gute Party. Um die Palmen kann es ihr nicht gehen, sie hat alles andere als einen grünen Daumen. Aber von PR versteht sie etwas. Wo steckt Jana?

Ich sehe durch die großen Glasscheiben ins Freie. Die wenigen Autos wirken verloren auf dem überdimensionierten Parkplatz. Demnächst werden einige E-Ladestationen aufgestellt. Wobei Vesnas Tochter noch immer findet, dass kein Auto das beste Auto ist. Hat Peter Gruber ein Auto? Welches? Kein Stromer außer meinem zu sehen. Ein langweiliger Durchschnittswagen würde ohnehin eher zu Peter Gruber passen. Unsinn. Er ist alles andere als Durchschnitt. Er sieht bloß so aus. Seine Geschichte … möglich, dass er in alles reingestolpert ist. Er war ein engagierter Lehrer, er wollte den Kids mehr beibringen als klassisches Geschichtswissen. Dann der fürchterliche Tod seiner Frau. Und seine immer intensivere Beschäftigung mit der Zeit zwischen Erstem und Zweitem Weltkrieg. Je mehr Widerstand es gegeben hat, desto mehr fühlte er sich bestärkt: Man wehrt sich, die bedrohlichen Parallelen zu sehen, man will verhindern, dass er sein Wissen weitergibt. Überall Antidemokraten und Ignoranten. Sein Engagement wird zur Obsession. Er nimmt nur mehr wahr, was seine Hypothese stützt. Dass er suspendiert wurde, muss Gruber wie die endgültige Bestätigung seiner Thesen vorgekommen sein.

Und dann? Eine Zeichnung seiner Nichte, die Idee mit der App, der unvorhergesehene Erfolg. Weil die Menschen anderen gerne alles Gute wünschen. – Wo ist Peter Gruber? Ich werde die Story Ecco anbieten. Sollte er auftauchen, möchte ich mit ihm über all das reden. Kein Grund, mich vor der menschenleeren Halle zu fürchten. Ich mag Palmen. Sie sammeln nicht einmal Daten. Wer sollte mir …

Schritte. Da waren Schritte. Jeder normale Mensch, der eintritt, würde rufen. Auf sich aufmerksam machen. So wie ich es versucht habe. Was ist schon normal in Zeiten wie diesen? Selbst den Begriff haben sie schon zum Politikum gemacht. Keine Spitzfindigkeiten jetzt. Da jedenfalls ist jemand, der lieber nicht gehört werden möchte.

Ich bewege mich so lautlos wie möglich zur Bar, ducke mich hinter die Theke. Sie gibt mir bei weitem mehr Sichtschutz als eine Palme. Ich versuche meine Atmung zu kontrollieren. Ich habe den Eindruck, ich keuche. Und höre nichts. Nicht mich, keine Schritte. Der Nachteil an meinem Versteck: Ich kann nicht sehen, ob jemand näher kommt. Mein Herz hämmert. Auch das kann man nicht hören. Nicht in der hellhörigsten Halle. Ich atme durch den Mund.

Peter Gruber hatte Angst. Vielleicht war die Angst viel konkreter, viel begründeter, als wir angenommen haben. Es geht nicht um die Weltlage, sondern um eine Person, die ihm Übles will. Oder um mehrere. Fakt ist: Hier ist jemand. Wer verfolgt ihn? Wer will verhindern, dass er uns etwas erzählt? Bill Gates persönlich? Zuckerberg trainiert Kampfsport. Er will gegen Elon Musk antreten, der ist sowieso durchgeknallt. Quatsch. Die haben ihre Leute für jede Form von Schmutzarbeit. Das macht es auch nicht besser. Ich spähe an der Theke vorbei ins Freie. Am Parkplatz wird jemand liegen. Mit Brillen und graubraunem Haar. Ich kneife die Augen zusammen. Da liegt niemand. Ich kann nicht anders, für einen Moment hebe ich den Kopf und starre in die sonnendurchflutete Halle. Eine Gestalt. Sie kommt auf mich zu. Ich ducke mich wieder. Ich mache es wie die Kinder. Wenn ich die Augen zumache, kann man mich nicht sehen. Ich mache es wie so viele mit der Weltlage: Tun wir, als wäre nichts. Vielleicht hilft es. Was soll sonst noch helfen? Ein Schatten über mir. Ich schreie auf.

„Mira, was ist?" Jana lehnt sich über den Tresen.

Ich hole tief Luft. Bekomme nichts raus. Richte mich trotzdem so cool wie möglich auf. „Warum …", krächze ich und atme so tief ein, dass es wehtut. „Warum sagst du nichts?"

„Ihr wolltet, dass ich mich im Hintergrund halte."

„Wie lange bist du schon da? Hast du jemanden gesehen? Hast du mich nicht rufen gehört?"

Vesnas Tochter schüttelt den Kopf. „Ich bin gerade erst gekommen. Ich habe vor zwanzig Minuten aufgesperrt und bin dann hinüber zu Mam. Aber die hatte noch ein Meeting. – Du wirkst … Beruhige dich, es ist alles okay."

Ich nicke. Es geht mir schon besser. Ich bin nicht allein. „Ich habe … Geräusche gehört. Wenn du erst gekommen bist, von wem waren die dann?"

„Vielleicht hat sich euer Professor versteckt, der hat doch vor allem Angst."

Ich sehe mich um. „Wo …"

„Mira, das war ein Joke. Ich bin öfter allein hier, ich liebe das. Da gibt's immer Geräusche in einer so großen Halle. Ich glaube, auch die Palmen machen Laute."

„Weil Pflanzen reden können", höhne ich. Es klingt schon einigermaßen normal.

„Wer weiß", antwortet Jana ungerührt. „Auch wenn ich eher gemeint habe, dass ab und zu ein Blatt abfällt."

„Palmen statt Engagement für CHANCE. Machst du das wegen Lilli?"

„Es sind Klima-Clubbings. Wir dürfen uns nicht nur in der eigenen Blase erzählen, dass die Welt untergeht, falls nichts passiert. Oder besser, dass die Menschheit den Bach runtergeht. Die Welt überlebt unsere Blödheit schon. Die Dinosaurier hätten auch nicht gedacht, dass sie aussterben, bloß weil irgendwo ein Meteorit eingeschlagen hat und ein bisschen Staub in der Luft war."

„Die konnten nichts tun. Wir …"

„Eben. ‚Auf die Palme' erreicht auch Leute, die sich nicht tagtäglich mit der Klimakrise beschäftigen. Musik hören, abtanzen und reden, ist doch ein super Konzept. Und klar kann ich so mehr bei Lilli sein. Ist mir eben auch wichtig. Bei CHANCE wollte ich nicht ewig bleiben, man wird betriebsblind und/oder zornig und die neue Führung ist auch nicht so ganz mein Ding. Ich sage dir eins: Wir brauchen Entspannung!"

„Und eine App, mit der wir einander alles Gute wünschen", füge ich trocken an.

„Entspannung?", kommt es von weiter weg. Vesna. „Besser, Jana geht auf die Palme, als sie klebt sich auf die Straße."

Jana dreht sich in ihre Richtung. „Was für ein reaktionärer Unsinn!"

„Echt entspannt", spottet meine Freundin.

„Wer hört uns zu, wenn wir bloß brav sind?", setzt Jana nach.

„Da bin ich ihrer Meinung", stelle ich fest und ergötze mich an Vesnas verblüfftem Blick. „Wer weiß, vielleicht picken wir uns alle noch auf eine Kreuzung. Oder legen Ampeln lahm. Oder …"

„Wo ist Peter Gruber?", fragt Vesna.

„Wir haben ihn nicht versteckt."

Vesna hat immer wieder versucht, ihn anzurufen. *Kein Anschluss unter dieser Nummer.*

Wir sitzen an der verwaisten Edelstahlbar. „Es gibt nichts Trostloseres als Locations ohne Gäste", sage ich. Die beiden sehen mich an.

„Es gibt viel Trostloseres", widerspricht Jana.

„Zum Beispiel Haus nach Bombenangriff", ergänzt Vesna.

„Oder einen verbrannten Wald", macht Jana weiter.

Bevor auch mir Dinge einfallen, die deutlich trostloser sind, murmle ich: „Sagt man bloß so …"

„Verschwundener Auftraggeber", sagt Vesna. „Nicht trostlos, aber blöd. Natürlich kann er es inszeniert haben. Er ist Millionär. Er fürchtet sich vor Neidern. Er sucht zwei Frauen, die er brauchen kann. Eine Journalistin und eine Privatdetektivin. Sie sollen verbreiten, dass man ihn bedroht hat. Dass er in Graz am schönen Schlossberg war und dann ... weg."

„Was ist mit den zehntausend Euro?", werfe ich ein.

„Für ihn ein Klacks. Wirkt echter. Dem Geld wird immer geglaubt. Wer verschwindet freiwillig, wenn er so viel Geld zahlt?"

„Und wenn er tatsächlich verfolgt wurde und deswegen abgetaucht ist?"

„Dann hat er Geld schlecht investiert. Dann hätte er besser gewartet, ob ich etwas herausfinden kann."

Ich überlege. „Er war wirr, fast panisch, als er mit uns in Graz geredet hat. Dann hat er in der Menschenmenge jemanden gesehen. Man kann niemandem mehr trauen, hat er gesagt und ist davongerannt."

„Was, wenn es ihm nicht gelungen ist, zu fliehen? Wenn er gar nicht verschwinden wollte? Ist er dann noch am Leben?", fährt Jana fort.

Trostlos, trostloser, am ...

Vesna schlägt auf den Tresen „Ich mag nicht, wenn man mich benutzt! Und falls es anders war, dann müssen wir erst recht klären, wo er geblieben ist. Ich habe einen Auftrag."

„Das wird nicht ganz einfach", murmelt ihre Tochter. „Immerhin ist er bereits seit der verunglückten Talkshow quasi schrittweise untergetaucht."

Vesna nickt. „Wir müssen uns an das halten, was er liebt. Lisa. Seine Nichte. – Oder liebt er mehr dieses Strichmännchen, dem er ihren Namen gegeben hat?"

„Strichmännchen geht gar nicht", widerspricht Jana.

„Wie bitte? Ist nur ein Kreis mit Mund und Strichbeinen."

Ich grinse. „Strichfigur."

„Ist doch egal!"

„Du hast noch immer Sprachprobleme, Mam!"

Vesna sieht ihre Tochter genervt an. „Du glaubst, ich bin dumm? Ich weiß schon, dass du von diesem korrekten Reden redest."

„Wortwiederholung."

„Woker Schwachsinn", faucht meine Freundin.

„Vesna, sie will dich bloß ärgern, sie weiß, wie du reagierst."

„Was brauchen wir, hat sie gesagt? Entspannung?"

Jana lacht. „Und ich habe recht. Doppelt."

„Das hat sie von dir", stichle ich Richtung Vesna.

Jana lächelt. „Seit die Sozialpatrioten das Gendern verbieten wollen und ihnen die Konservativen wieder einmal nach dem Mund reden, gendere ich alles."

„Mache, was du willst", knurrt Vesna.

„Ich bin sowieso gegen Sprachverbote. Sollen alle halten, wie sie es möchten. Hauptsache, es wird nicht nur von Männern geredet. Aber es kotzt mich an, wenn sie von der ‚Rettung der deutschen Sprache' labern. Und von Verwirrung, nur weil Frauen oder gar andere Geschlechtsidentitäten gleichberechtigt verwendet werden. Halten sie die Menschen für so blöd?"

Ich nicke. „Nicht neu: Frauenfeindlichkeit, Ausländerfeindlichkeit, Schwulenfeindlichkeit …"

Jana wiegt den Kopf. „Das ist bei der USP noch schräger. Ihr Stehsatz ist: Es gibt nur zwei Geschlechter. Sie lassen ganz bewusst offen, ob sie was gegen Schwule haben. Es gibt nämlich gar nicht so wenig gleichgeschlechtlich Liebende in ihren Reihen. Die will man nicht verprellen, als neue große Volksunion – vorausgesetzt natürlich, es handelt sich dabei um ordentliche Volksgenossen."

„Woran ist eigentlich seine Frau gestorben?", werfe ich ein.

Die beiden sehen mich erstaunt an.

„Du redest von Peter Gruber? Meinst du, er war schwul?", fragt Vesna.

„Meine ich eigentlich nicht. Auch wenn die Nanny gesagt hat, dass die Beziehung zwischen den beiden nicht idyllisch gewesen ist."

„Wie gut, dass ich mit der Mutter von Lisa über USP-Kontakt der Nanny geredet habe. Es hat sie aus der Reserve gelockt", stellt Vesna fest.

„Wäre besser gewesen, du hättest mir vor dem Gespräch davon erzählt."

„Die Nanny von Lisa ist bei den Sozialpatrioten?", fragt Jana.

„Sie ist ihn ihrem Kulturverein aufgetreten", erkläre ich. „Ob Peter Gruber davon weiß?"

„Warum sollte er?"

Ich sehe auf die Uhr. „Vielleicht kommt er doch noch."

„Unwahrscheinlich", antwortet Vesna.

Trotzdem zuckt sie wie wir zusammen, als die Tür ins Schloss fällt und Schritte über den Marmorboden hallen.

„Wir sind hier!", ruft Jana.

Ich werfe ihr einen bösen Blick zu. Besser abwarten und …

„Störe ich?", ruft Hans zurück. Er trägt einen großen Karton und zaubert vier Gläser und eine Flasche Champagner auf den Tresen.

„So ist es gleich viel weniger trostlos", stelle ich fest.

„Warum trostlos?", fragt er irritiert zurück. „Dafür gibt es keinen Grund. Es ist so gut wie fix: Wir werden auf Europa-Tournee gehen. Es gibt gleich zwei erfolgreiche Musikmanager, die uns unter Vertrag nehmen wollen. Ich habe ihnen gesagt: Vielleicht sind andere Musiker ein wenig naiv, weil sie nichts wollen, als Musik zu machen. Bei mir können sie sich das abschminken. Ich war im Autogeschäft. Da wird ordentlich verhandelt!" Er lacht.

„Wenn ich mitfahre, ich will etwas sehen von den Ländern. Macht den Plan nicht zu dicht", sagt Vesna.

Hans sieht sie liebevoll an. „Du musst dir keine Sorgen machen, dass es zu viel wird für mich. Ich bin besser in Form als die anderen Jungs. Und: Wir machen einen medizinischen Checkup. Muss sogar sein, für die Versicherung. Es steht eine ganze Menge Neues an …"

Jana drückt ihm einen Kuss auf die Wange. Sie hat ihn von Anfang an gemocht. Auch wenn die beiden lange nicht bei allen Themen einer Meinung sind. „Da dachte Mam an so eine Rentner-Freizeit-Band, damit dir nicht langweilig wird, wenn du das Autohaus bleiben lässt, und jetzt bist du der neue Rolling Stone!"

„Ich werde dabei sein, darauf ihr könnt wetten", sagt Vesna. „Und das sicher nicht als Krankenschwester."

„Wie nennt man diese Frauen? Groupies?", spottet Jana.

„Ha, wenn, dann, um die Groupies abzuwehren", flachst Vesna.

„Seht euch lieber die Entwürfe für die Autogrammkarten an!" Hans zieht einige Blätter aus dem Karton. „Außerdem habe ich Fleischlaberl und Brot mit."

Erst jetzt wird mir klar, wie hungrig ich bin. Essen ist nicht nur notwendig, es hilft auch gegen die Miseren der Welt. Zumindest bei mir.

„Seit wann kochst du?", zieht ihn Jana auf.

„Seit Vesna doppelt so viel von ihrer Cevapcicimasse macht, als wir essen können. Ist ja bloß Faschiertes mit Gewürzen, Knoblauch und Jungzwiebel. Ich habe zwei eingeweichte und ausgedrückte Semmeln dazugegeben und dann noch ein Ei und ordentlich Chilipulver und Kreuzkümmel. Ich finde, man kann mehr würzen."

Vesna sieht ihn mit gespielter Empörung an. „Ich würze nicht zu wenig."

Ich nehme eines der kleinen gebratenen Laibchen, lege es auf ein Stück Weißbrot, koste und schnappe wieder einmal nach Luft. „Köstlich", sage ich. Und scharf.

„Na ja, ein bisschen schärfer ist es, aber nicht so sehr", stellt Vesna nach einem Versuch fest.

Ich sehe, dass sie Schweißperlen auf der Stirn hat.

„Euer Held ist nicht gekommen, oder?", fragt Hans.

Wir schütteln mit vollem Mund den Kopf.

„Woher weißt du …", setzt Jana an.

Hans deutet auf ein Regal hinter dem Tresen. Da ist eine kleine Kamera. „Die war immer schon da. Hatte sie mehr oder weniger vergessen. Ich wollte nicht stören. Auch wenn ich klarerweise für alles bin, was gegen Spaltung wirkt. Wobei ich ja glaube, dass Musik da besser hilft als ein App-Männchen."

Vesna lacht auf. „Hans! Sage nicht Männchen!"
„Und warum nicht?"
„Lisa ist kein Männchen", setze ich nach.
„Weiß man das heutzutage immer so genau?", murmelt Hans.
Nur Jana schweigt und isst und sieht ihn freundlich an.
„Ich bekomme Predigt", stellt Vesna fest. „Dich liebt sie. Auch ohne Gendern."
Hans grinst. „Mich hält sie für einen hoffnungslosen Fall."
„Wie wahr", sagt Jana und zwinkert ihm zu.
„Autos haben mehr Spalt-Potenzial", fährt er fort und schenkt allen Champagner nach.
Ich hebe mein Glas. „Auf Champagner und Fleischlaberl. Es leben die unerwarteten Kombinationen!"
„Eigentlich waren es Cevapcici. Ursprünglich", präzisiert Vesna.
„Noch besser: Der Balkan kommt zu uns, wir geben den heimischen Senf dazu …"
„Ihren Senf gibt sie immer dazu, auch in der Masse, manchmal mehr als genug", spöttelt Hans. „Also, wir haben das Fotoshooting mit dem Chevy nicht nur in der Halle, sondern auch beim Johann-Strauss-Denkmal gemacht. Ich bin mit ihm rausgefahren. Da haben mich zwei Jungs angepöbelt, zwecks Dreckschleuder, die verboten gehört. Ich habe ihnen gesagt, sie brauchen nur zu horchen und zu riechen. Dann wissen sie, dass der elektrisch fährt. – Und was haben sie geantwortet? Trotzdem mies! Und ob ich kein Problem mit Umweltzerstörung und Kinderarbeit hätte. Ich finde, ich bin viel entspannter als diese Besserwisser."
Selbst jetzt bekommt er keinen Vortrag über Batterien und was sich noch alles, von Rohstoffabbau bis Recycling, ändern muss. Wie schafft er das? Männlicher Charme? Ich muss zugeben, er hat eine Menge davon, unser Rockstar in den angeblich besten Jahren.

[6.]

Oskar hat eines jener Abendessen, bei denen ich froh bin, daheim bleiben zu dürfen. In einem der angesagtesten Lokale in Wien. Ich finde, es ist in erster Linie teuer. Außerdem: Mehrere Wirtschaftsanwälte an einem Tisch können ganz schön langweilig sein. Vorausgesetzt, man interessiert sich nicht besonders für die kartellrechtlichen Probleme transnationaler Fusionen. Schlimmer wird es nur, wenn gewisse seiner Kollegen spätestens beim Dessert versuchen, lustig zu werden. Ich habe den Verdacht, dass es kaum eine Berufsgruppe gibt, in der versteckter Alkoholismus weiter verbreitet ist. – Weil sie solche Meetings eigentlich alle für schwer erträglich halten? Oskar hilft ein gewisser Stoizismus. Und sein Humor. Abgesehen davon. Auch wir trinken nicht gerade wenig Wein. Während es die IT-Branche wohl eher mit anderen Drogen hat. Selbstoptimierung plus dafür angeblich nützliche Substanzen. Oder weil man nur zugedröhnt die Welt betrügen kann? Keine positiven Gedanken. Und das, obwohl unser Treffen bei „Auf die Palme" so nett ausgeklungen ist. Auch wenn die Hauptperson gefehlt hat. Oder gerade deswegen. Jedenfalls sollte es die Hans+Vesna-Fleischlaberl öfter geben. Vielleicht ein kleines bisschen weniger scharf, auch wenn ich das an sich mag. Für Oskar wäre es genau richtig gewesen. Ich habe eines für ihn eingesteckt. Vielleicht braucht er etwas Trost nach seinem Meeting.

Natürlich gibt's auch nette Anwälte, aber die können wir in angenehmerer Atmosphäre treffen. Ich lümmle auf unserer

Fernsehcouch, Vui liegt gut gefüttert im Korb mit den Zeitungen. Ich würde ihn gerne streicheln, doch er legt Wert auf Privatsphäre. Wenn er Streicheleinheiten will, kommt er. Ich lächle. Vielleicht ist er der eigenständigste Bewohner dieses Haushalts. Wobei: Ich theatere mich selbst in Angelegenheiten hinein, die mir dann über den Kopf wachsen. Oder über die ich, allem journalistischen und persönlichen Interesse an der Welt zum Trotz, gar nicht so viel wissen wollte.

Ich kann mich nicht dazu aufraffen, den Fernseher aufzudrehen. Was würde ich sehen? Der russische Präsident bedroht die Welt und bringt seine Gegner um. In den USA stehen sich Republikaner und Demokraten tatsächlich so unversöhnlich gegenüber, dass man von Spaltung sprechen kann. Ist uns das Land der angeblich unbegrenzten Möglichkeiten nur wieder einmal voraus? Was hat ein junger Farmer aus Kansas gesagt? Er unterstütze Trump, weil bei ihm das Benzin billiger ist. Was die Vorwürfe und seine gerichtlichen Verurteilungen angehe: Wer kenne sich denn da noch aus, „weiß sowieso keiner, wem man glauben kann". In und um Europa gibt es Krieg. Warum? Weil einzelne Menschen zu viel Macht haben. Weil andere manipuliert werden. Weil wir ignorant und satt sind, weil sie uns alle manipulieren und wir stimmen auch noch zu und …

Ich schließe die Augen.

Denk an was Schönes. Das Konzert von EverLyn. Fleischlaberl und Champagner unter Palmen. Fürs Klima. Und nicht die Welt, nur wir gehen den Bach runter … Dinosaurier … Sie traben durch den Urwald und sagen zueinander: „Oh, heute ist so viel Staub in der Luft. Und hast du den Rumms gehört? So als ob die dicke Tante Dino vom Baum gefallen wäre. Egal. Gehen wir noch ein Stück und fressen was. Wird schon nichts passieren!"

Da stehen sie und knabbern an der Palme, ganz oben, wo die Blätter besonders zart sind. Die Halle ist groß, riesig, ich kann das Ende nicht ausmachen, aber ich weiß, dass sie jetzt behaupten, die Erde sei doch eine Scheibe. Und dass mich alle sehen, über die Kameras. Und über diese Dings, von denen ich keine Ahnung habe, was sie sind, auch wenn mich Fran dafür auslacht. Gruber sagt, die haben seine Daten, da kann man gar nichts machen, aber ich glaube, er will meine Daten. Nur dass man sie nicht sehen kann. Ich suche sie überall. Leider ist Vesna nicht da, die kämpft irgendwo gegen Windmühlen und an den Wänden sind LISA-Figuren. Sie verwandeln sich zu Zeichen krimineller Vereinigungen. Triaden, die Chinesen, die sollten wir nicht vergessen, wir zerfleischen uns gegenseitig und die freuen sich und haben Lisa gekidnappt. Tock, tock, klopft jemand an. Ich bin nicht zu Hause, ich will auf die Palme, besser, die Dinosaurier fressen mich als Beifang, wie es den Fischen mit den Schleppnetzen passiert. Deswegen soll ich auch nicht so viel Meeresfisch essen, sagt Jana. Und dass wir endlich über weibliche Fische reden sollten. Man hat was in mein Gehirn gepflanzt, das waren die mit der Verschwörung. Es brummt, dabei habe ich es gar nicht akzeptiert. Nur das Kleingedruckte vielleicht nicht gelesen. Sind Sie nicht auch Juristin, Frau Valensky? Wie kommen die anderen dazu, die sich gar nicht auskennen können. Es brummt und knarrt. Ich will nicht! – Ich blinzle. Vui hat seinen Kopf auf meinen Bauch gelegt und schnurrt und schnurrt. „Du hast keine Ahnung, was ich geträumt habe."

Er kneift sein blaues Auge zusammen. Glaubst du wohl selbst nicht.

Er hat es nicht gesagt, natürlich nicht.

Ich streichle ihn und versuche dabei an gar nichts zu denken.

Es gibt sie, die guten … Mein Telefon. Ich sollten den Klingelton wechseln, er ist schrecklich. Was ist schon wieder passiert? Ich taste nach dem Handy und versuche mich dabei so wenig wie möglich zu bewegen. Vui soll bei mir bleiben. Die Dinosaurier waren eigentlich ganz nett. Auch wenn sie die Palmen gegessen haben. Oder war da ein Entlaubungsmittel?

„Was ist?", sagt Vesna.

Ich huste. „Was? Du hast mich angerufen."

„Du hast was gemurmelt. Alles okay?"

„Ich habe geschlafen."
„Jetzt?"
„Vor dem Fernseher."
„Kein Wunder. Was hast du dir angesehen?"
„Nichts. Er ist aus."
Stille.
„Vesna, was wolltest du?"
„Mir ist noch etwas eingefallen. Oder besser: Es fällt mir nicht ein. Was genau hat Peter Gruber gesagt? Er hat was von ‚beseitigen' gesagt, weil sie seine LISA wollen. Wie war das genau?"

Ich überlege. Es ist nicht lange her. Ich sehe alles deutlich vor mir. Wir bei den alten Ziegelmauern der Kasematten. Viele Menschen, die entspannt zurückströmen und sich auf die zweite Hälfte des Konzerts freuen. Laue Nachtluft. Aber was hat er gesagt? „Es ... Sie wollen LISA kaufen und missbrauchen. Ich habe an Kindesmissbrauch gedacht und daran, dass das völlig absurd klingt am Grazer Schlossberg. Kaufen und missbrauchen."

„Ich bin sicher, es war etwas mit beseitigen."
„Ihn wollen sie beseitigen."
„Wer sie?"

Ich seufze. „Das sollten wir doch rausfinden. Die, die ihn bedrohen."

„Er hat nichts Konkreteres gesagt? Wie kann es sein, dass es erst vor ein paar Tagen war, und wir wissen nichts mehr genau? Du musst doch ein Gedächtnis haben für so etwas als Journalistin."

„Wenn ich ein Interview mache, nehme ich es auf."
„Hättest du sollen."
„War wohl nicht absehbar, was uns der Typ erzählt. Und wer er ist."
„Was hat er zuallererst gesagt?"

Ich überlege. Mir kommen die Dinosaurier in den Sinn. Nein, von denen habe ich geträumt. Das erzähle ich Vesna lieber nicht. Alles geht den Bach runter. Ja. „Giganten. Er hat was von Giganten gesagt. Die ihn jagen."

„Aber zuerst hat er gesagt, dass wir ihm helfen sollen."
„Hat er … vielleicht. Warum?"
„Weil ich jetzt auch glaube, dass es was gegeben hat, das ihm direkt am Schlossberg Angst gemacht hat. Dort ist etwas passiert. Jemand ist aufgetaucht."
„Er hat gesagt, dass man niemandem mehr trauen kann."
„Genau. Aber wem? Was hat er genau gesagt?"
Ich kneife die Augen zusammen. „Ich kann mich nur an das mit den Giganten erinnern. Gierige Giganten. So war es. Und dass wir die Sozialpatrioten nicht verharmlosen sollen."
„Die hat er nicht damit gemeint."
„Mit den Giganten? Wohl nicht. Oder doch. Sie sind international vernetzt. Eine Macht. Eine der stärksten Fraktionen im EU-Parlament. In Italien sitzen sie schon in der Regierung. In Ungarn haben sie Orbán ausgebootet. In Deutschland … bröckeln die Mauern. Sie sagen, sie sind fürs Volk. Und sozial."
„Aber Giganten? So redet man nicht von Politikern."
„Wer weiß, was er mithilfe der App rausgefunden hat. Die sammeln unsere Daten."
„Ja, als Nächstes setzen sie uns Chips ins Hirn oder sprühen eine Substanz, die Gedanken lesen kann", ätzt Vesna. „Ich will nicht Verschwörung, sondern Fakten."
„Du hattest den Eindruck, Gruber hat von Fakten geredet?"
„Nein. Ja. Eigentlich … Es war unwirklich. Dort. Bei dem Konzert."
„Allein das mit den durchstochenen Lisas. Man denkt an Frauenmord. Dabei hat er offenbar diese L<small>ISA</small>-Polster gemeint."
„Auch ‚beseitigen' kann alles Mögliche bedeuten", sagt Vesna langsam.
„Aber nichts Gutes. Wobei …"
„Was?"
„Können wir ihm trauen?"
Vesna seufzt. „Können wir nicht. Umso mehr will ich mich erinnern, was er genau gesagt hat."

„Nur dass wir das nicht mehr wissen. Nach so kurzer Zeit. Während unsere Daten verbunden und verkauft werden."

„Du hast zu lange mit Fran geredet. Der ist davon so besessen wie Gruber von Parallelen zu Dreißigerjahren."

„Das sind Fakten, Vesna. Schau dich um!"

„Was sollen sie machen mit meinen Daten? Eine kleine Geschichte: Sie haben Hans wochenlang Anzeigen für Waffen und für Securityfirmen geschickt, nachdem ich auf seinem Computer etwas recherchiert habe. Ich habe das Gleiche auf meinem Laptop nachgesehen, was glaubst du, was sie mir geschickt haben?"

„Werbung für ‚Lisa wünscht Alles Gute'."

„Warum? Unsinn. Sie haben mich mit Werbung für Sicherheitsschlösser und Taschenalarme und Selbstverteidigungskurse für Seniorinnen zugemüllt."

„Passt doch."

„Passt? Bist du verrückt? Wenn, ich würde mich bewaffnen. Die haben keine Ahnung, wer ich bin."

„Du fällst vielleicht ein wenig aus dem Rahmen." Ich lächle.

„Dann ist es die beste Taktik, aus dem Rahmen fallen. Du solltest das auch tun. Lass dich nicht unterkriegen von angeblicher Weltlage. Besser, wir sind unberechenbar. Die wollen bloß, dass wir uns fürchten. Und politischen Unsinn glauben."

„Wer ist jetzt ‚die', wer ist jetzt ‚wir'? Das klingt fast wie Gruber."

„Du hast recht. Wahrscheinlich es war so: Er hat selbst nicht gewusst, wovor er Angst hat. Genau das habe ich gedacht. Jetzt ist es mir klar."

„Macht es das besser? Falls er die Wahrheit gesagt hat, gibt's Grund genug für seine Angst: Sie haben ihn bedroht. Sie haben ihn jedenfalls, das kannst du nachlesen, mit Shitstorms überzogen. Und da rede ich noch gar nicht von der Weltlage: Krieg und Mächtige, die bloß ihren Vorteil suchen. So viele, die einfach nicht hinschauen wollen. Im Großen und im Kleinen."

„Man muss nicht alles hinnehmen. Und was man nicht ändern kann, da muss man Bestes daraus machen. Wie Hans."

„Wie Hans?"

„Du erinnerst dich an Evelyn und wie traurig und einsam sie gestorben ist. Er hat es nicht ändern können. Aber er denkt noch immer daran. Und jetzt haben sie die Band nach ihr genannt: EverLyn. Die Band ist super und positiv und erfolgreich. So geht es. – Du beschäftigst dich zu sehr mit Negativem."

„Und wir trinken zu viel Alkohol."

„Dann trinke eben weniger. Wo ist das Problem?"

„Vielleicht bloß, dass wir älter werden. Gibt es dir nicht zu denken, dass wir uns nicht wirklich daran erinnern können, was Gruber gesagt hat?"

„Wir können uns erinnern, bloß nicht genau. Früher wir hätten uns eingebildet, wir können es. Jetzt wissen wir: Erinnerung kann auch täuschen. Und gemeinsam finden wir schon heraus, wer oder was da täuscht. – Du brauchst mehr Freude, Spaß."

„Macht echt Spaß, einer rechten Partei hinterherzuschnüffeln."

„So habe ich das nicht gemeint. Du wirst mit uns auf Tournee gehen."

Ich lache. „Wie du das sagst! Wer weiß, ob sie ..."

„Du meinst, Tonio könnte der Schlag treffen? Okay, er hat Übergewicht, aber er hat Muskeln und eine Megastimme. Oder Drago haut plötzlich ab, weil er einen Rückfall hat? Oder Hans bekommt noch einen Herzinfarkt?"

„Gib es zu, du hast selbst Sorge, dass er sich übernimmt."

„Ja, habe ich immer wieder. Aber: Man hat nur ein Leben. Das weiß ich. Und zu Tode gefürchtet ist nicht gelebt."

„Zu Tode gefürchtet ist auch gestorben."

„Ich weiß, wie das Sprichwort geht. Aber ich sage es anders. Weil es richtiger ist. Es geht nicht ums Sterben, das müssen wir alle, irgendwann, sondern darum, ob wir vorher leben. Oder nicht."

„Und den Rest ignorieren."

„Ich sage ja, du brauchst Aufheiterung. Ich werde mit Oskar reden."

„Er wird kein Rocker, er hat es mir versprochen."
Vesna lacht. Ich lache mit. Es ist eine großartige Vorstellung. Oskar in Lederjacke mit einer goldglänzenden Gitarre vor dem Bauch.
„Also: Was machst du jetzt?", fragt meine Freundin.
„Ich sehe mir eine Talkshow an."
„Du hast es wirklich gerne lustig."
„Wird noch besser. Es ist die Talkshow, nach der Gruber abgetaucht ist."
Stille. „Soll ich … kommen?"
„Quatsch. Du hast mich aufgeheitert."
„Das darf nicht so bleiben, meinst du?"
„Nein, nur dass ich jetzt besser drauf bin. Und dass es eben zu mir gehört, solche Dinge zu recherchieren. Was ich weiß und verstehe, mit dem kann ich besser umgehen."
„Und es zur Not in Schublade verstecken oder wegsperren."
„So schlimm wird es nicht werden."

Eine Viertelstunde später bin ich mir da nicht mehr sicher. Ich habe das YouTube-Video auf unserem Fernseher gestreamt. Ich habe nicht zugestimmt, dass sie alle meine Daten verwenden dürfen. Was nichts daran ändert, dass ich sehe, was die Runde zu „Was tun gegen die Spaltung der Gesellschaft?" sagt.
Eigentlich läuft alles nach dem üblichen Schema. Der Moderator ist prominent und umstritten: Er hat eine Nase für heiße Themen, Schlagzeilen, pointierte Aussprüche – auch immer wieder auf Kosten anderer. Er ist immer präsent, natürlich auch online. Er liebt es, sich selbst darzustellen. Schlank, gut angezogen, gerade so viele Falten im Gesicht, dass er nicht zu jung wirkt. Eitel, aber ab und zu mit einem Hauch Selbstironie. Die vielleicht auch bloß Mache ist. Auf drehbaren Fauteuils im Halbkreis vor ihm Gäste, die sich oder sonst etwas zu verkaufen haben. Peter Gruber wirkt als Einziger nervös. Natürlich hat dieser CDU-Politiker mehr Routine. Sein Stehsatz, der gleich am Anfang eingeblendet wird, lautet: „Um Missverständnisse zu ver-

meiden, müssen wir wieder klar und deutlich werden." – Und das sagt jetzt was? Wobei müssen wir wieder klarer werden? Oder ist „wir" auf seine Partei gemünzt, die laufend an Stimmen verliert? Oh, die Philosophin, die ich vor kurzem interviewt habe. Dass Edwiga Karl zur reichweitenstärksten Talkshow im deutschsprachigen Fernsehen eingeladen wurde, zeigt ihren Marktwert. Das neue Buch wird sich gut verkaufen. Die langen blonden Haare kontrastieren wunderbar mit ihrer dunkelgrünen Samtjacke. Warum sollten kluge Frauen hässlich sein? Ihr Insert ist: „Die sogenannte Spaltung ist ein Konstrukt, an dem gesellschaftliche Brüche abgearbeitet werden, das größere Problem ist die Wut, mit der es passiert." Dass die große Spaltung konstruiert ist, hat sie auch in unserem Gespräch behauptet. Allerdings hat sie sofort dazugesagt, von wem: denen, die sie beklagen und gleichzeitig hetzen. War vielleicht für einen Stehsatz zu lang. Mit der Wut hat sie wohl recht. Es gibt eine Menge Menschen, die sich verschaukelt fühlen. Denen man Angst gemacht hat. Die nicht mehr zurechtkommen. Als der Gewerkschafter – natürlich ohne Krawatte, mit aufgekrempeltem Hemd – auftritt, lese ich: „Kapital und Arbeit sind und bleiben Gegensätze – wir müssen um unsere Rechte und fairen Lohn kämpfen!" So weiß man Bescheid. Der Moderator hält sich ans Drehbuch. Miteinander diskutiert wird zu Beginn wenig, jeder sonnt sich in der eigenen Meinung und der Moderator darin, sie alle zu verstehen. Peter Gruber behandelt er ein wenig von oben herab. Er ist nicht so bekannt. Er kommt aus Österreich. Dabei ist seine Botschaft wohl die einfachste von allen: „Unsere App ‚LISA wünscht ALLES GUTE' soll zu einem besseren Miteinander führen." Graubrauner Anzug, helles Hemd, auch ohne Krawatte.

Der CDU-Politiker beginnt mit den Attentaten auf Spitzenpolitiker, wer sich politisch engagiere, sei immer häufiger mit Gewalt konfrontiert. Dabei sei seine Partei schon sozial und fürs Volk gewesen, als von der USP noch keine Rede war. Es ist nicht schwer, die Philosophin Edwiga Karl sympathischer zu finden. Besonders mag ich sie, als sie feststellt: „Unter ‚sozial' konnte schon immer vieles verstanden werden. Auch die Nationalsozialisten haben sich nicht zufällig so genannt." Der Politiker geht in die Luft, aber der Konflikt verpufft. Der Moderator legt nicht nach. Viele, viele Sätze. Der Gewerkschafter redet von der ungerechten Verteilung des Vermögens. Von der großen Schere zwischen Arm und Reich. Und dass man verstehen müsse, warum sich die Leute von den etablierten Parteien abwenden. „Wir werden beschissen!"

„Sie wollen auch mit euch von der Gewerkschaft nichts mehr zu tun haben", sagt der konservative Politiker und scheint sich zumindest darüber zu freuen.

„Wir haben Fehler gemacht, auch wir müssen pointierter werden, wieder klare Kante zeigen!", kommt es zurück. So viel zum Miteinander – oder ist es unfair, es von denen einzufordern, die um die Rechte vieler kämpfen?

In einer Einspielung sind Streikposten vor einem Fabriktor zu sehen. Dann offenbar andere Streikende, die sich mit Wachpersonal prügeln.

„Das war nicht in Deutschland", protestiert der Gewerkschafter.

Die Philosophin sagt etwas über die sorgfältige Wahl von Bildern und Beispielen, aber da wird auf den Moderator geblendet. Der nickt milde, jedes Haar sitzt. Er sieht Peter Gruber an. „Wie stehen Sie zur Polarisierung, Herr – er sucht nach seinem Namen – Gruber?"

„Ich bin Historiker von Beruf. Ich weiß, wie viel Schaden es anrichtet, wenn Menschen gegeneinander aufgehetzt werden. Wir kennen in der Geschichte genug Beispiele und wissen, wie es ..."

Der Moderator unterbricht ihn. „Sie haben eine App gegen die Spaltung erfunden. – Kann so etwas funktionieren? Außer für Sie selbst?"

„Ich habe nie behauptet, dass meine App so etwas Großes ... dass ‚LISA wünscht ALLES GUTE' eine so immanente Bedrohung überwinden kann. Ich meine: Die Polarisierung, ob wir sie jetzt Spaltung nennen oder nicht, ist eine der zentralen Gefahren unserer Zeit. Natürlich kann eine App so etwas auf keinen ..."

Der Moderator schlägt die Beine übereinander. Violette Socken. Hat man jetzt offenbar. Sonst hätte er sie nicht. „Wurden Sie nicht aus dem österreichischen Schuldienst entlassen, weil Sie selbst zu sehr polarisiert haben?"

„Ich ... ich wurde nicht entlassen. Ich wurde freigestellt. Ich habe dann selbst gekündigt. Ich glaube nicht, dass ich polarisiert ..."

„Sie wurden aus psychischen Gründen suspendiert. Sie haben jetzige Parteien mit dem System der Zwischenkriegszeit und der Nazidiktatur verglichen. Es soll ...", er sieht auf seine Moderationskarten, „pathologische Züge angenommen haben, sagt ein Elternvertreter."

„Ich habe es für meine Pflicht gehalten, als Historiker meine Schülerinnen und Schüler über die Parallelen der Gegenwart und ihrer multiplen Krisen zur Vorkriegszeit zu unterrichten. Darin besteht guter Geschichtsunterricht, die Vergangenheit auf die Gegenwart zu beziehen. Das war ... nicht allen recht."

„Sie haben sich im Unterricht sehr deutlich gegen eine Partei, die Union der Sozialpatrioten, gewandt."

„Nicht nur, nein. Sie ist bloß eines der Zeichen ... so wie der Verfall der anderen Parteien, der Hass, mit dem Menschen in der Politik konfrontiert sind, und die wachsende Skepsis gegenüber der Demokratie an sich. Es ging mir nicht um Parteipolitik, sondern um die Zeichen der Zeit, die ich als Historiker leider klarer sehe: Es ist doch offensichtlich: allein die Verbindung von Nationalismus und angeblich Sozialem."

Der Moderator schüttelt freundlich den Kopf. „Soziales will auch die CDU, von der CSU gar nicht zu reden, und wenn Sie unserem wackeren Gewerkschafter zugehört haben ..."

„Es geht um ... den geschichtlichen und sozialen Kontext. Auch um das Schüren von neuen Feindbildern, um neue Sündenböcke, um ... "

Die Philosophin streicht ihre Haare zurück. „Es macht einen Unterschied, in welchem Kontext ‚sozial' verwendet wird, da sind wir uns wohl einig, oder? Und dass leider manchmal erst die Geschichte zeigt, wie es gemeint war." Sie lächelt Peter Gruber aufmunternd zu.

„Die Menschen wurden verführt, indem man ihnen Sündenböcke präsentierte, ihre Wut kanalisiert und ihnen vorgemacht hat, ihre Sorgen und Probleme zu lösen. Auf neue Art. Schnell. Auch damals war das nicht bloß in Deutschland und Österreich erfolgreich. Mussolinis Faschisten: Sie waren eine sozialistische Abspaltung und übrigens Vorbilder und lange Schutzmacht des Austrofaschismus. Fußnote zu heute: Die italienischen Fratelli d'Italia, Nachfolger der faschistischen Partei, wollten im EU-Parlament nicht mit der deutschen USP in einer Fraktion sein. In den ersten Jahren der faschistischen Diktaturen in Deutschland und Italien gab es einen ähnlichen Konflikt, der wurde erst …"

Peter Gruber ist hochkonzentriert, hat es offenbar gar nicht gemerkt, dass der Moderator schon länger mit seinen Moderationskarten gewedelt hat. „Herr … Ex-Professor, bitte: keine Vorträge! Das heißt, Sie bleiben dabei? Die Gefahr der Spaltung kommt von rechts."

Gruber schüttelt den Kopf. „Begriffe wie links und rechts passen nicht mehr. Wir sollten die, von denen wir reden, besser Antidemokraten und Antidemokratinnen nennen. Das ist der Knackpunkt: Bekennen sie sich zu den Grund- und Freiheitsrechten oder wollen sie genau diese aushebeln?"

Der Moderator zwinkert ihm zu: „Sehe ich da schon eine neue App auf uns zukommen? Nach ALLES GUTE, die GUT-App?"

„Meine Nichte hat mir eine wunderbare Zeichnung geschenkt und ich habe mich … anders fokussiert. Sehen wir einander wieder als Menschen. Freundlich. Wünschen wir einander alles Gute. Wir werden gegeneinander aufgehetzt, spielen wir nicht mit."

„Laut unserem Rechercheteam hat Ihre Lisa-App an die zehn Millionen Downloads. Wundert es Sie, dass Ihnen vorgeworfen wird, Sie bereichern sich an der Sehnsucht der Menschen nach Gemeinschaft?"

Ich schüttle den Kopf. Warum beißt sich der Moderator an Peter Gruber fest? Weil er das einfachste Opfer ist? Weil es immer fein ist, einen Ösi in die Pfanne zu hauen? Ich seufze. Kein Grund für kollektive Minderwertigkeitsgefühle. Peter Gruber stammelt von der Stiftung, die gerade entsteht, von Sozialprojekten für ein besseres Miteinander.

„Ein Viertel des Gewinns verbleibt in der Familie, stimmt das?"

„Es ist ... für meine Nichte Lisa. Die die Zeichnung gemacht hat. Nicht für mich."

Der CDU-Typ mischt sich ein. „Die Idee mit dieser App, über die man alles Gute wünscht, finde ich sehr sympathisch. Nur, das ist sicher auch bei unserem südlichen Nachbarn so: Wenn einer in der Stiftung mitreden will, kann er selbst kein Begünstigter sein. Also muss jemand anderer als Nutznießer vorgeschoben werden. Lisa ist sozusagen Ihr Goldkind, oder?"

„Nein, ich will nichts von dem Geld ..."

„Aber Sie beziehen ein Gehalt in der AG, oder? Wie hoch ist es?" Das ist jetzt der Gewerkschafter.

„Ja. Nein, man kann alles verdrehen. Ich kriege nicht mehr als die anderen ... Ich dachte, es geht bei der Diskussion um das Thema Spaltung. Ich versuche mit der App, einen kleinen Beitrag dagegen zu leisten ..."

Der CDU-Politiker sieht ihn an: „Indem Sie Schüler nicht unterrichten, sondern gegen die USP aufhetzen?"

Der Moderator wirkt glücklich. Er hat eine Diskussion, die den Namen verdient. Und womöglich Öffentlichkeit über die Sendung hinaus. „Sie waren am Parteitag auch nicht zimperlich und haben die USP eine radikale Gefahr, die von links und rechts gleichzeitig kommt, genannt." Er wartet die Antwort des Politikers gar nicht ab, sondern wendet sich wieder Peter Gruber zu. Die Kameras schwenken mit ihm. „Sie versprechen also, dass

Ihre App gegen die Spaltung der Gesellschaft hilft." Harmloser Gesichtsausdruck.

„Ich ... verspreche nichts. Ich hoffe es, es ist mein ..."

„Eine ganz konkrete Frage: Spaltet die Union der Sozialpatrioten unsere Gesellschaft?"

Gruber ist verunsichert. Er sieht direkt in die Kamera, dann in eine andere Ecke. Dort steht wahrscheinlich noch eine Kamera, nur dass die kein Rotlicht hat. „Darum ... geht es nicht ... Bei meiner App ... Die soll für alle ... "

„Für jeden, der zahlt. Wer spaltet dann? Ihrer Meinung nach? Klimakleber? Seenotretter? Die EU? Oder gar wir von den Medien?"

„Nun ... natürlich eher die USP. Wenn man sich mit Zeitgeschichte beschäftigt, dann wird deutlich, dass die Nationalsozialisten nicht nur ähnlich geheißen, sondern auf ähnliche Mechanismen gesetzt haben. Sie punkten mit der Erzählung, dass sie verfolgt werden, so wie auch ihre Anhängerinnen verfolgt und verschaukelt werden, von den Eliten, von denen, die sie ausnutzen, und dass sie die Einzigen sind, die wirklich fürs Volk sind ... Sie versuchen uns mit Schlagworten zu ködern, jetzt eben auch im Internet. Sie versuchen uns Begriffe ins Hirn zu setzen wie Leitkultur und Volksgemeinschaft und ... "

„Sie vergleichen die Sozialpatrioten also mit den Nazis?"

„So habe ich das nicht gesagt. Es geht um die Parallelen ..."

„Ich glaube nicht, dass man dieser LISA-App so viel umhängen sollte", mischt sich die Philosophin ein. „Die Figur und ihre Botschaft ist nett. Es ist ein wenig naiv zu glauben, dass so etwas das bewusste Miteinander befördern kann. Aber ... ich denke mir manchmal: Vielleicht brauchen wir wieder mehr Naivität?" Sie sieht dabei natürlich in die richtige Kamera.

„Eines ist klar, ein Strichmännchen im Internet erledigt die gravierenden Probleme der Beschäftigten nicht", gibt der Gewerkschafter seinen Senf dazu.

Was folgt, ist eine Debatte, ob man noch „Strichmännchen" sagen darf. Die hatten wir schon, im kleinen Kreis. Ich lasse die

Sendung weiterlaufen, mir ist klar: Peter Gruber ist dem Moderator in die Falle gegangen. Er hat wieder einmal seine Nase für öffentliche Erregung und Sensationsmeldungen bewiesen: Der Entwickler der ALLES-GUTE-App vergleicht die Sozialpatrioten mit den Nationalsozialisten! Der Ösi-Millionär und sein Feldzug gegen die neue sozialnationale Bewegung!

Ich suche nach Reaktionen. Es hat bloß Minuten gedauert und ein USP-Sprecher hat Gruber als „größten Hetzer und Spalter" bezeichnet. Außerdem hat er „das staatliche Verdummungs-Fernsehen" kritisiert, in dem „solche Volksfeinde, vorgestrige Parteibonzen und linke Fantasten zu Wort kommen, aber niemand aus der neuen mutigen nationalen Bewegung".

Und danach der Shitstorm. Der Rückzug von Peter Gruber aus der Öffentlichkeit. Jetzt ist er ganz verschwunden. Die Frage ist bloß: Macht ihn diese schreckliche Talkshow, machen ihn ihre Folgen automatisch zum liebenswerten Helden? Man kann wohl auch jemandem übel mitspielen, der nicht für das Edle und Gute steht. Oder nicht nur.

[7.]

Ich bin mit dem Zug nach Graz gefahren. Es ist lange her, dass ich das getan habe. Eine außergewöhnliche und historische Strecke. Über den Semmering. Der Bau der Gebirgsbahn war ein Meisterstück damaliger Ingenieurskunst. Er hatte aber auch einen handfesten politischen Hintergrund: Nach der Niederschlagung der Märzrevolution von 1848 musste man etwas zur Beruhigung der Lage tun. Die Habsburger wollten unbehelligt herrschen und versprachen ihren Untertanen sozialen Frieden, Beschäftigung und: eine kühne Bahnstrecke, die die Steiermark und Niederösterreich verbinden sollte. Ich habe es nachgelesen, während ich um die Kurven und über die hohen Eisenbahnbrücken gezockelt bin. Es gibt schnellere Strecken in Europa, aber das ist eine der schönsten. Sie soll schon bald durch eine bequemere Tunnelpassage ersetzt werden. Die alte, die kühne, bleibt allerdings bestehen. UNESCO-Weltkulturerbe. Am Semmering war das Erholungsgebiet der Wiener Upperclass um 1900. Elegante Villen, erstklassige Hotels mit wunderbarer Aussicht. Natur und Gesellschaftsleben für alle, die es sich leisten konnten. Nach dem Ersten Weltkrieg hat man versucht, an die Blütezeit anzuschließen. Der erste Golfplatz Österreichs wurde eröffnet. Wobei ich mich frage, wo man hier in den Bergen ausreichend große und halbwegs ebene Grasflächen gefunden hat. Aber die politischen und gesellschaftlichen Verwerfungen haben auch Reiche nicht verschont. In den Städten litten hunderttausende Menschen unter Massenarbeitslosigkeit und Hunger. Auf dem

Semmering begegnete man einander mit zunehmendem Misstrauen und über allem lauerte die Frage: Wie kann es weitergehen? Antisemitismus, Hyperinflation. Und natürlich Ignoranz. Solange es noch möglich war. 1938 wurde sämtliches jüdisches Eigentum, auch das am Semmering, beschlagnahmt. Wer noch nicht weg war, hat spätestens jetzt versucht, zu fliehen. Andere haben sich bereichert. Das hat mich bei diesem Ausflug in die Vergangenheit am meisten beeindruckt: Es gibt so viele Informationen, so viele Geschichten über das Schicksal von Menschen, die man nachlesen kann. Es gibt sogar zahlreiche Bilddokumente, Filme. Das ist nicht tiefste Geschichte, weit weg wie die Völkerwanderung oder Hunnenfeldzüge. Das haben Menschen erlebt, die zumindest schon Telefon hatten. Und Kameras.

Ich habe im Hotel eingecheckt und bin durch den weitläufigen Stadtpark noch einmal Richtung Schlossberg spaziert. Um mein Hirn durchzulüften. Bäume, manche mehr als hundert Jahre alt, kleine Wege, der imposante Brunnen mit so viel Platz rundherum. Die meisten der Bänke sind besetzt. Menschen mit Hunden, Jugendliche, die versuchen, mit ihren Dosen in den Papierkorb zu treffen. Eine alte Frau mit Stock und neben ihr eine Frau mit Kinderwagen. Gehören sie zusammen? Zwei Menschen, viel zu dick eingemummt. Kann sein, sie sind Tag und Nacht draußen. Und so viel Grün. Und das mitten in der Stadt. Dann den steilen Weg hinauf. Vom Uhrturm habe ich auf die hohen Barock- und Biedermeierhäuser rund um den Hauptplatz geschaut, die Mur, die mitten durch die Stadt fließt. Graz war nie so berühmt wie Salzburg, nie so mächtig wie Wien. Dafür mit südlichem Flair. Mit ein bisschen mehr Leichtigkeit. Was diese Stadt für mich ausmacht, ist die Freundlichkeit der Menschen, die Offenheit, die Vielfalt. Es gibt nicht nur klassische Kultur, sondern auch den berühmten Steirischen Herbst, der seit Jahrzehnten für kreative Unruhe sorgt. Mitinitiiert von einem konservativen Kulturpolitiker mit weitem Blick. Wie vieles da möglich ist. Sie haben eine Kommunistin zur Bürgermeisterin gewählt.

Wohl nicht wegen ihrer Ideologie, sondern weil sie sich glaubwürdig um die Sorgen der Menschen kümmert. Die es natürlich auch hier gibt. Wohnungsnot und Gegenden, in denen es nicht so idyllisch ist, wie es der Blick vom Schlossberg vermuten lässt.

Ich sehe mich um. Natürlich war mir klar, dass ich Peter Gruber nicht begegnen werde. Obwohl ... vielleicht habe ich doch ein bisschen, wider alle Vernunft, darauf gehofft. Jedenfalls habe ich vor meiner Abfahrt in Wien Vesna über die Lisa-App „Alles Gute" gewünscht. Nur für den Fall, dass Gruber oder seine Leute mich doch tracken. Vesnas Anruf kam schnell und war besorgt.

Eigentlich bin ich in Graz, weil ich möglichst rasch mit Sam Mayer, der Chefredakteurin von Ecco, reden will. Und zwar nicht online. – Bin ich schon paranoid? Ich will über Peter Gruber, die Lisa-App, seine Hinrichtung bei der Talkshow, den Shitstorm, das Verschwinden schreiben. Natürlich auch über seine Obsession mit den Parallelen zur Zwischenkriegszeit.

Die Chefredakteurinnen von Ecco Österreich, Italien, Slowenien haben ihr Jahresmeeting in Graz. Eine Woche wollen sie sich Zeit nehmen, um mit ihren neuen Kolleginnen des vor kurzem gegründeten Ecco Deutschland über Strategien für das Onlinemagazin zu beraten. Internationale Zusammenschlüsse. Die gibt's zum Glück nicht nur bei den Sozialpatrioten.

Wenig später sitze ich mit Sam in der Bar des wohl bekanntesten Hotels der Stadt. Das Parkhotel passt zu Graz. Seit vierhundert Jahren eine Gaststätte, immer mit der Zeit gegangen, eine charmante Mischung aus Tradition und Moderne. Gastfreundlich über Generationen hinweg. Die Bar hat seit dem Umbau eine große Glasfront zum hübschen Innenhof, die letzten Rosen blühen, in den Lauben Tische. Optimistische Aussicht auf weitere warme Herbsttage. Aber auch die Bar ist hell, offen, gemütlich. Drei ältere Schweizerinnen, die schon jetzt Süßes und Kaffee genießen. Der Konditor des Hotels wurde vor kurzem zum Patissier des Jahres gekürt.

„Nein", wiederholt Sam. „Das Letzte, was wir brauchen, ist noch so eine Verschwörungsgeschichte."

„Es gibt Fakten, viele Fakten."

„Ich bin keine Freundin der Sozialpatrioten, das weißt du. Aber je mehr man schreibt, desto wichtiger werden sie. Wir dürfen ihnen nicht so viel Platz geben. Und dass Peter Gruber verschwunden ist: Was ist das für eine Story? Er war schon in den letzten Monaten nicht mehr in der Öffentlichkeit."

„Er wurde hier in Graz zum letzten Mal gesehen."

„Was erwartest du? Dass er plötzlich, wie Nessie, aus der Mur auftaucht?"

„Mur ... daran habe ich noch gar nicht gedacht. Die Mur hat gefährliche Stromschnellen."

„Mira, es tut mir leid, aber das ist Quatsch. Es wird schon einen Grund haben, warum er nicht gefunden werden will. Und außerdem: Wer interessiert sich wirklich für den Schöpfer dieser App? Ganz abgesehen davon, dass ich diese Lisa-Figur irgendwie spooky finde. So glatt und geschlechtslos und lieb. Was für ein Geschwurbel, dass eine Kinderzeichnung gegen die großen Konflikte und die Hetze helfen soll."

„Ich will keinen Jubelbericht über die App schreiben. Sondern den Fakten nachgehen. Peter Gruber beschäftigt sich, vielleicht etwas obsessiv, mit den Parallelen zur Zwischenkriegszeit. Er wird suspendiert ..."

„Weil er trotz mehrfacher Verwarnung nicht bereit war, sich an den Lehrplan zu halten", setzt Sam fort.

„Dann entwickelt er die Lisa-App und ist damit sehr ..."

„Er hält die Leute für blöd, indem er behauptet, dass eine App gegen die angebliche Spaltung der Gesellschaft hilft."

Ich schüttle den Kopf. „Du fällst auf die Hetze im Netz rein. Er hat nie behauptet ..."

„Und was war mit dieser Talkshow? Er wurde eingeladen, um seine App anzupreisen: als Tool, damit sich wieder alle liebhaben. Ist bloß schiefgegangen."

„Dieser überhebliche Moderator hat ihn hingerichtet."

„Starke Worte, liebe Mira. Gruber ist ihm auf die Nerven gegangen, das kann ich gut verstehen. Ich habe keine Lust, einem verschrobenen IT-Monomanen eine Plattform zu geben. Er sollte in Behandlung gehen, wenn er sich verfolgt fühlt."

„Hast du dir die Shitstorms angesehen? ‚Volksschädling' war noch der harmloseste Ausdruck. Er hat uns erzählt, dass es auch nichtvirtuelle Drohungen gab."

„Dann soll er damit zur Polizei. Den muss keiner beseitigen. Der ist ja schon fertig, wenn man ihn schief anschaut."

Ich schüttle wütend den Kopf. „Du warst nicht dabei. Er hatte Angst. Richtige Angst. Als er am Schlossberg abgetaucht ist, war er in Panik. Da war was!"

„Er ist ein Psycho. Gar nicht so einfach, jemanden vom Schuldienst zu suspendieren. Oder er hat euch sowieso an der Nase herumgeführt."

„Was jetzt?"

„Wenn du ihn auf den Bahamas oder in Thailand in einer Luxusvilla aufstöberst, dann machen wir was. Versprochen."

„Seit wann bist du so zynisch?"

„Seit du seltsame Thesen aufstellst und esoterische Schwurbler verteidigst. Seid alle lieb zueinander und ladet meine App, dann geht's euch und der Welt wieder gut! – Hat er nichts von kosmischer Energie gesagt?"

„Ich habe ihn ein einziges Mal gesehen!"

„Eben. Ich will weder der USP noch diesem Internet-Fantasten eine Plattform geben."

„Seit wann gibst du jemandem eine Plattform, wenn ich über ihn schreibe? Ich werde recherchieren. Wie immer. Es wird natürlich auch darum gehen, ob und welche Daten die Lisa-App verwendet oder verkauft."

Sam sieht auf die Uhr und steht auf. „Ich will noch eine Runde im Hallenbad drehen, bevor unser Meeting weitergeht. Dass Apps Daten verwenden, ist nicht eben neu."

Mir kommt eine Idee: „Oder blockst du deswegen ab? Weil du nicht möchtest, dass wir zu viel über Datenhandel bringen?

Wie ist das eigentlich bei Ecco? Verdienst du auch was dazu, indem du Daten von Usern verkaufst?"

„Du solltest nicht so viel Schrott in Internet lesen. Wahrscheinlich ... tickt dein Hirn noch ziemlich analog."

„Meinst du, dass ich mich nicht mehr zurechtfinde in der heutigen Welt? Eins sage ich dir: Nur weil ich nicht alles hinnehme, bin ich nicht von gestern! Ganz im Gegenteil! Es würde der neueren Journalistinnengeneration gut anstehen, sich mit einigem kritischer zu beschäftigen!"

„Mach doch, was du willst. Ich sage nur: Deine Gruber-Story wird bei uns wohl nicht erscheinen. Ich führe den Laden! Ich lasse das ungern raushängen, aber es ist so. Und übrigens: Wenn du als Ecco-Reporterin Interviews gibst, will ich zumindest darüber informiert sein."

Ich sehe Sam perplex an. „Was habe ich?"

„Die Homestory über die große Reporterin Mira Valensky? Die sich jetzt herablässt, einem Onlinemagazin auf die Beine zu helfen? Schon vergessen?"

Mir dämmert etwas. Darauf hatte ich tatsächlich vergessen. Oder nennt man das verdrängt? „Wie du das sagst: Homestory!"

„So eine von der ... anderen neueren Journalistinnengeneration hat mich heimgesucht. Sie hat mich gefragt, wie es ist, mit dir zu arbeiten..."

„Wusste ich nicht. Ich dachte, du findest es gut, wenn recherchiert wird. Und ja, die schreibt ein Porträt über mich und meine Arbeit. Etwas dagegen einzuwenden? Oder bist du neidisch?"

Sam grinst. „Ich bin eben keine Legende. Gnade der späten Geburt. Abgesehen davon: Hallo Du ist nicht gerade ein Qualitätsmedium. Dass du so ein Klatschblatt unterstützt ..."

„Ich unterstütze es nicht. Die wollten was über mich machen."

„Die haben ein Frauenbild, das aber so was von antiquiert ist. Schau es dir an, Schminktipps und Ratschläge, wie du Kinder und Mann und Job unter einen Hut bringst, die sogenannten Powerfrauen sehen immer aus wie in der Fernsehwerbung ...

und apropos: In der letzten Ausgabe hatten sie die Landesrätin der Sozialpatrioten als Model für den angesagten Business-Look."

Ich seufze. Das Interview mit mir war jenseitig. Die Gute hatte keine Ahnung. Auch nicht davon, wer ich bin. Was ich gemacht habe. Ich weiß nicht, wie sie auf mich gekommen sind. Ich habe mich zugegebenermaßen geschmeichelt gefühlt, auch wenn HALLO DU nicht eben oben auf meiner Leseliste steht. Manchmal habe ich den Eindruck, ich bin so etwas wie ein vergessenes Fossil. Nun gut, so ähnlich hat mich diese sogenannte Journalistin dann auch behandelt. Trotzdem ...

„Die nehmen mich wenigstens noch als Reporterin wahr. Vielleicht hätte ich es dir sagen sollen ..."

Sam setzt sich wieder und schüttelt langsam den Kopf. „ECCO ist nicht gerade Mainstream, aber dass du so wenig Selbstbewusstsein hast ..."

„Sie haben mich in einem schwachen Moment erwischt. Manchmal fühlt man sich eben ... ausgemustert. Das hat nichts mit ECCO zu tun, eher mit dem Zahn der Zeit. Ist ja auch egal im Verhältnis zu den echten Problemen – apropos: Ich bleibe dran an der Story über Gruber. Ich will wissen, was da wirklich läuft. Vorurteilsfrei. Soweit das möglich ist."

„Ja ... schon okay. Halte mich auf dem Laufenden. Vielleicht bin ich es, die auf dem falschen Dampfer ist."

Ich grinse. „Es könnte eine Top-Reportage werden. Egal, was sie ergibt: Peter Gruber umgeben von Hula-Schönheiten in der Südsee: wie er unsere Daten verkauft und unsere Millionen verprasst. Oder Peter Gruber, der Warner in der Wüste: Ein Mann will das Gute und wird verfolgt."

Sam zwinkert mir zu. „Du solltest bei einem anderen Medium anheuern. Oder zu unserem gemeinsamen Lieblingsmoderator nach Deutschland durchgehen. – Vorher aber werden wir hoffentlich gemeinsam zu Abend essen. Meine Kolleginnen und ich haben in einem Lokal reserviert, das dir eine ganz andere Seite von Graz zeigt."

„Fine Dining?"

„Gibt's natürlich auch, das momentan am besten bewertete wäre übrigens hier im Hotel. Aber nein. Ganz anders: ‚Eschenlaube'. Erinnerung an die Studentenzeit. Die auch bei mir schon eine Zeit her ist. Das Lokal und das Essen: richtig gut, voll entspannt. Und total analog."

[8.]

Ich bin nervös. Ich hätte mich auf dieses Gespräch besser vorbereiten sollen. Grubers Ex-Kollege hat mir einen Termin genannt, der sich gerade noch ausgeht, wenn der Zug aus Graz pünktlich ist. Bevor es sich Andres Niwrad, mit Klarnamen Bernhard Angerer, anders überlegt, habe ich zugestimmt. Ich habe ihm Ähnliches erzählt wie Katharina Föhrenburg. Ich arbeite an einer Reportage über die App „LISA wünscht ALLES GUTE" und über ihren Entwickler. Wenn Sam Mayer sie nicht will, dann wird sie eben anderswo veröffentlicht. Ich bin frei. Das sollte ich mir öfter klarmachen. Es gibt noch andere Medien. – Nur dass mir momentan kein passendes einfällt. Die unabhängige Medienszene ist ziemlich eng und wird immer enger. Der Kostendruck steigt. Ohne Finanziers geht sich wenig aus. Und die haben eigene Interessen. Ich will so berichten, wie ich es für richtig halte. Wahrscheinlich bin ich wirklich ein Fossil. Oder ich muss auf eine neue Generation hoffen, die wieder besser zu mir passt.
    Wir treffen uns im Café Landtmann. Das war seine Idee. Das Wiener Vorzeigekaffeehaus schlechthin. Ich sehe auf die Uhr. Ich habe es sogar zehn Minuten vor der Zeit geschafft. Ich habe mich über Angerers Vorschlag gewundert. Im Landtmann gibt's viel, manchen vielleicht zu viel Tradition, aber keinen rechten Mief. Alle waren da. Von Sigmund Freud über Oskar Kokoschka bis hin zu Paul McCartney. Jetzt fluten es natürlich viele Touristen, trotzdem ist es eine Wiener Institution geblieben. Andererseits: Habe ich wirklich erwartet, dass mich der Gymnasiallehrer in eine ver-

siffte Bude bittet? Die Sozialpatrioten sind in der Mitte der Gesellschaft angekommen. Sie haben Professoren unter ihren Anhängern, man trifft einander im Traditionscafé. Ich schlucke.

In der U-Bahn habe ich das Posting eines Kabarettisten gelesen, den ich seit langem mag. „Wir wissen, wo diese Art der Politik hingeführt hat, vor hundert Jahren. Dieses Wissen ist unser Vorsprung im Vergleich zu damals. Wir müssen ihn nur nutzen." Ich habe es Sam Mayer weitergeschickt. Und ich habe mich für den gestrigen Abend bedankt. Schön war es in der „Eschenlaube". Ein winziges altes Haus zwischen den Gründerzeitgebäuden ganz nah bei Oper und Stadtpark, versteckt hinter einem großen Baum. Biertischgarnituren draußen, drinnen zuerst einmal ein Klavier, dann die lange Schank, runde Tische mit Bugholzsesseln und ausreichend Platz dazwischen. Warum auch immer, sie hatten Sardische Fischsuppe als Tagesgericht. Würzig, mit viel Fisch und Muscheln und köstlichem selbst gebackenem Weißbrot. Auch wenn Gulasch darauf gar nicht passt: Ich musste es probieren. Schon um herauszufinden, ob es wirklich so gut ist. Es war noch besser, das beste, das ich seit langer Zeit gegessen habe. Dazu feine Musik zwischen Rock und Jazz, hervorragende Gespritzte, lockere Atmosphäre, Servicepersonal mit dieser ganz besonderen Grazer Note: nie devot, aber freundlich, zugewandt. Ich muss Vesna und Hans davon erzählen. Bei seinem nächsten Auftritt in Graz sollten wir dorthin. Ein Treffpunkt der uneitlen Kulturszene, vielleicht ein bisschen in die Jahre gekommen, aber mit Sinn fürs Echte. Auch kulinarisch. Dazu viele junge Leute, die Uni ist nah. Leben live. Und steht wohl kaum in einem Reiseführer.

Ich rufe mich zur Ordnung. Jetzt stehe ich an der Wiener Ringstraße. Ein ganz anderer Schauplatz: Im Abstand von ein paar Schritten nicht bloß das Landtmann, sondern auch die Parteizentrale der Sozialdemokratie. Das Burgtheater. Ein Werbeplakat für einen Kabarett-Abend auf einer der Seitenbühnen. Kabarett ist inflationär geworden, überlege ich. Nicht nur im Fernsehen. Gehypt. Die meisten Vorstellungen sind gut besucht, selbst wenn sie gar nicht gut sind. Oder ich sie nicht für gut halte, rufe ich mich zur Ordnung. Auch in der Zwischenkriegszeit hat das Kabarett geboomt. Eine der Möglichkeiten, zu lachen. Humor, Galgenhumor. „War'n Sie schon mal in mich verliebt?" Song über einen lächerlichen Durchschnittstyp, angeblich gemünzt auf Hitler. Von Max Hansen. Er musste ins Exil, wie so viele andere auch.

Noch fünf Minuten bis zu meinem Treffen mit Angerer. Ich habe keine Lust, zu früh im Landtmann zu sein. Gefahr droht mir hier jedenfalls keine. Ich erinnere mich an das abgewirtschaftete Vorstadtlokal, in das mich Anhänger von NATIO vor einigen Jahren gelockt haben. Sie waren zum Glück so doof, dass ihr Erpressungsversuch schon im Ansatz gescheitert ist. Typen, die gemeinsam trainieren und danach rechtes Zeug schwadronieren. Es gibt sie immer noch, aber die meisten haben inzwischen bei den Sozialpatrioten angedockt. Die bis drei zählen können, sind im Funktionärskader. Die anderen wurden zu einer Art Schutztruppe: Bei Veranstaltungen bewachen sie ihre angeblich von Linken und Islamisten verfolgten Parteikollegen. Immer in schwarzen Bomberjacken. Bernhard Angerer unterrichtet Leibesübungen und Informatik. Ob er da irgendwo dabei ist? Als Trainer? Als Instruktor? Konnte ich nicht mehr herausfinden. Ich seufze und stoße die Tür zum Kaffeehaus-Tempel auf. Wenig später stehe ich im großen Raum mit seinen vielen gemütlichen Nischen. Vielleicht hat mich Grubers Ex-Kollege ja versetzt. Oder eine Geheimtruppe seiner Bewegung beobachtet mich, bevor sie entscheiden, was weiter passiert. Ich sehe mich um.

Dort drüben winkt jemand. Ich mache einige Schritte auf ihn zu. Asiate. Unwahrscheinlich, aber was weiß man …

„Frau Valensky?"

Ich fahre herum. Zwei Tischchen weiter hat sich Bernhard Angerer wohlerzogen erhoben. Ich lächle und fühle mich wie in einem Boulevardstück vergangener Jahrzehnte. Freundliche Begrüßung. Es gibt keinen Mantel, den er mir abnehmen könnte, den habe ich mit meinem Übernachtungs-Bag schon an der

Garderobe abgegeben. Ich bin froh darüber. Er setzt sich, nachdem ich mich gesetzt habe.

Ich betrachte ihn möglichst unauffällig: Der Gymnasiallehrer ist etwas kleiner als ich, aber durchtrainiert – „gestählt" hat man das früher genannt, fällt mir ein. Man sieht seine Muskeln unter dem braun karierten Sakko. Mitte, Ende vierzig, tippe ich. Kurz geschnittene braune Haare, braune Augen. Ich entscheide mich für einen Campari Soda und weiß schon bald, dass er keinerlei Grund sieht, seine Verbindung zu den Sozialpatrioten kleinzureden. Er hat auch kein Problem, über Peter Gruber zu sprechen. Nur dass ich unser Gespräch aufzeichne, will er lieber nicht.

„So kann ich freier reden. Und ich möchte den Text sehen, wenn ich in Ihrer Reportage vorkomme. Sollte es bloß Hintergrundmaterial sein, auch recht. Ich muss nicht an die Öffentlichkeit."

„Wollen das heute sonst nicht alle?", frage ich.

Er lächelt. „Die meisten. Wenn man mit Halbwüchsigen zu tun hat, fragt man sich, wo das noch hinführen wird. So gut wie jeder von ihnen träumt davon, ein TikTok-Star oder ein Influencer zu werden. Ruhm und Geld ohne Arbeit. Wie soll sich das ausgehen?"

Ich möchte ihm nicht zustimmen, bei nichts. Ich beschränke mich auf ein leichtes Nicken, eine neutrale Aufforderung weiterzureden. Kann mir eigentlich egal sein, wie er mich wahrnimmt. „Peter Gruber hat das auch so gesehen?"

„Die meisten Lehrer sehen das wohl so. Wobei es eben welche gibt, die glauben, ihren Schülern nach dem Mund reden zu müssen. Er hat ziemlich viel dafür getan, um beliebt zu sein."

„Dann wundert es mich, dass er suspendiert wurde."

„Zum Glück haben die Schüler noch nicht überall das Sagen. Sie sind nicht reif, das werfe ich ihnen nicht vor. Waren wir auch nicht, in diesem Alter. Sie sind zu leicht zu beeindrucken von sogenannten Gutmenschen wie ihm."

„War Peter Gruber ein guter Mensch?" Ich ertappe mich dabei, dass ich auch schon in der Vergangenheit von ihm rede.

„Zum Lachen! Er war nicht einmal ein guter Mensch, wenn Sie darunter Empathie für die sogenannten Schwachen verstehen. Er war, das traue ich mich zu behaupten, ein Egomane. Er hat sich in den Vordergrund gespielt. Andere hat er ohne Rücksichtnahme ausgebootet."

Ich nehme einen Schluck Campari Soda. Zu viel Soda, aber das ist fast überall außerhalb Italiens so. „Ein Beispiel?"

„Ich hatte eine Informatik-Gruppe. Er hat sie ohne mit der Wimper zu zucken dazu missbraucht, um nach dem Unterricht freiwillig – also ohne genehmigten Freigegenstand – animierte Programme über die Lebensbedingungen von Wiener Jugendlichen vor neunzig Jahren zu erstellen. Mit möglichen interaktiven Reaktionsmustern. Ein paar seiner Lieblinge haben versucht, die Jugendlichen von damals mit denen von heute virtuell ins Gespräch zu bringen. Sie haben einander von ihrem Leben erzählt. Und, oh Wunder: Jugendliche mit ähnlichem Sozialstatus hatten tatsächlich ähnliche Ideen und Wünsche. Sind und waren eben Pubertierende. Dafür hat er sogar einen Preis gewonnen. Klar, man muss bloß auf das Schlagwort Antifaschismus setzen und schon gewinnt man. Meine zwei besten Informatiker hat Gruber später übrigens dazu missbraucht, ihm diese App zu entwickeln. Sie haben keinen Groschen Geld gesehen, soviel ich weiß."

„Groschen?"

„Besser, wir wären bei Schilling und Groschen geblieben. Dann könnten wir selbst bestimmen, was mit unserem Geld passiert. Stattdessen wollen sie das Bargeld abschaffen. Damit sie uns noch besser gängeln können."

„Niemand will das, dazu gibt es mehr als genug Statements. Auch von der EU."

„Der ja zu glauben ist", sagt Angerer ungerührt und zwinkert mir zu. „Übrigens, im Vertrauen: Es kommt noch dicker bei dieser Sache mit der App. Sie sollten das nachrecherchieren. Eigentlich hat Gruber die Idee von mir. Ich habe bei einer Lehrerkonferenz vorgeschlagen, doch die ganze Welt mit seinem Gutmenschentum zu beglücken. Vielleicht eine App für das Gute?, habe ich gefragt. Sie können meine Kollegen fragen, so war es. – Und was hat er getan? Er hat es einfach umgesetzt, auf seine Weise, versteht sich. Und ohne mir auch nur zu danken."

„Ich dachte, die App hat er erst entwickelt, nachdem er suspendiert worden ist."

„Er wollte wohl etwas Zeit verstreichen lassen. Er war an der Schule nicht mehr tragbar, es tut mir leid, das so sagen zu müssen. Der Direktor, Kollegen, die Aufsichtsbehörden, Elternvertreter: Alle haben ihm ins Gewissen geredet. Aber er ist immer radikaler geworden. Er hat unter dem Vorwand, dass sein Fach doch Geschichte und politische Bildung heißt, nur mehr über die Zwischenkriegszeit geredet. Er hat einen regelrechten Verfolgungswahn entwickelt, man könnte auch sagen, Hass."

„Soviel ich weiß, können Lehrer Schwerpunkte setzen."

„Ja, aber im Einklang mit dem Lehrplan. Wo kommen wir denn hin, wenn jeder unterrichtet, was ihm in den Kram passt? Natürlich hat der Lehrplan seine Schwachstellen, aber an deren Eliminierung muss man eben arbeiten. In den zuständigen Gremien."

„Haben Sie eine Ahnung, wie es ihm zu dieser Zeit privat gegangen ist?"

Bernhard Angerer sieht mich an. „Sie fallen darauf rein, dass wir sein Leben zerstört haben?"

„Nein, es war einfach eine Frage. An Sie als Kollegen: Wussten Sie, was er privat gemacht hat?"

Er lächelt verhalten. „Ich glaube, er hatte kaum Privatleben. Er ist ganz in seiner ... Mission aufgegangen. Ich weiß, dass seine Frau gestorben ist, schon einige Zeit früher. Das hat ihn womöglich aus der Bahn geworfen. Glauben Sie nicht, dass er mir nicht auch leidgetan hat. Aber es ändert nichts."

„Woran ist seine Frau eigentlich gestorben? Ein Unfall? Oder ... Schlimmeres?"

„Was ist schlimmer? Ja, wahrscheinlich ist das noch schlimmer. Was ich gehört habe, war es Leukämie. Wir ... haben das sehr wohl berücksichtigt. Das Lehrerkollegium war, als es nicht mehr anders ging, bloß für seine Suspendierung. Aus psychischen Gründen. Man hätte ihn auch wegen andauernder Pflichtverletzung entlassen können. Aber man hat gehofft, er fängt sich, man wollte ihm den Rückweg nicht verbauen."

„Das war auch Ihre Position?"

„Die ist unwichtig. Das war die offizielle Meinung. Aber dann hat er ja meine Idee mit der G<small>UT</small>-App umgesetzt. Er hat von sich aus gekündigt. Es war kein Problem für ihn, er hatte ausreichend geerbt. Er war kein Opfer, auch wenn er immer noch so tut, als hätten ihm alle an der Schule Böses gewollt."

„Er wollte wohl weiter unterrichten."

„Die Realität ist: Er ist Multimillionär, während sich unsereins noch immer plagt, Jugendlichen etwas beizubringen. So geht es denen, die ihre Pflicht erfüllen und sich nicht vordrängen. – Wissen Sie übrigens, dass er Studien über uns angefertigt hat? Er hat sich als guter Zuhörer aufgespielt und ich habe ihm vertraut und dann fand ich alles in einem angeblich wissenschaftlichen Aufsatz wieder."

„Was für eine Studie?"

„Die Direktorin hat den Herrn Forscher lange in Schutz genommen, sogar zu einem internationalen Kongress über sogenannte Zukunftspädagogik hat er sie begleitet – na ja, vielleicht hatte das auch mit anderen Dienstleistungen zu tun."

„Aber sie hat ihn suspendiert."

„Als es nicht mehr anders ging. Nach seinen Stasi-Methoden Kollegen und Schülern gegenüber. Ich habe in meiner Freizeit eine Gruppe junger Unionisten aufgebaut, er hat welche von seinen Schülern zu einer Art von Jüngern gemacht, sie um sich geschart, sie als Spitzel missbraucht. Die haben die jungen Unionisten denunziert und mich sowieso. Wir mussten uns zurückziehen – weil im Zusammenhang mit der Schule keine Parteipolitik betrieben werden darf. Es war pures Brainwashing, was er mit den Schülern abgezogen hat."

„Es waren nur Schüler?"

„Nur? So kann man das nicht sagen."

„Ich meine: Da waren keine Schülerinnen dabei?"

Er runzelt die Stirn. „Sie sind eine von den Genderinnen?"

Ich weiß nicht, was mich geritten hat. Ich will ja sein Vertrauen, aber irgendwie konnte ich nicht anders. Ich lächle ihn harmlos an. „Ich will bloß genau wissen, wie es war. Waren seine ... Jünger ausschließlich männlich?"

„Wer weiß das heute schon so genau, was?" Er lacht ein wenig. „Es waren auch ein paar Wesen dabei, die biologisch wohl zum weiblichen Geschlecht gehören. Die arbeiten sich besonders gerne an den jungen Unionisten ab. – Nicht in diesem Sinn ..." Er lacht schon wieder. „Sondern ... moralisch. Oder was sie eben darunter verstehen. Gruber hat es geschafft, die Klassengemeinschaft zu spalten. Und bald darauf trat er als neuer Messias fürs Miteinander auf."

„Sie ... sind in der Union der Sozialpatrioten auch in einer Funktion aktiv?"

Er lächelt und nimmt noch einen Schluck Tee. „Ich bin in der Union der Generationen, wir kümmern uns um Verbände junger Unionisten, aber auch der unionistischen Senioren. Bei uns ziehen eben alle an einem Strang. Und natürlich bin ich in unserer Lehrervertretung. Es wird Zeit, dass uns Lehrern wieder mit Respekt begegnet wird, finden Sie nicht? Wir sind keine Prügelknaben für alle, für Eltern und Staat und inzwischen auch für die Kinder. Ein böses Wort und du wirst angezeigt, so ist das bereits. Was wird aus uns, wenn niemand mehr Grenzen setzt?"

Ein Kellner kommt und beugt sich zu ihm. „Ein Briochekipferl, Herr Doktor?" Er erntet ein freundliches Nicken.

„Kann ich sehr empfehlen", sagt Angerer. „Auch wenn ich nicht weiß, ob es so gut zu Ihrem Getränk passt."

Ich schüttle den Kopf, der Kellner zieht ab.

„Ich bin regelmäßig hier", erklärt Angerer. „Ich mag das Flair. Um fortzufahren ... Das wäre auch ein Thema, über das Journalisten endlich vorurteilsfrei berichten sollten ..."

„Landtmann-Flair? Briochekipferl? Campari?"

Er lacht. „PISA-Studie. Sie haben es sicher mitbekommen: Gerade in Österreich und Deutschland werden die Leistungen immer schlechter. Und warum? Dazu gibt es inzwischen ausreichend Studien. Weil die Migranten und ihre vielen Kinder die Leistung drücken. Wissen Sie, was es bedeutet, sich um ein traumatisiertes Kind kümmern zu müssen? Jeder Jugendliche, der wirklich aus einem Kriegsgebiet kommt und so etwas durchmachen musste, hat mein Mitgefühl. Aber ihn in eine völlig andere Volksgemeinschaft zu bringen, macht doch doppelte Probleme."

„Es müsste mehr Fachpersonal geben, man müsste die Aufgaben besser verteilen", werfe ich möglichst sachlich ein.

„Das ändert doch nichts! Wir gehen im internationalen Wettbewerb unter, wenn schon unsere Kinder so gestört werden, dass sie nichts mehr leisten können!"

„Sie unterrichten Leibesübungen. Da ist das wohl nicht so ein Problem, oder?"

„Haben Sie eine Ahnung. Die hören nicht. Die tun, als würden sie nicht verstehen. Und sie sehen Sport als legale Aggression. Dazu die Mädels, die noch zehn Ausreden mehr als unsere haben, keinen Sport zu betreiben. Das sagen meine Kolleginnen. Und dann posten kichernde Kopftuchträgerinnen, wie sie gemeinsam Eis essen anstelle von Leibesübungen."

Lass dich nicht mit ihm auf eine ideologische Diskussion ein, es bringt nichts. Ich will Informationen. Andererseits habe ich das Gefühl, das Gespräch ist ohnehin schon gelaufen. Ich hätte es heimlich aufzeichnen sollen.

„Sie sind auch im Netz aktiv. Da waren Sie etwas schärfer, was Peter Gruber angeht."

„Im Netz?" Jetzt ist er misstrauisch. „Was wollen Sie von mir? Hat er Sie geschickt? Wie wehleidig. Wenn jemand austeilt, dann ist er es. Die Union der Sozialpatrioten und die Nazis: was für ein irrer Vergleich! Er ist gegen die Spaltung und hetzt seit Jahren. Das muss man doch einmal deutlich sagen. Ganz abgesehen davon: Eine unabhängige Studie hat vor kurzem ergeben, dass ein Drittel der User seinem Ärger hin und wieder online Luft macht."

„Ärger? In dieser Studie geht es um Hasspostings, soviel ich weiß."

„Forscher übertreiben gerne, so kriegen sie mehr Aufmerksamkeit. Spätestens seit der Pandemie haben das alle begriffen."

„Alle Forscher oder alle, die sich … ärgern?"

„Ach, ist doch egal. Ich bin kein Coronaleugner, nur falls Sie weiterbohren wollen. Ich wehre mich nur gegen Hysterie und Meinungsmache. So wie sie auch Gruber, in anderem Zusammenhang, verbreitet hat."

„Und da machen Sie ihrem Ärger unter einem Pseudonym Luft."

„Daraus schließe ich, Sie haben es tatsächlich von ihm. Er war ja so empört, als er entdeckt hat, dass sich da einer, der die Wahrheit kennt, auch traut, sie zu schreiben."

„Ich habe es nicht von ihm. Die Recherche war einfach. In letzter Zeit gab es freilich weniger derartige Postings. Auch von Ihrem Niwrad."

„Es ist alles gesagt."

„Das Abflauen des Sturms fällt also nur zufällig mit Grubers Verschwinden zusammen?"

Bernhard Angerer versucht ein mitleidiges Lächeln, es entgleitet, sein Mund wird zum Strich. „So ein Unsinn, so wichtig ist Peter Gruber nicht. Abgesehen davon: Es ist nicht alles, was unter diesem Namen geschrieben wurde, von mir."

„Dagegen konnten Sie sich als Informatiker nicht wehren?"

„Mein Spezialgebiet liegt woanders. Ich bin kein Netz-Experte. Mir sind Fußball- und Handballnetz näher als das Inter-Netz. Außerdem kann ich inhaltlich das meiste teilen. Auch wenn die Wortwahl leider bisweilen rüde wird und ich es nicht so sagen würde."

„Wie zum Beispiel, dass er als Volksschädling ausgemerzt werden soll?"

„So etwas habe ich nie geschrieben."

„Aber Niwrad hat es."

„Das bestreite ich vehement. Wenn Sie versuchen sollten, mich zu denunzieren …"

„Niwrad hat geschrieben, er gehört nicht ausgemärzt, sondern besser gleich ausgeoktobert, man solle nicht warten, bis er noch mehr Unheil anrichtet."

„Ein Wortspiel. Als Reaktion auf einen Kollegen, der den Begriff ‚ausgemerzt' verwendet hat. Mit ‚e'."

„Warum posten Sie nicht mit Klarnamen, wenn Sie ohnehin zu den Beiträgen stehen?"

„Noch können wir uns nicht überall zeigen, ohne dass es dumme Vorurteile gibt. Der Tag wird kommen. Noch muss man vorsichtig sein, aber immer mehr Menschen begreifen zum Glück, was wir wollen und dass unsere Bewegung die einzige Chance ist, damit unser schönes Land als Volksgemeinschaft überlebt."

Warum habe ich das nicht aufgenommen? „‚Wir sind die Zukunft Europas – oder es hat keine Zukunft mehr' – das habe ich von der offiziellen USP-Homepage", sage ich langsam.

Jetzt lächelt er breit. „So ist es. – Sie schreiben also an einer Reportage über diese Alles-Gute-App? Wir lassen uns nicht gerne für dumm verkaufen."

„Wie soll ich das verstehen? Soll auch ich verschwinden?"

„Was immer Sie in Wirklichkeit planen: Mit Drohungen können Sie uns nicht kommen. Wir lassen uns nichts in die Schuhe schieben. Ich habe mit Ihnen offen und freundlich geredet. Höflich. Darauf lege ich Wert. Aber das bedeutet nicht, dass wir uns alles gefallen lassen. Die Zeiten sind vorbei."

„Drohungen? Wer droht …"

„Sie sollten mir nicht das Wort im Mund umdrehen, Frau Valensky. Nicht jetzt und nicht bei dem, was Sie vielleicht beabsichtigen zu veröffentlichen. Wir drohen nicht."

„Dann ist es ja gut", sage ich und stehe auf. „Ich zahle im Hinausgehen."

„Sie sind natürlich mein Gast."

[9.]

Es ist absurd. Trotzdem beobachte ich in den nächsten beiden Tagen meine Umgebung genauer, wenn ich unterwegs bin. Irgendwelche Typen, die zur USP gehören könnten? Die mich verfolgen? Woran sollte ich sie erkennen? Bernhard Angerer wirkt auch nicht bedrohlich. Ein höflicher, halbwegs gebildeter Mann, Professor an einem angesehenen Gymnasium. Er ist wohl tatsächlich kein Schläger. Er postet bloß bisweilen Dinge, die man als Aufruf zur Gewalt lesen könnte. Wenn er gerade Niwrad ist. „Doktor" ist er übrigens keiner, auch wenn ihn der Kellner so angesprochen hat. Daraus freilich Hochstapelei abzuleiten, wäre falsch. In einem so traditionsreichen Kaffeehaus lebt die Wiener Sitte der großzügigen Titelverteilung an Stammgäste weiter.

Was mich an unserem Gespräch am meisten irritiert hat: Bei gewissen Dingen war ich nicht in der Lage, ihm sofort zu widersprechen. Was die nervige Diskussion über die PISA-Studie angeht, ist mir die richtige Antwort leider erst zu spät eingefallen. Das mittelprächtige Abschneiden der Getesteten kann man nicht den Jugendlichen mit Migrationshintergrund in die Schuhe schieben. Anders als in den meisten Ländern der Welt gibt es in Österreich und Deutschland kein flächendeckendes System von Ganztags- und Gesamtschulen. Dabei ist es logisch, dass es gerade den Schwächeren viel bringen würde. Viele Kinder bekommen daheim einfach zu wenig Unterstützung. Die Eltern sind nicht imstande, mit ihnen zu lernen. Weil sie selbst zu wenig Bildung haben. Oder weil sie arbeiten müssen, was das Zeug hält, um halbwegs leben zu können. Aber statt genau das für sich und ihre Kinder einzufordern, schreit ein Teil von ihnen lieber USP-Parolen. – Sind sie also selbst schuld? Ich seufze. Nein, Schuld sind die, die die Schuld auf andere schieben, hetzen und angeblich einfache Lösungen versprechen.

Von Peter Gruber fehlt weiter jede Spur. Es ist, als hätte er sich in Graz in Luft aufgelöst.

Ich sitze am Schreibtisch unserer Arbeitswohnung und suche nach Postings, die erst nach seinem Verschwinden abgesondert worden sind. Ich sehe aus dem gekippten Fenster. Ein Stück blauer Herbsthimmel, die Dächer der Wiener Innenstadt. Vesna bindet es mir bisweilen auf die Nase. Es stimmt schon: Ich sollte viel öfter daran denken, wie privilegiert ich bin. – Nützt es, bloß daran zu denken? Wem? Ich sollte etwas tun. Ich recherchiere. Ich versuche, Artikel zu schreiben, die der Wahrheit so nahe wie möglich kommen. – Und die momentan nicht einmal Sam Mayer veröffentlichen will.

Ich kneife die Augen zusammen. Eine Taube, die eigenartig aussieht. Keine Taube. Der Vogel ist größer. Er kommt näher. Seltsam geradlinig. Unwillkürlich ziehe ich den Kopf ein. – Das ist kein Vogel! Das ist eine Drohne! Und keine kleine. Die darf hier nicht fliegen. Die schicken mir eine Drohne, zur Einschüchterung. Oder um mich auszukundschaften? Das Ding hat eine Kamera. Mira, welche Drohne hat keine? Solche, die im Krieg eingesetzt werden, die haben Waffen. Ich bin vom Stuhl geglitten, ducke mich hinter den Schreibtisch. Ich sollte sie fotografieren. Man muss das anzeigen. Ich werde mich nicht … Jetzt kann ich sie sogar hören: ein bösartiges Summen. So kriegt ihr mich nicht klein! Ich fingere nach meinem Mobiltelefon. Das Ding kreist. Steigt etwas höher, sinkt dann wieder. Die Drohne sucht mich. Die kämpfen mit allen Mitteln. Kamerafunktion. Die filmt, ich fotografiere! Ich habe sie. Okay. Nicht nachsehen, wie scharf das Bild geworden ist. Sofort senden. An Vesna. Nur für den Fall, dass hier in einer Minute alles in die Luft fliegt. Sie sollen wissen ... – Was soll wer wissen? Noch sind die Sozialpatrioten weder im Straßen- noch im Luftkampf. Aber vielleicht geht's jetzt gerade los? Vielleicht hat Bernhard Angerer eine viel wichtigere Funktion. Illegal. Sie haben Gruber eliminiert, weil er die USP beleidigt hat. Weil er sich durch Drohungen nicht unterkriegen lassen wollte und mit uns geredet hat.

Ich sehe, wie die Drohne noch eine Runde dreht und dann Richtung Stephansplatz verschwindet. Ich ziehe mich hoch, starre weiter aus dem Fenster, setze mich. Alles dreht sich. Ruhig atmen. Was ich brauche, ist gezieltes Atemtraining. Auch gegen solche Attacken wie gerade eben. – Gegen Drohnen? Wohl schon eher gegen meine überbordende Fantasie. Ich hätte mir das Video über die Bürgerkriegstage in Wien 1934 nicht ansehen sollen. Ich wusste nicht, dass es Filmaufnahmen davon gibt. Die Gemeindebauten, in denen damals gekämpft wurde, existieren zum Großteil immer noch. Die Dollfuß-Faschisten mit ihrer Heimwehr gegen aufständische Grüppchen von sozialdemokratischen Schutzbündlern. Die Aufständischen hatten keine Chance. Die „Vaterländische Front" wurde gegründet, alle anderen Parteien verboten. Ist mir alles klar, aber ... es zu sehen ist etwas anderes. Männer mit langen Mänteln und Gewehren, die Häuser nach Schutzbündlern durchsuchen. Originalstimme des Polizeifilms, die stolz verkündet, dass in kürzester Zeit alles befreit war. Ganz durchschnittliche Menschen, die dann in den Gassen unterwegs sind. In Deutschland war Adolf Hitler bereits an der Macht. In Österreich wollte man damals noch lieber mit Mussolini und den italienischen Faschisten gemeinsame Sache machen. Die schlanke Frau, die im Mantel, mit Einkaufstasche und halbhohen Schuhen die Gasse entlanggegangen ist: Hat sie geahnt, was kommt?

Ich zucke zusammen. Handyton.

„Was ist mit Drohne?", fragt Vesna.

„Sie ist direkt vor unserem Fenster gekreist. Und sie war ... groß."

„Warum hast du mir das Foto geschickt?"

„Ich dachte, es ist besser, jemand weiß davon."
„Das hat nichts mit dir zu tun."
„Sicher?"
„Ist unwahrscheinlich."
„So einiges gilt als unwahrscheinlich und dann passiert es doch."
„Du klingst aufgeregt."
„Bin ich nicht. Nur … Ich bin lieber vorsichtig."
„Soviel ich sehe, hat die Drohne eine Kamera."
„Überraschung!", höhne ich.
„Ich meine, bessere Filmkamera als normal. Sie werden Bilder machen. Drohnen werden auch eingesetzt zur Vermessung. Oder sie drehen eine Doku. Ich komme heute bei euch vorbei, okay? Ich glaube, du brauchst Aufmunterung."
„Hast du Neues, was Peter Gruber angeht?"
„Ich hatte keine Zeit, das weißt du. Ich habe auch sonst noch einen Beruf."
„Ich wollte gerade checken, was sich in den Foren nach seinem Verschwinden getan hat."
„Lieber nicht."
„Ich bin es gewohnt zu recherchieren. Auch wenn es unangenehm wird."
„Dann hältst du wieder eine Drohne für Fliegerangriff."
„Habe ich nicht gesagt."
„Ich kenne dich."

Ich schüttle den Kopf. Die Vorhänge ziehe ich nur zu, weil die Sonne blendet. Und weil ich nicht abgelenkt werden will. Was eigenartig ist: Kaum jemand in den sozialen Medien hat besorgt auf das Verschwinden von Peter Gruber reagiert. Aber es wurde bis jetzt auch wenig darüber berichtet. – Weil alle der Meinung von Sam Mayer sind? Dass es keine Meldung wert ist, wenn der Entwickler der Lisa-App glaubt, untertauchen zu müssen? Der Shitstorm gegen ihn ist zu einem Lüftchen abgeflaut. Noch immer bösartig. Aber überschaubar. Der Inhalt redundant. Er sei ein Scherge a) des jüdischen Weltkapitals, das uns via Silicon Valley manipuliert, b) des Dschihad, der seine Machtübernahme in Europa vorbereitet, c) der EU, die demnächst alle nationalen Besonderheiten von Marillenmarmelade bis Trachtenanzug vereinheitlichen möchte. Ansonsten Aufrufe zum Kampf gegen die „Systemparteien", „Lügenpresse", „Volksverarschung", und die Aufforderung, „alle zu entfernen, die unser Volk vernichten wollen". Gegenreaktionen gibt es, die Diktion ist teilweise vergleichbar. Viele sind es außerdem nicht. Man bleibt wohl eher in der eigenen Blase. – Was hat mir Fran erklärt? Die Internetportale verstärken das. Indem uns Themen und Infos angezeigt werden, die möglichst genau der eigenen Meinung und den eigenen Interessen entsprechen. Immerhin möchte man, dass wir uns wohlfühlen und möglichst lange auf ihren Seiten bleiben. So kann man uns mehr Werbung unterjubeln und mehr Daten abgreifen. Für auf uns zugeschnittene Produkte, die wir dann hoffentlich auch kaufen. Und wenn man feststellt, dass das funktioniert, dann kann man die Preise für Werbebanner anheben. Der Kollateralschaden: immer kleinere Blasen, immer engere Weltsicht. Trotzdem. Ich schmunzle. Bei Menschen wie Vesna kriegen sie es nicht so gut hin. Wie hat sie gesagt? Besser, wir sind unberechenbar.

Manches allerdings bleibt gleich und soll es auch bleiben. Sowohl sie als auch Oskar werden Hunger haben, wenn es Abend wird. Ich habe keine Lust, einkaufen zu gehen. Es gibt erstaunlich viele Reste im Kühlschrank. Ich war bloß zwei Tage in Graz. Oskar hat, wie immer, wenn er allein ist, zu viel eingekauft.

Ich will den Laptop schon herunterfahren, scrolle dann aber doch noch durch das Facebook-Profil von „Volxfreund". Er und seine Freunde spotten darüber, dass Peter Gruber untergetaucht ist. Der sei nicht bloß ein Denunziant, sondern auch ein Feigling. Wenn sogar solche mitbekommen, dass er verschwunden ist, warum dann nicht die Medien? Oder habe ich mit falschen Stichworten gesucht? Ich probiere es noch einmal. Hier: die „Wiener Bezirksblätter": Der Entwickler von LISA sei nicht zu einem vereinbarten Interview erschienen. Laut ALLES GUTE AG habe er eine „kreative Pause" eingelegt. Vier Zeilen, samt dem Hinweis, dass er seit seinem Vergleich der Sozialpatrioten mit den Nazis heftiger Kritik ausgesetzt war. Und dem Verdacht, er könnte freiwillig von der Bildfläche verschwunden sein.

Sieh an, ausgerechnet HALLO DU hat einen größeren Artikel gebracht: „Wo ist der Mann fürs GUTE?" Bevor ich ihn lesen kann, muss ich mich entscheiden: Zwischen HALLO pur, dem Artikel ohne Werbung, für den zu zahlen ist. Und HALLO plus, dem Artikel mit Werbung, „weil wir uns finanzieren müssen", samt – den Text finde ich unter dem Button und in deutlich kleinerer Schrift – dem Hinweis, dass sie in diesem Fall alles sammeln, was möglich ist. Mit meinem Klick hinterlasse ich also wieder einmal eine besonders dicke Datenspur.

Hat sich nicht ausgezahlt für den Artikel. „Gewöhnlich gut informierte Kreise" – dass es noch jemanden gibt, der diese Formulierung verwendet – wollen wissen, dass Peter Gruber bei einer Party in Berlin ausgelassen „abgetanzt" haben soll. „Seine App ist vom ‚Forum Gute Dinge' zum beliebtesten Tool des Jahres gewählt worden. Auf den Plätzen dahinter: der Solarföhn, der deine Haare mit der Kraft der Sonne trocknet. Rang drei belegt die Trinkflasche, die je nach Temperatur des Inhalts Farbe und Muster ändert." Ob Peter Gruber wirklich in Berlin war? Ich bezweifle es. „Abgetanzt" und er, das passt nicht zueinander. – Wie gut kennen wir ihn? Was sonst noch im Artikel steht, ist die rührselige Geschichte über einen Lehrer, der am Tod seiner Frau beinahe zerbrochen wäre – bis ihm seine „engelsgleiche" Nichte eine Zeichnung geschenkt hat. Die Suspendierung und der Grund dafür werden mit keinem einzigen Wort erwähnt.

Sam hat schon recht, es hätte bessere Blätter gegeben, die ein Porträt über mich bringen könnten. Hat es aber nicht. Ich scrolle durch die Seiten, auch wenn ich wegen der vielen Inserate für billige Energie, billige Handy-Tarife, billige Flüge, billiges Shopping und einem Rückenroller gegen Verspannungen kaum Inhalt sehe. Auf mich persönlich scheint kaum was zugeschnitten zu sein. – Weil sie mich noch zu wenig kennen?

Und dann:

„Unsere HALLO-DU-Reportage der Woche: DAMEN VOR! – Gattinnen erfolgreicher Männer und ihre spannenden Hobbys."

Ich brauche ja niemandem zu verraten, dass die über mich eine Homestory bringen. Menschen, die mir wichtig sind, lesen dieses Blatt ohnehin nicht.

Ich blinzle. Ich muss übermüdet sein. Noch angegriffen von der Sache mit der Drohne. Nein. Das ist schlimmer als eine Drohnen-Attacke.

Da ist ein Foto von mir: Ich halte die Hand schirmend vor die Stirn und glotze wie einst Winnetou – oder war das Old Shatterhand? – in die Weite der Dächer von Wien. Stimmt. Die Journalistin hat mit dem Handy auf unserer Dachterrasse ein paar Fotos gemacht. Als Gedächtnisstütze, hat sie gemeint. Der Fotograf ist erst später gekommen. Das Shooting war dann an meinem Schreibtisch, ich vor dem Laptop. Und auf der Brücke über den Donaukanal. Mein Wien und ich. Das gibt's doch nicht! Die kann doch ... Sie kann. Ich war unprofessionell genug, nicht vorab den Text zu verlangen. Zumindest nicht ausdrücklich. Ich bin davon ausgegangen, dass ich ihn jedenfalls bekomme. Sie hat gemeint, die Story sei „zeitlos" und es könne daher noch dauern, bis sie veröffentlicht wird. Was für eine falsche Schlange!

Sie hatte keine Ahnung, was meine Arbeit angeht, das habe ich gemerkt. Sie hat seltsame Fragen gestellt. Aber ich war zu eitel, um mir viel dabei zu denken. Hauptsache, Mira Valensky wird groß ins Bild gesetzt. Es sollte in der Story um meine Recherchen und Erfahrungen, meine Erfolge gehen – so oder so ähnlich hat es die leitende Redakteurin formuliert, als sie mir die Anfrage geschickt hat. Ich habe die Mail noch. Ich werde sie klagen. Das werde ich nicht ... So etwas ist rechtlich schwer fassbar. Außer sie schreiben dezidiert Falsches und Ehrenrühriges. Gut, schon der Vorspann ist an der Grenze dazu: Man nennt mich „Hobbydetektivin und freie Journalistin im Netz". Wissen die, dass ich jahrelang Chefreporterin der größten Wochenzeitung des Landes gewesen bin? Dass meine Recherchen große Kriminalfälle und Skandale aufgedeckt haben? Dass ich zentral am Aufbau von Ecco als seriösem Onlinemagazin ... Oh. Sam wird auch zitiert. Und zwar mit dem Satz, dass sie „älteren Frauen gerne eine Chance gibt". Ist die übergeschnappt? War sie deswegen so seltsam, weil sie ein schlechtes Gewissen hat?

Durchatmen, Mira. Durchatmen. Unser gemeinsamer Abend in Graz war trotz der Auseinandersetzung davor entspannt. Man muss nicht immer einer Meinung sein und kann sich trotzdem mögen. Sams Zitat ist aus dem Zusammenhang gerissen worden, dumm bis böswillig verkürzt. Vielleicht hat sie gesagt, dass es toll ist, dass ich mit meiner langjährigen Erfahrung bei ihnen mitarbeite und dass sie das für eine große Chance hält. Ich werde sie fragen. Abgesehen davon: Zu klagen würde nur bedeuten, dass Hallo Du eine zusätzliche Plattform bekommt. Die Reportage ist schon erschienen. Setze ich mich dagegen zur Wehr, lesen sie deutlich mehr Leute. Und ich würde als gekränkte Alt-Journalistin dastehen. Ich bin nicht gekränkt. Ich bin wütend. Ich schaffe es nicht, mich auf den Text zu konzentrieren. Haben die das absichtlich gemacht? Warum? Hat man auch den anderen diese Geschichte von der „Homestory" aufgetischt? Na gut. Darunter kann man bald was verstehen. Wer sind die weiteren „Gattinnen" überhaupt? Ich habe das Wort nie gemocht. Ich habe es Oskar ganz schnell abgewöhnt, mich so zu bezeichnen.

Da gibt es eine Apnoetaucherin – also eine, die lange ohne Sauerstoff unter Wasser bleiben kann. Ihr Mann ist Herzchirurg. Sie ist fünfunddreißig und gebürtige Philippinerin. Unsere Anknüpfungspunkte sind gering. Außer, dass ihr Foto noch viel schlimmer ist als meines: Sie kniet vor ihrem Mann und hält einen großen Fisch in ihren Händen. Nummer drei ist die Frau eines Staatssekretärs. Sie hat die angeblich größte Sammlung von goldenen Gartenzwergen. Da gäbe es internationale Wettbewerbe. Echt jetzt? Wer weiß, vielleicht ist sie im wirklichen Leben Psychotherapeutin. Oder Geigerin. Vielleicht rufe ich sie an und wir sprengen die Redaktion von HALLO DU. Besser noch: Wir bewerfen sie mit Gartenzwergen.

Ich schließe den Laptop, knalle die Tür hinter mir zu, tappe in Socken durchs Stiegenhaus zu unserer Wohn-Wohnungstür, schließe auf und versuche, nicht über Vui zu stolpern. Ich kümmere mich um Wichtigeres. Ich öffne den Kühlschrank und räume alles aus, was nicht mehr lange hält. In einer Frischhaltebox finde ich etwas, das sich tückisch ganz lange ganz hinten versteckt haben muss. Könnte ein Aufstrich gewesen sein. Aber auch etwas anderes, das jetzt zu einem Brei mit grüner Auflage mutiert ist. Ich klappe den Deckel wieder zu. Ich traue mich nicht, es gleich im Müll zu versenken. Warm geworden könnte das Ding explodieren. Oder stinken. Oder beides. Wäre vielleicht auch etwas, das man HALLO DU vorbeischicken könnte.

Aus irgendeinem Grund hat Oskar ziemlich viele gekochte Garnelen gebunkert. Die ebenfalls schon gekochten Kartoffeln stammen noch vom gemeinsamen Wochenende, aber sie riechen einwandfrei. Dann gibt's Kichererbsen, Stangensellerie, überreife Tomaten, eine halbe Hühnerbrust in Currysauce.

DAMEN VOR! Die seltsamen Hobbys der Gattinnen ... Stopp. Das sind nicht die Probleme, die mir schlaflose Nächte machen sollten.

Was ist, wenn ich aus allem eine dicke Suppe bastle und sie scharf würze? Geht immer, vor allem, wenn man mit viel frisch geschnittener Zwiebel, Knoblauch und gutem Olivenöl beginnt. Vui ruft sich durch Maunzen und Kopf-an-mein-Knie-Drücken in Erinnerung. Für das meiste hier gäbe es einen praktischen Abnehmer. Ich überlege kurz. Müllschlucker Vui – und wir gehen essen. Ich will raus. – Will ich raus? Was, wenn doch jemand in unserer Umgebung die Reportage gelesen hat? Werde ich mich ab jetzt verstecken? Vielleicht könnte mir ja Peter Gruber einen Tipp geben. Nur dass ich keine Millionen mit einer ach so lieben

App gemacht habe. Nein. Vui kriegt einen Beutel Futter, das für ihn geeignet ist.

So könnte was draus werden: Stangensellerie, Kichererbsen, Tomaten und die in Würfel geschnittene Hühnerbrust samt Currysauce kommen in meinen klassischen Ansatz für eine dicke Suppe. Ich lösche mit einem Schluck Vermouth ab. Lorbeerblatt, eine Chilischote im Ganzen dazu, mit etwas Wasser aufgießen. Einen der guten pikanten Gemüsesuppenwürfel hineinbröseln. Alles verkochen lassen und dann abschmecken.

Soll ich Sam anrufen und fragen, was sie der Tussi von Hallo Du erzählt hat? Mir graut vor ihrem Spott und noch mehr vor einem „Ich habe es dir doch gleich gesagt". Ich gieße etwas Olivenöl in eine Auflaufform, verteile die halbierten Kartoffeln, nehme wieder etwas Öl und würze mit Meersalzflocken. Dann nehme ich eine Gabel und drücke so fest auf die Kartoffeln, dass sie zermantschen. Tut richtig gut. Das Backrohr ist auf zweihundertzehn Grad. Die Alternative wäre unser wunderbarer Holzherd gewesen, aber es hätte zu lange gedauert, bis er heiß wird. Es lebe die neuere Technologie. Vielleicht ist ja Kochen meine eigentliche Kompetenz. Wer als Journalistin so blöd ist, auf ein doofes Schmierblatt reinzufallen, sollte abdanken. Garnelen darf man nur ganz kurz garen, sie sollten saftig und knackig bleiben. Bei denen, die da vor mir auf dem Brett liegen, ist schon alles egal. Sie sind bereits fest und trotzdem irgendwie mehlig. Aber zu schade zum Wegwerfen. Sie haben sogar immer noch einen gewissen Duft. Also in dünne Scheibchen schneiden. Ich mache das mit solcher Vehemenz, dass Vui einen erstaunten Laut ausstößt. Oder will er bloß eine Kostprobe? Die Sozialpatrioten wettern gegen die „Lügenpresse". Darunter verstehen sie alle Medien, die kritisch über sie berichten. Den öffentlich-rechtlichen Rundfunk möchten sie sofort abschaffen. Was ist mit Hallo Du? Stehen sie in der Gnade der USP? Das Frauenbild würde ganz gut zu deren Vorstellungen passen. Wem gehört das Magazin eigentlich? Damit sollte ich mich beschäftigen. Vielleicht haben sie es längst gekauft. Wobei: Die sogenannte Homestory hat vor unserer Begegnung mit Peter Gruber stattgefunden. Nicht klug, überall Verschwörung zu wittern. Vor kurzem hat eine angesehene Tageszeitung ein großes Sparpaket beschlossen. Die ohnehin stockkonservative und kreuzbrave Chefredakteurin wurde durch einen Kollegen ersetzt, der keine Berührungsängste mit den Sozialpatrioten zu haben scheint. Was hat er gleich in seinem ersten Leitartikel geschrieben? Man müsse bei aller Kritik an dieser Bewegung doch feststellen, dass sie wichtige Probleme der Zeit aufgreife – könnte es nicht sein, dass sie da und dort doch recht hätte? Eigentlich sollte es auffallen, dass auf diese Weise Zustimmung feige als Frage formuliert wird. – Warum so überheblich? Dir ist nicht einmal aufgefallen, dass HALLO DU keine Jubelreportage über die geniale Mira Valensky plant. Alles geht den Bach runter. Und ich konzentriere mich auf die Reste aus unserem Kühlschrank. Wie nennt man das jetzt? „Essen retten": Meine Oma hätte gelacht. Ist doch klar, dass man Lebensmittel nicht wegwirft, solange sie nicht verdorben sind.

Ich hacke Jungzwiebeln und vermische sie mit den Garnelen, Crème fraîche, gebe einen großen Löffel Chilisauce dazu, natürlich Salz. Heute wird alles scharf, wer das nicht will, hat Pech.

Es läutet, gleichzeitig dreht sich der Schlüssel im Schloss. Oskar. Diesmal habe ich trotz meiner Turbulenzen die Tür nicht offen gelassen. Immerhin. Und: Er kann nichts für meine schlechte Laune. Ich koste die Suppe, die langsam vor sich hin köchelt. Gar nicht übel. Ich gebe Kreuzkümmel dazu, den mag Vesna so gerne wie ich. Und noch etwas Curry. Und noch was vom Vermouth. Und nehme selbst auch einen Schluck davon. Wird schon wieder.

Oskar ist amüsiert. Das Foto findet er sogar nett.

„Nett?", rufe ich empört. „Ich sehe aus wie eine achtzigjährige Laiendarstellerin in einem Wien-Wildwestfilm!"

„Schlecht? Und das mit den achtzig Jahren ist Quatsch."

„So viele Falten habe ich nicht am Hals!"

„Die sehe ich gar nicht."

„Das ist lieb, ändert aber nichts daran."

„An den Falten?"

„Dass es in Wirklichkeit …"

„Der Bildtext ist vielleicht ein bisschen … krass", unterbricht Oskar.

„Den habe ich noch gar nicht gelesen."

„Auch nicht notwendig. Was gibt es zu essen? Es riecht großartig. Lass mich raten: etwas mit Curry …"

Ich schnappe mir das Tablet. „Was Mira Valensky von der Dachterrasse ihrer Nobel-Wohnung im ersten Bezirk aus wohl wieder Spannendes sieht?" Ich suche nach etwas, das ich werfen kann. Fauche. Vui sieht mich bewundernd an. Oskar versucht ein Grinsen zu unterdrücken. Er hat Glück, es läutet und er flieht ins Vorzimmer.

Ich nehme die goldgelb-knusprigen Kartoffeln aus dem Backrohr, bedecke sie mit der Garnelenmischung, gebe viel jungen weichen Käse darüber. Das habe ich in Sardinien gelernt: Fast alles lässt sich unter schmelzendem Käse verstecken. Leider eben nur fast alles. Darauf noch Parmesanflocken und wieder ab ins Rohr.

„Riecht großartig", sagt Vesna. Sie müssen sich abgesprochen haben. Ich knurre etwas. Immerhin, wenigstens meine Kochkünste werden gewürdigt. Meine Freundin kommt und umarmt mich. Macht sie selten.

„Es kann sehr schnell gehen und man fällt hinein, kann jedem passieren, nicht nur Peter Gruber mit dieser Talkshow. Bei dir ist es viel weniger schlimm, einfach nur ein dummer Artikel."

„Sam wird sich vor Lachen gar nicht mehr einkriegen", sage ich, als ich die Hauptspeise auf den Tisch stelle.

„Was ist unter Käse?", fragt Vesna.

„Etwas, das ich im Kühlschrank gefunden habe."

Oskar sieht mich zweifelnd an.

„Die Gattin des erfolgreichen Wirtschaftsanwalts hat eben mehrere Hobbys. Eines ist: Garnelen finden und verstecken."

„Meine Sekretärin war besorgt, ich könnte verhungern, wenn du nicht da bist. Sie hat bei einem Lieferdienst bestellt. Ich habe das ganze Zeug mit nach Hause genommen und bin zu unserem Italiener auf eine Pizza."

„Ob HALLO DU womöglich unterwandert ist? Wer, wenn nicht harmlose Frauenzeitschriften, kann den Boden für reaktionäre Politik aufbereiten?" Mein Glas ist leer. Schon wieder. Ich nehme die Flasche aus dem Kühler, will uns nachschenken. Auch leer.

„Zum Glück du musst nicht mehr fahren", sagt Vesna.

„Warum?"

„Weil du es nicht mehr kannst, nach dem, was du heute getrunken hast."

„Was alles schon ein Glück ist", erwidere ich. „Kann doch sein, dass Bernhard Angerer in Wirklichkeit ein hohes Tier bei denen ist. Die haben so einen Geheimkader, das habe ich gelesen. Er ist weniger dumm als viele von ihnen, auch wenn er im Hauptfach Sport unterrichtet und Informatik nur nebenbei, weil Lehrer dafür fehlen."

„Geheimkader? Du glaubst so Zeug aus Internet? Bernhard Angerer?", fragt Vesna.

„Ich werde meine Reportage veröffentlichen. Er wird vorkommen. Du lachst, aber ich bin mir nicht sicher, ob die Drohne nicht doch von denen geschickt worden ist."

„Du redest von der USP?" will Oskar wissen.

„Was sonst? Angerer wirkt nicht radikal, er ist Stammgast im Landtmann, er steht auf, wenn eine Dame – habe ich wirklich Dame gesagt? – zum Tisch kommt. Er …"

„Du hast ihn getroffen?" Vesna sieht mich an. Ihr Glas ist noch halb voll. Oder ist es halb leer?

„Alles eine Frage der Perspektive", sage ich.

„Was? Du lenkst nicht ab: Du hast ihn getroffen und mir nichts gesagt?"

„Ich war in Graz, Frau Gestapo. Der Termin war sofort nach meiner Rückkehr. Ich bin vom Bahnhof direkt hingehetzt. Da war keine Zeit."

„Klar nicht. Und von Graz bis ins Landtmann hast du dich gebeamt."

„Wäre schade, die Strecke über den Semmering ist schön."

„Mira: Peter Gruber hat mir einen Auftrag gegeben. Und: Es kann gefährlich sein, du sollst nicht alleine herumfragen."

„Jetzt wenigstens gibst du das zu. Ansonsten lachst du nur, wenn ich mich fürchte."

„Tu ich nicht!"

„Peter Gruber hat mit uns beiden geredet. Schon vergessen?"

„Er hat mir das Kuvert hingestreckt. Als Journalistin kannst du kein Geld von ihm nehmen, oder?"

„Habe ich auch nicht! – Ich habe bei Angerer neben ziemlich viel Weltanschaulichem auch sonst einiges rausgefunden. Fakten, so wie du sie magst. Zum Beispiel: Peter Grubers Frau Julia ist an Leukämie gestorben."

„Das weiß ich doch längst!"

„Woher? Hast du mir auch nicht gesagt!"

Oskar räuspert sich.

„Dieses Garnelending ist richtig gut", sagt Vesna. „Gerade weil man sie nicht sieht."

Ich nehme einen großen Schluck Wasser. Gerade weil man sie nicht sieht … „Schon eigenartig: Damals in Graz hat es auf mich gewirkt, als wäre Peter Grubers Frau erst vor kurzem gestorben", überlege ich.

Vesna nickt. „Hat ihn aus der Bahn geworfen."

„Davon gehen seine Kollegen auch aus. Und in den Jahren danach ist sehr viel passiert: die Pandemie, Inflation, Kriege, Wut, der internationale Aufstieg der Sozialpatrioten."

„Die App, mit der er einen Riesenerfolg hat – was seine Bahn vielleicht noch einmal geändert hat." Vesna kratzt die Reste aus der Auflaufform.

„Es ist verdammt schwer geworden zu erkennen, wer wirklich gute Absichten hat", sage ich langsam.

„Vielleicht sollten wir nicht nur mit seinem Umfeld, sondern auch mit Psychiater reden", sagt Vesna.

Ich sehe sie an. Ich glaube nicht, dass sie es zynisch meint. Oder doch? Kann ich nicht einmal bei ihr erkennen, was wie gemeint ist? „Ich habe etwas über Entfremdung gelesen", sage ich. „Immer mehr Menschen nehmen die Welt via Bildschirm wahr. Sie sitzen vor dem Laptop. Selbst wenn sie unterwegs sind, sehen sie auf ihr Handy und begreifen gar nicht, wer neben ihnen ist, wie die oder der drauf ist. Sie haben Kopfhörer auf, ihre Umgebung wird ausgeblendet, sie hören weder Vogelgezwitscher noch Straßenverkehr. Auch die Arbeit bekommt dadurch einen anderen Stellenwert. Sie ist zu einem irritierenden Störfaktor geworden, vor allem, wenn sie analog ist."

„Homeoffice trägt dazu bei", meint Oskar. „Ich bin ganz froh, dass meine Sekretärin teilweise von daheim arbeitet. Ich mag es, ungestört zu sein. Aber ich habe das Gefühl, früher haben wir einander verstanden, ohne viel reden zu müssen. Und damit meine ich nicht bloß eine gut gemeinte Großbestellung, nur weil ich ein paar Stunden am Abend allein bin."

Ich lächle. „Sie wollte zeigen, dass sie besser für dich sorgt als ich."

„Als ob mehr besser wäre."

Vesna schüttelt den Kopf. „Die Welt verändert sich, das ist nicht nur schlecht. Ist praktisch, wenn man verbunden ist, telefonieren, Fotos schicken kann, von überall aus. Es gibt Info und es gibt Blödsinn. Und es gibt bei allen Geräten einen Knopf zum Abschalten."

„Noch", murmle ich.

„Mira, du brauchst Ablenkung. Du steigerst dich hinein."

„Siehst du überhaupt, was in der Welt vor sich geht? Kriege, die Reichen werden immer reicher, die Rüstungsindustrie boomt. Dazu die Klimakrise. Wie sollen wir aus den großen Konflikten rauskommen? Was wird als Nächstes eskalieren? Sie rennen Parteien nach, die einfache Lösungen versprechen. Glaubst du, dass du gemeint bist, wenn die von Volk reden? Eine App, mit der man einander alles Gute wünschen kann, wird dagegen nicht reichen. Selbst wenn wir wüssten, wie ihr Erfinder wirklich tickt."

„Jetzt redest du schon wie er. Du sollst nicht so viel trinken. Es gibt junge engagierte Leute. Und alte auch. Du sollst lachen über den dummen Artikel in diesem Klatschblatt. Alle wissen, wie gut du bist. Du brauchst Aufheiterung."

Oskar nickt.

„Ich habe auch schon eine Idee", setzt Vesna fort. „Wir werden Backgroundsängerinnen bei EverLyn. Ich habe es schon mit Hans besprochen. Er ist begeistert. Alle sind einverstanden."

Ich starre meine Freundin an.

„Was? Nie! Du hast mit ihnen geredet, ohne mich zu fragen?"

„Vorsondiert", präzisiert Vesna. „Du hast noch keinen Vertrag."

„Nie im Leben! Ich kann nicht singen! Das weißt du! Ich mache mich nicht schon wieder zum Narren! Ich habe wirklich Besseres zu tun!"

„Wenn du magst, dann klebe ich mich mit dir auf eine Straße – wenn du vorher singst."

„Das ist absurd! Nein!"

„Auch recht, ich mag mich ohnehin nicht ankleben. Was du brauchst, ist Spaß! Das macht Leben nicht nur einfacher, man sieht auch wieder klar! Und wir haben eine Funktion in der Band, das ist mehr als einfach bloß mitfahren. Man muss etwas Verrücktes tun, spüren, dass man lebt. Das ist erlaubt! Und wenn nicht, ich mache es trotzdem!"

„Oskar, sag du etwas."

„Es ist schon … verrückt. Mira kann echt nicht singen."

„Weiß ich doch, aber eigentlich kann jede singen. Es ist eine Frage der Einstellung."

„Ich sage nur Florence Foster Jenkins. Du willst bloß, dass sie wieder über mich lachen!"

„So ein Quatsch. Und auch über den blöden Artikel lacht niemand, ist einfach zu unwichtig. Kein Grund für Weltdepression. Es geht um Freude am Leben. Ist doch egal, was die sich denken oder über uns sagen."

„Ich bin kein Groupie!"

„Du bist Mira. Gerade in Zeit, wo so viel Irres passiert, muss man Spaß haben. Du brauchst eine neue Herausforderung! Willst du alt werden und versauern? Ausgerechnet du?"

„Das löst keine Probleme!"

„Es zeigt, wir leben! – Dann können wir auch viel anderes tun, was wichtig ist. Ohne Leben: du wirst zum Zombie. Da geht nichts."

Oskar lacht. Wir sehen ihn beide an. Nicht einmal bei ihm weiß ich, warum.

„Ich habe mir euch beide gerade als singende Zombies vorgestellt."

Ich blitze ihn an. „Wir wären singende Zombies – zumindest ich!"

„Ach", sagt Vesna. „Und was ist mit Hans und seinen Freunden? Die siehst du auch so?"

„Die sind Musiker. Sie können, was sie tun. Sie sind großartig. Profis. Darum geht's. Ich kann das nicht. Ich kann recherchieren. Zumindest konnte ich es."

Vesna steht auf und umarmt mich. „Das kannst du. Auch da habe ich eine Idee, wie wir mehr Licht statt Dunkel haben."

„Licht ins Dunkel bringen."

„Du mit deinen Sprichwörtern. Ich meine Licht statt Dunkel. Es wird alles immer komplizierter, damit hast du recht. Also werden wir Aufstellung machen."

Oskar grinst schon wieder. Wir hatten das Thema vor kurzem. Ein Kollege von ihm schwört darauf. Aber er hat es auch schon mit Lach-Yoga, Massagen und Triathlon probiert, seit er fünfzig geworden ist.

Ich verdrehe die Augen. „Seit wann stehst du denn auf so etwas?"

„Du hast es falsch verstanden. Auch wenn die Psycho-Methode nicht immer schlecht ist. Muss nur gut gemacht sein, wie eben alles."

„Ich habe nichts gegen Psychologie. Grundsätzlich."

„Wir brauchen bloß eine leere Wand dafür."

„Nicht jetzt!" Oskar sieht auf die Uhr. „Es ist kurz vor Mitternacht."

„Warum muss man immer schlafen, nur weil Nacht ist?", antwortet Vesna.

Kann sein, dass mich die Realität ein bisschen zu sehr drückt. Meine Freundin scheint hingegen abzuheben. „Weil du eine Firma hast?"

„Die kommen auch gut ohne mich aus für ein paar Stunden. Also ..." Sie sieht sich um. „Wo haben wir eine Wand, die leer ist? Dort drüben. Wir können das Bild abhängen."

Oskar zuckt mit den Schultern. Den Blick kenne ich. Er hält sich bedeckt, aber er ist neugierig, was kommt.

„Ich habe Stifte mit", sagt Vesna. „Wir schreiben alle Fakten auf die Wand."

„Warum nicht auf Zettel?"

„Weil man so klarer sieht."

Ich will nicht spaßbefreit wirken, aber ... – Muss ich überhaupt wirken?

„Wir schreiben auf, was wir wissen. Und machen Linien, was verbunden gehört."

„Jetzt?", wiederholt Oskar.

„Morgen ich habe keine Zeit. Frühes Meeting."

So viel zum Thema, dass man bei „Sauber – Reinigungsarbeiten aller Art" ohne sie auskommt.

„Warum nicht?", sage ich.

„Ihr gestattet, dass ich mich zurückziehe", sagt Oskar mit etwas Spott in der Stimme. Aber er sieht mich liebevoll an.

FAMILIE malt Vesna dorthin, wo bis vor kurzem unser Miro-Druck gehangen ist. „Ich gebe zu, ich habe Konzept aus einer Krimiserie. Das wollte ich immer schon tun", murmelt sie.

Einen Meter weiter rechts schreibt sie: FIRMA.

In die Mitte darunter: PETER GRUBER.

KATHARINA FÖHRENBURG, LISA FÖHRENBURG: Die beiden Namen malt Vesna unter FAMILIE. Ich nicke und schreibe JULIA dazu. Vesna ergänzt um BEA PROKOP. Ihr Name steht ein bisschen im Abseits, am nächsten zu LISA.

„Keine Familienidylle. – Aber wo gibt's die?", sage ich.

„Nicht viel reden. Wir machen mit Firma weiter. Die Leute dort müssen wir noch kennenlernen, dann kann man genauer sehen, wer wo steht."

ALEXANDER SILVESTRI, ASSISTENT, schreibt sie. Und: CHRISTOF BECK, GESCHÄFTSFÜHRER, STEUERBERATER.

Ich sehe auf die Wand. „In der AG muss es noch andere Beschäftigte geben."

„Wir werden klären, wer wichtig ist."

„Die beiden, die die App entwickelt haben. Laut Angerer …" Ich werfe meiner Freundin einen vorsichtigen Blick zu, ich habe keine Lust, wieder zu streiten.

„Was ist mit ihm?"

„Er hat gesagt, es waren ehemalige Schüler von ihm. Und sie haben dafür kein Geld gesehen."

Vesna nickt. „Du weißt Namen?"

„Nein", sage ich schuldbewusst.

„Ist trotzdem eine gute Information."

APP/SCHÜLER schreibt Vesna, dann malt sie Verbindungsstriche. PETER GRUBER hat zu allen welche. Welche Verbindungen gibt es zwischen FAMILIE und FIRMA? Katharina Föhrenburg hat gesagt, sie hat mit dem Unternehmen so gut wie nichts zu tun.

„Dieser Geschäftsführer Beck und Lisa. Da brauchen wir auch einen Strich", überlege ich. „Er sitzt in der Stiftung und in der AG. Er verwaltet das Geld, das Lisa später einmal bekommen soll." Mir werden die Augen schwer. Zumindest um runterzukommen, ist dieses Aufstellungsspiel gar nicht übel.

Vesna schiebt Oskars Erbstück-Fauteuil weg. Er ist so unbequem, dass ohnehin nie jemand darin sitzt. USP malt sie in Hüfthöhe rechts an die Wand. „Haben wir fast vergessen. Vielleicht hat das einen Grund."

„Oder verdrängt", murmle ich und nehme ihr den Stift aus der Hand. BERNHARD ANGERER schreibe ich dorthin, wo ihn

Vui locker anpinkeln könnte. Würde er so etwas tun. ANONYME POSTER schreibt Vesna daneben. Und wieder Striche zu PETER GRUBER. Natürlich. Gibt es auch noch andere Verbindungen? Wir kennen sie nicht. Noch nicht. Doch. Eine gibt es. Eine Verbindungslinie zwischen BEA PROKOP und USP. Sie gerät mir reichlich schief. Sie ist aber auch die längste. Von links oben über die ganze Wand nach rechts unten.

„Ich weiß nicht …", sagt Vesna. „Da kann man das halbe Land dazuschreiben. Oder zumindest dreißig Prozent, die Sozialpatrioten angeblich bei Wahlen kriegen. Wichtiger ist: Sie wird gezahlt von der ALLES GUTE AG." Vesna zieht eine neue Linie.

„Ob Peter Gruber davon weiß?"

„Natürlich. Ist für seine Nichte."

„Ich meine: dass Bea Prokop bei der ‚Union Wiener Leben' ist. Was, wenn er es herausgefunden hat und sie kündigen wollte und …"

„Wenn Verdacht so konkret ist, warum hat er uns nichts gesagt? Wir halten uns an Naheliegendes. Und an das, was wir klären können, ohne dass er da ist. Dafür gibt es zehntausend Euro."

„Das ist zynisch."

„Das ist praktisch. Und du wirst singen."

„Werde ich nicht."

„Jetzt ist Zeit zu schlafen. Morgen ist der Blick ein anderer. Am Abend, du vergisst es nicht: Auf die Palme!"

[10.]

Das Clubbing. Ich habe versprochen, dabei zu sein. Besondere Lust habe ich keine. Lange bin ich unschlüssig in unserem Schrankraum gestanden. Soll ich etwas anziehen, das Vesnas Spaßprinzip entspricht? Die enge Hose und die lange silbrige Designerjacke? Auffällig. Zu auffällig. Außerdem hat die Jacke keine Taschen. Ich habe sie bei einer Charity-Versteigerung erstanden. Tue Gutes und kaufe Klamotten. Warum denken Nachwuchsdesignerinnen nicht ans Praktische? Oskar hat versprochen „zu schauen", ob er nachkommen kann. Ich rechne kaum damit. Massenauflauf mit Musik ist nicht sein Ding. Ich mag so etwas an sich ganz gerne. Vorausgesetzt, die Musik passt. Das tut sie an diesem Abend sicher. Zuerst legt eine Freundin von Jana auf, eine Mischung aus Jazz und Elektroswing. Danach gibt's, wie sie das nennt, „Retro-Rock live". EverLyn. Das Clubbing ist seit Tagen ausverkauft. Der Neo-Rocker wegen. Ich als Backgroundsängerin auf ihrer Tournee? Ich mache mich doch nicht lächerlich!

Ich lehne mit einem Glas „Green Panther" an einer Ecke der langen Bar. Die Hälfte jedes Drinks kommt Klimaprojekten zugute. Was drin ist, weiß ich nicht. Ich wollte etwas Alkoholfreies. Das habe ich davon. Ein grüner Smoothy mit irgendwelchen Säften gemischt, dazu bunt eingefärbte Eiswürfel. Vesna steht nahe am Eingang und begrüßt besondere Gäste. Ganz Hausherrin. Ist sie auch. Sogar doppelt. Mutter von Jana, der Veranstalterin.

Frau von Hans, dem das da alles gehört. Sie trägt ein rotes anliegendes Kleid und sieht großartig aus. In wie viele Rollen sie schlüpfen kann. Und jede gelingt. Bei mir ... nun gut, ich sollte es erst gar nicht versuchen. Ich habe mich für meine Lieblingshose entschieden, weit und mit bequemem Gummibund, den man unter der langen Bluse ohnehin nicht sieht. Jana ist drüben bei den Infotischen. Spaß haben und das Klima schützen – warum nicht? Ihr Outfit ist so, dass Vesna die Stirn gerunzelt hat. Als Mam ist sie deutlich konservativer als sonst. Jedenfalls hat Jana die tolle Figur von ihrer Mutter geerbt. Sie kann Shorts tragen. Und ein enges Top, auf dem vorne CHANCE! und hinten CHANGE! steht. „Sie sieht nicht aus wie Mutter von kleinem Kind", hat mir Vesna zugeflüstert.

„Lilli ist es egal", habe ich sie beruhigt. „Jana sieht aus wie ihre Mutter."

„Na ja. Sie hat ganz gute Figur. Aber ich bin nie so provokativ."

Ich lächle. Rollen, wir haben alle welche. Ob ich mir etwas Gin oder Rum in den Drink schütten lasse? Er kann nur besser werden.

„Frau Valensky?"

Ein großer schlanker Mann, Jeans und braunes Samtsakko, helle Augen, ein paar erste Fältchen, ein paar erste graue Haare. Ich hätte doch die silbrige Jacke nehmen sollen. Vielleicht bin ich noch nicht ganz ausgemustert. Ich nicke dem schönen Mann zu und versuche mich elegant an die Bar zu lehnen.

„Alexander Silvestri. Ich ... bin der Assistent von Peter Gruber. Ich weiß, auch Sie suchen nach ihm."

Seine Aufmerksamkeit gilt wohl doch weniger meiner attraktiven Erscheinung. „Woher wissen Sie das?"

„Es ... spricht sich herum. Wir sind ein sehr kleines Unternehmen."

„Woher wussten Sie, dass ich hier bin?"

„Ich habe es eben gehofft", antwortet er und schenkt mir einen betörenden Augenaufschlag.

Man sollte nehmen, was man bekommt. – Klingt nach Vesna.

„Können wir reden?"

Ich nicke. Soll ich sie holen? Ich will keine Alleingänge mehr. Ich sehe Richtung Eingang. Keine Vesna.

„Dort drüben ist es leiser, passt das?", fragt er und deutet auf eine der Lounge-Ecken.

„Eigentlich ist es meine Freundin, Vesna Krajner, die nach Peter Gruber sucht."

Er runzelt ganz leicht die Stirn. „Sie sind die bekannte Journalistin, oder?"

Hier ist die Musik wirklich leiser, unter der hohen Palme, nahe der Fensterfront. Schmeichelnder, dann wieder kratziger Jazz, Sehnsuchtsvolles vom Saxofon. „Carla Bley", sage ich, „,Ida Lupino' aus ,Dinner Music'."

„Wow, eine Expertin."

Was, wenn ich so tue, als gäbe es keine App, keinen Gruber, schon gar keine USP? „Eines meiner Lieblingsalben."

„Ich … wir sind sehr beunruhigt über sein Verschwinden", beendet Silvestri meine Träumerei.

„Wann haben Sie zum letzten Mal von ihm gehört?"

Er lächelt. „Das wollte ich Sie fragen."

Ich sehe ihn an. Meinen Drink habe ich an der Bar vergessen. Ohnehin besser so.

„Sie sollten wissen, dass die AG nichts damit zu tun hat."

„Die AG?" Klingt in dieser Umgebung wie aus einem Spionagethriller.

„Das Unternehmen, das die App managt. ALLES GUTE AG. Oder eben nur AG. Wie alles Gute."

Ich verziehe den Mund. „So viel Gutes."

Er hebt die schlanken Arme und lässt sie wieder fallen. „Zu viel, meinen Sie?"

„Wenn es echt ist …" Und wieder ein Saxofon-Solo. „Man sollte nicht verlernen, ans Gute zu glauben", sage ich und lächle.

Er lächelt zurück. „Ja. Deswegen bin ich unter anderem hier. Sie … haben Peter in Graz getroffen, nicht wahr?"

Der Song ist aus. „Woher wissen Sie davon? Sie hatten danach noch mit ihm Kontakt."

Er schüttelt den Kopf. „Leider nein. Ich weiß es von seiner Schwägerin. Sie macht sich eben auch Sorgen. – Was hat Peter gesagt?"

„Er wollte, dass wir ihm helfen. Er hat sich verfolgt gefühlt, so viel war klar. Wir haben den Eindruck, er hat jemanden in der Menge entdeckt. Er ist auf und davon. Seither: kein Lebenszeichen von ihm."

„Sie haben wirklich keine Ahnung, wo er steckt?"

„Wissen Sie, wo er sein könnte?"

„Nein, sonst würde ich nicht fragen."

Wir belauern uns gegenseitig. Muss man hinter allem eine böse Absicht vermuten? Wir haben erst vor kurzem darüber geredet. Schöne Menschen werden als vertrauenswürdiger wahrgenommen, habe ich gelesen. Trotzdem ziehe ich es vor zu schweigen. Ella Fitzgerald und Louis Armstrong. „Cheek to Cheek". Zeitlos. Das gibt es auch. Ein Song, den alle mögen: die jungen Klima-Engagierten, der schöne Mann von der AG, ich, natürlich auch Vesna. „Er war ziemlich aufgewühlt."

„Hat er von jemand Konkretem geredet?"

„Nein, es klang für uns eher wirr. Er hat von Leuten geredet, die LISA kaufen und missbrauchen wollen. Wir haben zuerst an Kindesmissbrauch gedacht und dann erst begriffen, dass er die App gemeint hat. – Ich habe sie übrigens auch heruntergeladen." Will ich von ihm Lob? Ein Sternchen ins Betragenheft?

Alexander Silvestri sieht mich an. „Er ... ist ein sensibler Mensch. Leider auch jemand, der sich schnell hineinsteigert. Sie müssen mir glauben, ich mag ihn sehr. Ich tue mein Bestes, ihn zu finden. Ich will ihn beschützen."

„Vor Shitstorms oder vor analogen Bedrohungen?"

„Vor ... beidem natürlich. Man kann das nicht trennen. Wir leben in einer Welt."

„Die App ist so real wie die Nichte?"

Er lächelt. „In gewissem Sinn ja. Und beide sind ihm wichtig. Wobei: Lisa, seine Nichte Lisa, würde immer an erster Stelle stehen. – Hat er irgendeinen Namen genannt?"

Die DJane wechselt zu Elektroswing. Cooler, hämmernder Rhythmus, optimistischer Puls. „Parov Stelar", sage ich und wippe mit.

Silvestri nickt. „Es gibt sie, die guten Dinge aus unserem Land."

„Wie Ihre LISA." Was soll mir hier in der Halle von Hans passieren? Ich denke an unsere Aufstellungs-Wand und starte einen Versuch. „Trotzdem läuft es nicht optimal, oder? Zwischen Peter Gruber und der Familie und der AG, sonst …"

Der schöne Mann sieht mich aufmerksam an. „Er … hat also doch etwas gesagt?"

Ich belasse es bei einer Geste, die man als Zustimmung deuten kann.

„Es … stimmt schon, es gab Meinungsverschiedenheiten. Ich weiß nicht, wie viel er erzählt hat, das Problem ist … er nimmt alles viel zu persönlich."

„Wenn man ihn bedroht, dann ist das persönlich. Er hat davon geredet, dass man ihn beseitigen will. Er wollte um alles in der Welt verhindern, dass man LISA dann missbraucht." Der hämmernde Rhythmus tut meinen Hirnströmen offenbar gut. Mir fällt noch etwas ein: „Er hatte Angst, dass die App verkauft wird. Und auch das hat sehr persönlich und sehr konkret geklungen."

„Das ist alles andere als konkret. Die Drohungen haben ihm zugesetzt, und diese unangenehmen Typen im Netz."

„Wie konkret?"

Alexander Silvestri sieht sich um. „Einen Drink?"

„Später."

„Ich vertraue einfach darauf, dass Sie es gut meinen. Das, was ich Ihnen jetzt erzähle, darf nicht an die Öffentlichkeit. Es geht darum, wie es mit der ALLES GUTE AG in Zukunft weitergeht. Niemand hat sich gedacht, dass die Sache so groß wird. Inzwischen gibt es die App in mehr als fünfzehn Sprachen. Wir haben Anfragen aus weiteren Ländern. Die Leute wollen die guten Wünsche in ihrer eigenen Sprache versenden. Der Boom hält an. Das ist … wunderbar so. Aber es ist zu viel für uns. Wir sind bloß ein paar Leute. Es ist schon ganz viel ausgelagert. Aber es wird immer schwieriger, alles zusammenzuhalten. Peter will es nicht sehen: Gerade wenn es mit seiner Lisa gut weitergehen soll, brauchen wir andere Strukturen, versierte Partner."

Ich nicke, als ob ich Bescheid wüsste. „Ihm geht es nicht ums Geld, sondern um die Idee. Ein einfaches Tool, mit dem sich Menschen freundlich begegnen. Er will nicht verkaufen."

„Ich will auch nicht verkaufen, verkaufen will bloß …"

„Ihr Geschäftsführer."

„Peter versteht das nicht. Ich kann Beck besser verstehen. Wir beide sind eingestiegen, als Lisa in Österreich durchgestartet ist. Keiner weiß genau, wie es passiert ist: Alle wollten die App, dabei gab es nicht einmal Werbung dafür. Es war so etwas wie Mundpropaganda im Netz. Beck war sein Steuerberater, seit Peter von seiner Mutter einiges geerbt hatte. Mein damaliger Arbeitgeber, eine PR-Agentur, war auch Kunde bei ihm. Er hat gewusst, dass ich mich verändern möchte. So bin ich zum ersten fixen Mitarbeiter geworden. Beck hat noch eine Zeit lang seine Steuerberatungskanzlei weiterbetrieben, neben seiner Arbeit für die Alles Gute AG."

„Er möchte, dass die App und alles, was rundherum entstanden ist, verkauft wird."

„Es ist eine Möglichkeit, die man nicht ausschließen sollte. Wenn Apps über sich hinauswachsen, dann gibt's Unternehmen, die damit besser umgehen können."

„Google. Microsoft. Elon Musk oder …"

Silvestri wirkt verblüfft. „Die? Nein. Ich wäre außerdem für einen Mittelweg. Einen strategischen Partner. Aber Santendo ist daran offenbar nicht interessiert. Man könnte weitersuchen. Sollten Sie mit Peter in Kontakt kommen: bitte sagen Sie ihm das. Ich suche weiter. Ich will, dass alles so läuft, wie er es möchte. Lisa soll Gutes bewirken. Wir alle brauchen das Gefühl, dass so etwas noch möglich ist!" Er hat meine Hand genommen und sieht mich flehend an. Seine Augen sind grau, mit hellen grünen Sprengseln.

Ich räuspere mich.

„Entschuldigung", sagt er und zieht seine Hand zurück. „Nicht nur Peter ist bisweilen zu emotional."

„Santendo?", frage ich nach. „Machen die nicht diese Glückwunschkarten?"

„Unter anderem. Es ist ein Weltkonzern."

„Was hat der mit Apps am Hut? Mit dem Internet?"

„Damit hat doch heute jeder zu tun. Sie verkaufen die unterschiedlichsten Geschenkartikel online. Weltweit. So eine App würde gut in ihr Portfolio passen."

„Und sie würden dafür Millionen zahlen."

„Anzunehmen. Für diese Dinge ist Beck zuständig. Ich kümmere mich um alles, was mit Öffentlichkeit, mit PR, mit Auftritt zu tun hat."

„Wie viel?"

„Keine Ahnung, wirklich nicht. Es ist mir auch egal."

„Apropos PR: Das mit der Talkshow ist damals ziemlich schiefgegangen."

Silvestri seufzt und sieht unglücklich drein. „Kann man wohl sagen. Ich … wir waren so stolz, dass er in der reichweitenstärksten Talksendung auftritt. Nicht nur wegen Lisa, sondern auch wegen der Message: Man kann etwas tun für ein besseres Miteinander! Die App ist ja bloß ein kleiner Beitrag. Ich … habe nicht bedacht, dass man ihm ganz andere Fragen stellen könnte. Es ist meine Schuld, was passiert ist."

„Er hat es schon selbst verbockt – wer so viel vom Guten redet, der muss damit rechnen, dass Leute skeptisch reagieren. Der Moderator hat ihn reingelegt."

„Danach … Offenbar hat Santendo den Druck erhöht. Man möchte die AG übernehmen, aber die Marke ‚Lisa wünscht Alles Gute' darf nicht angepatzt werden. Man hat Peter Gruber ersucht, sich politisch zurückzuhalten."

„Seither wollte er schon gar nicht mehr verkaufen."
„Wollte er nie."
„Für ihn wäre es Missbrauch: ‚Die wollen meine Lisa kaufen, um sie zu missbrauchen.'"
„Wie gesagt ... er konnte sich ziemlich reinsteigern."
„Wie hat er das mit dem Missbrauch gemeint?"
„Er ... wollte Lisa ‚rein halten', so hat er das genannt. Ohne Werbung, ohne Links, ohne andere Absicht, als Menschen ein unschuldiges Tool in die Hand zu geben, um einander positive, gute Wünsche schicken zu können."
„Verrückt genug, dass die App so funktioniert."
„Ja. Vielleicht braucht es manchmal Unschuld und nicht Strategie."
„Aber die Zeiten der Unschuld könnten schon bald vorbei sein."

Alexander Silvestri schüttelt den Kopf. „Sie sind in gewisser Weise schon vorbei. Allein dadurch, wie alles gewachsen ist. Dass wir ins Verdienen gekommen sind. Es gibt auch andere Wege. Wir können uns absichern, damit unser, damit sein Prinzip bleibt. Aber manchmal ist er so was von stur."

„Wer trifft die Entscheidungen? Er allein? Oder auch Beck, als Geschäftsführer?"

„Bei allem Grundsätzlichen ist er das, ihm gehört das Unternehmen. Aber das operative Geschäft leitet Beck. Er ... hat einmal gemeint, auf Dauer könnte Peter dem Unternehmen sogar schaden. Was natürlich verrückt ist. Eine Verdrehung mehr ... aber seit er die USP mit den Nazis verglichen hat ... und die Drohungen immer schlimmer geworden sind ..."

Ich nicke und überlege. „Die Drohungen ... was, wenn sie einen ganz gezielten Grund haben? Er soll Angst haben und verkaufen."

„Nein!", ruft Silvestri. Es übertönt sogar die Musik. Einige Leute in der Lounge-Gruppe neben uns sehen erstaunt herüber. Der Blick der beiden Frauen bleibt länger auf meinem Gegenüber haften. Überlegen sie, ob sie ihn retten sollten? „Die Drohungen haben mit den Sozialpatrioten zu tun", sagt er dann nahe bei meinem Ohr.

Ich versuche mich nicht ablenken zu lassen. „Hängt davon ab, von welchen Drohungen wir reden."

„Es gab ... verschiedene. Anrufe: Wenn er LISA nicht sein lässt, machen sie ihn fertig. Wobei nie klar war, auf welche Lisa sich das bezog – das hat ihn besonders mitgenommen. Manchmal waren sie auch deutlicher: Vergiss die Strich-LISA, sonst passiert der echten was. Du hast schon einmal jemanden ins Grab gebracht."

„Das war auf seine Frau bezogen?"

Silvestri zuckt mit den Schultern. „Mies, aber offensichtlich. Oder: Wenn du stirbst, kann LISA leben. Würstchen wie du werden zerdrückt. Du hast keine Ahnung, mit welchen Feinden du dich anlegst – das haben sie ihm ins Telefon geflüstert. Er hat Drohbriefe gefunden, direkt vor seiner Wohnungstür: ‚Nur Märtyrer sind unsterblich.' Da hat er die Polizei verständigt. Sie haben das nicht ernst genommen. Ins Haus könne bald wer kommen, haben sie gesagt.

Ich beuge mich näher zu ihm. Er riecht nach einem Hauch von Sandelholz und etwas grasig Frischem. „Nur eine Hypothese: Was, wenn er das alles selbst erfunden hat?"

„Unmöglich!", ruft Alexander Silvestri und die beiden Frauen vom Nebentisch sehen wieder auf. „Nein, das ... so etwas darf man nicht denken. Er war verzweifelt. Die schlimmsten Drohungen waren die ..."

„Mit den Polstern."

„Sie ... wissen erstaunlich gut Bescheid."

„Das hat er erzählt."

„Wir verkaufen Polster mit der LISA-Figur drauf. Es war nicht unsere Idee, die Menschen haben danach gefragt. Sie haben LISA-Polster am Heimweg der kleinen Lisa gefunden, mit einem Messer durchbohrt. Einer von ihnen ist sogar in der Wohnung gelegen. Er war nahe am Nervenzusammenbruch."

„Oder sollte es bloß so aussehen?", mache ich weiter. Mir kommt das alles zu dick aufgetragen, zu melodramatisch vor.

Dafür, dass sie gerade eine Coverversion von „Killing Me Softly" spielen, kann Gruber allerdings sicher nichts.

„Sie meinen … zuerst die Drohungen, man glaubt, er taucht unter. Dabei, in Wirklichkeit, haben sie ihn längst …" Er sieht mich verzweifelt an. „Aber warum? Warum sollte ihn jemand … wortwörtlich … beseitigen?"

„Ich habe es eigentlich anders gemeint. Er könnte es selbst inszeniert haben. – Haben Sie die Drohbriefe oder durchstochene Polster gesehen?"

„Ich nicht, aber seine Schwägerin. Und die Nanny. Zum Glück war sie es, die die Polster gefunden hat, und nicht die Kleine. Wir haben sogar überprüft, ob es am Weg Kameras gibt. Hätte doch sein können, dass die etwas aufgezeichnet haben. Aber es gab keine passenden. Noch. Auch wenn immer mehr Menschen finden, es wäre sicherer. Für alle, die sich ohnehin nichts zuschulden kommen lassen."

Klingt wie aus dem Programm der USP. Kann ich wissen, wie Alexander Silvestri tickt? Bernhard Angerer sieht man es aufs Erste auch nicht an, dass er mit denen zu tun hat. „Das ist eine der Forderungen der Sozialpatrioten: Kameras, um Kriminelle und sogenannte Illegale in den Fokus zu kriegen."

Er lacht bitter. „Damit man alle Missliebigen überwachen kann. Mit denen habe ich sicher nichts am Hut. Ich bin kein besonders politischer Mensch, aber was die wollen, brüllen sie ja laut genug hinaus. Ich weiß nicht, wie weit irgendwelche Splittergruppen gehen. Das hat auch Peter umgetrieben. Ich bin bloß ein Werbe-Fuzzi, stimmt schon, aber ich bin nicht blind. Die sehen sich als die zukünftigen Herren Europas. Und alle, die nicht in dieses Konzept passen, wollen sie zum Schweigen bringen."

„Wie wichtig kann ihnen dabei Peter Gruber sein?", frage ich.

„Sie müssen ihre Fans bei Laune halten. Peter eignet sich als Sündenbock, an dem man Wut ablassen kann. Einer, der sie kritisiert, der das Gute will, und Millionen folgen ihm. – Sie hatten noch einmal Kontakt zu ihm, oder? Auch wenn er nicht wollte, dass Sie darüber reden – ich will ihn bloß beschützen. Bitte!" Er sieht mich flehentlich an.

Ich schüttle langsam den Kopf.

„Sie können mir vertrauen. Und: Er kann mir vertrauen. Bitte. Sagen Sie ihm das. Ich werde ihn nicht im Stich lassen. Und: Ich werde nichts unterstützen, was er nicht möchte."

Warum glaubt er, dass wir Kontakt zu Peter Gruber haben? Glaubt er es wirklich? Menschen, die „Sie können mir vertrauen" sagen, erzeugen bei mir automatisch Misstrauen. War schon immer so. Was will Silvestri?

Er seufzt. „Also gut. Ich weiß, dass Sie ihn hier getroffen haben. Vor ein paar Tagen."

„Woher ..."

„Ich weiß es eben. Nicht von ihm."

„Die App: Sie kann doch tracken! Sie nimmt meine IP-Adresse, sie verbindet Standortdaten und Aktivitäten ... Wir haben uns gefragt, woher er gewusst hat, dass wir beim EverLyn-Konzert in den Grazer Kasematten sind." So ebenmäßige Gesichtszüge.

„Was? Tracken? Ich wüsste gar nicht, wie das gehen soll. Das alles will Peter gerade nicht, auch keine Daten sammeln. Ich bin seiner Meinung. Ich habe auch das von seiner Schwägerin."

„Katharina Föhrenburg?", frage ich zurück. Stimmt. Wir haben ihr von Graz erzählt. Und dass es ein nächstes Treffen bei „Auf die Palme" geben wird. Damit sie den Eindruck hat, Peter Gruber vertraut uns und hat sicher nichts dagegen, dass sie mit uns redet. Allerdings ... da war etwas, das sie gesagt hat. „Angeblich hat sie nichts mit der AG zu tun."

„Nicht beruflich. Oder nur selten, dann, wenn es um Lisa oder Zahlungen geht. Nicht mit mir. Aber ... es gibt private Kontakte."

„Natürlich, zu ihrem Schwager."

„Zu Christof Beck. Sie ... sind liiert."

„Sie hat es ihm erzählt und er hat es Ihnen erzählt."

„Wir machen uns eben alle Sorgen."
„Das kann auch ein Vorwand sein."
„Wäre ich dann gekommen?"
„Sie sollten vielleicht bloß herausfinden, wie viel ich weiß."
Er steht auf. „Es hat keinen Sinn, es tut mir leid, wenn Sie mir nicht glauben. Peter ... er weiß übrigens nichts von dieser Beziehung. Glaube ich. Auch ich weiß erst seit kürzerem davon, ich wollte ihn nicht zusätzlich beunruhigen."

„Er ist zum vereinbarten Treffen nicht erschienen. Wir haben keinerlei Spur zu ihm. Jedenfalls können Sie beruhigt sein: Auch davon kann ich ihm also nichts erzählen." Ich stehe ebenfalls auf. Silvestri macht einen Schritt auf mich zu. Wir stehen dicht, beinahe schon zu dicht beieinander. Es kann bloß eine Täuschung sein, dass in seinen Augen Tränen stehen.

„Ich ... Bitte halten Sie mich trotz allem auf dem Laufenden. Wenn ich irgendwas tun kann, damit Sie mir glauben ... Ich will ihn beschützen! Er ist mir wichtig!"

Ich nicke langsam. „Es gibt da schon etwas. Sie haben gesagt, dass Santendo die App kaufen möchte. Gibt es jemanden, den ich kontaktieren könnte? Ich bin Journalistin. Ich muss nicht sagen, woher ich die Information habe."

„Beck kümmert sich um diese Dinge. Ich weiß keine Details ... aber ich werde versuchen, mehr herauszufinden. Wenn Sie dafür auch mich auf dem Laufenden halten."

„Gibt's eigentlich noch andere Interessenten?"

„Vielleicht. Aber nichts, was konkret ist, denke ich. Das mit den Internet-Giganten können Sie vergessen. Da wüsste ich wohl davon. Hoffentlich." Er kramt in seiner Jackentasche. „Können Sie mir über diesen Dienst schreiben? Das ist ... ich weiß nicht, ob sicher, aber ganz gut verschlüsselt, heißt es. Ich bin ... eben kein Experte."

Ich nicke und stecke den Zettel ein. Hatte er offenbar vorbereitet. Weil er davon ausgegangen ist, dass er mich überzeugen wird. „Schicken Sie uns eine Liste mit den Drohungen und Einschüchterungsversuchen. So genau wie möglich. Vesna

Krajner wird sich darum kümmern." Ich bin gespannt: Blockt er ab?

„Ich versuche es. Glauben Sie mir: Ich bin … In der AG sind alle an sich an demselben interessiert: dass es ‚LISA wünscht ALLES GUTE' gut geht. Hoffnung ist so wichtig."

Ich sehe ihm noch nach, als Vesna kommt. „An sich" sind also alle an demselben interessiert.

Meine Freundin strahlt, sie ist die Queen des Abends. Ich zwinkere ihr so fröhlich wie möglich zu. „Ich gestehe: Ich habe gerade mit Alexander Silvestri gesprochen. Ich konnte dich nirgendwo finden und …"

„Ich habe nur von ganz weit weg gesehen. Jana hat gesagt, Mira tuschelt mit sehr attraktivem Mann. Ich wollte nicht unterbrechen, Oskar ist selbst schuld, wenn er dich auf so einer Party alleine lässt."

Sie scheint nicht böse zu sein. Mir fällt ein Stein vom Herzen. „Er glaubt, wir haben Peter Gruber noch einmal gesehen. Oder er tut so, als würde er es glauben."

„Noch einmal?"

„Na hier. So wie es geplant war."

„Woher weiß er davon?"

„Katharina Föhrenburg. Sie hat ein Verhältnis mit dem Geschäftsführer Beck. Sagt er."

„Und das musste er in dein Ohr tuscheln", spöttelt Vesna. „Mata Hari, gut, dich an Bord zu haben, du hast die Lizenz, ihn weiter zu beschatten. – Warum nicht ein jüngerer Mann? Männer machen das dauernd und denken sich nichts dabei."

„Hast du getrunken?"

„Green Dino, sie haben gesagt, da ist nichts Böses drin."

„Die Dinosaurier sind ausgestorben. Nach einer Art Klimakatastrophe übrigens."

„Die haben das nicht getrunken, glaube mir. – Wir brauchen Kostüme."

Ich sehe meine Freundin zweifelnd an. „Geht's dir gut?"

„Für unsere Auftritte. Sie bereiten sich schon vor, hinten, im ehemaligen Büro von Hans. In einer halben Stunde ist EverLyn dran."

„Wir treten nicht auf!"

„Nicht heute, erst bei der Tournee ... wobei: Wir könnten es heute versuchen, ganz spontan. Vielleicht ohne singen, einfach nur als Background-Tänzerinnen."

„Vergiss es."

„Ich dachte an Siebzigerjahre-Outfit. Passt gut zu ihrer Musik. Und zu uns."

„Damals war ich ein Kind!"

„So ein ABBA-Style, was meinst du?"

„Was an ‚vergiss es' hast du nicht verstanden?"

„Dann suche du etwas aus!"

„Vergiss es grundsätzlich! Egal, wie viel Alkohol in deinem Dino-Drink war!"

„Ich hatte vier davon. Du brauchst Ablenkung! Freude am Leben! Sonst wirst du noch so wie Peter Gruber."

„Und verschwindest?"

„Quatsch. Du siehst überall Unheil – wem bringt das was? Du schaffst es sogar, mit attraktivem Mann bei Clubbing über neue Nazis zu reden! Hast du doch, oder?"

„Er hatte Tränen in den Augen."

„Kein Wunder. Er flirtet dich an – das hat Jana gesehen – und du erzählst ihm von der bösen Welt."

„Da seid ihr weit weg davon. Jana macht Clubbings, statt mit CHANCE gegen die Klimakrise zu kämpfen. Die Mutter wird Go-go-Girl, statt Fälle zu klären oder sauber zu machen!"

„Go-go-Girl. Eine gute Idee! Wir tragen knappe Kostüme – du kannst ja noch etwas abnehmen bis zur Tournee. Und wir werden tanzen. Trau dich! Hans war Business-Mann, jetzt spielt er Schlagzeug!"

„Du meinst das nicht ernst!"

„Das mit Hans? Es ist Tatsache. Er ist ein Star. Über Sache mit knappen Kostümen wir können noch verhandeln. – Wo ist dieser Silvestri jetzt? Vielleicht er kann dich mit einem Augenaufschlag doch überzeugen?"

„Er ist gegangen. Bevor er dir in die Hände fällt."

„Wer mir in die Hände fällt, der hat Glück. – So musst du das sehen. Frage Hans, der weiß das."

[11.]

Silvestri hat mir den E-Mail-Account des Europa-CEO von Santendo geschickt. Mit der Bitte, so zu tun, als wäre ich bei meinen Recherchen selbst auf ihr Interesse an „LISA wünscht ALLES GUTE" gestoßen.

Sehr eng und vertrauensvoll scheint das Verhältnis zwischen Beck und Silvestri nicht zu sein. Was hat er beim Abschied gesagt? „An sich" wollen sie dasselbe. Ich sehe mir an, was Santendo so alles macht. Sie haben diese kitschigen Glückwunschkarten, die kenne ich. Ist unvermeidlich. Bahnhöfe, Papierläden, Supermärkte: Man findet sie überall. Bärchen, die Blümchen halten. Lockige Babys, die Lustiges sagen. Glitzernde Herzchen auf Billetts, die beim Aufklappen grauenvolle Töne von sich geben. Glückwünsche zu jeder Art von Ereignis, und wenn jemand gestorben ist, kann man Angehörigen eine Karte überreichen, auf der ein Kätzchen mit Tränchen zu sehen ist. Was für eine klare liebenswerte Figur ist dagegen unsere LISA. – Habe ich gerade wirklich „unsere" LISA gedacht? Ich identifiziere mich mit einer App für alles Gute? Jedenfalls gibt es weitaus Schlimmeres.

Der Sitz von Santendo ist in Singapur. Über die Zentrale läuft auch der Handel mit Geschenkartikeln aller Art. Vom Korb mit italienischen Spezialitäten bis hin zu Schlüsselanhängern nach Wunsch für tausende Mitarbeiter und Kundinnen. Über den Onlineshop kann man unter anderem „multimedial maßgeschneiderte Gratulations- und Gedenkkonzepte" ordern. Die

Dankesschreiben reichen von „glücklichen Familien" bis hin zu „internationalen Unternehmen, denen personalisierte Kommunikation in allen Lebenslagen" am Herzen liege.

Selbst Hochzeitslisten lassen sich über sie buchen: vom überdachten Outdoor-Pool samt Gedenkfliesen für alle, die mitgezahlt haben, bis hin zum hundertteiligen rosa Porzellanservice im Barbie-Style.

Ursprünglich stammt der Konzern aus den USA. Dort betreibt er unter anderem ein Streamingportal. Früher hatten sie einen Satellitensender, der offenbar religiös motiviert war. Prediger und sogenanntes sauberes Programm. Jetzt streamt man rund um die Uhr harmlose Filme für die heile Familie. Rund um den Monat Mai gibt es ihre Hochzeitsfilm-Challenge. Mit besonderen Packages für *teleparties* und *binge watching*. Wer mag, kann das passende Outfit, das passende Essen samt gestyltem Geschirr und Deko gleich mitbestellen – und für die Freundin, die übers gleichzeitige Streamen innig verbunden ist, das Gleiche noch einmal. Natürlich zu einem ermäßigten Preis. Happy End garantiert. Vor allem für Santendo. – Da würde die Lisa-App doch ganz gut dazu passen. Alles Gute. Fragt sich eben immer, was man darunter versteht.

In einem Interview erklärt der Chef des Subunternehmens FES, Family Entertainment Santendo, welche Strategie hinter diesem Hochzeitsfilm-Overkill steckt: Seinem Unternehmen gehe es darum, einen „Ort fernab von jeder Politik zu schaffen", einen Rückzugsraum, in dem „es nicht um die Probleme der großen Welt, die für so viele undurchschaubar geworden sind", gehe, sondern „um unser eigenes Leben und die wirklich wichtigen Werte". Dass die ultrakonservative evangelikale Bewegung den Sender zum besten Streamingportal gekürt hat, kommentiert der Entertainment-CEO von Santendo so: „Wir sind nicht politisch, unser Auftrag ist nicht zu werten, sondern die amerikanische Familie zu unterhalten. Wir freuen uns über jede Anerkennung." Dass das Programm großen Erfolg hat, machen die Zahlen deutlich: Bei der weiblichen Zielgruppe über fünfzig ist

FES in den USA aktuell das reichweitenstärkste Streamingportal. Und rund um die Wedding-Challenge ist es das landesweit meistgesehene Online-Programm überhaupt. Von wegen bloß Billetts mit Bärchen.

Wie Family Entertainment Santendo die heile amerikanische Familie sieht, zeigt ein anderer Internet-Eintrag: Der Sender hat einen Werbespot aus dem Programm genommen, in dem zwei Frauen ein Skigebiet bewarben. Es war der Eindruck entstanden, sie könnten eine lesbische Hochzeit planen. Alles ein Missverständnis, wurde betont. Es tue ihnen leid, dass die Skisaison jetzt schon vorbei sei.

Ich schreibe dem CEO von Santendo Europe eine E-Mail: Ich recherchiere über die erfolgreiche App „LISA wünscht ALLES GUTE". Dabei sei ich auf Hinweise gestoßen, dass Santendo an einer Übernahme dieser Applikation für ein besseres Miteinander interessiert sei.

Ich verstehe Peter Gruber, wenn er alles unternimmt, damit LISA nicht an diesen Konzern verkauft wird. Und mir ist klar, dass die von Santendo sicher nichts mit seiner Warnung vor antidemokratischen politischen Entwicklungen zu tun haben wollen. Welche Rolle spielt Christof Beck? Laut Oskar hatte er eine kleine Steuerberatungskanzlei. Schon sein Vater und sein Großvater seien Steuerberater gewesen. Er will versuchen, mehr über die ALLES GUTE AG und ihren Geschäftsführer herauszufinden. Beruflich. Privat ... Was ändert es, dass er ein Verhältnis mit Katharina Föhrenburg hat? Immer vorausgesetzt, Alexander Silvestri hat die Wahrheit gesagt.

„Dafür ist Internet gut", sagt Vesna, als wir eine Stunde später vor unserer Aufstellung stehen. Ich habe ihr erzählt, was ich über Santendo herausgefunden habe. Es wird Zeit, die Wandmalerei zu ergänzen. Und zu präzisieren.

Es gibt eine zusätzliche Verbindung: von KATHARINA FÖHRENBURG ZU CHRISTOF BECK. Vesna setzt den Strich so schwungvoll, dass sie beinahe Peter Gruber, dessen Name ja in der Mitte steht, durchgestrichen hätte.

Santendo schreiben wir etwas abgesetzt vom Geschäftsführer und Assistenten unter die Kategorie Firma. Mit Verbindungsstrich zu Christof Beck.

„Silvestri will einen strategischen Partner, aber nicht Santendo", überlege ich.

„Sein Charme hat dich überzeugt."

„Du glaubst, in Wirklichkeit möchte auch er an die verkaufen?"

„Ich kann nichts glauben und schon gar nichts wissen. War ein Tête-à-Tête zwischen euch beiden. Vielleicht er hat sich gezielt an dich herangemacht. Weil du leichtgläubiger bist als ich."

„Also bist du doch sauer, dass ich ohne dich mit ihm geredet habe."

„Sauer? Ich muss nicht überall dabei sein."

„Klar ist jedenfalls, dass es unterschiedliche Meinungen gibt, wie es mit der Alles Gute AG weitergehen soll."

„Wir malen Blitze, wo es in den Leitungen funkt", schlägt Vesna vor und macht sich daran, den Strich zwischen Peter Gruber und Christof Beck mit einem Blitz zu verzieren. „Ein kleiner Blitz zwischen Silvestri und Beck?", schlägt sie vor.

„Wissen wir nicht", murmle ich. „Aber eine Wolke zwischen Katharina Föhrenburg und Peter Gruber. Laut Bea Prokop findet die Schwägerin, dass ihr deutlich mehr Unterstützung zustünde."

„Du meinst: mehr Geld. Außerdem hat sie gelogen. Sie hat gesagt, dass sie nichts mit der AG zu tun hat. Wenn Peter Gruber von ihrem Verhältnis weiß, dann müssen wir keine Wolke, sondern auch einen großen Blitz machen. Das ist ihm sicher nicht recht. Wo Beck verkaufen will und er nicht."

„Er könnte ihn rauswerfen."

„Gruber? Er ist keiner, der gerne entscheidet."

Ich nicke. „Er läuft davon."

„Es gibt auch andere Möglichkeit. Man hat ihn verschwinden lassen."

Die Drohungen ... Ich überlege. „Wo bringen wir die Drohungen unter? Die gehören auch auf die Wand." Ich nehme den Stift.

„Eine Drohung ist keine Person. Und kein Verdächtiger."

„Lisa ist auch keine Verdächtige."

„Sie ist eher Opfer, das ist wahr. Gruber macht sich Sorgen um sie. Man will ihn treffen, indem man auch seine Nichte bedroht."

Es gibt etwas, das mir schon die ganze Zeit über im Kopf herumspukt: „Das mit den Drohungen ist seltsam. Drohbriefe vor der Tür. Anonyme Anrufe. Der Shitstorm. Ziemlich üppig. Und dann noch die durchstochenen Polster. Die sind offenbar am Weg zum Kindergarten gefunden worden und einer sogar in der Wohnung. Ist es wahrscheinlich, dass das jemand von den Sozialpatrioten war?"

„Man muss klären, wer alles einen Schlüssel hat. Der schöne Silvestri ist sein Assistent. Vielleicht gießt er auch die Blumen."

Ich muss lächeln. Könnte ich mir bei ihm gut vorstellen.

„Christof Beck", macht Vesna weiter. „Der ist froh, dass Peter Gruber weg ist, damit er mit Santendo ungestört verhandeln kann."

„Aber ohne Zustimmung Grubers kann er nicht verkaufen. Also kontraproduktiv, ihn verschwinden zu lassen."

„Nicht kontraproduktiv, wenn er tot ist. Wer erbt? Wenn es kein Testament gibt, ist das Lisa. Ihre Mutter Katharina hätte, bis sie volljährig ist, das Sagen. Und mit wem ist sie zusammen? Mit Beck."

„Wenn das alles wahr ist", seufze ich. „Man sollte wissen, um wie viel Geld es geht. Silvestri hat gesagt, er weiß es nicht. – Wir sollten doch einen Blitz zwischen SILVESTRI und BECK machen. Silvestri erzählt mir von seinem geheimen Verhältnis und dass er gerne verkaufen würde. Und Beck versucht Silvestri so uninformiert wie möglich zu halten."

„Das Geld ...", überlegt Vesna. „Wenn die App verkauft wird, dann profitieren auch Beck und Silvestri. Sie haben jeweils fünf

Prozent an der AG. Fünf Prozent von nichts ist nichts, aber fünf Prozent von einer Million ist gar nicht wenig. Und es werden mehr Millionen sein."

„Das geht doch alles in die Stiftung. Sie bekommen ein Gehalt, laut Oskar in derselben Höhe wie Gruber."

„Auch ihre fünf Prozent gehen in die Stiftung? Muss nicht sein. Der Stifter war nur Gruber."

„Ich habe gelesen, dass die Entwickler einer Fitness-App achtzig Millionen kassiert haben."

Vesna wiegt den Kopf. „Keine Ahnung. Wir nehmen bescheiden zehn Millionen an. Das sind dann fünfhunderttausend für jeden. Mich würde nicht wundern, wenn Santendo Beck außerdem einen Job versprochen hat. CEO der neuen Lisa-App, ohne Gruber und seine Ideen am Hals."

„Geld ist immer ein handfestes Motiv", sage ich langsam.

Vesna nickt und malt Euro-Zeichen zwischen Santendo und Beck und Silvestri.

„Das größte Euro-Zeichen musst du trotzdem zwischen Santendo und Gruber machen", stelle ich fest. „Ihm gehören neunzig Prozent der AG."

„Während das Geld für Lisa weg wäre."

Ich schüttle den Kopf. „Glaube ich nicht, er kann seinen Gewinn ja in die Stiftung geben. Wir haben noch ein Euro-Zeichen vergessen: zwischen Katharina Föhrenburg und Gruber. Weil sie findet, dass ihr mehr zusteht."

„Wir machen Euro-Zeichen direkt zur Wolke und zum Blitz, den wir zwischen ihnen haben. Und: Wir müssen noch einen großen Blitz zwischen Gruber und der USP machen. Und zwischen ihm und Angerer sowieso. Da sind nicht nur die politischen Auseinandersetzungen, sondern Angerer war auch eifersüchtig: Gruber war beliebt, er verdient mit der App Millionen, während Pflichterfüller Angerer weiter unterrichtet."

Ich nicke. „Noch ein Euro-Zeichen zum Blitz. Vielleicht sollten wir das Politische nicht zu stark in den Mittelpunkt rücken."

„Dann hat Angerer ihn aus Eifersucht ums Eck gebracht", setzt Vesna nach.
Ich sehe sie erstaunt an.
„War nicht ganz ernst gemeint. – Aber: Wer weiß? Jedenfalls haben wir jetzt schon sehr viele Blitze. Und Hoffnungen auf Geld."
Unser Gemälde wird immer unübersichtlicher. So viele Striche, so viele Blitze. Selbst die Euro-Zeichen wirken bedrohlich. Eines ist allerdings klar: „Im Zentrum des Gewitters ist Peter Gruber."
Vesna geht zwei Schritte zurück und verschränkt die Arme. „Genau dafür ist die Aufstellung gut. Jetzt haben wir alles im Blick. Kein Wunder, dass er so gestresst war. Nicht nur wegen Shitstorm und Drohungen. Auch die Menschen in seiner Umgebung waren nicht besonders gut auf ihn zu sprechen. Ex-Kollege Angerer politisch und aus Eifersucht. Schwägerin Katharina, weil sie mehr von den AG-Millionen sehen wollte. Seine engsten Mitarbeiter, weil er verhindert, dass das Unternehmen sich ändert. Und weil er mit seinen politischen Aussagen das Geschäft schädigen oder neues zum Platzen bringen kann."
„Meint Beck", präzisiere ich. „Weil er an Santendo verkaufen will. Die sicher nichts übrighaben für Grubers politische Zugänge. Die Einzige ohne Probleme mit Gruber ist seine Nichte Lisa."
„Vielleicht er liebt sie deswegen."
„Sie ist ein Kind. Noch ist es ihr egal, ob sie zu ihrem achtzehnten Geburtstag reich sein wird. Außerdem: Sie ist die Einzige, der er viel zu verdanken hat."
„Er schenkt ihr Dinge, wenn sie ihm Lisas malt", setzt Vesna nach. Sie macht zwei Schritte nach vor, dann wieder einen zurück. Es ist, als würde sie ein Kunstwerk in all seinen Facetten erkunden. „Es gibt noch einen Grund, warum sie sauer sein könnten auf Gruber: Wenn sie den Verdacht haben, er führt sie an der Nase herum. Er versteckt sich. Damit Lisa nicht verkauft wird. Oder, schlimmer: Er versteckt nicht nur sich, sondern auch Millionen."

„Womit wir wieder beim Geld wären. Aber das gehört ihm ohnehin."

„Was anderes ist, es aus der Firma zu nehmen. Außerdem: Denke daran, was passiert, wenn so etwas auffliegt: Das Image von LISA für das reine gute Miteinander ist dahin. Endgültig."

Ich überlege: „Er könnte auch verschwunden sein, weil er vor dem Gewittersturm Angst hatte. Dann haben sie ihn gefunden und dafür gesorgt, dass er nicht mehr auftauchen kann."

„Aber wer? Das waren nicht alle gemeinsam. Du siehst es: Die Blitze kommen aus unterschiedlichen Richtungen. Es können noch weitere kommen. Das Gewitter ist nicht vorbei, das kannst du mir glauben, Mira."

[12.]

Folge der Spur des Geldes. Nicht eben neu. Aber genau das hat mir Vesna für heute Abend mitgegeben. Ursprünglich wollte sie, dass ich unsere Dinner-Konversation aufzeichne. Aber das wäre denn doch zu aufwendig. Und weder gesetzlich noch moralisch einwandfrei. Das hier ist nicht der in Österreich legendäre Ibiza-Abhörskandal, es ist bloß das Abendessen eines Wirtschaftsanwalts mit den leitenden Mitarbeitern der ALLES GUTE AG. Um sie informell zu beraten. Köchin: Mira Valensky. Als Journalistin habe ich nach wie vor keinen offiziellen Auftrag. Das hat mich allerdings noch nie gehindert.

Vesna ist mit Hans in London. Er verhandelt für EverLyn tatsächlich mit einer der größten Künstleragenturen Europas. Die Band hat das gewisse Etwas. Den Sound, den Drive. Und: Vielleicht bedient sie auch die Sehnsucht vieler Menschen, dass tolles volles Leben keine Frage des Alters ist.

Oskar hat inzwischen noch einiges über die AG herausgefunden: In den letzten beiden Jahren wurde tatsächlich sehr viel ausgelagert. Man hat in verschiedenen Ländern Firmen gegründet. Da und dort fungiert man auch als Auftraggeber anderer Unternehmen. Werkverträge mit Einzelpersonen scheint es unzählige zu geben.

LISA ist schnell, vielleicht zu schnell gewachsen. Die Geldflüsse sind schwer nachvollziehbar, etwas, das für sich allein noch nicht auf böse Absicht schließen lässt, meint Oskar. Aber sehr wohl auf die Notwendigkeit, die AG tatsächlich umzustrukturieren, dem Erfolg von Lisa anzupassen.

Dass die Alles-Gute-Stiftung bisher noch nichts ausbezahlt hat, findet er nicht weiter verwunderlich. So etwas dauere. Allerdings gibt es auch noch keine Unterlagen dazu. Es gäbe Berichtspflichten, denen ist man nicht nachgekommen. So etwas passiere allerdings andauernd. Für Bilanzvergehen gibt es in Österreich bloß geringe Strafen, das ist nach wie vor so.

Mein Menü hingegen ist klar. Es wird Kartoffel-Sushi mit Lachsforelle und dazu Lachsforellen-Tatar geben. Die Idee habe ich von unserem Kochfreund Manninger aus seinem legendären Lokal „Apfelbaum". Es ist eines meiner Lieblingsgerichte. Besonders und doch ganz einfach. Dann eine klare Fischsuppe mit vietnamesischen Gewürzen. Die ganze Lammschulter schmort bereits in unserem Holzofen. Bald ist es Zeit, die geviertelten Fenchelknollen dazuzugeben. Nachspeise: Crumble. Das geht schnell und ich kriege es auch als Dessert-Muffel hin. Ohne dafür so viel Aufmerksamkeit zu brauchen, dass ich Wesentlicheres verpasse.

Der Fischfond zieht mit geschlossenem Deckel, ich habe die Platte schon abgedreht. Man sollte ihn nicht zu lange kochen lassen. Einfach Gräten, Köpfe, weniger schöne Fischteile mit Wasser und ein wenig Weißwein bedecken. Mit einer halbierten Zwiebel, Salz, Pfeffer- und Korianderkörnern, Lorbeerblatt und in diesem Fall eben exotischeren Gewürzen wie Sternanis, Ingwer, Zitronengras, Neugewürz, Chili würzen. Kalt zustellen und auf kleiner Flamme maximal eine halbe Stunde kochen. Später durch ein feines Sieb seihen.

Ich werde die Suppe mit wenigen ganz feinen Nudeln servieren. Mein Menü ist international und regional zugleich. Die Lachsforellen sind aus dem Weinviertel. Die Nudeln auch. – Erfüllt das die Kriterien der „einheimischen Küche", die nun besonders gefördert werden soll? Nicht nur die Sozialpatrioten, sondern auch konservative Landespolitiker treiben Derartiges voran. Ginge es dabei bloß ums heilige Schnitzel und seine traditionelle Zubereitung, ich könnte damit leben. Aber zumindest die USP will damit etwas anderes: die Ächtung von ethnischen Lokalen, allen voran solchen aus dem Nahen Osten. Mit Russland haben sie bekanntlich weniger Berührungsängste. Aber russische Küche spielt ohnehin keine Rolle bei uns. Und gegen Pizza und Pasta wollen sie wohl, zum Glück, nichts unternehmen. Das wäre zu unpopulär. Ganz abgesehen davon, dass ihre Parteifreunde in Italien bereits Teil der Regierungskoalition sind. Trotzdem. Das Motto unseres Abends lautet: Folge der Spur des Geldes. Auch wenn es um das Verschwinden Grubers geht, spielt Geld womöglich eine größere Rolle als ideologische Verwerfungen. Lässt sich beides voneinander trennen? Lässt sich noch irgendetwas unabhängig von Geld betrachten?

Unsere Wandmalerei mit Blitz und Euro habe ich mit einer Ethno-Decke verhängt. Das Geschenk eines syrischen Arztes, den Oskar offenbar gut beraten hat.

Die großen Lachsforellenfilets habe ich schon vorgestern mariniert: einen gehäuften Teelöffel Salz, einen gehäuften Teelöffel Zucker auf jedes der Filets, zusätzlich habe ich Fenchelsamen darüber gestreut. Dann werden die Filets Fleischseite an Fleischseite zusammengeklappt, mit Klarsichtfolie umwickelt, und beschwert in den Kühlschrank gegeben. Am nächsten Tag umdrehen. Jetzt, noch einen Tag später, ist das Fischfleisch gegart – nicht durch Hitze, sondern auf andere Art. Salz und Zucker haben das Eiweiß umgesetzt. Es gibt nicht bloß einen Weg, um Gutes entstehen zu lassen. Auch ein Grund, warum ich so gerne koche: Man hat viele Möglichkeiten und die Varianten stehen nicht in Konkurrenz zueinander. Es ist einfach eine Frage des Geschmacks. Vorausgesetzt, man macht nicht aus allem eine Ideologie.

Ich drücke die mehligen gekochten Kartoffeln noch warm durch die Presse in eine Schüssel. Etwas weißen Balsamico dazu,

Salz, einen Hauch Cayennepulver für die Extrawürze. Locker mit der Gabel durchrühren.

Telefon. Ich sehe aufs Display. Ich will mich nicht stören lassen. Vui habe ich mit so viel Faschiertem ruhiggestellt, dass er nun seiner zweiten Lieblingsbeschäftigung nachgehen kann: schlafen.

Es ist Silvestri. Die sagen ab. Im letzten Moment. Beck und er trauen einander nicht. Und beide trauen mir nicht. Der einzige Vertrauenswürdige ist Oskar. Ein Anwalt. Ausgerechnet. Aber es ist Oskar, und da passt es. Er strahlt Vertrauen aus. Ich wappne mich und nehme das Gespräch an.

„Liebe Frau Valensky", beginnt er.

„Ich bin mitten in den Vorbereitungen. Das Lamm ist im Ofen. Die Erdäpfel-Sushi …"

„Sie … müssen sich nicht so viel Arbeit machen. Wirklich."

„Darum geht es nicht, ich koche bloß nicht gerne und werde dann versetzt …"

„Sollte sonst noch jemand kommen?"

„Warum?"

„Das ist gut. Es ist … entspannter, im kleineren Kreis zu reden. Und ich bin mir sicher, Doktor Kellerfreund kann uns gute Ratschläge geben. Ganz informell, wofür ich ihm sehr dankbar bin."

„Warum rufen Sie an?"

„Ich … ich wollte Sie an etwas erinnern. Bitte erwähnen Sie nichts davon, dass ich Ihnen von möglichen Verkaufsverhandlungen erzählt habe. – Haben Sie übrigens schon eine Antwort von Santendo?"

„Leider nein. Aber ich habe ein wenig über den Konzern nachgelesen. Ich kann verstehen, dass Peter Gruber nicht an Santendo verkaufen will."

„Ja."

„Aber Beck will es."

„Ich hätte davon gar nicht anfangen dürfen. Ich … war eben beunruhigt und … wir sind an sich auf derselben Seite. Deswegen bitte ich Sie auch, Santendo nicht zu erwähnen. Ich will unser Verhältnis nicht trüben."

„Ist es nicht schon getrübt?"

„Nein, ist es nicht. Wir werden eine gute Entscheidung treffen. Gemeinsam. Im Interesse von Lisa."

„Sie meinen die Nichte oder die App?"

„Beide, auch wenn wir natürlich nur für die App zuständig sind."

„Sollte doch verkauft werden, wäre wohl auch die Stiftung Geschichte."

„Das hängt vom Vertrag ab. Und von Peter Gruber."

„Noch wurde nichts an Sozialprojekte überwiesen."

„Das braucht Zeit, ich bin dafür nicht zuständig. Es gibt viele Vorschriften, die eingehalten werden müssen. Aber da kennt sich Ihr Mann sicher besser aus."

Worum sich Oskar freilich zuerst kümmert, ist die passende Weinbegleitung. Er hat einige der interessantesten Weine von Eva und Martina Berthold ausgesucht. Weinbau: ein so wunderbar analoges Business. Das sage ich auch, als Christof Beck und Alexander Silvestri bei uns am Tisch sitzen. Die beiden lachen. Sie scheinen einander tatsächlich zu verstehen.

„Aufs Gute!", sagt Beck und erhebt sein Glas. Ich schätze ihn auf Mitte fünfzig. Etwas korpulent, aber sein Sakko kann es kaschieren. Auf eine Krawatte haben beide Männer verzichtet. Man arbeitet schließlich für ein IT-Unternehmen. Die neue Businesswelt hat auch Vorteile.

Ich drücke die Kartoffelmasse mit feuchten Händen zu kleinen Nockerln, in Form und Größe ähnlich der Reisunterlage von traditionellen Sushi. Darauf lege ich die schönsten Stücke der marinierten Lachsforelle und verziere es mit Blättchen von Dille und Apfelminze. Sieht, auf einer Platte angerichtet, wirklich hübsch aus. Die drei unterhalten sich unterdessen über den neuen Werbespot einer Großbank. Es hat für einigen Spott gesorgt, dass der Vorstandsvorsitzende der Bank Hand in Hand mit einer glücklichen Casting-Familie aus Vater, Mutter, Tochter, Großvater über ein plätscherndes Bächlein springt. Nach dem Slogan: „Gemeinsam!" wird eingeblendet: „Ihre Bank für Alles Gute!"

Es gab offenbar Menschen, die wollten, dass die AG dagegen klagt. Allgemein übliche Aussagen sind nicht urheberrechtlich schützbar, erklärt Oskar. „Aber wer schützt uns vor Kitsch?", rufe ich Richtung Tisch. Lachen. Vielleicht wird das einfach ein schöner Abend mit einem Essen, das hoffentlich den Geschmack der Gäste trifft.

Die übrig gebliebenen Lachsforellenstücke habe ich fein geschnitten, mit süßscharfer Chilisauce und Zitronenzeste gewürzt und in vier knackig grünen Salatblättern angerichtet.

Sieht es Beck als Lob, wenn er mir vorschlägt, mich doch aufs Kochen zu konzentrieren? Ich könnte das sicher auch beruflich machen, bei meinem Talent.

Oskar lächelt. „Mira ist eine wunderbare Köchin, aber vor allem ist sie Journalistin. Aus Leidenschaft. Wenn sie sich für ein Thema interessiert, dann bleibt sie dran. Da kann sie nichts und niemand hindern."

Bilde ich es mir ein, oder ist Becks Blick ein wenig besorgt?

„Ich habe in Manningers ‚Apfelbaum' mitgearbeitet und einiges aufgeschnappt", sage ich unverbindlich.

Beck hebt die Hand und droht mir spielerisch: „Sie haben Peter Grubers Schwägerin ganz schön ausgefragt."

Ich lächle. „Je mehr ich über die Hintergründe und Zusammenhänge weiß, desto besser."

Oskar ergänzt: „Mira recherchiert immer umfassend, das ist sie ihrem Ruf schuldig."

„Den man ja kennt", rutscht es Beck heraus.

Silvestri ist still und widmet sich den Erdäpfel-Sushi.

„Sie wissen sicher, dass über Gruber und die Erfolgsgeschichte seiner App schon viel publiziert worden ist", macht Beck weiter.

Ich nicke. „Natürlich. Mir geht es quasi um die Fortsetzung. Die meisten Märchen hören auf, wenn sich die Königstochter und der Prinz kriegen. Ich finde, da fängt erst alles an. Was passiert dann? Wie macht man das Gute dauerhaft? Sind und bleiben alle glücklich?"

Silvestri sieht mich flehend an. Nein, ich habe nicht vor, Santendo zu sagen. „Es war Peter Gruber selbst, der mich darauf gebracht hat. Ich nehme an, Sie wissen, dass ich ihn gemeinsam mit einer Freundin am Rande des Konzerts von EverLyn in Graz getroffen habe."

Beck nickt.

„Eine großartige Band", wirft Silvestri ein.

„Er war in Sorge. Wegen der Drohungen. Er hatte Angst, dass es mit der Lisa-App nicht gut weitergeht. Er hat von Missbrauch und Verkauf gesprochen, das war allerdings ein wenig wirr."

„Er hat alles sehr persönlich genommen", erklärt Beck und nimmt einen großen Schluck Weißburgunder.

„Es ist wohl auch sehr persönlich." Ich versuche im Ton so unverbindlich und leicht wie möglich zu bleiben. Plausch über einen App-Entwickler mit leicht skurrilen Zügen. „Er wollte, dass wir uns darum kümmern. Bevor er gegangen ist, hat er unter anderem eine Telefonnummer hinterlassen. Nur wurde die kurz darauf stillgelegt."

„Unter anderem?", fragt Beck.

Vom Geld will ich lieber nichts erzählen. „Ich sollte mich um die vietnamesische Fischsuppe kümmern", sage ich und stehe auf.

„Er hat sich zurückgezogen. Peter Gruber hat sich, natürlich nur metaphorisch gemeint, selbst aus der Schusslinie genommen, nachdem man ihn und unsere Lisa angegriffen hat." Beck sieht mich an. „Er hat Freiraum, den braucht er auch. Das operative Geschäft ist bei uns in besten Händen. Alles läuft."

„Und da sagt er Ihnen nicht, wo er ist?" Das ist mir jetzt herausgerutscht.

„Leider", antwortet Beck. „Nicht einmal mir als Geschäftsführer. Ich versuche ihn so gut wie möglich zu vertreten. Hoffen wir, dass die Drohungen und der Shitstorm abflauen. Dann kommt er wieder."

„Ist das alles nicht schon abgeflaut?", frage ich.

„Gönnen wir ihm etwas Ruhe. Er ist ein kreativer Kopf, Menschen wie er brauchen das."

Ich stehe am Herd und koche den Fischfond auf. „Er ist Historiker. Gymnasiallehrer."

„Seien Sie beruhigt. Alles ist auf einem guten Weg. Einem sehr guten. Das Interesse an unserer App ist ungebrochen. Das Positive. Darüber wollten wir heute ein wenig reden. Es ist sehr freundlich, dass sich Herr Doktor Kellerfreund dafür Zeit nimmt. Nicht nur Peter Gruber, auch wir wollen Lisa und die Idee dahinter beschützen."

„Wenn ich etwas beitragen kann – gerne", höre ich Oskar sagen.

„Gruber hat die Marke weltweit schützen lassen", werfe ich ein. Die feinen langen Nudeln kochen in einem Extratopf, so bleibt der Fond klar.

„Auf meinen Rat hin. Peter Gruber hatte schon früh Sorge, jemand könnte seine Idee missbrauchen", erklärt Beck.

„Angeblich gab es Klagen wegen Verwechslungsgefahr." Ich gebe die Nudeln in den Fond, koste. Mir schmeckt die Suppe mit all den asiatischen Gewürzen. Einige Jungzwiebelringe darüber und fertig. Besser, ich bringe sie im Topf zum Tisch. Dann kann jeder entscheiden, wie viel er davon möchte. Ich verteile die Teller.

„Es waren bisher erst zwei. Wegen ganz plumper Imitation. Mit den anderen konnten wir uns gütlich einigen. Das ist Gruber lieber."

„Wow", sagt Silvestri.

Wir sehen ihn erstaunt an.

„Ich liebe asiatische Küche. Peter liebt sie übrigens auch."

„Jedenfalls kann man, sollte das einmal geplant sein, die App mit dem Markenschutz auch lukrativer verkaufen", setzt Oskar eins drauf. Ich hätte ihm sagen sollen, dass das ein heikles Thema ist. – Hätte ich? Was bin ich Silvestri schuldig? Gar nichts.

„Das ist Zukunftsmusik", beeilt sich Beck festzustellen.

„Ohne Gruber kein Verkauf", nickt Oskar.

„Genauso ist es. Schon deswegen hoffe ich, dass er sich bald wieder zurückmeldet."

„Gibt es Interessenten?", macht mein Mann weiter.

„Noch Suppe?", mische ich mich ein. Oskar hat sie, ebenso wie Beck, ohne viel Aufhebens hineingelöffelt. Was bedeutet, dass auch Beck mit pikantem Essen kein Problem hat. Oder dass er auf anderes fokussiert ist.

„Ja bitte", erwidert Silvestri. „Da hätte ich sehr gerne das Rezept!"

„Vielleicht führen die Drohungen dazu, dass Peter Gruber eher verkauft. Er macht sich Sorgen, auch um seine Nichte", überlege ich.

„Aus einem Versteck heraus? Wie soll er da verkaufen?", fragt Beck.

Ich sehe ihn an. „Was ist eigentlich, wenn er nicht mehr wiederkommt?"

„Das ist Unsinn! Er ist ein verantwortungsbewusster Mensch. Ihn treibt die Sorge um unsere Welt, sonst wäre er nicht, wo er ist."

„Und wo ist er?"

„Ich habe das im übertragenen Sinn gemeint."

„Sie scheinen zu glauben, dass er freiwillig weg ist. Könnte er ausreichend Geld haben, um sich auf Dauer irgendwo unsichtbar zu machen?"

„So etwas darf man gar nicht denken", ruft Silvestri. „Das würde bedeuten, er bestiehlt das eigene Unternehmen, das ist doch absurd!"

„Nur theoretisch", ergänzt Oskar. „Er könnte das Geld an der Stiftung vorbei abgezogen haben. Solange er Steuern zahlt, ist das legal. Die Stiftung hätte bestenfalls die Chance, zivilrechtlich zu klagen."

„Das kann er nicht", stellt Beck fest. „Und, bei allem Dank für die freundliche Einladung: Darüber darf nicht öffentlich spekuliert werden. Genauso wenig wie über Verkaufsgespräche. Das schadet Lisa. Und das lasse ich sicher nicht zu."

Ich lächle. „Natürlich nicht. Es war … bloß ein Gedankenspiel. Es gibt übrigens noch eine weitere Möglichkeit …"

„Sie haben einen großartigen Blick auf die Stadt", sagt Silvestri.

„Gruber hatte Angst. Man weiß nicht, wer hinter den Drohungen steckt. Aber es ist klar, dass zumindest der Shitstorm mit den Sozialpatrioten und ihrem Mob zu tun hatte. Was, wenn jemand aus diesem Umfeld bis zum Äußersten geht?"

Silvestri schüttelt wild den Kopf. Um mich zum Schweigen zu bringen? Weil er den Gedanken nicht aushält? Weil ich der Wahrheit näher stolpere? Seine hellen Haare fallen ihm über die Augen. Er sieht attraktiver aus denn je.

Beck legt den Löffel langsam an den Tellerrand. Er ist ganz ruhig. „Das macht man doch nicht quasi mit Anlauf. Zuerst Shitstorm, jeder, der halbwegs bei Sinnen ist, kriegt mit, woher er kommt. Und dann … Nein."

„Die leben von diesem Freund-Feind-Gegensatz. Gruber hat sie offenkundig abgelehnt."

„Ich habe ihm immer wieder gesagt: Es hat keinen Sinn, sich mit der USP anzulegen. Das führt zu nichts. Sie sind unangenehm, wenn Sie mich persönlich fragen. Aber er hat sie viel zu wichtig genommen. Da war er naiv. Es ist doch ihr Geschäfts- und Erfolgsmodell, zu schreien. Und ich habe ihm noch etwas gesagt: Auch unter den Anhängern der Sozialpatrioten gibt es sicher gar nicht so wenige, die unsere Lisa-App haben. Wenn wir für das Miteinander sind, dann ist es nur logisch, sich von Politik fernzuhalten."

„Ohne sein Interesse für Zeitgeschichte würde es die App wohl nicht geben", überlegt Oskar.

„Die Dinge entwickeln sich. Man muss darüberstehen. Man darf das Geschrei nicht zu ernst nehmen. Das hilft ihnen bloß."

„So einfach ist das nicht", setze ich nach. „Gruber hat vielleicht auch hier geschichtliche Parallelen gesehen. Gerade in Österreich haben viele die Nationalsozialisten zu Beginn nicht ernst genommen. Es gab Witze. Intellektuelle und Bürgerliche haben sie für Pöbel gehalten, der sich wieder verliert. Und als sie dann immer stärker geworden sind, hat Dollfuß die Partei verboten. Auch um einen eigenen faschistischen Weg einzuschlagen. Was danach passiert ist, wissen wir."

„Liebe Frau Valensky, die Zeiten lassen sich nicht vergleichen. Jetzt gibt es gefestigte Demokratien. Wir haben ein gutes, vielleicht schon fast zu gutes Sozialsystem. Wie oft habe ich unserem gemeinsamen Freund Gruber gesagt, dass doch gerade seine unpassenden Vergleiche die Spaltung, die er nicht wollte, befördern. Noch einmal: LISA muss unpolitisch sein."

„Um was zu tun?"

„Um zu funktionieren."

„Um möglichst viele Downloads zu generieren?"

„Um möglichst vielen Menschen ein einfaches Tool zu geben, einander Gutes zu wünschen."

„Das Lamm", sagt Oskar. „Ich rieche, dass es fertig ist."

Ich hole Luft. „Tut mir leid, Herr Beck. Es wäre schön, wenn man unangenehme Menschen und politische Entwicklungen durch Ignorieren loswerden könnte."

Beck lächelt schmallippig. „Ich meine nur, dass man die Rollen verteilen muss. Unsere ist eine andere als … die einer kritischen Journalistin. – Katharina Föhrenburg hat Sie übrigens sehr sympathisch gefunden."

Ich lächle. „Sie war sehr gastfreundlich."

„Ich nehme an, Sie haben mit ihr über die Drohungen und das unangenehme Drumherum geredet."

„Unter anderem. Und über die Anfänge der App, Lisas Zeichnung. – Aber das wird Ihnen Frau Föhrenburg wohl erzählt haben."

Silvestri sieht konzentriert in meine Richtung und schüttelt leicht den Kopf. Nein, ich werde nicht erwähnen, dass ich vom Verhältnis weiß.

„So viel Kontakt haben wir nicht. Gruber hat … Gruber schätzt sie sehr. Als Mutter seiner Nichte. So ist sie leider auch mit den Drohungen konfrontiert worden. Aber sie sieht das ähnlich wie ich: Man sollte nicht zu viel Wind darum machen."

„Tatsächlich?", frage ich. „Dann ist sie da offenbar anderer Meinung als ihr Schwager."

Silvestri streicht sich die Haare zurück. „Eines, lieber Christof, ist schon klar: Die Aktionen gegen Peter waren richtig schlimm. Es wäre gut, wenn man rausfinden könnte, wer dahintersteckt. Egal, ob diese neuen Rechten oder wer immer …"

Beck klopft seinem Kollegen jovial auf die Schulter. „Man muss etwas aushalten können im Geschäftsleben. Du bist zu sensibel, lieber Alexander. Ich will jetzt nicht das Klischee vom einfühlsamen Schwulen strapazieren, ist inzwischen schon langweilig. Du bist nichts Besonderes mehr, seit es unzählige Geschlechter und Lebensformen zu geben scheint: nichtbinär, trans, divers, mir ist alles recht. Nur damit da kein falscher Eindruck entsteht."

Silvestri lacht auf. Es klingt nicht fröhlich.

Ich versuche zu lächeln und erhebe das Glas. „Auf die zart besaiteten Menschen!"

„Glauben Sie jetzt bitte nicht, dass wir ein Paar waren und er vor mir geflohen ist … oder dass ich ihn im Wald vergraben habe …"

Ich schüttle den Kopf. Silvestri ist schwul. Irgendwie schade, auch wenn ich natürlich nie …

„Sorry, das war geschmacklos", setzt er fort. „Ich mache mir wirklich große Sorgen …"

„Dann sorge dafür, dass das alles unter uns bleibt", unterbricht ihn Beck. „Diese ganzen Spielereien und Gerüchte schaden dem Image unserer LISA-App. Das würde Peter Gruber nicht wollen, das weiß keiner besser als du. Wir werden in Ruhe weiterarbeiten und nach dem optimalen Weg suchen. Wir hoffen, dass er sich bald wieder fängt und zurückkommt. Was wir brauchen, ist Entspannung. Positive Gedanken."

Silvestri sieht drein, als ob es gedonnert hätte. Unser Gewittersturm auf der zugedeckten Wand. Wohin hat es den Entwickler der App verblasen? Oder hat er sich doch beizeiten untergestellt?

Beim Lamm mit gebratenem Fenchel wirkt es dann, als hätte sich die lokale Schlechtwetterfront verzogen. Oskar redet mit unseren Gästen über Möglichkeiten, ein Unternehmen übersichtlich und trotzdem international aufzustellen. Eine Mittelsperson bei einer vernetzten Anwaltskanzlei könnte helfen. Das meiste wäre über einen einzigen Firmensitz in Österreich machbar, wenn man es so wolle.

Beck unternimmt noch ein, zwei Anläufe, um mich auszuhorchen: wie weit ich denn mit meinen Recherchen für die Reportage sei, wo sie erscheinen werde. Ich blocke freundlich ab. Er kenne das ja: Man redet nicht über ungelegte Eier.

Mich lässt es nicht los, dass Silvestri schwul ist. Hätte ich mir doch denken können, schön wie er ist. Auch das ist ein Klischee. Natürlich. Was, wenn er sehr wohl ein Verhältnis mit Gruber hatte? Würde es etwas ändern? Eigentlich nicht. Bloß eine Beziehung mehr, die wir auf unserer Wand einzeichnen sollten. Ich mische Mandelmehl, Kristallzucker, Butterflocken und verteile die Crumblemasse auf die vorbereiteten Förmchen mit den Birnenstücken. Das Thermometer unseres Holzbackofens steht noch bei zweihundertzehn Grad. Perfekt. Jetzt noch über jeden Crumble einen Schluck Birnenschnaps und ab ins Rohr.

Ich höre, wie Beck sagt: „Golf ist mehr als ein Sport."

Oskar erwidert: „Für manche ist es weniger als das."

Man ist bei einem halbwegs unverfänglichen Thema angelangt. Ich eile, ganz eifrige Gastgeberin, mit einem Kopfnicken an ihnen vorbei auf die Terrasse. Ich brauche Apfelminze. Frisch über den Crumble gestreut, gibt sie eine würzige Note. Ich zupfe Blätter ab. Unsere Minze wuchert, bis der Frost kommt. Wie lange wird es dauern, bis wir wissen, wo Gruber geblieben ist? Schon eigenartig, dass gerade Beck von ihm immer wieder in der Vergangenheit redet. Andererseits: Wir haben über Dinge gesprochen, die in der Vergangenheit passiert sind.

Ich zucke zusammen, als sich dicht neben mir jemand räuspert.

„Ich wollte Sie nicht erschrecken", sagt Silvestri.

„Tut mir leid, dass Oskar vom Verkauf angefangen hat, wir konnten uns nicht mehr absprechen."

„Kein Problem. Wichtig ist nur, dass Beck nicht glaubt, ich tratsche herum."

„Ich hatte den Eindruck, er ist nicht restlos gut auf Sie zu sprechen."

Silvestri lacht leise. „Er muss immer etwas Getöse machen, damit klar ist, wer die Geschäfte führt."

„Dass er einfach anfängt, Ihre Privatangelegenheiten vor uns auszubreiten …"

„Ich gehe nicht mit einem Schild auf der Stirn herum, auf dem ‚schwul' steht, aber ich habe null Problem, wenn es besprochen wird."

„Er wollte vielleicht einfach das Thema wechseln."

„Glaube ich auch. Bitte: nichts über Santendo und nichts über das Verhältnis zwischen ihm und Katharina Föhrenburg."

„Ist er eigentlich verheiratet?"

„Ja. Aber er sagt immer: nicht sehr. Ich kenne seine Frau kaum."

„Wie konkret sind die Verkaufsgespräche?"

„Wir sollten wieder rein", murmelt Silvestri. „Bevor Beck glaubt, dass ich mit Ihnen mauschle."

Ich lächle. „Zumal wir ihm schwer einreden können, Sie wollten mit mir flirten. Das heißt … natürlich spräche da auch der Altersunterschied dagegen und …"

Grubers Assistent zwinkert mir zu. „Ach, ein kleiner Flirt mit Ihnen wäre schon prickelnd …"

Ich zupfe ein paar weitere Minzeblätter ab. Ein attraktiver und durchaus witziger Mann mit mir allein auf der nächtlichen Dachterrasse … Wer sagt, dass nicht auch Männer schmeicheln, um mehr herauszufinden? Oder um mich freundlich zu stimmen?

„Der Crumble duftet übrigens sensationell", redet Silvestri weiter. „Das ganze Essen war großartig, trotzdem: Kann es sein, dass Ihre Liebe vor allem den Desserts gilt?"

„Wie kommen Sie darauf?", frage ich verblüfft.

„Nur so ein Gefühl."

Ich kann ein Kichern nicht unterdrücken.

„Was ist?"

„So viel zu Becks Vorurteil, dass Schwule so sensibel sind."

„Verstehe ich jetzt nicht." Sein Gesicht ist ganz nah an meinem. Und wieder, wie auch schon im „Auf die Palme", denke ich mir, wie gut er doch riecht.

„Ich mag Süßes nicht besonders. Weder essen noch zubereiten."

Jetzt kichert auch er. „Da hätte ich wohl besser abwarten sollen, bis wir das Dessert gekostet haben."

„Es wird gut."

„Daran habe ich natürlich keine Zweifel ... sorry ... noch mal so viel zum Thema sensible Schwule."

„Ich kenne schon einen Schwulen, der sensibel ist", mache ich weiter.

„Sieh an, auch wir sind nicht alle gleich", spöttelt Silvestri.

„Er ist Rechtsmediziner."

„Das heißt, er schneidet Leichen auf. Wie charmant."

„Er macht es nur mehr freiberuflich."

„Ich werde mich hüten."

„Die meiste Zeit ist er mit seinem Freund im Wald unterwegs."

„Ich werde mich sehr hüten."

„Der ist experimenteller Koch, sie suchen nach Moosen und Farnen und anderem Zeug, das man essen kann."

„Mir ist dein Crumble lieber."

Gleichzeitig bemerken wir, dass Oskar und Beck in unsere Richtung schauen. Wir drehen uns so rasch um, dass wir mit den Köpfen fast zusammengestoßen wären.

„Daten sind ein Milliardengeschäft. Ich bin kein Fachmann in diesem Bereich, aber ich kann mir vorstellen, dass an einer so erfolgreichen App sogar die ganz großen Player Interesse zeigen", sagt Oskar, als wir durch die Schiebetür kommen.

Beck schüttelt den Kopf. „Wir haben keine Werbung. Wir verkaufen keine Userdaten. Gesammelt wird nur, was wir für die Abrechnung brauchen, das war von Anfang an klar", antwortet Beck.

„Sehr sympathisch", fährt Oskar fort. „Auch wenn das die meisten, die Ihre App haben, wohl gar nicht wissen werden."

„Es geht ums Prinzip."

Und ich gehe, um den Crumble aus dem Ofen zu nehmen.

„Mit einem Euro pro Download lässt sich auch verdienen", höre ich Oskar.

„Es läuft gut. Auch wenn davon natürlich lange nicht alles bleibt. Außerdem muss man Rücklagen bilden, gerade für Angriffe von außen. Wir konnten nie ausschließen, dass zum Beispiel die USP Peter Gruber verklagt. Der Streitwert kann schnell in die Millionen gehen. Das wissen Sie."

„Gruber ist weg", sage ich, als ich den heißen Crumble serviere.

„Ja."

„Wobei ich auch vom Gerücht gelesen habe, Peter Gruber säße längst irgendwo als Millionär in der Karibik oder in der Südsee. Ein Sprecher der deutschen USP hat es so formuliert: ‚Mit dem Geld, das er den Menschen aus der Tasche gezogen hat.' Nicht, dass ich eine Klage empfehlen würde, aber auch da wäre eine möglich."

„So etwas ziehen wir nicht in Betracht. Wie gesagt: Wir wollen, dass unsere App bleibt, wie sie ist, ein nettes einfaches Tool für das Gute."

„Der Crumble ist köstlich", sagt Silvestri. „Ich glaube, ich habe doch recht ..." Er zwinkert mir zu.

„Was habt ihr draußen geredet?", will Oskar wissen.

„Wir haben nicht geredet, wir haben über der Apfelminze geflirtet", antwortet Silvestri.

„Es war sehr romantisch", mache ich weiter. „Es ging ums Leichenaufschneiden und ums Moosesammeln."

Es ist schon gegen Mitternacht, als Oskar die letzten Gläser in die Spülmaschine gibt und ich die Töpfe wasche. Das mache ich lieber von Hand.

„Ist dir aufgefallen, wie wenig Freude Beck mit dem politischen Engagement seines Chefs hat?", frage ich und gähne.

„Er denkt ans Geschäft."

„Ohne Grubers Zugang gäbe es seinen Job, gäbe es auch die App nicht. Sie ist harmlos, klar. Aber sie ist auch ein Statement gegen Spaltung, für ein besseres Miteinander." Ich kippe die schwere Bratpfanne auf das Abtropfgestell.

„Dagegen hat wohl niemand Vernünftiger etwas. Aber wenn es um seine Manie mit den Parallelen zur Zwischenkriegszeit geht ... – Magst du noch einen Schluck Jameson?"

Ich nicke. „Es kann einem schon Angst machen, wenn man sieht, was damals gelaufen ist und wie es heute wieder ..."

„Natürlich gibt es unschöne, auch bedrohliche, Entwicklungen. Aber er hat den Rest offenbar ausgeblendet und das einfach mit einer Zeit verknüpft, von der die meisten bloß ein paar Stereotype im Kopf haben. Das ist auch pädagogisch fragwürdig."

„Er hat den Rest ausgeblendet?"

Oskar gibt mir ein Glas und lehnt sich neben mich an die Küchenzeile. Wir sind wohl beide zu müde, um uns noch zu setzen. „Mira, man kann jede geschichtliche Epoche mit einer anderen vergleichen. Man wird immer Parallelen finden. Weil sich die Menschen und ihre Verhältnisse zueinander eben nicht grundlegend verändern."

„Seit der Zeit der Neandertaler."

„Kain und Abel: Eifersucht und Wut."

„Kein netter Befund", murmle ich.

„Wenn man alles Positive weglässt, dann nicht. In den Zwanziger- und Dreißigerjahren kam unser Kontinent aus einem Krieg, der ganz viel verändert hat. Die Zeit der Monarchien war vorbei. Zum Glück. Aber die Leute glauben schnell, dass das Alte besser war, wenn etwas Neues nicht gleich funktioniert. Es gab Hungertote, Massenarbeitslosigkeit. Die Menschen hatten keine Übung in Demokratie – wie auch? Heute haben wir uns an demokratische Rechte gewöhnt, bei aller Ignoranz und Jammerei: Ihre Freiheiten wollen sich die wenigsten nehmen lassen. Und eine gewisse Mitsprache auch nicht."

„Wie kann es dann selbst in Europa Politiker und Parteien geben, die gewählt werden, obwohl sie Freiheitsrechte aushebeln?"

„Es ist ein weiter Weg von autoritären Tendenzen zum tatsächlichen Aus für die Demokratie. Warum glaubst du wohl, dass selbst Autokraten nicht offen von Diktatur reden? Weil sie Angst haben, dann zu verlieren. Klar gibt's jetzt mehr Möglichkeiten zur Manipulation. Aber es gab auch noch nie so viel Zugang zu Fakten, zu Information. – Was wiegt wie viel? Wir werden das heute nicht mehr klären."

[13.]

Fran hat einen riesigen Screen an der Wand. So etwas beeindruckt Kunden – und Kundinnen auch, lacht er. Ich bin mir sicher: In erster Linie gefällt er ihm selbst. Er wirkt, als wäre er ein Teil der Wand, eine Wand mit Touch-Funktion. Wir können darauf sehen, was uns David und Ben zu erzählen haben.

Vesnas Sohn hat einen Video-Chat mit den beiden aufgenommen, die für Peter Gruber die App programmiert haben. Momentan sind sie gemeinsam in Südindien. Und viel unterwegs. Sie sind nach der Schulzeit beste Freunde geblieben. Auch wenn der eine die Tischlerei seines Vaters übernimmt und der andere in einem Kollektiv alternativer Programmierer jobbt. Unsere Idee, Peter Gruber könnte mit ihnen in Südindien sein, hat sich schnell erledigt. Zu erstaunt waren sie, als Fran im Vorgespräch von Grubers Verschwinden erzählt hat. Es passt einfach nicht, sagt Fran. Auf ihn kann man sich verlassen.

Es wirkt beinahe, als säßen David und Ben vor uns: Zwanzigjährige, in bunten Hemden auf einem Balkon. Im Hintergrund Palmen und das Meer. Da chatten sie am liebsten, damit man sieht, wie schön sie es haben, grinst Ben. Seine wilden Locken sind am Kopf zu einem Dutt zusammengefasst. Sieht wie ein Nest aus, er sollte aufpassen, dass keine Vögel auf ihm landen. Er ist der Tischlersohn. David ist deutlich größer, fast schon mager, und hat dieses Lächeln, das es nur bis zu einem gewissen Alter gibt: Wow, die Welt!

Fran hat uns zwei Sessel vor die Wunderwand gestellt. Liegestühle würden besser passen. Ich bilde mir ein, ich kann die südliche Sonne spüren.

„Wenn jemand paranoid ist, dann Angerer", sagt Ben. „Klar sind wir bezahlt worden. Gruber hat uns sogar fünf Prozent vom Gewinn angeboten. Aber damals hat eigentlich keiner geglaubt, dass unsere App so erfolgreich wird. Das mit den fünf Prozent war uns zu kompliziert und auch egal. Es war ja noch nicht einmal die Firma gegründet."

David grinst. „Na ja. Jetzt würden wir überlegen. Aber: Ich kümmere mich noch immer um Updates und Anpassungen, die AG zahlt sehr okay. Das läuft über den Geschäftsführer. Als wir damals unser Loft für das Programmier-Kollektiv hergerichtet haben, habe ich mit Gruber direkt geredet. Er hat uns einfach so zehntausend Euro zukommen lassen. Er hat gesagt, wir sollen es als Sponsoring verbuchen. Und als Dank. Für meine Hilfe."

„Wie war das Verhältnis zwischen Angerer und Gruber am Gymnasium?", fragt Fran aus dem Off.

Ben verdreht die Augen. „Seit wir sie kennen, war Angerer sauer auf Gruber. Das hat sich zu einer richtigen Fehde entwickelt. Da war übrigens von seinen grottigen USPlern noch keine Rede. Er war beleidigt, weil Gruber so viel beliebter war. Angerers Informatik-Gruppe war todlangweilig, die meisten haben mehr gewusst als er. Als das Fach eingeführt wurde, haben Lehrer das ohne viel Ausbildung als Nebenfach unterrichten können. Es war ziemlich peinlich. Gruber kennt sich da auch nicht besonders aus, aber er hat uns wenigstens zugehört."

„Er hat unsere Skills genutzt", erzählt David weiter. „Er hat nie so getan, als verstünde er mehr davon. Und er hatte super Ideen. Allein die Sache mit der Zeitreise in die Dreißigerjahre war cool. Einfach irre, was es für Parallelen gibt. – Ist euch klar, dass es auch damals schon Fake News, Skandalpresse und total durchgeknallte mediengeile Typen gegeben hat? Einer wollte sogar Präsident werden: Ernst Winkler, genannt der Goldfüllfederkönig. Ein Society-Verschnitt der damaligen Zeit, geltungssüchtig, eigentlich ein Hochstapler, aber superpopulär, weil er gegen die Polizei und den Staat und die Beamten war. Wenn er eine seiner Aktionen geliefert hat, haben alle berichtet. Auch die seriösen Medien. Und seinem Füllfederladen hat das genützt."

„Kann man googeln", ergänzt Ben. „Dass er offenbar reihenweise Mädchen missbraucht hat, wurde erst nach dem Krieg ein Thema. Reiht sich ein unter die Kotzbrocken, die glauben, sie dürfen alles. Das hat Angerer übrigens auch nicht gepasst: dass Gruber gerne über die Zusammenhänge zwischen Frauenfeindlichkeit, Ausländerfeindlichkeit, Schwulenfeindlichkeit und Rechtsextremismus geredet hat. Wir fanden es interessant, aber Angerer hat behauptet, so was ist im Lehrplan nicht vorgesehen. Er hat versucht, die Kollegen auf seine Seite zu ziehen. Und natürlich auch welche von den Eltern. Ist ihm dann ja gelungen."

„Gruber wurde suspendiert, weil er sich im Unterricht nur mehr mit der Zwischenkriegszeit und ihren bedrohlichen Parallelen zu heute beschäftigt hat", sagt Fran.

„Das war doch Schwerpunktthema. Und außerdem ist es nicht wahr", widerspricht David. „Wir haben auch viel zu den Umbrüchen im neunzehnten Jahrhundert gemacht. Industrielle Revolution. Er hat uns das ‚Kometenlied' von Nestroy aus ‚Lumpazivagabundus' neu dichten lassen. Diesen Weltuntergangs-Song. Klar waren nicht alle reaktionären Lehrer und Eltern begeistert, dass da dann eben moderner Weltuntergang rausgekommen ist: also Nazis und Atomkrieg und Klimakatastrophe und lächerliche Politiker."

Ben lacht. „Die haben sich den Lehrplan über die Biedermeierzeit anders vorgestellt. Ein besonders doofer Deutschlehrer hat behauptet, Nestroy gehe Gruber nichts an. Der gehöre nur in sein Fach. Vorgestrig. Aber wir haben echt was gelernt bei ihm und es war cool."

David nickt. „Wir haben uns im Unterricht und als Hausarbeit ‚Babylon Berlin' angesehen – diese Serie über die große Party im Berlin der Zwanzigerjahre. Muss eine irre Zeit gewesen sein. Plötzlich nach dem Kaisermief Freizügigkeit und Revolution und jede Menge Transsexuelle in den Klubs. Schon klar, was da bei gewissen Eltern los war. Die haben behauptet, das sei Porno."

„Könnt ihr euch vorstellen, dass Angerer etwas mit dem Verschwinden von Gruber zu tun hat?", fragt Fran.

Sie schütteln zweifelnd den Kopf.

Ben überlegt: „Der hat sich immer schon von allen verraten gefühlt. Sein Lieblingsfeind war eben Gruber. Aber gegen den hat er dann ja sozusagen gewonnen und ihn von der Schule geekelt."

„Nur blöd, dass Gruber mit LISA so einen Megaerfolg gelandet hat", setzt sein Freund fort. „Wir kennen Angerers Pseudonym im Netz. Ich habe für Gruber etwas recherchiert, als der Shitstorm am Höhepunkt war. Aber ... was er geschrieben hat, das war in erster Linie peinlich. Der vernadert und kotzt Mist raus, für alles andere ist er zu feig. Glaube ich."

„Kann man natürlich nie wissen", ergänzt Ben. „Vielleicht ist es auch so, dass man sich gewisse Dinge bei Lehrern doch nicht vorstellen möchte. Egal, wie sie waren."

„Wann habt ihr Gruber eigentlich zum letzten Mal gesehen oder gehört?", fragt Fran.

Die beiden sehen einander an.

„Gesehen vor zwei, drei Monaten", sagt David. „Wir haben über Updates geredet. Er war nicht besonders gut drauf. Es war nach dieser Talkshow. Ich glaube ja, der Moderator ist gekauft."

„Von wem jetzt?", kommt es aus dem Off. „Das sind auch eher Verschwörungstheorien, oder?"

Ben nickt. „Stimmt schon. Aber man fragt sich eben ... Ich habe mit Peter vor circa einem Monat telefoniert. Da hat er sich seltsam angehört. Er hat mich gefragt, ob wir in unserer Tischlerei auch Sicherheitstüren machen. Es gäbe da richtig arge Drohungen ... und dass er nicht mehr sicher sei."

„Er oder die App?", fragt Fran nach.

„Keine Ahnung. Ich weiß noch, dass ich mir gedacht habe, als Lehrer war er cooler. Schon manchmal etwas anstrengend mit seinem ... Engagement, aber cool. Anders. Und da hat er dann geklungen wie irgend so ein Paranoiker. Ich habe ihm gesagt, dass wir in unserer Tischlerei gar keine Türen machen. Und er darauf: ‚Auch egal, gegen die hilft ohnehin kein Schloss. Wenn man nicht einmal dem engsten Kreis mehr vertrauen kann.' Ich weiß das deswegen noch so genau, weil ich zuerst gedacht habe, er ist jetzt auf mich sauer, aber ..."

„Damit hat er nicht uns gemeint", ergänzt David. „Ich wollte nachfragen, aber danach ist er nicht mehr ans Telefon gegangen. Ich habe mir nichts dabei gedacht, wir waren mitten in unseren Vorbereitungen für den Indien-Trip. Die nächsten Tage sind wir übrigens unterwegs. Mit dem öffentlichen Bus. Und dann geht's nach Bangalore und Chennai. Wenn wir schon da sind, wollen wir auch was von den indischen IT-Metropolen mitkriegen."

„Abgesehen davon, dass Chennai früher Madras geheißen hat, wie das Curry. Die Küche dort soll sensationell sein."

Am Ende des Chats winken beide gut gelaunt in die Kamera. Sollten sie noch irgendwie helfen können, sie seien jederzeit bereit. Aber das echte IT-Ass sei ja ohnehin vor Ort.

„Sie haben mir übrigens bestätigt, dass über LISA auch keine versteckte Datenabzocke läuft", sagt Fran, das Ass. Er hat einen Hocker herangezogen und sitzt uns gegenüber.

„Ist selten, oder?", frage ich.

Fran nickt. „Aber natürlich nicht einzigartig. Man muss nicht mit Daten handeln. Es ist nur für viele verlockend. Und es wird immer verlockender, je mehr es machen."

„Wenn die App verkauft wird, dann ist alles anders", überlegt Vesna.

„Hängt wohl davon ab, an wen verkauft wird."

„Favorit scheint Santendo zu sein", rede ich weiter. „Hast du eine Ahnung, wie viel ‚LISA wünscht ALLES GUTE' in etwa wert ist?"

Fran wiegt den Kopf. „Da kenne ich mich nicht wirklich aus. Bis jetzt haben sie maximal ein paar Millionen damit verdient. Von dem Euro pro Download gehen circa dreißig Prozent an die App-Stores. Dann haben sie natürlich auch Betriebsausgaben. Wie viel ein Verkauf bringen würde? Das ist wohl wie bei vielen Geschäften in der Finanzwelt: Hat mit der Spekulation auf künftige Gewinne und künftige Interessenten am Markt zu tun, aber wohl auch mit der politischen Stimmung. Wird immer lauter von der Spaltung der Gesellschaft geredet, wollen womöglich immer mehr Menschen eine App, die dagegen hilft."

„Paradox", werfe ich ein. „Der Wert von LISA steigt, wenn mehr gehetzt wird?"

„Erscheint mir plausibel."

„Dann sollten Eigentümer die USP unterstützen, wenn sie möglichst viel verdienen wollen", sagt Vesna.

„Es gibt auch andere Möglichkeiten, mehr mit der LISA-App zu verdienen: Künftige Eigentümer könnten mit den Userdaten anders umgehen. Oder eines der momentan so beliebten Modelle wählen: Entweder du zahlst ein bisschen mehr für LISA und hast sie werbefrei, oder du kriegst sie mit Werbung und stellst gleichzeitig deine Daten zur Verfügung."

„Das Land der unbegrenzten Möglichkeiten", überlege ich. „Früher hat man die USA so genannt, jetzt ist es kein Land mehr, sondern ein virtueller Ort. Das Internet."

Fran lächelt. „Die Abwandlung des Spruchs kursiert in allen möglichen Varianten seit vielen Jahren im Silicon Valley. Ein IT-Unternehmen in Indien hat sich sogar so genannt: The Net of Unlimited Possibilities. – Ich hatte nicht viel Zeit, aber ich habe kurz mal reingelesen, was Santendo so treibt. Es ist ein Milliardenkonzern. Unter anderem habe ich etwas gefunden, das gut zu unserem Verdacht der geplanten Datenabzocke passen würde. In Europa geniert man sich ja noch ein bisschen für die Verwendung von Kundendaten. Und die Datenschutz-Grundverordnung regelt zumindest, dass nicht alles und das immer geht. In den USA und in Singapur ist das anders. Santendo rühmt sich, ein ganz besonderes ‚Data Warehouse' zu haben, in dem ihre Kundendaten optimal verwertet werden. Schaut mal ..." Er fummelt an seinem Mobiltelefon und auf der Wand poppt ein Text auf.

Die neue Super-Data-Software ermöglicht es, vollautomatisierte Marketing-Kampagnen ohne weiteren Aufwand durchzuführen. So können unsere Business-Partner optimale Erkenntnisse aus Datenverknüpfungen gewinnen. Unser komplex aufgestellter Konzern dient als Beweis der Datenoptimierung.

„Ist etwas holprig, die Übersetzungsprogramme werden aber laufend besser", murmelt Fran.

„Spooky", murmle ich.

„Finde ich nicht. Ist doch praktisch, wenn ein Programm halbwegs verständlich Texte übersetzt. Das Kollektiv rund um David ist übrigens an einem dran, das den Datenschutz respektiert. Sie sind ziemlich gut. Kann sein, ich arbeite enger mit ihnen zusammen."

„Ich habe das Data Warehouse gemeint."

„Ein Data Warehouse ist eigentlich einfach eine Datenbank. Die gibt's überall. Daten zu sammeln ist nicht per se schlecht. Die Frage ist, was sammelt wer für welchen Zweck und wissen die davon, die ihre Daten hergeben. Und natürlich: Was wird womit verknüpft?"

„Dazwischen steht unsere LISA", ergänzt Vesna. „Die Peter Gruber ‚rein halten' will."

„Sie ist nur eines von Millionen Tools", macht Fran klar.

„Ja, aber Gruber hat nur die eine LISA. Oder, wenn wir die Nichte dazunehmen, dann zwei."

Ich nicke. „Jedenfalls scheint klar zu sein, dass er momentan keine Daten verkauft."

Fran zuckt mit dem Schultern. „Nach allem, was die Jungs sagen, sollte das auch nie passieren. Ganz sicher können wir uns nicht sein. Es gibt die App in allen möglichen Sprachen. Zwischen der AG und den Länder-LISAs gibt es Subfirmen."

„Aber Gruber ist weder IT-Spezialist noch Finanzmanager", gebe ich zu bedenken.

Fran nickt. „Santendo betreibt übrigens auch sehr erfolgreiche Streamingportale in den USA und in einigen asiatischen Ländern. Megatrash, aber es funktioniert. Dafür sind punktgenau angepasste Werbeprofile natürlich ganz viel wert. Bei Frauen über fünfzig ist ihr Portal mit Kitsch-Filmen und -Serien der beliebteste Sender überhaupt."

„Und was unterstellst du uns da, Sohn?" knurrt Vesna.

Er lacht. „In den USA. Aber würde bei uns wohl auch funktionieren. Irgendwer muss doch Trump oder die von der USP wählen."

„Das machen mehr Männer als Frauen", stelle ich klar.

„Frauen sind eben schlauer. Weiß ich doch. Allerdings nicht alle."

„Lenke nicht ab", sagt Vesna. „Mir geht etwas anderes im Kopf herum. Über diese Subfirmen, da kann Gruber vielleicht nicht alleine, aber gemeinsam mit Beck Geld an der AG und dann weiter an der Stiftung vorbeischummeln. So schade, dass ich beim Abendessen nicht dabei war."

„Sie haben mein Menü sehr gelobt."

„Du weißt, was ich meine."

Ich nicke. „Beck will den Ball flach halten. Das mit den Drohungen soll man nicht überbewerten, hat er gesagt. Im Geschäftsleben müsse man so etwas eben aushalten. Und er hat immer wieder davon angefangen, dass Lisa unpolitisch sein sollte. Angeblich, weil es ja ums große heilige Miteinander geht."

„Damit Lisa richtig gut Geld verdienen kann, ist besser, man redet nicht über Politik. So gesehen ist es praktisch, dass Gruber nicht mehr da ist", überlegt Vesna.

„Er hat sich doch ohnehin schon vor Monaten aus der öffentlichen Debatte zurückgezogen", wirft Fran ein.

Sie sieht ihren Sohn an. „Man kann sich nicht darauf verlassen, dass das so bleibt. Wir müssen rauskriegen, wer hinter den Drohungen steckt."

„Das ist doch ziemlich klar, Mam. Die USP, Angerer und seine Freunde. Ich kann mir mal ansehen, wer besonders aktiv war. Im Netz. Und du kannst dann checken, ob welche drunter sind, die schon aufgefallen sind und es nicht bloß beim Hetzen und Schimpfen belassen. Er ist doch ein super Opfer: Millionär, Gutmensch, warnt vor den Rechten, dazu noch etwas neurotisch."

„Und vielleicht auch schwul?", überlegt Vesna.

„Wie kommst du darauf?"

„Vielleicht war mehr zwischen ihm und seinem Assistenten Silvestri."

„Jetzt redest du auch schon in der Vergangenheit, Mam!"

„Ich werde es prüfen. – Was hat er für ein Motiv, Gruber zu ermorden? Eifersucht? Oder doch das Geld?"

„Das passt nicht", werfe ich ein.

Vesna setzt nach: „Mit jedem Tag, den Gruber länger verschwunden bleibt, ist leider wahrscheinlicher: Es war Mord."

„Er kann nicht einmal mehr dem innersten Kreis trauen, hat er den Jungs erzählt", überlegt Fran.

„Ben hat auch gesagt, dass Gruber ziemlich paranoid geklungen hat", widerspreche ich.

Fran grinst. „Den Spruch kennst du sicher: Auch Paranoiker haben Feinde."

„Und was, wenn es so und doch ganz anders war? Wenn ihn die Drohungen immer mehr und mehr an den Abgrund getrieben haben? Wir haben es ja selbst miterlebt in Graz. Er hatte Angst, er ist in Panik davon. Er hat sich eingebildet, jemanden gesehen zu haben."

Vesna sieht mich an. „Du meinst Selbstmord? Habe ich auch schon überlegt, aber: Einer, der von seiner Mission überzeugt ist, bringt sich nicht um. Er will Menschheit retten."

Fran steht auf. „Daran kann man schon verzweifeln."

„Ist auch wieder wahr, Sohn. Besser, wir halten uns an das Realistischere: Sein Tod bedeutet, dass Lisa erbt. Von Testament oder anderen Verwandten habe ich bisher keine Spur gefunden. Dann hat auch Katharina endlich Geld. Man kann die App verkaufen, so gibt es noch mehr Geld. Und auch Beck, der Lover, ist glücklich."

„Gruber opfert sich, um die Familie glücklich zu machen?", frage ich.

„Kann ich mir nicht vorstellen", stellt Vesna fest. „Er hat schon in Graz das Gefühl gehabt, er kann niemandem mehr trauen."

Ich nicke. „Das mit den Drohungen ... es hat so wirr geklungen, aber was, wenn dahinter ein konkreter Plan steckt? Man inszeniert sie, damit er Angst bekommt. Man merkt, wie sensibel er auf die Hasspostings reagiert und legt nach: mit einem richtigen Shitstorm, mit Drohbriefen direkt vor seiner Tür, mit anonymen Telefonanrufen."

Vesna nickt. „Und dann noch die durchstochenen Polster. Jetzt hat er auch um seine Nichte Lisa Angst. Die kriegt selbst nichts mit. Aber ich frage mich ... was, wenn es Katharina Föhrenburg selbst war, die Polster platziert hat?"

„Sie wollte ihren Schwager in den Selbstmord treiben? Ich weiß nicht, Mam ..."

„Vielleicht wollte sie gemeinsam mit Beck bloß, dass er Angst hat und verkauft. Aber dann ist er ins Ruder gelaufen."

„Es aus dem Ruder", korrigiere ich.

„Du hättest Lehrerin werden sollen", kontert Vesna. „Er ist nicht weg vom Ruder, sondern hat voll eines damit drüber gekriegt."

Fran schüttelt den Kopf. „Und warum hat er dir dann zehntausend Euro gegeben?"

Ich überlege. „Vielleicht stimmt es, dass der Plan aus dem Ruder gelaufen ist, aber anders: Er will trotz Angst, vielleicht auch Paranoia, nicht aufgeben, nicht verkaufen. Spätestens seit Katharina Föhrenburg von uns erfahren hat, dass wir ihn in Graz getroffen haben, ist ihr das klar. Sie muss handeln. Bevor auffliegt, dass sie hinter den Drohungen steckt."

„Ist bloß eine These", murmelt Vesna. „Aber keine schlechte."

„Dann sind wir mit schuld, dass er ..."

„Quatsch, er wollte, dass wir etwas unternehmen. Und wenn er nichts konkret sagt, wir können nichts dafür. Der engste Kreis

… Fragt sich, ob Beck dabei war. – Jedenfalls haben wir eine Idee. Wir werden sie überprüfen. Und wir werden den zeitlichen Ablauf der Drohungen klären. War alles gleichzeitig oder hat es Stufen gegeben?"
„Mam, ich muss leider weg."
„Klingt logisch, oder? Was sagst du?"
„Ich versteh unter Logik etwas anderes."
„Rechnen können ist zu wenig. Es geht immer auch um Gefühl."
Warum nur fällt mir jetzt Alexander Silvestri ein? „Man sollte mit der Nanny reden", sage ich.

„Ich werde zu ELENA gehen und mir eine Bluse kaufen", sagt Vesna, nachdem wir uns von Fran verabschiedet haben.
„Du bist als meine Praktikantin aufgetreten. Katharina Föhrenburg war von deinen Fragen ziemlich genervt."
„Du hast mich zur Praktikantin abgestuft. Das hast du jetzt …"
„Gekränktes Ego."
„Geht es noch? Wenn du glaubst, dass ich deswegen schon …"
„Ich habe nicht dich gemeint. Die Nanny. Du kannst dich erinnern, sie hat immer wieder betont, dass sie Kreativ-Coach ist. Katharina war das egal. Sie hat sie wie eine Angestellte behandelt, nicht wie eine Freundin."
„Da kann man ansetzen."
Ich nicke. „Aber das mit der Bluse mache besser ich."
„Als Chef-Journalistin", spottet Vesna.
„Als Frau des Wirtschaftsanwalts. Das passt eher."
„Dir ist klar, dass ich als Frau von ehemaligem Autohändler und jetzigem Rockstar mindestens so passe?"
Ich lache. „Es ist einfach nicht dein Stil."
„Ich verdiene mehr Geld als du."
„Viel mehr, um genau zu sein."
„Außerdem: Seit wann brauchen wir unsere Männer, wenn es um Einkauf geht?"

Ich grinse. „In einer Boutique wie ELENA kaufen ‚Gattinnen' ein. Die definieren sich über ihre Ehemänner."

„Wenn du für kleinste Aktion jetzt immer große Gesellschaftsanalyse machst, ist Lisa achtzehn, bis wir wissen, wo ihr Onkel geblieben ist. Ich habe sowieso zu viel anderes zu tun. Du bist als ‚Gattin' zufällig vorbeigekommen bei der Boutique. Wenn alles gut geht, ihr redet ein bisschen. Und du fragst sie, wo die durchstochenen Polster sind. Und wann erste aufgetaucht sind. Wenn sie damit zu tun hat: vielleicht gar nicht schlecht, du schreckst sie auf."

[14.]

Die Boutique ELENA gehört zu den wenigen alteingesessenen Läden, die sich in der Wiener Nobelmeile gehalten haben. Einrichtung aus gediegenem dunklem Holz, in jedem der Regalfächer liegen nur ein, zwei Blusen. Daneben dezente Kleiderstangen. Auch hier wird die edle Ware mit viel Platz präsentiert. Es geht um Klasse, nicht um Masse. Die Theke mit der Kassa ist abseits im hinteren Bereich, in einer Ecke zwei elegante Sessel. Sie sind von Asiaten belegt, beide sehen geduldig geradeaus. Wie bereits zu den Ahnen abgetaucht.

Die Kundinnen haben Geld. Das sieht man an ihrer Kleidung, ihren Taschen, ihren Schuhen. Ein bisschen zu viele zu große Nobel-Logos. Zumindest nach unseren tradierten Vorstellungen. Die wirklich Eleganten sind die Verkäuferinnen: schlanke Gestalten in perfekt fallenden Blusen, dezent geschminkt, halbhohe glänzende Schuhe. Ich sehe Katharina Föhrenburg zwischen den Rücken zweier korpulenter Frauen, die immer wieder neue Kleidungsstücke aus den Fächern holen und sie dann auf dem Glastisch in der Mitte liegen lassen.

Ich betrachte einige Seidenblusen. Keine unter sechshundert Euro. Das hier ist weder Vesnas noch mein Laden. Es gibt eine Schmerzgrenze, selbst wenn Gatte Wirtschaftsanwalt oder Gatte Autohändler zahlen würde. Aber deswegen bin ich auch nicht hier. Ich ziehe die Bluse mit den orangen Ornamenten etwas näher zu mir. Sie hat wenigstens kräftige Farben. Seit ich gelesen habe, dass es für Frauen über fünfzig „kleidsamer" sei, dezente

Farbtöne zu wählen, weil so auch Fältchen weniger betont werden, habe ich ein Faible für bunt entwickelt. Ich habe keine Lust, mich unsichtbar zu machen.

Nützt mir hier allerdings wenig. Ich werde von drei Kundinnen überrannt. Sie haben zwar um etliche Kilo weniger, sind um etliches kleiner als ich, aber durchsetzungsstark. Die eine greift an mir vorbei nach einer Bluse mit rosa Röschen. Die andere steht nach einem geschickten Seitwärtsmanöver vor mir und blättert die Seidenblusen so schnell durch, als würde sie online shoppen. Dann wirft sie der dritten eine smaragdgrüne Rüschenbluse zu. Wären sie größer, ich würde sie für Teil einer Basketball-Truppe halten. Die dezente klassische Musik – ich muss Katharina Föhrenburg fragen, ob es nicht unter Folter fällt, immer wieder die „Vier Jahreszeiten" von Vivaldi hören zu müssen – übertönen sie locker. Ob für Asiatinnen europäische Sprachen auch so ununterscheidbar klingen? Durch den Eingang kommt der Rest der Frauschaft. Zehn, zwölf sind es sicher. Ich verstehe, warum Katharina Föhrenburg hier nicht alt werden möchte. Ihre beiden dicklichen Damen sind harmlos im Verhältnis zu dem, was das fernöstliche Geschwader innerhalb kürzester Zeit anrichtet. Als gäbe es hier etwas gratis, wird alles in Windeseile durchwühlt und neu verteilt. Irgendwohin. Nur die beiden Männer sitzen weiter stoisch auf ihren Stühlen. So, als hätten sie mit dem Schwarm nichts zu tun. Haben sie vielleicht auch nicht.

Die beiden Verkäuferinnen sind es gewohnt, die Contenance zu wahren. Sie lächeln, wenn auch nicht sehr herzlich. Sie halten sich abseits. Niemand beachtet sie.

Ich drücke mich an zwei in Chanel gekleideten Frauen vorbei, gebe einer dritten einen dezenten Rempler und kann mich so Richtung Kassabereich absetzen. Katharina Föhrenburg hat ihre beiden Kundinnen gerade abgefertigt. Jede hält eine der Luxustragetaschen. Russinnen? Sie sind vor dem Ukrainekrieg in Wien deutlich häufiger gewesen, vor allem die mit zu viel Geld.

Sie gurgeln etwas als Antwort auf das gepflegte Englisch ihrer Verkäuferin. Es könnten auch Amerikanerinnen sein, ich tippe auf Südstaaten. Ob sie sich daheim Santendo-Trash reinziehen?

Katharina Föhrenburg wirkt nicht eben begeistert, mich zu sehen.

„Ich bin zufällig vorbeigekommen ..."

„Sie sehen ja, was bei uns los ist!"

„Ich suche eine Bluse, eine bunte. Und knitterfrei. Mein Mann bügelt nicht gerne."

Sie runzelt die Stirn und überlegt, wie ich das gemeint haben könnte. Läden wie dieser bringen mich einfach auf solche Ideen.

„Knitterfrei haben wir nicht."

„Schade. Geht es Ihnen gut?"

Sie deutet auf den belebten Teil des Ladens.

„Werden die etwas kaufen?"

Ein schmales Lächeln. „Jede Menge. Kennen Sie Staren-Schwärme? Die fallen ein, machen Radau, am Ende ist die Hälfte gegessen und die andere Hälfte liegt am Boden."

„Kein Platz, wo man ewig arbeiten möchte."

„Hören Sie, Frau Valensky: Ich weiß inzwischen, dass Ihre Begleitung keine Praktikantin war, sondern eine Art illegale Privatdetektivin, mit der Sie immer wieder zusammenarbeiten. Ich habe keinen Grund, mich aushorchen zu lassen."

„Ich arbeite wirklich an einer Reportage über die App ‚LISA wünscht ALLES GUTE'. Vesna Krajner ist meine Freundin. Ihr Schwager hat sie um Hilfe gebeten. – Ich dachte mir, Sie fragen mich, ob wir Peter Gruber gefunden haben. Ob es Neuigkeiten gibt ..."

„Gibt es? – Ich muss nach vorne, um meine Kolleginnen zu unterstützen."

„Ich nehme an, Sie wissen von den Verkaufsverhandlungen. Über die Ihr Schwager nicht eben glücklich war. Sie betreffen ja auch Ihre Tochter und damit Sie."

Katharina Föhrenburg sieht von mir hektisch zu einer Kleiderpuppe. Zwei Kundinnen ziehen ihr gerade die Bluse aus. „Das mit Einklang ist doch Schnee von gestern."

Welcher Einklang? „Ist es?"

„Peter war ziemlich sauer auf Silvestri, als er gemerkt hat, was das für ein Unternehmen ist. Er hasst alles mit Esoterik-Touch. Auch wenn es mehr zwischen Himmel und Erde gibt, als er weiß. Einklang hat offenbar Riesengewinne gemacht und will investieren. Aber einer der Finanziers hat Kontakte zur USP, da ist mein Schwager natürlich wieder einmal ausgezuckt."

„Jetzt wird mit Santendo verhandelt."

„Was? Keine Ahnung. Aber ich erfahre ja auch nichts. – Sind das die mit den Glückwunschkarten?"

Ich nicke.

„Wäre ... nicht so schlecht."

„Dann hätten wohl auch die Drohungen ein Ende, nicht wahr?"

„Hoffentlich. Aber neue gibt es ohnehin nicht mehr. Seit Peter verschwunden ist. – Ich muss jetzt. Die ersten raffen schon Blusen zusammen, dann stürmen sie an die Kassa."

„Apropos: Haben Sie noch welche von den Drohbriefen? Durchstochene Polster? Wissen Sie, wann sie aufgetaucht sind?"

„Sie glauben, ich sammle das?" Unvermittelt startet sie los, Richtung Schaufenster. Eine Asiatin in Pink steht in der Auslage und zieht an einer drapierten Bluse. „Nein!! No!! Come out of here!"

Die zierliche Frau sieht sie erstaunt an, nimmt die Bluse in aller Ruhe von der Säule und klettert aus der Auslage. „I take it! Just moment!" Damit taucht sie wieder unter im Schwarm.

„Sie haben es nicht leicht", lächle ich. „Hat die Polizei das Beweismaterial?"

„Die werden Ihrer Freundin nichts geben. Außerdem: Was soll die Fragerei? Wenn sie auf die Idee kommt, mich zu verdächtigen, dann kann ich nur sagen: Ich bin nicht wehrlos!"

„Ihr Schwager wollte, dass wir recherchieren. Eines ist klar: Es ist nicht einfach für einen Außenstehenden, die Drohbriefe und Polster so nah bei Peter Gruber und Ihrer Tochter zu platzieren."

„Das ist Sache der Polizei. Und übrigens: Als das mit den Polstern losging, war ich hier. In der Arbeit."

Ich sehe Katharina Föhrenburg an. Sie kannte den Weg, den Lisa in Begleitung von Bea nehmen würde. „Die durchstochenen Polster kamen also nach den Drohbriefen und den anonymen Anrufen?"

„Das wurde einfach alles immer ärger. Bis es dann ganz arg war. Glauben Sie wirklich, ich würde mein eigenes Kind zu Tode erschrecken wollen?"

„Es war Ihre Freundin Bea, die die Polster gefunden hat."

„Und wie hätte ich das steuern können? Ich war hier!"

Klingt plausibel. Ich sehe mich um. Das Einkaufsgeschwader hat sich in Grüppchen verteilt, einige haben sich Beuteblusen übergeworfen, man posiert, beäugt, bewundert, bespricht.

„Könnte Beck damit zu tun haben?", mache ich weiter.

„Woher soll ich das wissen?"

„Weil Sie ein Verhältnis mit ihm haben?"

„Davon weiß doch keiner!"

„Offenbar doch."

„Außerdem ist es Unsinn. Was für ein Idiot! Ist doch alles längst vorbei! Hätte er gerne, damit er noch mehr Einfluss hat! Wir sind nicht mehr zusammen, es war ein Ausrutscher, that's it."

„Hat er einen Schlüssel zur Wohnung?"

„Nein! Nie gehabt! Das war bloß eine dumme Entgleisung, wehe, wenn Sie davon etwas in die Öffentlichkeit bringen!"

Ich sehe, wie die ersten Asiatinnen, blusenbehangen, Richtung Kassa streben.

„Falls Ihr Schwager nicht mehr auftaucht: dann würde Lisa erben."

„Und wann? Alles Schwachsinn!"

Vesna ist zufrieden mit mir. Egal, worüber wir im Detail geredet haben: Wir haben Katharina Föhrenburg aufgeschreckt.

Wir stehen in einer winzigen Bar zwei Seitengassen weiter. Ausnahmsweise trinkt sie ein Glas Prosecco mit mir. Viel mehr

Auswahl gibt es auch nicht. Es sei denn, man möchte Aperol-Spritz. Aber da sind wir uns einig wie selten: Wir mögen ihn nicht. Zu süß.

„Sie muss sich mit Beck treffen. So schnell wie möglich. Sie muss ihm erzählen, dass wir nicht lockerlassen", überlegt Vesna.

„Du meinst, sie stecken tatsächlich hinter den Drohungen?"

„Klar ist, Beck will, dass Gruber verkauft. Die ersten Hasspostings waren von USP-Leuten. Aber dann? Fran schaut nach, wie der Shitstorm ins Rollen gekommen ist. Dann die anonymen Briefe ganz nah bei ihm, die Anrufe. Und dann auch noch die Polster. Was hat sie gesagt? Es ist immer ärger geworden."

Ich nicke. „Aber was, wenn die Beziehung längst vorbei ist?"

„Ändert nichts. Was wir jetzt brauchen würden, ist ein Team, das sie rund um die Uhr beschattet. Wenn sie wissen, wo Gruber ist, sie könnten uns hinführen. Ist natürlich nur eine Möglichkeit, aber man muss allem nachgehen."

„Mich kennt sie."

„Du bist auch nicht gut in so etwas."

„Ach, zum Ausfragen reicht es."

„Zum Aufschrecken. Da brauchst du bloß erzählen, das kannst du gut."

„Eine sprechende Vogelscheuche."

„Sei nicht eingeschnappt. Alle sind inzwischen so schnell beleidigt. Ich werde mich verkleiden. So, dass ich anders aussehe als die angebliche Praktikantin. – Von wem hat sie es, dass ich Privatdetektivin bin? Wohl von Beck."

„Der weiß es nicht."

„Dem hast du vielleicht nichts gesagt, das ist ein Unterschied. – Jana wird mir helfen. Sie schuldet Hans eine Menge. Er hat nichts verlangt für die Clubbing-Location."

„Das muss sie jetzt bei dir abarbeiten?"

„Das ist Familie!"

„So wie bei Gruber, Lisa und Co? Was kommt als Nächstes? Wirst du deine Enkeltochter Lilli einteilen, damit sie Lisa aushorcht?"

„Gar keine schlechte Idee", erwidert Vesna ungerührt. „Leider sie ist noch ein bisschen klein und gibt Gespräch noch schlechter wieder als du. Sandkastenverhöre. Nicht übel."

„Vesna!"

„Ich spüre, da ist etwas. Die Föhrenburg hat gelogen. Sie hat noch ein Verhältnis mit Beck. Und wenn nicht, auch egal. Jedenfalls: Sie profitiert, wenn Gruber wegbleibt. Und Beck profitiert auch."

„Weißt du, was sie geantwortet hat, als ich so etwas Ähnliches zu ihr gesagt habe?: ‚Und wann?'"

„Und wann was?"

„Ich habe gemeint, wenn ihr Schwager weg ist, dann würde Lisa wohl erben. Daraufhin sie: ‚Und wann?' – Ich dachte zuerst, sie hat ‚und wenn?' gesagt, aber es war: ‚und wann?' So, als hätte sie sich schon damit beschäftigt, wie lange es dauert, bis Lisa erbt, falls Peter Gruber verschwunden bleibt. Die Frist beträgt zehn Jahre, bis ein Verschollener für tot erklärt werden kann."

„Das ist gut, Mira, richtig gut! Sie müssen dafür sorgen, dass Gruber auftaucht. Um klar zu sagen: seine Leiche. Wir bleiben an ihnen dran und dann haben wir sie. Fast so gut wie in flagranti."

„Falls es so ist, wie du es dir zusammenreimst."

„Du hast bessere Idee?"

„Wir wollten noch mit der Nanny reden. Sie könnte wissen, was zwischen Katharina Föhrenburg und Beck wirklich läuft."

„Das machst du. Besser noch: Du fährst in die ALLES GUTE AG, tust harmlos und schaust, ob sie kommt. In einer Stunde hat sie Dienstschluss im Blusenladen."

„Du parkst mich auf dem Abstellgleis."

„Unsinn. Du hast dich doch so gut verstanden mit dem schönen Silvestri. Schwul hin oder her. Er soll dir mehr erzählen. Über sein Leben. Seinen Partner, so Zeug unter Freundinnen eben. – Kann alles wichtig sein."

[15.]

Ich mache einen Umweg. Wenn ich schnell genug bin, ist Katharina Föhrenburg noch nicht zu Hause. Ich finde eine Festnetznummer und versuche es unter diesem Anschluss. Bea Prokop geht dran. Ich lege auf. Vesna kann mir nicht einfach Aufgaben zuteilen, als wäre ich ihre Mitarbeiterin. – Wie rasch das geht, mit der gekränkten Eitelkeit. Um wie viel mehr muss sich Bea Prokop zurückgesetzt fühlen. Sie war Tierärztin. Jetzt nimmt man sie als Nanny wahr. Mit gesundem Selbstbewusstsein kein Problem. Und mit Menschen, die einen unabhängig von der gesellschaftlichen Position mögen. Hat sie solche Freundinnen?

Jedenfalls hat sie kein Problem, ein wenig mit mir zu plaudern. Ich bin so empathisch wie möglich, rede von ihrem Mut, einem so angesehenen Job den Rücken zu kehren, um der eigenen Berufung nachzugehen und die Kreativität von Kindern zu fördern. Das ist dick aufgetragen, aber schon bald habe ich den Eindruck, dass sie die Chance mit Freuden nutzt, um das eine oder andere loszuwerden. Einfühlungsvermögen ist eben ein guter Türöffner.

Wir sitzen im kleinen Wohnzimmer mit den zu großen Sofas. „Wenn Katharina nicht so gut auf ihren Schwager zu sprechen war, dann ist das nachvollziehbar." Sie nimmt noch einen Schluck Rosé. Sie hat ihn aus der Küche geholt. Vielleicht sind die beiden doch beste Freundinnen, wenn sie sogar die Weinvorräte miteinander teilen.

Ich nicke. „Er war … er ist schon … speziell …"

„Er hat sehr viel Gutes getan, aber … man kann doch nicht eine große Bewegung verteufeln und damit auch alle Leute, die glauben, dass es so nicht mehr weitergehen kann. Das ist ziemlich überheblich."

Ich nicke. Wie weit darf man Empathie treiben? „Ich hatte den Eindruck, Katharina ging es eher um das Geld, das mit der App verdient wird. Sie findet es ungerecht, dass alles für wohltätige Zwecke ausgegeben werden soll."

„Das muss man verstehen. Er hat Millionen und sie lebt in dieser Genossenschaftswohnung."

„Man könnte natürlich sagen, sie ist bloß seine Schwägerin."

„Richtig. Aber Lisa ist seine einzige Verwandte und angeblich liebt er sie so. Das passt nicht zusammen, das hat Kathi öfter mal gesagt."

„Sie bekommt zu ihrem achtzehnten Geburtstag viel Geld."

„Wissen wir, was in mehr als einem Jahrzehnt ist?"

„Wie steht eigentlich Lisa zu ihrem Onkel?"

„Sie ist stolz, dass sie dieses Männchen gezeichnet hat. Kathi hat erst vor kurzem zu ihr gesagt, ohne sie würden Millionen Menschen keine guten Wünsche verschicken können."

„Und was hat Lisa gesagt?"

„Sie hat gefragt: Wie viel ist eine Million? Kinder … Man möchte noch einmal so unschuldig sein wie sie."

„Hat Lisa etwas von den Drohungen mitbekommen?"

„Wir haben unser Bestes gegeben, dass das nicht so ist. Aber die angespannte Stimmung fühlt sie natürlich."

„Sie haben durchstochene Lisa-Polster am Weg zum Kindergarten gefunden. Wann? Wie war das genau?"

„Wann? In den letzten Wochen. Es war schaurig. Ich habe den Polster schnell in einer großen Tasche versteckt, ich habe immer Falttaschen mit, für alle Fälle."

„Den Polster? Ich dachte, es waren mehrere."

„Ja. Spielt das eine Rolle?"

„Keine Ahnung, ich will bloss genau sein. Wie viele waren es? Sie könnten uns zu denen führen, die Peter Gruber Angst gemacht haben. Oder die sogar mit seinem Verschwinden zu tun haben."

Bea Prokop nickt langsam. „Natürlich. Es waren drei. Nein. Vier. Ich habe noch einen im Schrank. Ich habe ihn vergessen, ich habe ihn vor Lisa versteckt, als sie ins Zimmer gekommen ist."

„Könnte ich ihn mitnehmen? – Die anderen sind bei der Polizei?"

„Ja, aber sie haben sich nicht sehr darum gekümmert." Bea Prokop sieht mich an, sieht dann zur Tür. Scheint zu überlegen. Was gibt es da nachzudenken? Hat auch sie inzwischen den Verdacht, ihre liebe Freundin Kathi könnte die Polster platziert haben? „Lisa spielt in ihrem Zimmer. Man weiss nie so genau, wann ihr langweilig wird. Ich suche den Polster lieber heraus, wenn sie nicht da ist."

Ich nicke. „Das wäre nett. Bitte: Greifen Sie ihn nur mit Handschuhen an und geben Sie ihn in einen sauberen Plastiksack. Am besten in einen ungebrauchten." Vesna wird mich loben.

„Klar. Wegen der Spuren."

„Was ist eigentlich mit den Hasspostings im Internet? Haben Sie mit Kathi darüber geredet?"

„Die sollte man nicht zu ernst nehmen, hat sie gesagt. Und ich will so etwas gar nicht lesen. Es ist jedenfalls Unsinn, das alles den Sozialpatrioten in die Schuhe zu schieben. Es gibt genug Leute, die so sind. Leider."

„Christof Beck, der Geschäftsführer, sieht das ähnlich. Er und ihre Freundin Kathi ... da läuft etwas, oder? Er hat durchklingen lassen, dass ..."

„Also um Derartiges kümmere ich mich nicht."

„Sie sind Ihre Freundin."

„Und wenn: Darüber rede ich nicht."

„Das akzeptiere ich natürlich. Sehr ehrenwert. Ich dachte nur ... er könnte einen Schlüssel haben oder gehabt haben. Man fragt sich, wer die Drohbriefe direkt vor der Wohnungstür platziert hat. Und einer der durchstochenen Polster soll ja sogar in der Wohnung gelegen sein. Oder waren das doch radikalisierte Anhänger im Umfeld der Sozialpatrioten?"

„Die sind nicht an allem schuld. Kann schon sein, dass er einen Schlüssel gehabt hat. Jedenfalls: Im Netz ist fast alles möglich. Alles manipuliert."

„Hat man Sie nie dazu befragt?"

Jetzt sieht sie mich schon weniger freundlich an. „Nein. Warum auch? Was habe ich damit zu tun?"

„Nun ... ein gewisses Naheverhältnis gibt es ja ... Das könnten Ermittler falsch verstehen ..."

„So ein Unsinn! Richten Sie das Ihrer Freundin aus: Ich habe einmal bei der ‚Union Wiener Leben' gesungen, ich habe gar nicht gewusst, dass die mit den Sozialpatrioten zu tun haben. Und ich kann Ihnen versichern, dort waren keine Hetzer, sondern Kulturinteressierte. Wenn Sie schon nach Verdächtigen suchen ..." Sie bricht ab. „Apropos singen: Ich sollte mich um Lisa kümmern. Wir studieren gerade ein Lied ein."

„‚Ein Männchen steht im Walde'?"

„Wie kommen Sie denn darauf?"

„Zwecks Männchen – oder Figur."

„‚Das Wandern ist des Müllers Lust'. Von Schubert."

„‚Wenn Sie schon nach Verdächtigen suchen' ... Was wollten Sie sagen?"

„Man macht sich schon selbst verrückt ..."

„Sie sind kreativ, eine Frau, die viel mitbekommt: Sie könnten Zusammenhänge herstellen, die wir übersehen."

Bea Prokop ziert sich noch etwas. Eine gute Schauspielerin wäre sie nie geworden. Es ist offensichtlich, dass sie etwas loswerden will. „Ich habe nichts gegen Schwule, wirklich nicht", setzt sie dann an.

Ich nicke auffordernd.

„Wenn wir schon von Naheverhältnis reden, dann sollte man eher bei Alexander Silvestri nachsehen. Ich bin mir nicht sicher, wie eng die Beziehung zwischen Peter und seinem Assistenten wirklich war. Das alte Sekretärinnen-Modell, quasi andersrum, aber trotzdem dasselbe Muster. Übrigens: Der hatte einen Schlüssel, soviel ich weiß."

„Um die Blumen zu gießen?"

„Wir haben hier keine Blumen. Leider ist Kathi allergisch."

Schlüssel. Wohnung. Wohnungen. Ich bin bisher davon ausgegangen, dass der eine Polster in Grubers Wohnung gefunden worden ist. „Man hat den Polster hier abgelegt?"

„Wo sonst?"

„Na bei Gruber."

„Nein. Das hat ihn doppelt nervös gemacht, dass die Täter so nahe an seine Lisa rankamen."

„Warum hatte Silvestri einen Schlüssel zu dieser Wohnung?"

„Das habe ich nicht gesagt. Er hat einen Schlüssel zu Grubers Wohnung. Sie bringen mich ganz durcheinander. Ich muss zu Lisa, bevor Kathi …"

„Nur eines noch: Kann es sein, dass Silvestri auch einen Schlüssel für diese Wohnung hatte?"

„Keine Ahnung. Gut möglich. Die sind doch nicht schwer nachzumachen, oder? Und Peter Gruber hatte natürlich einen."

„Gibt es einen konkreten Grund, warum Sie Silvestri verdächtigen?"

„Ich hätte gar nicht davon anfangen sollen. Es ist nur, weil alle immer auf den Sozialpatrioten herumhacken. Dabei gibt's in unserem Land doch Meinungsfreiheit, oder? – Ich meine, es könnte der Klassiker sein: Von Gruber bis zu Ihnen beschäftigen sich alle mit politischer Verschwörung bis hin zu einem neuen Weltkrieg und in Wirklichkeit geht es um Liebe. Oder Hass. Oder beides …"

[16.]

Ich weiß, dass die ALLES GUTE AG in einem der schicken Bürotürme an der Donau untergebracht ist. Während Gruber findet, dass für Lisa und ihre Mutter eine Genossenschaftswohnung reicht, hat er seiner virtuellen LISA offensichtlich mehr gegönnt. Ich fahre in den achtunddreißigsten Stock und läute an der strahlend weißen Metalltür. Ein großes Schild mit dem Logo von „LISA wünscht ALLES GUTE": nette Strichfigur plus Schriftzug. Hier bin ich richtig.

Ein Summen, die Tür geht auf. Großzügiger Eingangsbereich, heller Holzboden, weiße Empfangstheke. Gerahmte Kleinkinder-Zeichnungen an der Wand. Wohl Lisas Werke. Verlassener Schreibtisch. Große Fenster mit einem atemberaubenden Blick über Wien, bis hin zum Kahlenberg. Ich mache einige Schritte. Ich nehme an, es gibt vor der Tür eine Kamera, also wird man wissen, wer ich bin.

„Hallo?", rufe ich. Wäre vielleicht doch besser gewesen, ich hätte vorher angerufen. Schritte. Ich stoppe. Lausche.

„Frau Valensky!" Alexander Silvestri wirkt erfreut. Und ein wenig überrascht. Aber das kann ihm niemand verübeln.

„Ich war gerade in der Gegend." Erst als ich es sage, merke ich, wie dumm das klingt. Hier ist niemand gerade in der Gegend. Wer hier ist, hat etwas zu tun. Etwas Konkretes. „Ich bin mit der U-Bahn unterwegs gewesen und habe spontan beschlossen auszusteigen. Ich wollte den Sitz der AG kennenlernen. Aber wenn ich störe …"

„Sie stören gar nicht! Die anderen sind leider schon weg."
„Auch Beck?"
„Ja. Der bleibt üblicherweise länger, aber heute hat er eher Schluss gemacht. – Ich zeige Ihnen die Räume, okay? Es ist schön hier. Wenn man Höhe und Ausblick mag."
Weiße Möbel, heller Boden, die üblichen Computermonitore, eine kleine Teeküche, ein Gemeinschaftsbüro, drei durch Glas und Holzregale abgetrennte Räume und überall imposante Fensterflächen. Trotzdem: Nach Quadratmetern bemessen, würde man nicht auf die Idee kommen, dass diese AG Millionen umsetzt. Auch wenn Büroräume hier sicher nicht billig sind.

„Peter Gruber hat seiner LISA etwas gegönnt", sage ich, als wir im Bereich von Silvestri sind.

Er lacht. „Wenn es nach ihm gegangen wäre, würden wir noch immer im Tiefparterre logieren. Wir haben in ein paar Räumen des Hauses begonnen, in dem Beck seine Steuerberatungskanzlei hatte. Mit so gut wie keinem Tageslicht. Erst als LISA so richtig ins Verdienen gekommen ist, konnten wir uns durchsetzen. LISA braucht einen ordentlichen Rahmen. Abgesehen davon sind wir ohnehin nur sieben fixe Angestellte."

Ich nicke. „Das meiste ist ausgelagert."

„Ja. Einerseits ein Glück, andererseits macht es manches kompliziert ... Hat sich der Typ von Santendo eigentlich schon gemeldet?"

Ich schüttle den Kopf.

„Die E-Mail-Adresse war korrekt, da bin ich mir sicher."

„Santendo hat vielleicht keine Lust, mit einer Journalistin zu reden. Kommt vor. – Was ist übrigens mit Einklang?"

„Womit?"

„Einklang. Ein Unternehmen, das offenbar auch Interesse hat."

„Ja, aber wir nicht." Silvestri steht unschlüssig im Raum, macht ein paar Schritte Richtung Schreibtisch, stoppt dann wieder.

„Es war angeblich Ihr Favorit."

Silvestri seufzt. „Ein deutsches Unternehmen, das sich aus irgendeinem Grund an mich und nicht an Beck gewandt hat. Es gab bloß Vorgespräche. Sie wollten LISA nicht kaufen, sondern eine strategische Partnerschaft. Sie wollten investieren. Das hat mir gefallen. Ich habe mich blenden lassen. Aufs Erste hat es gut ausgesehen."

„Und dann?"

„Peter war wütend. Ich hatte gerade sehr viel zu tun, es war knapp nach der missglückten Talkshow. Ein Super-GAU für jemanden, der die Öffentlichkeit bei Laune halten soll. Peter Gruber hat herausgefunden, dass Einklang seine Millionen unter anderem mit Glücksspielen gemacht hat."

„Illegales Glückspiel?"

Er lächelt. „Legal. Oder zumindest in der Grauzone. Kein Glücksspiel im klassischen Sinn. Sondern diese Rundbriefe, natürlich übers Internet, bei denen man Menschen etwas wünscht und die müssen dann mehr Menschen etwas wünschen und wenn man die Kette unterbricht, passiert ein Unglück. Exakt das, worauf Peter allergisch ist. Gerade weil es zu Beginn Leute gegeben hat, die angenommen haben, unsere LISA sei etwas Ähnliches. Einklang hat damit Geschäft gemacht. Vor allem aber mit der passenden Werbung für Leichtgläubigen-Produkte aller Art, dazu Datenverkauf, dazu Möglichkeiten, durch Spenden das Glück zu vergrößern. Aber das Schlimmste war: Es hat sich herausgestellt, dass einer der Teilhaber gleichzeitig ein großer Finanzier der deutschen Sozialpatrioten ist."

Ich runzle die Stirn. „Es wäre ihm egal gewesen, dass Peter Gruber die USP kritisiert hat?"

„Sieht so aus. Er hatte offenbar nicht den Eindruck, dass es schadet. Oder er hätte sogar darüber gelacht, dass sich die naiven Typen von ‚LISA wünscht ALLES GUTE' mit Einklang zusammentun."

„Also gibt es keinerlei Kontakt mehr zu ihnen?"

„Nein! Natürlich nicht! Es wäre nie so weit gekommen, wenn ich mir zumindest ihren Verlag genauer angesehen hätte: Geschwurbel von Kosmos und geheimen Kräften des Universums. Viel Mutter Natur und Mutter Erde und damit begründet neureaktionäre Geschlechterrollen. Nach dem Motto: Die ureigenste und vornehmste Aufgabe der Frau ist es, Kinder zu gebären und großzuziehen. Das mache sie wissend und mächtig. Während Männer bloß dazu da sind, die Welt am Laufen zu halten und ihr Territorium und ihre Liebsten zu verteidigen. Es klingt nach Familienerhalt und ist doch xenophob, knapp am Rassenhass. Das Zeug verkauft sich millionenfach."

„USP und Rassismus, leider klar. Aber USP und Eso?"

„Natürlich. Passt doch. Seit der Pandemie ist die Schnittmenge noch größer geworden. Man zimmert sich aus Mythen und Gefühl die passende neue Wirklichkeit, eine Schwester der ‚anderen Wahrheit': also Lüge. So viele Leute sind verunsichert. Sie suchen sich welche, denen sie glauben wollen. Unmöglich, ihnen mit Vernunft zu kommen: Wie willst du gegen Glauben argumentieren?" Er holt tief Luft. „Sorry. Ich … weiß ja nicht, wie Sie eingestellt sind. Ich wollte nur klarmachen, dass ich auf mich noch viel wütender war, als es Peter gewesen ist. – Darf ich Ihnen einen Kaffee machen? Wir haben eine richtig gute Siebträgermaschine. Kleine Leidenschaften hatte sogar er."

Unsere Blicke treffen sich.

„Hat", setzt Silvestri erschrocken nach. „Ich bin überzeugt, dass er zurückkommt."

„Warum hier?", frage ich, nachdem er reichlich umständlich zwei Tassen Espresso fabriziert hat. Sie duften allerdings fantastisch.

„Weil ich es fühle. Weil man positiv bleiben muss, sonst wird man verrückt."

„Ich habe gemeint: Warum steht seine Kaffeemaschine jetzt in Ihrem Zimmer?"

„Sie sind eine genaue Beobachterin." Er nimmt einen vorsichtigen Schluck. „Ich mag ihn so."

Heiß und sehr stark und genau mit dem richtigen Aroma zwischen würzig nussigem Rauch und dunkler Schokolade. Nicht zu viel Säure. Ich nicke. Und warte.

„Ich habe die Maschine rübergeholt, er war immer seltener im Büro. Er wollte es so. Wir teilen die Leidenschaft für guten Kaffee. Er hat gemeint, es schade ihr, wenn sie nicht in Betrieb sei." Er lächelt verhalten. „Beck hat gespottet, jetzt werde ich vom Assistenten endgültig zur Sekretärin. Weil ich Peter, wenn er dann doch noch da war, natürlich Kaffee gebracht habe."

„Gibt es ... noch andere Leidenschaften, die Sie verbinden?"

Silvestri lacht auf. „Sie meinen, wir haben doch etwas miteinander? Wann endlich werden selbst die Klügsten begreifen, dass Schwule nicht automatisch in jedem Mann einen Sexualpartner sehen? Was wäre, wenn man Ihnen unterstellen würde, dass jede Ihrer Begegnungen mit einem Mann auf Sex ausgerichtet ist?"

Ich nehme noch einen Schluck.

„Sorry", sagt Silvestri. „Da überreagiere ich gerne. Nein. So etwas stand nie zur Debatte. Er war hetero. Sehr hetero. Und ich lebe seit sechzehn Jahren in einer glücklichen fixen Partnerschaft."

Ich nicke. „Er ... hatte nach seiner verstorbenen Frau andere Beziehungen?"

„Keine Ahnung. Das mit seiner Frau hat ihn sehr getroffen. Es muss fürchterlich sein, wenn ein geliebter Mensch so früh an Krebs stirbt. Wir haben uns erst danach kennengelernt. Mir ... ich hatte das Gefühl, außer seiner Nichte hatte er nicht viel Privatleben. Er hat sich auf anderes fokussiert."

„Und Katharina Föhrenburg? Sie ist attraktiv. Wäre nicht zum ersten Mal, dass sich ein Mann zuerst in die eine und dann in die andere Schwester verliebt."

Silvestri sieht aus dem hohen Fenster über die Donau. „Ich will nichts Böses über sie sagen, ich sage nur, was Peter ein paar Mal gesagt hat: Sie hat nicht das Niveau von Julia. Er hat sie für oberflächlich und verzogen gehalten. Sie war um einige Jahre jünger und ist immer davon ausgegangen, dass ihr alles zufliegen muss."

„Was dann aber offenbar nicht so war. Sie hat mir erzählt, dass sie einen viel älteren Hochstapler geheiratet hat."

Silvestri wiegt den Kopf. „Wie das genau gelaufen ist, weiß wohl niemand. Da hatte sie sicher Pech."

„Sie meinen, Katharina könnte an seiner Hochstapelei beteiligt gewesen sein?"

„Ich weiß es wirklich nicht. Es gab wohl mal polizeiliche Erhebungen, aber es kann auch gut sein, dass sie sich die Welt einfach schönreden wollte. Einen älteren angeblich Adeligen als Mann, eine Villa, all so etwas."

„Sie meint, dass sie sich mehr verdient hätte."

„Tja. Nicht unser Bier. Die AG zahlt Lisas Nanny und die Hälfte der Wohnungskosten. Es hat schon einen Grund, warum Peter die Stiftung so gestaltet hat, dass nur Lisa auf das Geld zugreifen kann. Wenn sie volljährig ist."

„Klingt, als wären Sie nicht besonders gut auf Katharina Föhrenburg zu sprechen."

Silvestri lächelt. „Ich weiß nicht, warum ich Ihnen das alles erzähle. Ich mag die Kleine. Lisa."

„Kann es sein, dass Beck heute früher gegangen ist, weil er zu Katharina wollte?"

„Keine Ahnung. Nein, warum?"

„Sie haben ein Verhältnis."

Silvestri blickt auf die Uhr. Er wirkt genervt. „Ich hätte nichts davon erzählen sollen."

„Wir wollen Peter Gruber finden."

„Was hat das damit zu tun? Ich habe mit Beck privat kaum Kontakt. Vielleicht mal ein Abendessen, wie vor kurzem bei Ihnen. Dienstlich. Oder semidienstlich. – Auch wenn das Essen wirklich köstlich gewesen ist."

„Sehr innig hat Ihre Beziehung zu Beck nicht gewirkt."

Silvestri lacht: „Also haben Sie wenigstens in diesem Fall keinen Verdacht, wir könnten was miteinander haben. Unser Arbeitsverhältnis ist stabil. Es hat sich im Laufe der Zeit eben etwas … abgekühlt. Ich bin wohl selbstbewusster geworden. Und Beck war natürlich auch sauer auf mich wegen der Sache mit Einklang. Diese Aktion hat Peter Gruber noch sicherer gemacht, dass er keine Veränderung in der ALLES GUTE AG möchte."

„Und Beck und Katharina Föhrenburg?"
„Ich weiß nicht, wie eng das ist."
„Ich habe sie vor kurzem getroffen und sie hat gesagt, es sei eine Art Ausrutscher gewesen."
„Warum fragen Sie mich dann? Was sie daheim treibt, geht mich nichts an. Sofern es LISA nicht schadet."
„Lisa geht Sie was an?"
„Ich habe die App gemeint. Aber ja, ich finde, auch die kleine Lisa geht mich was an. Das bin ich Peter schuldig, zumindest solange er nicht da ist."
„Haben Sie eigentlich einen Schlüssel?"
„Wie kommen Sie darauf? Wissen Sie etwa, was Katharina Föhrenburg vorhat? Sie hat ihn doch selbst geholt. Vor einer halben Stunde. Ich hätte sie fragen sollen …"
Ich sehe ihn verwirrt an. „Sie haben ihr den Schlüssel zurückgegeben? Warum?"
Silvestri schüttelt den Kopf. „Ich verstehe nicht …"
„Sie wird wohl einen Schlüssel zu ihrer eigenen Wohnung haben, oder?"
„Zur Wohnung? Ich rede vom Schlüssel zum alten Weinkeller von Peter Gruber. Er hat ihn noch gemeinsam mit seiner Frau Julia gekauft. Er war lange nicht mehr dort. Aber er hat es auch nicht geschafft, ihn zu verkaufen."
„Haben Sie die Adresse?"
„Ja. Natürlich. – Diese Keller in den Weinviertler Kellergassen werden immer populärer. Sie will vielleicht schauen, ob sich was daraus machen lässt. Oder ob sie ihn zu Geld machen kann. Zumindest vermieten wäre wohl drin."
„Für den Fall, dass Peter Gruber nicht zurückkommt."
„Das haben jetzt Sie gesagt."
„Die Adresse? Kann ich sie haben?" Ich versuche, nicht zu hektisch zu klingen.
Silvestri schreibt etwas auf einen Notizblock. „Ich muss weg. Ich müsste eigentlich schon weg sein. Wahrscheinlich braucht auch Katharina Föhrenburg einfach Abstand. Bevor sie gegangen

ist, hat sie gesagt, dass sie endlich Ruhe möchte. Ich bin wohl ungerecht, ihr gegenüber."

Ich sehe auf das Blatt Papier. „Am Wunderberg. Ich kenne die Kellergasse."

„Peter hat das Kellerstöckel mit seiner Frau Julia ausgebaut … Sie glauben doch nicht, er hat sich dorthin zurückgezogen … Dort würde ihn keiner suchen … Leider kann ich jetzt nicht …"

„Wir werden nachsehen."

Noch im Lift rufe ich Vesna an.

„Du wartest, ich bin ganz schnell da. Ist zum Glück kein Umweg. Jetzt weißt du, warum ich dich zu Silvestri geschickt habe!"

„Du konntest doch gar nicht …"

Aber sie hat schon aufgelegt. Manchmal geht mir meine Freundin auf die Nerven.

[17.]

Nachdem wir die Wiener Stadtgrenze passiert haben, gibt Vesna so richtig Gas. Mit zugekniffenen Augen erinnere ich sie daran, dass es auch hier Geschwindigkeitsbegrenzungen gibt.
„Nicht, wenn es wichtig ist", murmelt sie konzentriert.
Ich will sie nicht ablenken. Nur hin und wieder meldet sich ihr Navi zu Wort.
„Bea Prokop hat noch einen durchstochenen Polster", sage ich irgendwann. „Sie tütet ihn ein. Nach allen Regeln der Kunst. Wir kriegen ihn."
„Könnte Katharina Föhrenburg nicht gefallen."
„Silvestri traut Grubers Schwägerin einiges zu."
„Spekulieren ist sinnlos. Hauptsache, wir kommen nicht zu spät."
„Du meinst, sie hat herausgefunden, dass Peter Gruber in seinem Kellerstöckel ist?"
„Ich meine, dass sie es vielleicht schon lange weiß."
„Beck ist heute früher als sonst gegangen. Vielleicht sollten wir Verstärkung …"
„Silvestri: Du hast gesagt, er wollte plötzlich auch weg?"
„Er wäre mitgekommen, wenn er …"
„Vielleicht ist er schon dort."
„Ich rufe Nemecek an."
„Deinen Bezirkspolizeikommandanten für alle Fälle?"
„Er ist in Pension."
„Dann hat er nicht einmal mehr eine Waffe."

„Die hatte er so gut wie nie mit. Er kennt die Kellergasse. Ich war mit ihm bei einem großartigen Heurigen, der nur ein paar Wochen im Jahr geöffnet hat …"

„Ich muss mich konzentrieren!" Nur ganz knapp rast Vesna an einem Traktor samt Anhänger vorbei.

Ich stoße einen Schrei aus.

„Was willst du? Straße ist eben nicht breiter."

Jetzt hat Vesna ihr Tempo reduziert. Der Wunderberg. Kopfsteinpflaster, ein breiter Hohlweg, auf beiden Straßenseiten Mauern, Häuschen, Kellereingänge, die in die Hügelstufe hineingebaut wurden. Dazwischen Büsche, Bäume. Kleine Fenster, hölzerne Tore. Der Großteil der Gebäude ist liebevoll renoviert, ein paar sind so geblieben, wie man sie vor Jahrzehnten „praktisch hergerichtet" hat: samt abwaschbaren Türen und Alufenstern. „Dörfer ohne Schornstein" nennt man die Kellergassen im Weinviertel. Hier hat man nie gewohnt, also gab es auch keinen Kamin. Früher wurde der Wein in den kleinen Häuschen gepresst und dann, viele Stufen tiefer, in den Kellern in Holzfässern gelagert. So gut wie jede Familie im Ort besaß ein paar Rebzeilen. Jetzt verarbeiten die wenigen hauptberuflichen Winzer ihren Wein in computergesteuerten Hallen. In den Kellergassen wird gefeiert, wird besonderer Wein gelagert. Am Ende der Gasse ist der wunderbare Heurige, in dem ich mit Nemecek war. Aus einem Kleinbus steigen drei Männer in blauen Arbeitshosen. Sie gehen in eines der Häuschen, auf das man einen ersten Stock gesetzt hat.

„Erntehelfer", erkläre ich Vesna. „Die Lesesaison hat begonnen. Keine Ahnung, ob sie hier nur essen oder auch schlafen."

„Zeit für Fremdenführung ist später", antwortet Vesna.

„Wenn es nach den Sozialpatrioten geht, darf keiner von denen bleiben. Wer macht dann die Arbeit?"

„Quatsch. Arbeiten dürfen sie schon. Mund halten ist wichtig. Und wieder ausreisen. Ist nicht gut, aber gar nicht so neu."

Ich deute auf den Keller vor uns. „Da!"

Ein weißes schmales Gebäude. Im Giebel des ersten Stocks ein kleines Fenster mit geschlossenen Fensterläden. Ein grün gestrichenes Holztor mit traditionellen Schnitzereien. Alt und sorgsam restauriert wie die massive Sitzbank vor der Tür. Wer hier schon alles Wein getrunken, mit Freunden und Leuten aus dem Dorf angestoßen hat? Einige Meter entfernt ein roter Kleinwagen mit Wiener Kennzeichen.

„Es gibt viele Wiener, die hier Keller gekauft haben", sage ich zu Vesna.

Sie parkt unter einem Busch.

„Wir hätten klären sollen, ob Katharina Föhrenburg ein Auto hat."

„Hat sie. Das ist es. Autonummer passt."

„Dann müssen wir wirklich die Polizei …"

„War wahrscheinlich, dass sie hier ist. Aber es ist nicht klar, was sie will. Vielleicht besucht sie Schwager und will ihn überreden, dass er wieder auftaucht."

„Oder sie hat anderes mit ihm vor."

„Wir wissen nichts. Er hat mich engagiert, damit ich helfe. Nicht, damit ich ihn der Polizei ausliefere."

„Wenn nicht alles zu spät ist." Ich folge Vesna der Mauer entlang. Die Schatten sind lang, bald geht die Sonne unter.

„Komm!"

Das Tor ist bloß angelehnt. Vesna öffnet es vorsichtig. Ein kleiner Raum, die Decke mit dunklem Holz verkleidet. Muffiger Geruch. Ein Regal mit einigen Gläsern und Weinflaschen, grau überzogen. Hier wurde schon lange nicht mehr getrunken. Ein Spülbecken. Ein langer Holztisch mit Bank und Sesseln. Ein winziges Fenster, durch das nur wenig Licht dringt. Eine steile verwitterte Holztreppe nach oben, auf der anderen Seite eine halb geöffnete grün gestrichene Tür. Ich sehe zur Treppe in den ersten Stock. Vesna legt den Finger auf die Lippen und zieht mich Richtung Tür. Öffnet sie weiter. Langsam. Lautlos. Gleich hinter der Tür geht's steil nach unten. Gemauertes schmales Gewölbe, modrig säuerlicher Geruch, Spinnweben. Keine Chance zu erkennen, wo die Treppe endet. Ich atme flach. Es muss einen Lichtschalter geben. Wir sind im einundzwanzigsten Jahrhundert. Vesna hat meinen Blick bemerkt. Sie schüttelt den Kopf. Sie bewegt bloß die Lippen. „Kein Licht!"

Sie tastet sich Stufe für Stufe nach unten. Ich folge ihr. Ich habe zu viel Angst, jemand könnte mir oben auflauern. – Katharina? Seit wann fürchte ich mich vor einer Blusenverkäuferin? Wie hat Vesna gesagt: Wir wissen nichts. Ich bleibe besser nahe bei ihr. Etwas streift meine Wange. Ich unterdrücke einen Schrei, er wird zu einem seltsamen Glucksen. Vesna dreht sich abrupt zu mir um. Ich schüttle den Kopf. Eine Spinnwebe oder eine von den haardünnen Wurzeln, die aus der Decke des ziegelverkleideten Gewölbes nach unten wachsen. Über uns der Hügel. Gespenstisches schwaches Licht von der Kellertür her, es erhellt nur wenige Details. Eine Mauernische, in der eine halb abgebrannte Kerze steht. Überzogen mit einer Art von grüngrauem Moos. Zwei Gläser am Rand einer Stufe – wann hat man sie stehen lassen, warum? Beinahe wäre ich ausgeglitten. Ich halte mich an der glitschigen Wand fest. Gar nicht daran denken, was das Feuchte sein könnte, in das ich greife. Nur nicht zurückbleiben. Stufe, Stufe, Stufe. Vesna bleibt stehen. Sie deutet nach unten. Ja. Ich komme. Aber schneller kann ich nicht. Ihre Bewegung wird ausholender, sie rudert mit dem Arm. Ich kneife die Augen zusammen, nehme noch eine Stufe.

Der Lichtschein von oben fällt auf ebenen Boden. Am Rand, gespenstische Zeugen der Vergangenheit, wie Wächter in einer Gruft, große Holzfässer. Davor unregelmäßige Umrisse, eine Decke, vielleicht auch ein Mantel, den jemand vergessen, verloren hat. – Wobei? Wann? Noch eine Stufe. Jetzt stehe ich eng hinter meiner Freundin. Das sind die Schemen einer Gestalt. Grau und braun, fast nicht zu erkennen, vielleicht längst verwachsen mit dem Boden, jedenfalls eins mit der Finsternis.

Ich schnappe nach Luft. Wir sind zu spät gekommen. Wir haben ihn gefunden. Wo ist Katharina? Ihr Auto vor der Tür. Stille. Stille. Ich warte darauf, dass Vesna etwas sagt, dass sie sich bewegt. Wir sind erstarrt unter der Erde. Gefangen. Ich reiße mich zusammen, greife Vesna auf die Schulter. Sie zuckt zusammen.

Ich deute nach oben, wir müssen rauf, raus, in die Gasse, ans Licht. Polizei anrufen, schreien, davonrennen, etwas tun, dort, wo Menschen sind. Vesna packt meinen Arm und schüttelt den Kopf, deutet. Glaubt sie, ich habe ihn noch nicht gesehen? Ganz langsam nimmt sie die letzten Stufen. Ich schaffe es nicht, mich zu rühren.

Katharina Föhrenburg. Die Treppe in den ersten Stock. Sie hat uns kommen gesehen. Sie konnte nicht mehr weg. Sie ist hinauf und jetzt: Wir sind in der Falle. Es gibt bloß einen Ausgang und der liegt hinter uns. Sie hat nichts mehr zu verlieren. Ich wollte zu viel wissen, ich habe zu viel gefragt und damit vielleicht auch Peter Grubers Tod besiegelt.

„Komm!" Vesnas Stimme klingt dumpf. Gruft. Gruft. Ich kann nicht hinunter. Sie muss still sein, sonst hören sie uns. Katharina Föhrenburg und ihr Liebhaber. Die endlich ein größeres Stück vom Kuchen wollen. Nur wir sind noch im Weg. Aber schon unter der Erde.

„Das ist Katharina!", sagt Vesna.

„Wo?", meine Stimme klingt panisch.

„Die Tote. Komm endlich!"

Ich starre nach oben, zur Tür mit dem hellen Schein, wie Auferstehung. „Katharina?", krächze ich.

Ich halte mich wieder an der glitschigen Wand fest, mache den nächsten Schritt. Ein Blitz. Jetzt schreie ich. Und falle. Ins Schwarz, direkt in die Erde, nass und kalt und nichts.

„Mira, du bist okay?", flüstert Vesna nahe bei mir. „Warum hast du kein Licht mit Handy gemacht? Wie ich?"

Ich hocke auf der letzten Kellerstufe. Ein spitzer Schmerz im Ellbogen. Und in den Rippen. War ich ohnmächtig? Alles schwarz. Der Blitz ... „Du hast die Handylampe eingeschaltet. Ich dachte, es ist ..." Keine Ahnung, was ich gedacht habe. Der

Blitz einer Kugel. Ohne Ton. Blitzt eine Kugel? Gewehrfeuer, sagt man doch so.

„Du bist okay? Wir haben keine Zeit ..."

Ich nicke langsam. Der Kopf scheint nichts abbekommen zu haben. Ich starre auf die Gestalt vor mir. Keine drei Meter entfernt. Katharina. Vesnas grelles Licht beleuchtet ihre dezent geschminkten rosa Lippen. Der Mund steht halb offen. Ich will ihre Augen nicht sehen. Die hellen Haare. Dunkles Blut, viel dunkles Blut am braunen Erdboden. Vesna hat sich über sie gebeugt. Sie kramt in ihrer Tasche. Zieht Handschuhe über. Ist sie verrückt? Das ist ein Tatort! Wir müssen weg von hier! Die Polizei verständigen! Wir wissen nicht, wer ... Wobei haben wir uns noch geirrt?

Peter Gruber. Er hat sich hier versteckt. Seine Schwägerin hat ihn aufgespürt. Ich starre wieder nach oben. Der Lichtschein ist schwächer geworden. Wer hat ... Abend, es wird bloß Abend.

Ich mache zwei Schritte auf Vesna zu. Flüstere: „Wir müssen hinauf! Komm! Sonst ist er über alle Berge!" Wäre mir recht, aber es ist meine einzige Chance, sie von Katharina wegzukriegen.

Geisterhafter Lichtschein ihres Telefons, er gleitet den toten Körper entlang, beleuchtet ein Stück Boden, Details von einem Fass mit offener Luke. Zu klein. Hier drin kann sich keiner verstecken. Gruber könnte einen Komplizen gehabt haben. Oder es war Beck, er hat gewusst, wo Gruber steckt. Weil er längst tot war. Katharina ist dahintergekommen und ... Was ist mit Silvestri? Warum musste er plötzlich so schnell weg? Aber er hätte mir doch nicht von dem Schlüssel zum Keller erzählt, wenn er ... Hat ihn unser Gespräch erst auf eine Idee gebracht? Ich muss ans Licht, bevor ich durchdrehe.

„Erschlagen", sagt Vesna. „Auch auf Fass ist Blut."

„Verdammt, komm jetzt endlich!"

Jeden Moment wird, weit oben, die Tür zum Keller zufallen.

Vesna greift in die Taschen von Katharina, vorsichtig, mit minimalen Bewegungen. „Sie hat kein Handy", murmelt sie.

„Das ist Sache der Polizei!"

„Warum schreist du so? Wir können nicht wissen, wo ..."

„Raus jetzt!" Ich habe Schüttelfrost, ich öffne den Mund, die Zähne dürfen nicht klappern. Alles an mir ist feucht, nass, glitschig. Ich bin über die Stufen gefallen, auf den Boden. Vielleicht in ihr Blut. Würgen im Hals. Das Licht. Direkt auf mir.

„Mira!", kommandiert Vesna. „Du machst nicht schlapp." Sie steht neben mir, fasst mich am Ellbogen. Ich zucke zusammen. „Wir gehen nach oben", sagt sie leise. „Hier ist nichts. Aber wir müssen nachsehen, ob es zweite Leiche gibt."

„Nemecek", krächze ich, als mich Vesna die Treppe nach oben schiebt. Nichts will ich lieber als hinauf und trotzdem brauche ich für jede Stufe so lange wie in einem bösen Traum.

„Du rufst ihn an, ich sehe nach. In erstem Stock."

„Die finden deine Spuren", sage ich, als wir im ebenerdigen Raum stehen. Ich sehe mich um, ich muss mich setzen.

„Nein", flüstert Vesna. „Nicht niedersetzen. Genau wegen Spuren."

Mit einem Mal werde ich wütend: „Und warum flüsterst du, wenn du überall nur Tote vermutest?"

Vesna starrt mich an und zieht mich ins Freie. „Weil man nicht wissen kann. Du rufst Nemecek an. Ich sehe oben nach."

„Bleib da, das ist Sache der Polizei."

„Ist Gefahr im Verzug."

„Was für eine Gefahr?"

„Das weiß man erst, wenn man hat nachgesehen."

Mein Telefonat mit dem ehemaligen Bezirkspolizeikommandanten war kurz. Nicht zum ersten Mal stelle ich fest, wie schnell aus dem umgänglichen humorbegabten Mann ein sehr fokussierter Polizist wird. Dass er in Pension ist, ändert daran nichts.

„Ihr setzt euch ins Auto und wartet, bis die Tatort-Sicherer und die von der Kripo da sind. Ich komme auch."

„Ich weiß nicht ..."

„Mira: Sag deiner Freundin, sie darf nichts auf eigene Faust unternehmen."

„Ich versuche es", habe ich matt erwidert.

Blaulicht zwischen den Kellern, die sich tiefer in die Hügel zu ducken scheinen, zwischen den Reben, die man in den Grünstreifen gesetzt hat, auf der Bank vor dem Keller. Blaulicht und unser Auto und das von Katharina Föhrenburg. Autotüren schlagen, knappe Worte. Das Prozedere beginnt, die Routine wird ausgerollt, sie überrollt die stille gepflasterte Gasse mit dem schönen Namen.

Alles abgesperrt, es wird vermessen und beleuchtet. Man versucht, die Schaulustigen zurückzudrängen. Sie am Filmen zu hindern. Natürlich hat sich der Polizeieinsatz herumgesprochen. Auch die ersten Journalisten sind aufgetaucht.

Nemecek haben wir nur kurz gesehen. Er ist zur gleichen Zeit wie das Kommando gekommen. Er war beruhigt, uns tatsächlich in Vesnas Auto sitzen zu sehen. Wir sollen, wenn wir befragt werden, knapp antworten, die Wahrheit sagen, aber besser nicht zu viel, war sein Ratschlag. Er weiß nicht, dass ich Vesna gerade noch rechtzeitig überzeugen konnte, in den Wagen zu steigen und dort zu warten. Sie hat sich lustig gemacht, als ich die Türen verriegelt habe.

Der zuständige Ermittler, ein Bezirksinspektor Wodak, wollte nicht viel von uns wissen. Trotzdem hat er uns angesehen, als wären wir Verdächtige. Wir haben zu Protokoll gegeben, dass wir nachsehen wollten, was Katharina Föhrenburg beim Keller von Peter Gruber macht. Wir seien die Treppe hinunter, hätten gerufen, nichts. Hätten die Leiche von Katharina Föhrenburg gefunden. Ich sei dabei gestolpert und hätte mir kleinere Blessuren zugezogen. Das erkläre auch die eine oder andere Spur von uns. Wir hätten uns dann sofort wieder nach oben bewegt und Nemecek angerufen, den ich privat kenne. Wir müssen uns „zur Verfügung halten". Wir haben brav genickt.

„Sie können fahren", hat er gesagt. „Auch wenn mir Ihre Beziehung zum Opfer noch nicht ganz klar ist."

„Ich wollte eine Bluse bei ihr kaufen."
„Schwachsinn!"
„Dafür gibt es Zeuginnen. Sogar sehr viele. Bei ELENA war zur selben Zeit ein Schwarm Asiatinnen."
„Es geht Ihnen sicher gut?"
„Sie ist immer so. Ich fahre", hat Vesna festgestellt.

Jetzt programmiert sie schweigend das Navi. Signalton. Mobiltelefon. Nemecek. Keine Erklärung, nur eine Adresse im Dorf. Gasthaus? Das würde zu ihm passen. Meine Rippen schmerzen. Trotzdem: Ich bin hungrig.
Vesna programmiert neu. Noch immer schweigend.
„Was ist?", frage ich.
„Glaubst du, so etwas geht auf der Nebenspur vorbei?"
„Spurlos an mir vorüber", berichtige ich sie, ohne viel zu denken.
„Was für Glück, du bist wieder im Dampfer."
Ich mache den Mund auf, mache ihn wieder zu. „Du weißt genau, dass es auf dem Dampfer heißt."
Das Navi führt uns zur Hauptstraße, dann eine Nebenstraße entlang, in einen Feldweg. Zwei Traktoren, eine große Scheune aus Holz, die Schiebetür halb offen. Straßenlampen gibt es hier keine.
„Die Nachricht war sicher von Nemecek?", fragt Vesna.
„Sein Account. Aber ich kann ihn anrufen. Sicherheitshalber."
„Quatsch."
Trotzdem duckt sie sich, als unvermittelt Licht beim Gebäude angeht. Schritte.
„Mira?"
Ich atme ganz laut aus.

Wenig später sitzen wir im Koststüberl seines Winzerfreundes Joschi. Natürlich hat auch der mitbekommen, was am Wunderberg los war.

In diesen Regalen sind die Weine nicht verstaubt. Der lange Tisch bietet gut zwanzig Personen Platz. Im Ofen prasselt Feuer.

Nach einem Glas Veltliner und selbst geräuchertem Schinkenspeck geht es mir deutlich besser. Wir haben von der Konzertpause in Graz erzählt. Unendlich lange her, dass uns Gruber um Hilfe gebeten hat. Wir haben ihn für einen Paranoiker gehalten. Als Joschi aufsteht, um einige Scheite Holz zu holen, sagt Vesna: „Da war kein Mobiltelefon im Keller."

Nemecek runzelt die Stirn. „Ihr habt doch nachgesehen."

„Natürlich habe ich. Haben Ermittler eines gefunden?"

„Ich bin in Pension."

„Du warst im Keller, ich habe dich raufkommen gesehen", stelle ich fest.

„Solange ich unten war, haben sie keines gefunden. Wodak hat schon vermutet, ihr könntet es haben."

„Er hat nichts davon gesagt."

„Er wollte euch nicht zu viele Informationen geben. Euch eilt ein Ruf voraus."

„Die wissen …"

„Die sind ja nicht dumm. Mira, dich kennt man. Und Vesna inzwischen auch. Ich habe nur das eine oder andere bestätigt. Seid froh, sonst hätte man euch nicht so schnell gehen lassen. – Habt ihr das Telefon?"

„Nein!", rufe ich und halte erschrocken inne. „Wir sollten wohl nicht zu viel sagen, wenn dein Winzerfreund zurückkommt."

„Dem könnt ihr vertrauen."

„Geht so", sagt der mit einer Fuhre Holz auf den Armen und grinst.

Heute ist mir nicht einmal das mehr peinlich. Ich bin froh, dass ich lebe. Und in Sicherheit bin und … Ich schüttle den Kopf. „Ohne uns … ich weiß nicht, ob das alles passiert wäre, wenn ich nicht so viel gefragt hätte."

Nemecek zwinkert mir zu. Jetzt kommt gleich eine seiner Pointen. Aber er bricht ab. Sieht mich mitfühlend an und schüttelt den Kopf. „Unsinn Mira. Du kannst nichts für ihren Tod. Und was mit Gruber ist …"

„Man muss sehr genau Spuren nehmen", mischt sich Vesna ein. „Es ist gut möglich, dass da schon einmal ein Toter gelegen ist."

„Die nehmen genau Spuren, da könnt ihr sicher sein. – Wer weiß eigentlich außer euch von Katharina Föhrenburgs Ausflug?", fragt Nemecek.

„Silvestri", sage ich langsam. „Er hat mir erzählt, dass Katharina den Schlüssel geholt hat. Beck, der Geschäftsführer, ist früher gegangen. Auch die anderen. Aber wann genau? Ich weiß es nicht."

„Wahrscheinlich hat die Nanny Bescheid gewusst", überlegt Vesna. „Jemand muss auf Lisa aufpassen."

Ich starre sie an. Wir denken es gleichzeitig. Lisa. Jetzt hat sie auch keine Mutter mehr. Da hilft kein Geld der Welt dagegen, keine App für alles Gute.

„Was ist mit diesem Geschäftsführer? Beck?", fragt Nemecek weiter.

„Keine Ahnung. Silvestri hat gesagt, dass er früher als sonst gegangen ist. Aber vielleicht war er noch in der AG, als Katharina Föhrenburg gekommen ist. Oder die beiden waren gemeinsam unterwegs", überlege ich. „Er kann Katharina überzeugt haben, dass es unauffälliger ist, wenn sie nach dem Schlüssel fragt."

Joschi schüttelt den Kopf. „Und was, wenn es einfach … sozusagen blöd gelaufen ist? Diese Katharina hat sich im Keller mit jemandem getroffen. Es gibt einen Streit. Der wird … handgreiflich. Sie prallt mit dem Kopf auf eine scharfe Fasskante …"

„Gruber", murmle ich. „Aber würde er sie einfach liegen lassen?"

„Wir haben ihn bloß einmal gesehen. Und da ist vieles nicht, wie es scheint", überlegt Vesna.

Nemecek nickt. „Ist es nie. Man muss abwarten, was die Obduktion ergibt. War sie gleich tot oder hat sie noch eine Zeit gelebt?"

Ich merke, wie mir ein Schauer den Rücken hinaufkriecht. Der nächste Anfall Schüttelfrost. Ich packe mein Glas und nehme einen großen Schluck. Und noch einen. Ich weiß, man soll sich nicht mit Alkohol beruhigen. Aber mein Nervensystem sagt etwas anderes.

Vesna wirft mir einen besorgten Blick zu. Räuspert sich. Macht weiter. „Eines ist klar: Ihr Tod hat nichts mit denen zu tun, die Lisa kaufen wollen. Das bringt für die nur weitere Probleme."

„Menschenhandel?", fragt Joschi entsetzt.

„Die App", klärt ihn Nemecek auf. „Die für alles Gute."

Der Winzer schüttelt den Kopf. „Verrückt. Was, wenn da etwas durcheinandergekommen ist? Würde mich nicht wundern."

„Na ja", stellt Nemecek lapidar fest.

Vesna zwinkert ihm zu. „Glaube ich weniger. Auf alle Fälle sollten wir Peter Gruber auch in anderer Position auf unsere Wand schreiben."

Neugierige Augenpaare.

„Unter verdächtig."

[18.]

Ich schlafe vierzehn Stunden. Ich will nicht aufstehen. In unserem breiten Bett ist es so ruhig. Mir tut nichts weh. Ich muss an nichts denken. Oskar ist längst in der Kanzlei. Ich muss mit niemandem reden. Ich bleibe einfach hier und schaue aus unserem Dachfenster. Grau ist der Himmel heute. Darunter schnell ziehende weiße Wolken. Eigentlich sind sie hellgrau.

Was immer war. Was immer ist. Ich bleibe hier. Damit nichts mehr sein kann. Lisa. Egal, ob hochbegabt oder eigentlich ganz durchschnittlich. Sie hat keine Eltern mehr. Ich habe zu viele Fragen gestellt. Was mit ihrem Onkel ist? Ein Flugzeug. Ich habe mich vor einer Drohne erschrocken. Wie lächerlich. Das war in einem anderen Leben.

Die Nobelboutique mit dem Staren-Schwarm. Nein, Asiatinnen. Sie war so gepflegt. Dezent elegant. Erde zu Erde. Unten im Keller.

Vui maunzt vor der Tür. Verkriech dich in deinen Zeitungskorb, das ist das Beste, was du tun kannst. Vielleicht kommt bald jemand, der gegen Katzen hetzt. Wer kann es ausschließen? Wer kann irgendwas ausschließen? Aber Tiere kommen gut an in den sozialen Medien. Hitler hat seinen Schäferhund geliebt. Gibt es einen Beweis dafür? Fake hat es auch früher gegeben. Wahrscheinlich hat Propagandaminister Goebbels gewusst, dass Hundeliebe Sympathien bringt. Beweise. Wer will die. Was hat der junge Farmer in der Doku gesagt? Wer kennt sich noch aus, bei all den Anschuldigungen? Also kann man auch gleich die Trumps wählen, wenn sie das Benzin billig machen.

Hör auf zu brüllen, Kater. Besser als du kann man es nicht haben.

Das Telefon ist auf lautlos. Ich krieg nichts mit. Selbst wenn ein Weltkrieg ausbricht.

Vui. Gib endlich Ruhe. Ich sehe den grauen Wolken zu. Dann spüre ich die Rippen nicht und auch nicht das, was mir darunter wehtut. Und ich merke es gar nicht, wenn ich mit schuld bin an dem, an das ich mich nicht erinnern werde.

Vui!!! Du kannst nicht Sturm läuten!!!

Er kann nicht Sturm läuten. Ich ziehe die Bettdecke über den Kopf. Wenn man unter der Bettdecke die Augen aufmacht, ist es nicht ganz finster. Ein heller Schein aus einer Ecke. Man muss tiefer rein.

Warum hat Oskar Vui nicht gefüttert? Er kann nicht an die Tür schlagen! Er kann nicht „Mira" rufen. Er …

„Dann komme ich so herein", sagt Vesna. „Was ist los?"

Meine Freundin steht in der geöffneten Schlafzimmertür. Neben ihr Vui. Ich starre sie an. „Ich wollte einfach einmal ausschlafen."

„Es ist Nachmittag. Du stehst auf. Du gehst unter Dusche."

Ich blinzle. „Sie haben Gruber gefunden."

„Was?"

„Haben Sie nicht?"

„Was redest du?"

„Ich dachte bloß, weil du gekommen bist."

„Ich bin gekommen, weil ich hundertmal Nachricht geschickt und angerufen habe und du nicht drangehst."

„Hat Oskar dich geschickt?"

„Oskar? Nein."

„Den kümmert das nicht."

„Ist nicht das erste Mal, dass du noch schläfst, wenn er geht. Was soll er sich dabei denken?"

„Sag ihm, dass alles okay ist."

„Ich habe ihn nicht angerufen. Ich wollte zuerst nachsehen. Du weißt, wie er beunruhigt ist, wenn er glaubt, mit dir ist etwas nicht in Ordnung."

Ich kann es nicht ändern, mir rinnen Tränen über das Gesicht.

„Mira, was ist los?"

„Ich kann mich verlassen."

„Warum du solltest dich selbst verlassen? Wenn du so weitertust, ich schicke dich zu Psychiaterin."

„Auf dich verlassen, auf dich kann ich mich verlassen."

„Ja, und auf Oskar und auf Vui und ... was weiß ich ..." Vesna kommt her und umarmt mich so fest, dass die angeknackste Rippe Stromstöße abgibt. Aber ich wehre mich nicht.

„Gut jetzt?", sagt sie dann, lässt mich wieder los und rappelt sich auf. „Bevor man noch glaubt, das da ist Sexnummer."

„Was hast du gegen Homosexualität?"

Vesna grinst. „Mit dir? Sehr viel. In der Theorie? Nichts."

Ich murmle etwas, das ich selbst nicht verstehe, und arbeite mich aus dem Bett.

„Wird Zeit. Draußen wartet Fran. Ich habe ihn gleich mitgebracht."

Ich hätte doch im Bett bleiben sollen.

„Du gehst unter Dusche, ziehst dir was an. Zähneputzen nicht vergessen. Ich mache inzwischen Frühstück, das Tote weckt." Sie sieht mich erschrocken an. „Sagt man so, oder?"

„Blöder Spruch, aber stimmt. Vesna ... an dir geht das alles vorbei? Ich meine ... Warum bist du so stark und kannst ... damit umgehen?"

Meine Freundin sieht mich an und schüttelt dann langsam den Kopf. „Ich habe sehr schlecht geschlafen. Und habe Gedanken gewälzt, bis alles nur mehr dicker Nebel war. Ich habe ganz mies geträumt. Es war finster, ich war in einem Haus, das halb eingestürzt war, da waren Körper auf dem Boden, der war nur aus Erde, ich habe es nicht genau gesehen, aber ich habe gewusst, dass sie tot sind. Erschossen. Ich glaube, es war Krieg. Und als ich aufgewacht bin, habe ich gedacht, ich habe das erlebt. Bei uns daheim ... ich meine, dort, damals. Dabei ich bin sicher, dass ich so etwas nicht gesehen habe. Wahrscheinlich war es aus dem Fernsehen und ich habe alles durcheinandergebracht."

„Oder es kommt etwas hoch."

Vesna schüttelt den Kopf. „Ich muss es ja wissen. Auf alle Fälle: Jetzt mache ich Essen und rede mit meinem Sohn. Er hat endlich etwas Zeit und Laptop samt Liste mit Hasspostern gegen Gruber mit."

Ich versuche ein Grinsen. „Du weißt, wie man einen aufheitert."

„Was kann ich für die Welt?"

„Warum sollten die Sozialpatrioten Katharina umbringen? Weil sie die Mutter von Lisa ist? Grubers Nichte?"

„Wir reden später. Nemecek sitzt übrigens auch draußen."

Dass er nicht mehr im Dienst ist, hat für uns Vorteile. Er hat noch immer gute Kontakte, und er scheint jetzt eher bereit, sein Wissen mit uns zu teilen. Nach einer ersten Tatortanalyse sieht es nicht so aus, als wäre noch jemand im Kellerstöckel zu Tode gekommen. Klar ist hingegen, dass Katharina zwei- bis dreimal gegen die Kante eines großen Fasses geknallt ist.

„Wie kann man zwei oder drei Mal fallen?", frage ich Nemecek.

„Eben", ist seine Antwort. Er muss gleich wieder weg. Er hält es nicht für klug, zu sehr mit uns in Verbindung gebracht zu werden. Er möchte weiter, wenn auch informell, in den Fall eingebunden sein. Er hat im Laufe seiner Dienstzeit viele Leute ausgebildet, er hat die Talentierten gefördert und den Vertrauenswürdigen Türen geöffnet. Das macht sich jetzt bezahlt. Der Leiter des Teams der Spurensicherung scheint ihn zu mögen. Und er weiß wohl, dass Nemeceks manchmal unkonventionelle Ansätze über die Jahrzehnte zur Lösung so einiger Fälle beigetragen haben.

„Mobiltelefon haben sie noch immer keines gefunden", ergänzt Vesna von meiner Küchenzeile her. Seltsam, sie dort stehen zu sehen. Aber ich bin noch zu matt, um mich einzumischen.

„Was ist?", fragt sie.
„Ach nichts. Geht schon wieder."
Der ehemalige Bezirkspolizeikommandant sieht mich freundlich an. „Ist nicht so ohne, eine Tote zu finden. Kam bei mir auch nicht gerade täglich vor. Ich habe mich nie daran gewöhnt."
„Das wäre schlimm", meint Fran. „Mam, werden das narrische Schwammerl?"
„Werden es."
Pilze. Natürlich. Vesna brät Pilze an. Riecht gut. Ich stehe auf.
„Du bleibst bei Tisch sitzen", befindet Vesna. Sie hat eine große Pfanne am Herd und droht mit einem Holzkochlöffel.
„Narrische Schwammerl? Du weißt, was …"
Fran lacht. „Das hat die Nachbarin damals zu Jana und mir gesagt. Wir sind im Stiegenhaus herumgelaufen, du kennst ja unsere alte Wohnung, es gab nicht viel Platz und sie hat geschrien, ‚die haben ja narrische Schwammerl gegessen'. Mam hat sie nicht verstanden und hat überall herumgefragt, ob man ihr sagen kann, was das bedeutet."
„Warum hat sie nicht mich gefragt?"
„Weil ich dich noch nicht gekannt habe. Wir waren ganz neu da. Nur mit zwei Büchern für Deutsch. Und drei Filmen, die wir in der Wohnung beim Videorekorder gefunden haben."
Ich grinse. „Diese Geschichte kenne ich. Einer war ‚Der dritte Mann'. Gut, dass du ihn nicht vorher gesehen hast."
„Warum?"
„Dann wärst du nicht nach Wien gekommen."
„Wäre ich doch. Ist spannend. Und schön. Ich habe viel über Wien gelernt. Ein Teil ist mir sehr bekannt vorgekommen. Es war wie in Jugoslawien. Schleichhandel und alles das."
„Narrische Schwammerl hat Mam seit ewig nicht mehr gemacht", sagt Fran. „Dabei sind die super."
„Man braucht nicht viel dafür. Die Hauptzutat findet man sogar im Wald. Heute Vormittag habe ich Austernsaitlinge von einer Kundin bekommen, sie züchtet sie. Man kann das aber mit allen Pilzen oder auch Champignons machen."

Nemecek schnuppert. „Riecht ausgezeichnet. Ich glaube, ich kann noch bleiben, bis sie fertig sind. Außerdem eine gute Ausrede: Ich habe narrische Schwammerl gegessen."

„Drei Minuten. Man braucht nur Pilze schneiden und in Öl mit Zwiebel und Knoblauch anbraten, ich gebe immer alles gleichzeitig in die Pfanne, das geht schneller und Knoblauch kann nicht anbrennen. Jetzt nehme ich Eier und noch Sauerrahm oder Crème fraîche oder …"

„Habe ich alles im Kühlschrank."

„Ich habe es schon gesehen, du bleibst beim Tisch."

„Vesna, du musst die Eier erst aufschlagen und verquirlen."

„Warum? Das sind meine narrischen Schwammerl."

Sie klatscht drei große Löffel Crème fraîche auf die Pilze, rührt um. Schlägt sechs Eier direkt darüber. Rührt wieder um. „Weil wir es sind, noch Chiliflocken. Salz. Kümmel und Pfeffer habe ich schon früher zu den Schwammerln gegeben. Und fertig."

Vesna trägt die große Pfanne mit sichtbarem Stolz zum Tisch. „Brot steht schon da. Teller auch."

Mit jedem Bissen merke ich, dass es mir besser geht. Fast peinlich, wie sehr mein Wohlbefinden mit Essen zu tun hat. Andererseits auch praktisch. So würde jedenfalls Vesna argumentieren.

„Jetzt muss ich wirklich los", murmelt Fritz Nemecek zufrieden. Vesna nickt. „Wir halten uns gegenseitig auf dem Laufenden."

„Nur mal nicht übertreiben", kontert er. „Narrische Schwammerl hin oder her."

„Wir müssen unsere Aufstellung anpassen", fällt mir ein.

„Aufstellung?", fragt Nemecek. „Diese Psycho-Therapie? Meine Schwester hat sich so was vor Jahren eingebildet. Ihr Mann musste mit. Er ist dabei eingeschlafen, während die meisten anderen offenbar geweint haben. Da war dann erst recht Feuer am Dach. Innerfamiliär."

„Ganz andere Art. Wandmalerei."

Fran hilft mir, die Decke abzuhängen.

„Was ist das?", fragt Nemecek fassungslos. „Sieht aus wie eine Wetterkarte nach der Klimakatastrophe."

„Hilft beim Denken", erklärt Vesna.
„Hängt davon ab, wie man denkt", grinst er.
Vesna malt einen Kreis um KATHARINA FÖHRENBURG. Und über den Kreis ein Kreuz. „Es ist seltsam", sagt sie dann. „Von Grubers Tod profitieren viele, irgendwie, zumindest vielleicht. Von Katharinas Tod hat keiner was."
„Sie hat etwas gewusst", stelle ich fest.
„Oder jemanden erpresst", überlegt Vesna.
„Oder es war doch ein Unfall", sagt Nemecek.
Vesna sieht ihn empört an. „Sie hat ihr Handy versteckt und dann sich selbst zweimal mit Kopf auf das Fass geschlagen?"
„Sie kann gefallen sein, sich aufgerappelt haben, wieder gefallen sein."
„Unwahrscheinlich", murmle ich.
„Aber möglich. Man muss die Obduktion abwarten."
Ich überlege. „Als Katharina Föhrenburg den Schlüssel geholt hat, da hat sie etwas von ‚Ruhe' gesagt. Sie will endlich ihre Ruhe."
Nemecek zuckt mit den Schultern. „Im Keller ist Ruhe. Vielleicht wollte sie nachdenken."
„Sie wollte jemanden am Reden hindern", widerspricht Vesna. „Oder sie wollte, dass Gruber endlich wieder auftaucht und Ruhe ist."
„Hat man neben unseren und denen von Katharina Föhrenburg eigentlich weitere Spuren gefunden?" Ich sehe Nemecek fragend an.
„Die Auswertung dauert. Blutspuren haben sie aufs Erste keine anderen entdeckt, falls du darauf hinauswillst. – Zu wem hat die Föhrenburg das mit der Ruhe gesagt?"
„Zum Assistenten von Gruber. Alexander Silvestri."
„Der hatte den Schlüssel für den Keller?"
„Offenbar."
„Schon seltsam", ergänzt Vesna.
Fran seufzt. „Ich schicke euch die Liste mit den Hasspostern, okay? Ich muss jetzt weiter."
Nemecek sieht ihn an: „Klarnamen?"

„Zum Teil, zum Teil Pseudonyme mit Klarnamen, die einfach rauszukriegen waren. Die meisten dieser Leute lieben es, auch ihr sonstiges Leben virtuell auszubreiten. Ein paar frei zugängliche Daten verbinden, und schon ist klar, um wen es sich handelt. Oder man entdeckt Trolle, Bots. Also beauftragte Postings. Computergenerierte Hetze und Desinformation werden immer häufiger."

„Arbeiten Sie eigentlich mit der Polizei zusammen?"

Fran lächelt. „Immer wieder. Aber die haben ihre eigene Software."

„Ihre ist offenbar besser."

„Vielleicht. Aber ich brauche mich auch bloß um diesen einen Fall zu kümmern. Und nicht um unzählige. Pro Jahr gibt es allein in Österreich mehr als dreitausend Anzeigen wegen Hasspostings, und das sind nur die Fälle, die aktenkundig werden. Drei Viertel dieser Postings kommen übrigens aus dem rechten bis rechtsextremen Milieu. Und Leute, die solche Postings anzeigen, haben manchmal auch selbst welche geschickt."

„Ich bin in Pension. Ich kann euch gar nicht sagen, wie froh ich manchmal darüber bin."

„Ich möchte, dass du noch bleibst", sagt Vesna zu Fran, nachdem wir Nemecek verabschiedet haben.

Er sieht sie erstaunt an.

„Es geht schneller, wenn du erklärst, was du gefunden hast."

Ich zwinkere Fran zu. Seine Mutter hat nicht viel übrig für Recherchen im Internet.

„Wenn du bald wieder narrische Schwammerl machst", sagt er und setzt sich.

„War eines seiner Lieblingsessen. Es wundert mich nicht."

Wir sehen die Liste gemeinsam durch. Vom Automechaniker bis zum Dozenten für Botanik, von Sechzehnjährigen bis hin zu einem Einundachtzigjährigen: Offenbar hat sich Gruber den Groll vieler zugezogen. Der überwiegende Teil ist männlichen

Geschlechts. Verbindungen zur USP gibt es schon, aber nicht immer. Dafür vermutet Fran hinter einer Gruppe wütender Trolle den Auftrag einer rechtsextremen Gruppierung. Mit sehr engen Verbindungen zu den Sozialpatrioten. Die Trolle haben allerdings mit Verzögerung losgelegt.

„Eines ist interessant", erklärt Fran. „Die ersten Hasspostings gab es gleich nach der Talkshow. Sie sind mehr geworden. Aber der massive Shitstorm hat erst drei Wochen später begonnen."

„Vielleicht sind sie langsam von Begriff", spottet Vesna.

„Auf mich wirkt es, als wäre zu diesem Zeitpunkt etwas inszeniert worden. Das passt auch mit dem Troll-Angriff zusammen."

„Was ist mit Niwrad? Ab wann scheint der auf?", frage ich.

Fran öffnet eine Datei. „Ziemlich schnell, einen Tag nach der Talkshow. Dann immer wieder, in letzter Zeit nur mehr selten, seit zwei Wochen gar nicht mehr."

„Vielleicht, weil er vom Posten ins Tun gekommen ist?", überlegt Vesna.

Ich schüttle den Kopf. „Aber wie passt das mit dem Tod von Katharina Föhrenburg zusammen?"

„Es muss keinen Zusammenhang geben", meint Fran. „Vielleicht war bei Angerer einfach die Luft draußen. Gruber ist verschwunden. Oder er hat Angst vor möglichen Konsequenzen bekommen. Immerhin ist er Gymnasialprofessor."

„Das könnte die Verbindung sein", überlege ich. „Katharina Föhrenburg findet heraus, dass Angerer Hasspostings verschickt. Sie trifft ihn und macht ihm klar, dass sie damit an die Öffentlichkeit geht – falls er nicht aufhört. Sie hofft, dass endlich Ruhe ist. Er dreht durch und stößt sie gegen das Fass. Zwei Mal."

„Er war ziemlich gelassen, als du mit ihm im Kaffeehaus geredet hast, oder?", murmelt Vesna.

„Er hat behauptet, dass nicht alle Postings unter dem Namen Niwrad von ihm sind. Und wenn ich etwas anderes behauptete, würde er sich wehren."

„Sehr schade, dass ich damals nicht dabei war."

„Sehr schade, dass du mir nichts von Bea Prokops Kontakten zu den Sozialpatrioten erzählt hast."

„Prokop?", fragt Fran.

Vesna sieht ihn an. „Sag nicht, sie hat gepostet. Mit Klarnamen."

„Nein, sie nicht. Aber ein Prokop ist mir untergekommen ... Moment ..."

Er tippt, sieht auf den Bildschirm, scrollt, tippt wieder. „Es geht um eine eher lächerliche Aktion, bei der auch ein paar der Hassposter mit dabei gewesen sind. Könnt ihr euch an das sogenannte Rundfunk-Attentat erinnern?"

Ich nicke. „Die Fußballfans, die in den Fernsehsender gestürmt sind, weil sie statt einer Diskussion über Menschenrechte das ursprünglich angekündigte Match sehen wollten."

Fran grinst. „Ziemlich doof das Ganze, und dilettantisch. Auch wenn sich ein paar Empörte nicht zu blöd waren, es mit dem Sturm aufs US-Kapitol zu vergleichen. Im Sinne von Medienfreiheit als Garant für unsere Demokratie."

„So ohne ist das nicht. Die hetzen – und warum? Weil sie unabhängige Information abschaffen wollen", widerspreche ich.

„Die Stellungnahmen waren mir zu pathetisch. Sie haben ein paar Molotowcocktails geworfen, die allerdings so schlecht gebaut waren, dass sie von selbst ausgegangen sind. Und am Abend im Fernsehgebäude an der Security und den Leuten vom Empfang vorbeizukommen, das schafft bald jemand."

„Was hat Bea Prokop dort getan?", fragt Vesna.

„Nichts. Das waren ausschließlich wütende Männer. Wenn man schon fürs öffentliche Fernsehen zahlen muss, dann steht hart arbeitenden Kerls Sport zu. Sie haben Parolen wie ‚roter Staatsfunk' und ‚Lügenpresse' gebrüllt. Man werde die Meinungsdiktatur hinwegfegen. Das Übliche eben. – Nur weil sie ihr blödes Fußballmatch nicht sehen konnten. Da war ein Klaus Prokop dabei."

„Nicht selten der Name", stellt Vesna enttäuscht fest.

„Er hat unter ‚Weißer Wolf' auch gegen Peter Gruber gepostet. Gleich am Anfang, nach einigen Wochen ganz intensiv, in letzter Zeit kaum mehr. Zum Beispiel: ‚Weg mit dem Volksschädling, der unsere Kinder verhetzt! Noch müssen wir im Untergrund wirken. Aber die Zeit ist nahe. Wir werden uns von diesen Verrätern befreien. Wahlen werden gewonnen.'"

„Hört sich so ähnlich an wie einiges von Angerer", überlege ich.

Fran nickt. „Vielleicht war er Ghostwriter?"

„Dann hätte der einen Grund mehr, nicht enttarnt werden zu wollen."

Vesna scheint nicht zu glauben, dass uns Frans Ergebnisse weiterbringen. Sie spielt mit ihrem Handy. Ich sehe sie genervt an. Ich bin müde. Ich versuche mich trotzdem zu konzentrieren. Sie bemerkt unsere Blicke gar nicht. Es ist ihr egal, dass niemand mehr etwas sagt. Wie ein blöder Teenager drückt sie an ihrem Smartphone herum und grinst zwischendurch ein wenig.

„Na also", sagt sie, als ich gerade möglichst ruhig vorschlagen wollte, uns doch teilhaben zu lassen. „So schwer ist das gar nicht, wie mein kluger Sohn immer tut! Schwesterherz!!"

„Narrische Schwammerl, vielleicht wirken sie bei ihr anders", stellt Fran fest.

Vesna sieht ihren Sohn triumphierend an. „Kann schon sein. Jedenfalls ist dieser Klaus Prokop der Bruder von Bea Prokop. Was sagst du immer? Man muss verknüpfen. Er hat auf seinem Account, dem mit dem Klarnamen, ein Foto gemeinsam mit Schwesterherz zu ihrem Geburtstag."

Der Ablauf der Drohungen. Ich schiebe ein Regal zur Seite, um Platz für eine Timeline zu haben. Vesna hat Fran zur Tür gebracht und steht mit verschränkten Armen neben mir. „Was wird das? Du bist nach zwanzig Stunden Schlaf hyperaktiv und musst Wohnungseinrichtung umstellen?"

„Es waren keine zwanzig Stunden", murmle ich. „Wir brauchen Platz. Für den Ablauf."

TALKSHOW schreibe ich.

Darunter: HASSPOSTINGS.

„Und dann SHITSTORM", weist mich Vesna an.

„Wann hat das mit den analogen Drohungen begonnen? Den anonymen Anrufen und den Briefen?", überlege ich.

„Katharina können wir nicht mehr fragen. Gruber auch nicht", stellt Vesna fest.

„Was, wenn genau das mit ihrem Tod zu tun hat? Weil der Ablauf wichtig ist?"

„Die Sache mit den durchstochenen LISA-Polstern war später", macht Vesna weiter.

Ich nicke. „Katharina hat gesagt, es wurde immer ärger mit den Drohungen."

Bea wollte mir den durchstochenen Polster geben. Wer sagt, dass wir ihn nicht auch abholen können?

Diesmal ist Vesna mit dabei. Eine ältere Frau mit einem winzigen Hund auf dem Arm kommt aus der Eingangstür. Wir gehen wie selbstverständlich hinein. Inzwischen finde ich mich in der Siedlung zurecht. Wo die Wohnung von Katharina Föhrenburg ist, weiß ich längst. Zweiter Stock, erste Tür.

„So einfach ist es, anonyme Briefe vor die Eingangstür zu legen", sage ich leise zu Vesna.

Sie schüttelt den Kopf. „Wenn man mit Ermittlungen rechnen muss, dann nicht. Die alte Frau könnte uns wiedererkennen."

„Vielleicht solltest du die Nachbarn von Gruber befragen."

„Ist zu lange her."

„Du zeigst ihnen Fotos. Von Angerer zum Beispiel. Oder von Bea Prokops Bruder."

„Und wenn ich ihnen Foto von Silvestri zeige, dann kann er sagen, dass er Blumen gegossen hat. Wir konzentrieren uns auf Wichtigeres."

Ich seufze. „Lisa ... Wir wissen nicht, wie es ihr geht."

„Es ist fürchterlich. Aber es ändert nichts. Wir machen einen Versuch. Vielleicht haben sie Lisa anderswohin gebracht."

„Wohin?"

Vesna klingelt. Keine Reaktion. Ich gehe zum Lift. „Komm, das bringt nichts!"

Sie deutet mir, stehen zu bleiben und ruhig zu sein. Sie wird doch nicht die Tür aufbrechen wollen. Nicht mit mir. Ich schüttle den Kopf. Vesna drückt sich an die Wand neben der Wohnungstür, klingelt erneut. Keine Reaktion. Ich höre, wie sich der Lift in Bewegung setzt. Eine gefühlte Ewigkeit später geht die Tür einen Spalt auf. Dann noch einen Spalt weiter.

„Wir müssen kurz reden", sagt Vesna. Gleichzeitig stellt sie einen Fuß in die Tür.

Beate Prokop sieht uns entgeistert an. „Ich … wir haben anderes zu tun. Zu denken."

„Sie lassen uns besser hinein. Es geht um Ihren Bruder."

Ich sehe ihren verzweifelten Blick. Ich habe ein schlechtes Gewissen. Wer sind wir, dass wir Bea in dieser Situation stören dürfen?

„Wir wollten den Polster …", stottere ich im schmalen Vorzimmer mit der gerahmten Strichfigur. Allen hat sie nicht alles Gute gebracht.

„Ja auch", fällt mir Vesna ins Wort. „Aber zuerst: Wir wissen, dass Ihr Bruder Klaus Prokop gegen Peter Gruber gepostet hat. Unter Weißer Wolf."

Bea Prokop ist komplett durch den Wind. Sie sieht von mir zu Vesna, dann wieder zu mir. „Was? Hat er? Ich …"

„Er hat."

„Ich … weiß es nicht. Vielleicht, bitte: Ich muss an Lisa denken. Sie ist in ihrem Zimmer. Es ist …"

Ich nicke. „Wir kommen ein anderes Mal wieder."

Vesna macht weiter: „Sie wollen, dass geklärt wird, was passiert ist, oder?"

„Ja … nein … ich … darum geht es nicht. Lassen Sie ihn aus dem Spiel. Er war labil, seit er seine Arbeit verloren hat. Da ist er mit diesen Leuten mitgelaufen. Vielleicht hat er was geschrieben, aber das war … Nie würde er etwas tun! Er hat einmal gesagt, dass Gruber Millionär ist und uns alle am Schmäh hält. Aber das ist nicht strafbar. Bitte: Ich habe so viel anderes …"

„Und das Rundfunk-Attentat?", setzt Vesna nach.

Bea Prokop schüttelt verzweifelt den Kopf. „Sie waren angetrunken, sie haben sich getroffen und gegenseitig aufgestachelt. Er … ihm war das extrem peinlich danach, er wusste nicht, was sie planen. Er ist auch nicht verurteilt worden."

„Nur Verwaltungsstrafe, nicht nach Strafgesetzbuch", präzisiert meine Freundin. Sie kann so mitfühlend sein. Manchmal. Und dann wieder …

„Ich … ich habe nicht viel Kontakt, ich weiß es nicht. Es sind nur ein paar von denen angeklagt worden. Und keiner musste ins Gefängnis. Warum fragen Sie mich das alles? Ausgerechnet heute?"

„Weil wir es jetzt herausgefunden haben."

„Aber er hat doch nichts damit zu tun!"

Vesna sieht auf ihr Mobiltelefon. Wir müssen gehen. Sofort. „Das ist eines von seinen Postings: ‚Er hat Millionen und ist so arrogant, dass er uns Glück wünscht, der braucht nichts Soziales. Dem kann es egal sein, wenn die Moslems unser Volk überrennen und lachen!'"

„Ich glaube nicht, dass er das geschrieben hat. Sein Kollege war Moslem. Sie haben gut zusammengearbeitet. Immer. Bitte: Ich muss mich um Lisa kümmern. Wir werden sie zu einer Psychologin bringen. Ich muss für sie sorgen, so gut es geht."

„Von wem haben Sie Auftrag?"

Bea Prokop schüttelt den Kopf. „Dafür brauche ich doch keinen Auftrag! Was glauben Sie? Dass ich das Kind allein lasse? Dass es in ein Waisenhaus muss?" Ihre Stimme ist so hoch und schrill, dass ich fürchte, Lisa kommt, um nachzusehen, was hier los ist.

„Wer zahlt?", fragt Vesna unerbittlich weiter.

„Na das wissen Sie doch … die AG, nehme ich einmal an. Aber das ist doch jetzt egal."

„Wenn Peter Gruber nicht zurückkommt …"

Sie starrt uns an. „Mein Bruder würde nie so etwas tun. Nie! Er weiß, wie ich Lisa liebe. Ich werde auf sie aufpassen."

„Aufpassen?", werfe ich ein.

„Die Drohungen … wer sagt, dass nicht ich die Nächste bin? Ich werde … Lisa beschützen."

„Wir sind da, weil wir herausfinden wollen, wie das gelaufen ist", sagt Vesna und versucht ein Lächeln. „Es tut mir leid, was Sie durchmachen. Wie war das mit den Drohungen? Zuerst der Shitstorm? Dann die anonymen Briefe und Anrufe? Zum Schluss die Polster?"

„Warum?" Bea Prokop sieht Vesna fassungslos an.

„Weil Ablauf wichtig sein kann."

„Ich … erinnere mich nicht."

„Sie haben Polster selbst gefunden."

„Ja. Da hat es die Postings schon gegeben."

„Und die anonymen Briefe?"

„Auch. Denke ich."

„Und nach Verschwinden von Gruber: nichts mehr davon?"

Bea Prokop schüttelt den Kopf. „Wenn er weg ist: Dann hat das doch keinen Sinn mehr, oder?"

„Aber wer hat gewusst, dass er weg ist?"

Bea Prokop lehnt sich an die Wand. Sie starrt ins Leere. Gleich kippt sie um.

„Wir können den Polster auch später holen", sage ich.

„Ich … habe darauf vergessen. Sie kriegen ihn. Bald. Bitte!"

„Kann ich Lisa kurz sehen?", fragt Vesna.

„Nein! Das geht nicht!"

Vesna kneift die Augen zusammen. „Woher weiß ich, dass sie da ist?"

„Wo soll sie sonst sein?"

„Dort, wo Gruber ist?"

„Er … ist verschwunden!"

„Eben."

Bea Prokop hält sich an der Wand fest, taumelt, als sie vor uns hergeht. Sie öffnet die Tür zum Kinderzimmer. Wortlos.

„Hallo Lisa", sagt Vesna und lächelt.

„Dich kenne ich", sagt Lisa.

„Ich dich auch."

„Wisst ihr, wo Peter ist? Ist er schon da? Bea hat gesagt, Mummy ist dort, wo er ist. Und dass sie ihn holt."

„Bald", sagt Vesna. Ihre Stimme klingt nicht mehr ganz so selbstbewusst. „Und wir kommen dich auch bald wieder besuchen."

„Mummy ist, wo Peter ist?", fragt Vesna, als wir wieder im Vorzimmer stehen.

„Was ... was hätte ich sonst sagen sollen", stottert die Nanny.

Ich nehme meine Freundin am Arm. „Okay, ich glaube, wir sollten jetzt gehen, wir haben alles ..."

„Was haben Sie? Ich ... Sie sollten sich besser um anderes kümmern. Hat Silvestri ein Alibi?"

„Wie kommen Sie auf ihn?" Es kam schärfer, als ich wollte.

„Weil ... ich weiß nicht. Ich hatte so das Gefühl in der letzten Zeit ... ich kann nicht genau sagen, was es war ... einfach ein Gefühl, wenn Sie verstehen ... ich bin ein kreativer Mensch, der ... Da war was mit der AG ..."

„Warum dann nicht Beck?", setze ich nach.

„Beck?" Bea Prokop holt Luft. „Beck hat ein Alibi. Wir waren zusammen."

„Wie: zusammen?", fragt Vesna.

„Nicht so, wie Sie denken. Wir wollten besprechen, wie es weitergeht. Wo Peter Gruber jetzt schon so lange ..."

„Wo?", fragt Vesna.

„Das geht Sie wohl nichts an! – Was ist das, ein Verhör? Silvestri war verliebt in Peter Gruber. Ich ... was, wenn er weitermacht? Während Sie sich mit dummen Postings beschäftigen?"

[19.]

Jetzt will Ecco doch eine Reportage über den verschwundenen Peter Gruber und seine ermordete Schwägerin. So viel zu seriösem Online-Journalismus. Da muss erst eine sterben, damit sich Sam Mayer für meine Recherchen interessiert. Ich habe es ihr gesagt. Sehr deutlich.

Ich stehe vor unserer Aufstellung. Die Timeline: zuerst die Talkshow, dann Hasspostings, unter anderem von Angerer alias Niwrad und Prokop. Mit einiger Verzögerung dann der Shitstorm und die anonymen Briefe und Anrufe. Und danach, wie um noch eins draufzusetzen, die durchstochenen Polster. Verbindungen, Vermutungen. Beck hat ein Alibi. Silvestri kann mit dem Tod von Katharina Föhrenburg nichts zu tun haben, sonst hätte er mir kaum von der Sache mit dem Schlüssel erzählt. – Kann er nicht? Vielleicht übersehe ich etwas. Oder will es übersehen. Er hat es geschafft. Er ist mir sympathisch. – Weil er schwul ist? Weder weil noch trotzdem. Einfach so. Nicht alle Homosexuellen sind gute Menschen. Das wäre doch auch ein Vorurteil. Er könnte manipulativ sein. Angerer hat so etwas angedeutet. Nein, das war natürlich auf Gruber bezogen. Er konnte seine Schüler sehr gut manipulieren. Angerer hat ihn jahrelang mit seinem Hass verfolgt. Sogar dann noch, als es ihm längst gelungen war, ihn von der Schule zu ekeln. – Aber was könnte er mit Grubers Schwägerin zu schaffen gehabt haben?

David und Ben. Ich versuche es immer wieder bei ihnen. Vielleicht wissen sie etwas über die Beziehung zwischen Gruber und Silvestri. Ich schalte auch Fran ein. Er sagt, die beiden haben sich eine Auszeit vom digitalen Leben genommen. Sie sind mit dem Bus unterwegs und haben Handy und Laptop im Hotel gelassen. Ein spannendes Experiment. Vielleicht ist Peter Gruber auf einem ähnlichen Trip? Wer kann es wissen?

Ich sehe mir den Video-Chat noch einmal an. Nichts in diesem Zusammenhang.

Ich surfe durchs Internet. Vui liegt auf dem Sessel neben mir. Ich könnte gehen und ihn zum Laptop lassen. Vielleicht schreibt er etwas, das mich auf eine Idee bringt. – So weit ist es schon? Du hoffst, dass der Kater dir hilft?

Goldfüllfederkönig. Davon haben David und Ben erzählt. Offenbar ein Society-Löwe der Wiener Zwischenkriegszeit. Ein Geschäftemacher, eine Juxfigur, ein Hochstapler und, wie sich später herausgestellt hat, ein Kinderschänder. Es gibt sogar eine Diplomarbeit über ihn. „Wiener Originale der Zwischenkriegszeit". Verfasserin: Friederike Kraus.

Ich lade das PDF herunter. Schon verrückt, was man im Internet finden kann. Aber alles eben nicht. Gruber bleibt verschwunden. Wie es mit der kleinen Lisa weitergeht, weiß keiner. Eigentlich sehr nett, dass sich Bea Prokop um sie kümmert. Sie ist sogar in die Wohnung übersiedelt. Was kann sie für ihren Bruder? Ganz abgesehen davon, dass es viele Hasspostings gegen Gruber gegeben hat. Und nicht er, sondern Katharina Föhrenberg tot ist.

Vielleicht sollte ich Zeitgeschichte studieren. Da richte ich keinen Schaden an. Die Diplomarbeit dieser Friederike Kraus liest sich spannend. Und die Parallelen zu gewissen heutigen Typen sind nahezu geisterhaft.

Der Goldfüllfederkönig war in Wien eine sehr bekannte, viel belachte und vielleicht auch beneidete Persönlichkeit. Sein geschäftlicher Erfolg und sein Einfallsreichtum brachten ihm die Bewunderung des Publikums ein. Dass er selbst Dichtung und Wahrheit noch auseinanderhalten konnte, ist zu bezweifeln, im letzten Drittel seines Lebens entwickelte er eine ausgeprägte Paranoia.

Er hat die Öffentlichkeit mit sogenannten „Mystifikationen" an der Nase herumgeführt und wurde dafür immer wieder verhaftet. Über seine „Streiche" und die Prozesse haben alle berichtet, selbst seriöse Medien. Wahrscheinlich auch, weil er kein Hehl aus seiner Abneigung gegen den jungen österreichischen Staat und seine Beamten gemacht hat.

1928 entdeckte man im Wienerwald einen Koffer samt Visitenkarte von „Graf Henckel von Donnersmarck". Samt dem Hinweis, dass er sich im Wald umgebracht habe. Wer die Leiche finde, solle hunderttausend Goldmark bekommen. Und obwohl das Ganze nicht „viral" gehen konnte, war der Effekt wohl derselbe: Nicht nur die Polizei, sondern auch viele Zivilpersonen suchten hektisch, man beobachtete einander mit Misstrauen und Eifersucht. Natürlich hat keiner den Toten gefunden. Als man schließlich den Goldfüllfederkönig dazu befragte, gab der zu, dass er auch das inszeniert hatte.

Er hat seine Popularität für Werbezwecke ausgeschlachtet. In den Auslagen seiner beiden Schreibwarengeschäfte mit noblen Adressen im ersten Bezirk konnte man nicht nur Goldfüllfedern, sondern auch die Zeitungsartikel, die über seine „Streiche" berichteten, bewundern.

Ich lese weiter: Dass er wiederholt mit antisemitischen und faschistischen Parolen gespielt hat, hat seiner Popularität offenbar keinen Abbruch getan.

Im Jahr 1931 sollte der österreichische Bundespräsident zum ersten Mal vom Volk gewählt werden. Der Goldfüllfederkönig hat prompt seine Kandidatur angekündigt.

Sein Programm fanden die meisten sehr lustig. Er versprach einfach allen alles, schreibt Friederike Kraus in ihrer Diplomarbeit:

Die Monarchisten würden einen König bekommen – den Goldfüllfederkönig; den Sozialisten dagegen versprach er die volle Durchführung ihres „Linzer Programms". Die Bauern konnten auf eine saftige Notstandshilfe hoffen, die bäuerlichen Arbeiter dagegen auf eine Konfiskation des Grundbesitzes ihrer Dienstgeber. Das Gehalt der Beamten sollte verdreifacht, der Urlaubsanspruch auf 9 Monate hinaufgesetzt werden und auch die Arbeitslosen konnten auf eine Erhöhung ihrer Unterstützung zählen, die nur gestrichen werden sollte, wenn sie Arbeitswillen zeigten.

Es kam nicht zur Volkswahl, ein Putschversuch und politische Unruhen haben sie verhindert. Wäre er angetreten, er hätte gewonnen. Davon war der Goldfüllfederkönig überzeugt.

Bei einem Prozess, der gegen ihn in Berlin wegen eines – wieder einmal – fingierten Selbstmordes lief, hat er selbst über seine Popularität gesagt:

„*Wenn ich heute nach Deutschland komme, so komme ich als ein berühmter Mann hin. Hitler, der ein österreichischer Tapezierergehilfe war, wird jetzt in Deutschland wie ein Gott verehrt, aber mit dem Goldfüllfederkönig Winkler kann sich ein Hitler nicht messen.*"

Mehrere psychiatrische Gutachten haben ihm bescheinigt, ein „geltungsbedürftiger Psychopath" zu sein. „Seine Widerstandskraft gegen kriminelle Impulse ist sichtlich herabgesetzt." Und trotzdem blieb er eine schillernde Society-Figur, die man gerade dafür liebte, dass ihr alles zuzutrauen war. Nach dem Zweiten Weltkrieg war es mit seinem Ruhm vorbei. Er wurde wegen wiederholter Kinderschändung verurteilt. Ob er erst damals begonnen hatte, kleine Mädchen mit kleinen Geschenken anzulocken, werden wir wohl nie erfahren. Vielleicht hat ihn sein Nimbus als exzentrisches, von allen gekanntes, auch verehrtes Original in den Dreißigerjahren auch lange vor Strafe wegen Pädophilie geschützt.

Was bringt Menschen dazu, solche Typen zu mögen, sie unter Umständen sogar zu wählen? Vielleicht, weil die tun, was sie sich selbst nie trauen würden. Weil sie kein Problem haben, auch gegen die „Obrigkeit" aufzumucken. Weil für sie keine Grenzen zu gelten scheinen. Weil gemeinsame Feinde und Gegner verbinden. Ich schüttle den Kopf. Die sozialen Medien haben nicht alles verändert, vieles scheint es schon lange, vielleicht immer, gegeben zu haben. Es wird jetzt bloß verstärkt. Und sichtbarer. Wir könnten die Chance nutzen und daraus lernen.

Telefon. Vesna. Ich habe keine Lust, mich mit unseren unmittelbareren Problemen zu beschäftigen.
„Du wirst nicht glauben, wer hier ist", sagt sie.
„Peter Gruber?", spotte ich.
„Woher …"
Es sollte ein Witz sein.
„Wirklich. Er ist in ‚Auf die Palme'."

Wir sitzen in der Lounge-Ecke, in der ich vor kurzem beim Clubbing mit Alexander Silvestri geredet habe. Ich versuche Peter Gruber nicht anzustarren. Mittelgroß, mittelschlank, mittelalt – unauffällig und trotzdem unverkennbar. Mit Brille und dichten braunen Haaren, die beginnen, grau zu werden. Ich kann noch immer nicht glauben, dass er hier ist. Ich begreife es nicht. Katharina Föhrenburg ist tot. Er ist am Leben. Er will, dass das auch so bleibt. Er hat Vesnas Personenschützer engagiert.

„Ich muss mich um Lisa kümmern, das ist das Wichtigste", sagt er. Ich denke doch, dass er seine Nichte und nicht die App meint.

„Sie haben sich Zeit gelassen. Mehrere Tage", stellt Vesna fest.

„So einfach … war das nicht. Es … hat gedauert, bis ich es erfahren habe. Die Medien haben keinen Zusammenhang zwischen dem Tod von Katharina und mir hergestellt."

Ich nicke.

Vesna seufzt. „Sie müssen nicht sagen, wo Sie gewesen sind. Aber es wäre gut. Für besten Schutz."

„Ich war im Haus eines Schulfreundes. In der Südsteiermark, an der Grenze zu Slowenien."

Ich schüttle den Kopf. „Es ist Weinlesezeit. Die Grenzlandweinstraße ist spektakulär. Und schon lange kein Geheimtipp mehr. Ungeeignet, um sich zu verstecken."

„Ich war nicht viel unterwegs. Außerdem: Gerade in der Menschenmenge bleibt man unerkannt. – Ich will, dass dieser Ort geheim bleibt. Ich weiß nicht, wem ich trauen kann."

„Wenn Sie mir nicht trauen, Sie suchen sich jemand anderen", stellt Vesna trocken fest.

Gruber schüttelt müde den Kopf. „Ich trauen Ihnen, sonst wäre ich nicht hier."

„Warum sind Sie verschwunden?"

„Weil … das tut jetzt nichts zur Sache. Lisa hat Vorrang."

„Sie werden mit Polizei reden müssen."

„Ja. Aber … ich will, dass Sie mich beschützen. Rund um die Uhr. Ich traue dem Innenministerium nicht. Der letzte Innenminister … ich weiß nicht, wie weit die Polizei unterwandert ist."

„Ist das nicht doch ein wenig überzogen?", werfe ich ein.

„Katharina ist tot."

„Sie ist wohl kaum ein politisch motiviertes Opfer."

„Sie war meine Schwägerin."

Vesna unterbricht. Sie merkt, dass ich langsam wütend werde. „Wir wissen jetzt von den Drohungen. Es gibt auch viele Postings, die unter Hass im Netz fallen. Man kann sie anzeigen. Ich glaube nicht, dass Sie deswegen panisch sein müssen."

„Panisch?", wiederholt er. „Vorsichtig. Mit den Sozialpatrioten und ihrem Mob ist nicht zu spaßen. Wenn die kritische Stufe an Feindseligkeit, die kritische Menge der Mitläufer überschritten ist, dann gehen Gewisse voran. Sie handeln. Das war schon immer so."

Ich seufze. „Jedenfalls ist klar, dass Sie nicht untergetaucht sind, um anderswo Ihre Millionen zu verprassen."

Er starrt mich empört an. „Das hätte ich nie gemacht! Vielleicht war ich feige. Aber ich habe eine Aufgabe, ich will weitermachen. Und ich wollte mir sicher sein, dass ich es schaffe."

„Wir haben ohnehin keinen Märtyrertod von Ihnen verlangt", setze ich nach.

Er schüttelt den Kopf. „Es ist fürchterlich. Ich konnte nicht ahnen, dass sie Katharina … Lisa wird mir nie verzeihen."

„Sie haben einen Verdacht?", fragt Vesna.

„Es liegt wohl auf der Hand, dass es die waren, denen die Spaltung der Gesellschaft nützt."

„Die Rechten bringen Blusenverkäuferin um?" Jetzt wird auch Vesna ungeduldig, guter Klient hin oder her.

Er runzelt die Stirn. „,Rechts' und ,links' passt in diesem Zusammenhang nicht mehr. Es geht nicht um andere Meinungen, mit ihnen muss man sich auseinandersetzen, das ist gut für die Demokratie. Die bei uns und anderswo destabilisieren, sind Antidemokraten. Sie wollen die Aushebelung der Grund- und Menschenrechte, sie hetzen gegen unabhängige Medien, gegen die unabhängige Justiz. Sie wollen eine autoritäre Wende, ein System, in dem das Volk bestenfalls pro forma abnickt, was ihre Führer entscheiden."

„Links und rechts kann man nicht in einen Topf werfen", widerspreche ich.

Gruber lächelt. „Die Utopie der Linksextremen ist die totale Gleichheit. Deswegen bekämpfen sie Unterschiede, auch Individualismus, Kapitalismus. Die Rechtsextremen kämpfen genau gegen die Gleichheit, ihr Ziel ist eine elitäre, autoritär geführte Volksgemeinschaft. Und eine Festung nach außen. Die ,Anderen' müssen weg. Passiert es im Rahmen der demokratischen Spielregeln? Und: Darf es so weit kommen, dass sich die Demokratie selbst abschafft? Wie können wir es verhindern und doch demokratisch bleiben? Das sind die entscheidenden Fragen."

„Es ist ein Unterschied, ob ich Gleichheit als Ziel habe oder alle, die nicht zu einer Volksgemeinschaft passen, eliminieren will", unterbreche ich seinen Monolog.

„Natürlich habe ich mehr Sympathie für Ersteres, trotzdem bleibt die Frage nach Methoden und Mitteln. Und nach dem, was uns die Geschichte lehrt. Im Kommunismus …"

„Ich verteidige nicht die UdSSR, ich verteidige Leute, die sich nach einer faireren Gesellschaft sehnen!"

„Nur um es klarzustellen: Ich halte Putin und Co nicht für links, sondern für postkommunistische nationalistische Antidemokraten. Es hat schon einen Grund, warum die Sozialpatrioten solche Potentaten verehren. Ganz abgesehen davon, dass sie unsere Antidemokraten ja auch gut versorgen: mit Geld, Posten und Trollfabriken für Fake News."

Vesna verdreht die Augen. Ich sehe sie empört an.

„Was?", antwortet sie. „Ein Internet-Millionär und eine Wirtschaftsanwalts-Gattin mit Penthouse in der Wiener Innenstadt reden über links und Klassenkampf. Da kann Jugo-Putzfrau nur schweigen. Oder grinsen."

Ich hole Luft. Das mit der „Gattin" ist ein besonderer Untergriff. Von dem Gruber natürlich keine Ahnung hat. Gruber. Seine Schwägerin. Eigentlich geht es um ganz anderes. „Ich dachte, Sie wollten sich nur mehr um Ihre App kümmern", sage ich zu ihm.

„In der Hoffnung, dass LISA niederschwellig zu einem besseren Miteinander beiträgt. Deswegen bin ich auch so besorgt. Was, wenn jemand mit ganz anderen Absichten unsere App in die Finger bekommt …"

„Ihr Geschäftsführer ist für den Verkauf."

„Eben. Und wenn ich jetzt höre, er hat sich an Katharina herangemacht … Sie hatte nichts zu reden in der AG, aber immerhin: Über Lisa konnte sie auf mich Einfluss nehmen."

„Wer App kaufen will, hat keinen Grund, sie zu ermorden", stellt Vesna fest.

„Vielleicht war es eine Verwechslung. Es ist mein Keller, die dachten, ich bin das."

„Unwahrscheinlich." Wir sagen es im Chor.

„Wenn ich tot wäre, könnten sie mit LISA machen, was sie wollen."

„Sie sind aber nicht tot", stelle ich fest.

„Ich muss ein Testament machen. – Ihr Mann ist Anwalt. Könnte er mir dabei helfen?"

„Er ist Wirtschaftsanwalt."

„Eben. Darum geht es, dass niemand LISA kriegt, um sie auszuschlachten."

„Sie sollten andere Wortwahl überlegen, wenn Sie mit Polizei reden", schlägt Vesna vor.

„Wie würden Sie es nennen? Jetzt trägt Lisa dazu bei, dass sich Menschen im Netz freundlich begegnen. Dann würde mit meiner App spioniert, würden die User mit passender Werbung und vielleicht sogar politischen Inhalten unterwandert. Es würde mit ihr Unsinn oder noch Schlimmeres verkauft, es würde mit dem guten Willen der Menschen wieder einmal Schindluder ..."

Meine Freundin unterbricht ihn. „Ich habe verstanden, was Sie meinen. Trotzdem: Wenn Sie Lisa, der Nichte, helfen wollen, ist es besser, Sie sind weniger dramatisch."

Er seufzt. „Aber ... es ist dramatisch. Nur dass das niemand sehen will."

„Ich stelle Gruppe von Personenschützern für Sie zusammen. Wenn Sie zahlen können. Ich mache es auch für Lisa. Die Nichte. Die kann nämlich nichts dafür."

„Geld spielt keine Rolle."

„Ich dachte, es geht alles in die Stiftung", erwidere ich.

„Ich habe privat Geld. Und wir haben, unter anderem, einen Notfallfonds. Bei solchen Sachen ist Christof Beck gut. Es wird schwer ... ich muss ihm wieder vertrauen können."

„Oder ihn rauswerfen", schlägt Vesna vor.

„Er ist nicht nur Geschäftsführer, sondern auch im Vorstand. Und in der Stiftung. Mir war das damals egal, es ging um die App. Um die Idee, im Netz etwas Gutes zu bewirken."

„Und Ihr Assistent? Silvestri?"

Gruber sieht meine Freundin an. „Ihm ... ich dachte immer, dass ich ihm restlos vertrauen kann. Ich sollte mich nicht mit solchen Dingen aufhalten. – Sie sagen, die Nanny von Lisa hat mit den Sozialpatrioten zu tun? Das ist schlimm."

Ich werfe Vesna einen Blick zu. Wäre besser gewesen, nicht davon anzufangen. Sie weiß ja, wie er reagiert. „Ihr Bruder", präzisiere ich. „Sippenhaftung kann nicht so Ihr Ding sein, oder?"

„Haben Sie schon einmal von ihrem Masterplan gehört?"

„Bea hat einen Masterplan?"
Er starrt mich an. „Doch nicht Bea!"
Ich hatte es auch nicht ernst gemeint.
„Sie machen Geheimkonferenzen, um diesen Masterplan zu befördern. Dabei geht es auch um die Deportation aller Menschen, die ihnen nicht in den Kram passen. Sie verlangen Assimilation. Und konservative Parteien haben nichts Besseres zu tun, als das unter dem Titel ‚Leitkultur' salonfähig zu machen. Assimilation ist Rassismus. Menschen wird das Recht abgesprochen, als Gruppe zu existieren. Als Nächstes sind alle, die sie unterstützen, dann überhaupt alle Andersdenkenden an der Reihe. Und von da bis zur Negierung ihres physischen Lebensrechts ist es nur mehr ein weiterer Schritt. Das ist das Ende!"
„Aber tot ist Katharina", stellt Vesna unbarmherzig fest.
„Sie könnte ein erstes Opfer gewesen sein."
„Sie war wohl eher eine klassische Österreicherin", gebe ich zu bedenken.
„Sie war zu sehr in meiner Nähe. Mich haben sie nicht gekriegt … es ist fürchterlich. Glauben Sie, ich mache mir keine Vorwürfe, dass sie vielleicht an meiner statt …"
Ich sehe Vesna an und will schon wieder „unwahrscheinlich" sagen. Sie schüttelt bloß den Kopf. „Vielleicht man kriegt Weltverschwörer, wenn man zuerst Mörder von Katharina kriegt."
„Sie sollten mich ernst nehmen." Gruber verstummt.
„Wir haben mit denen nichts am Hut", mache ich klar.
Vesna verdreht die Augen.
„Der Masterplan? Sie kennen ihren Masterplan?", setzt er fort.
„Wir reden über Masterplan, später. Jetzt sollten Sie nachdenken, ob Sie etwas wissen, das uns weiterbringt. Konkret. Bei Drohungen. Und bei Mord im Keller."
„Zuerst kamen Hasspostings. Und danach die anonymen Briefe und Anrufe?", frage ich.
Gruber runzelt die Stirn. „Ist das wichtig? Es war wie ein Tsunami. Ich bin von den USP-Führern beschimpft worden, das

war zu erwarten. Gleichzeitig ging es mit den Hasspostings los. Und dann wurde es immer ärger."

„Die Polster kamen zum Schluss, oder?"

„Ja … aber da waren auch weitere Postings und Anrufe. Ich weiß es genau, weil der anonyme Anrufer gesagt hat, ich soll aufpassen, sonst kommen nicht bloß Grinsepolster dran."

Vesna nickt. „Wir haben Anzeichen, dass der große Shitstorm im Netz gelenkt war. Ein Teil der Postings kam von Trollfabrik mit Nähe zu Ultrarechten."

„Was ich gesagt habe! Es ist klar, woher das kommt! Sie arbeiten mit allen Methoden. Auch das gehört zum Masterplan. Sie haben ein Netz rechter Influencer aufgebaut. Die wirken nicht politisch. Weil die meisten Leute Politik verabscheuen. Die machen zum Beispiel Werbung auf TikTok. Da lobt ein durchtrainierter blonder junger Mann einen Vitaminshake. Nur dass auf seinem T-Shirt ‚Europa, erwache!' steht. Ein Extremistenspruch. Die Kids finden den Typ cool, sie lesen den Spruch. Darauf baut man auf."

„Aber es gibt eben auch Ihre Lisa-App", gebe ich zu bedenken.

„Wenn die infiltriert wird, würden sie wohl die nette Heimatschiene fahren. Zuerst unser Lisa-Logo, dann Alpen, Berge, Adler, ein Paar, das sich an der Natur erfreut. Eine sympathische Bäuerin sagt, es soll so gut sein wie früher."

„Könnte auch Umweltschützerin sein", wirft Vesna ein.

„Mit den Hashtags *#Patriot* und *#Tradition* und *#Volk+Gemeinschaft?* Wissen Sie, was in Stufe zwei ihres virtuellen Brainwashings folgt? Die großen Erklärer. Die machen den Sprung zur notwendigen Verteidigung unserer Volkskultur vor der sogenannten Asylantenflut, Umweltschützern wird gesagt, dass die Flüchtlinge schon am Weg zu uns enorm viel Müll hinterlassen haben. Christen werden gezielt mit Botschaften versorgt wie: Leider geht in Österreich die Anzahl der Katholiken immer mehr zurück. Stufe zwei lautet: Wollt ihr wirklich, dass es immer mehr Moslems bei uns gibt?"

Klingt grausig. Aber ich bin mit Vesna einer Meinung: Es gibt Näherliegendes. Und schon das macht uns ausreichend Kopfzerbrechen. „Ihre ehemaligen Schüler werden sich freuen, dass Sie wieder da sind", versuche ich die Kurve zu kriegen.

„Wir haben mit Ben und David gechattet", erklärt Vesna.

Er runzelt die Stirn. „Chatten? Da ist nicht gut. Was haben Sie gesagt? Ging es auch um meine Familie? Um …"

„Den Chat hat mein Sohn gemacht. Er hat IT-Firma und keine verdächtige, nur falls Sie es vermuten. Im Gegenteil. Er beschäftigt sich mit Sicherheit im Netz."

„Sie haben erzählt, dass Sie ein super Lehrer waren", beruhige ich ihn.

„Die beiden waren engagiert. Sie haben mir bei der App sehr geholfen. David tut es immer noch. Vielleicht sollte man auch ihm Personenschutz …"

Vesna schüttelt den Kopf. „Sie sind momentan in Indien unterwegs. Das ist Abstand genug."

Peter Gruber scheint davon nicht so überzeugt zu sein. „Der indische Präsident wird auch immer mehr zum Autokraten. Die entwickeln dort eine Art von Hindu- und Yoga-Nationalismus."

„Bea und Katharina haben gemeinsam Yoga gemacht", werfe ich ein.

Meine Freundin sieht mich strafend an. Sie traut Gruber zu, selbst das wichtig zu finden.

Täuschung. Gruber lächelt.

Als ich heimkomme, ist das Roastbeef komplett durch. Ich habe vergessen, es aus dem Ofen zu nehmen. Zumindest ist es nicht verkohlt, so wie damals das gefüllte Hendl. Das erste Gericht, das ich in unserem wunderbaren Holzherd zubereiten wollte. Zu überstürzt war mein Aufbruch, zu irritiert war ich von der Nachricht, dass Peter Gruber wieder da ist. Wie ich ihn einschätzen soll, weiß ich nach wie vor nicht. Auf der einen Seite ist sein Engagement bewundernswert. Und sein Wissen ist es auch. Auf der anderen Seite geht mir seine Fokussierung auf eine antidemokratische Verschwörung, verbunden mit der Überschätzung der eigenen Wichtigkeit, auf die Nerven.

Man muss es ihm hoch anrechnen, dass er so kompromisslos ist, rufe ich mich zur Ordnung. Die Asche im Holzherd glüht noch. Ich lege zwei Scheite nach und stelle auf maximalen Durchzug. Kompromisslos? Ist er das wirklich? Er hat sich versteckt. Während wir versucht haben, Licht ins Dunkel zu bringen. Und Katharina in seinem Keller ums Leben gekommen ist.

Ich habe einen Plan. Was unser Roastbeef angeht. Ich werde es so lange schmoren, bis es sich mit der Gabel zerteilen lässt. Pulled Beef. Olivenöl und Rotwein über das Fleisch und wieder ab ins Rohr.

Wo ist Vui? Er schläft auf meinen Laptop. Ich streiche den mächtigen runden Kopf unseres Katers. Er blinzelt und hebt sein blaues Auge. Dieses Tier gibt die schönsten Rätsel auf. Wir fragen uns schon lange, warum er so gut wie immer das blaue Auge zuerst öffnet. Er schnurrt, schiebt seine Vorderpfoten langsam, beinahe bedächtig, von der Tastatur, streckt sich und springt mit einem eleganten Satz vom Tisch. Allein dafür hast du dir eine Belohnung verdient. Trotzdem werfe ich noch einen neugierigen Blick auf den Bildschirm.

Ich erstarre. Er hat ein ganz klares Wort formuliert. Oder zumindest ein halb verständliches, aber ganz lesbares: *Fakekönig*.

„Vui?", flüstere ich und fürchte fast, ich könnte Antwort bekommen.

Dann erst erinnere ich mich, dass ich das selbst geschrieben habe. Bevor das Telefon geläutet hat.

Der „Masterplan", von dem Gruber redet: Wie viele folgen ihm? Wer könnte ihn umsetzen? Oder sind es die Planspiele weniger Durchgeknallter?

Es gibt Rechercheplattformen, die das beschreiben, was jedenfalls schon Realität ist: Begriffe werden gekapert, besetzt und in die öffentliche Debatte eingebracht. Dem Generalsekretär der

Sozialpatrioten ist es gelungen, dass „Remigration" in einem einzigen Fernsehinterview gleich siebzehn Mal verwendet worden ist. Der Plan ist, dass mit diesem Wort eine Diskussion über die Deportation von „Volksfremden", von allen, die sich nicht „assimilieren" wollen, gestartet wird. Gleichzeitig soll Stimmung gemacht werden, nicht bloß gegen andere Religionen, sondern auch gegen „ausländische" Läden und Restaurants.

Es gehe um nichts weniger als das Überleben „des Abendlandes", „unserer christlich geprägten Völker und Kulturen", lese ich weiter. Kann es Menschen geben, die solche Phrasen ernst nehmen? Ich seufze. Vielleicht bewegt sich nicht nur Gruber in seiner, und Angerer sich in einer anderen, sondern auch ich mich in meiner kleinen eigenen Welt. Blase nennt man das jetzt. Wie kommt man zu einer breiteren Weltsicht? Und: Können einen Influencer mit bösen Absichten aus der eigenen Bubble raus- und in eine andere reinstoßen? Ganz abgesehen davon, dass ich sofort weiterklicke, wenn mir *influencing* unterkommt. Ich brauche keine, die mir einredet, dass ich meinen Schrank anders einräumen sollte. Oder wie man mit Vitaminen glücklich wird. Auch „Trad Wives" werden mich nicht von klassischen Rollenbildern überzeugen. Allein der Begriff: zusammengesetzt aus „traditional" und „wives". Diese Influencerinnen sollen den Frauen beibringen, was ihr eigentliches Glück ist: Kinder zu kriegen und ihren guten volkstreuen Gatten zu versorgen. Verbrämt werden ihre Auftritte mit Haushaltstipps, Schminkanleitungen und Filmempfehlungen. – Womit wir wieder bei Santendo wären: Was, wenn doch alles mit allem zusammenhängt? Wenn es den großen antidemokratischen Masterplan tatsächlich gibt? Dann liefert Santendo die passenden Heile-Welt- und -Familien-Filme. Sie kaufen Lisa. Sie wird als Agentin missbraucht, um die Guten und Harmlosen zu unterwandern.

Vui maunzt. Nein, er brüllt. Recht hat er. Apropos Weltsicht: Wie weit ist es von einem offenen Blick auf unsere Welt samt ihren unerfreulichen Seiten hin zum Glauben an eine Weltverschwörung?

Oskar jedenfalls findet, dass mein Pulled Beef fantastisch duftet. Die Vorgeschichte will ich ihm erst erzählen, wenn er etwas im Magen hat. Ich hacke Tomaten, Zwiebel, Kapern, Knoblauch und eine frische Chilischote klein und rühre etwas Olivenöl unter. Ein guter Dip zu diesem Gericht. Während er den Tisch deckt, mische ich noch schnell eine zweite Sauce zusammen: Bio-Mayonnaise aus der Tube, dickes Joghurt, Safranpulver, ein wenig Salz und Kreuzkümmel. Unsere kleine Zwei-Personen- und-eine-Katze-Blase. So angenehm. So beruhigend. Dazu getoastetes Brot. Ich grinse.

„Was ist?", fragt Oskar und holt den Untersetzer für die heiße Pfanne.

„Unsere idyllische Blase, dazu getoastetes Brot", sage ich.

Er legt den Kopf schief.

„Jetzt siehst du aus wie Vui, wenn er uns nicht versteht."

„Ich …"

„Kein Wunder", falle ich ihm ins Wort. „Ich verstehe es auch nicht. Ich bin heute schon etwas drüber. Zu viele Neuigkeiten und Informationen, samt einem Goldfüllfederkönig, der Hochstapler und verurteilter Straftäter war und trotzdem so populär, dass er Präsident hätte werden können."

„Soll vorkommen."

„In Österreich. Erste Republik. Beliebtes Wiener Original. Das habe ich ganz ohne unseren Historiker recherchiert."

„Gibt's Neues?"

Ich werde Peter Gruber ausrichten, dass Oskar ihn nicht anwaltlich vertreten wird. Testamente gehören ohnehin nicht zu seinem Portfolio. Er kann ihm jemanden empfehlen. Jetzt, wo Gruber wieder da ist, wäre es klug, wenn wir uns etwas zurückzögen, meint Oskar. Und für Personenschutz gäbe es professionellere Unternehmen als Vesnas Firma für alle Fälle. Ganz abgesehen davon: Finden wir es nicht auch merkwürdig, dass dieser Gruber gerade nach dem Tod von Katharina Föhrenburg wieder auftaucht?

„Es geht ihm um Lisa", sage ich und nehme einen Schluck Jameson.

„Es ist auch schon bei den Drohungen um Lisa gegangen, trotzdem hat ihn das nicht gehindert, unterzutauchen. Hat Gruber erzählt, warum er verschwunden ist?"

„Nicht genau. Nur von der Sorge, seine Gegner könnten es nicht mehr beim Drohen belassen. Das sei immer schon so gewesen, es gäbe einen kritischen Punkt, bei dem es so viel Feindseligkeit, so viele Mitläufer gäbe, dass Gewisse vorangehen und handeln."

„Ich will ihr Gewaltpotenzial sicher nicht kleinreden, aber den Mord an seiner Schwägerin als politische Eskalationsstufe zu deuten, kommt mir nicht gerade schlüssig vor. Vergleicht er da die illegalen Nazis der Dreißiger mit den Sozialpatrioten? Ich bin kein Historiker, aber …"

Ich lächle ihm zu: „Und schon gar kein Hysteriker. Du hast keine Ahnung, wie gut mir das tut."

Oskar zwinkert mir zu. „Man sollte einander viel öfter Gutes sagen. Ganz ohne App. Ich mag dein Engagement. Und dass du dich zu hundert Prozent einsetzt. – Na ja, zumindest mag ich es grundsätzlich. Und sag Vesna, dass ich sie super finde, aber: Peter Grubers Anwalt werde ich trotzdem nicht. Dazu ist mir meine Familie zu wichtig."

Ich lache. So geht's auch. Ich tippe auf Vesnas Kurzwahl-Button. Besser, manche Dinge gleich zu erledigen.

„Ich habe Personenschutz eingeteilt. War nicht so einfach. Vor allem, weil er nicht in ein sicheres Haus möchte. Sondern in die Wohnung von Katharina zieht."

„Da ist doch schon Bea."

„Die soll wieder tun, was sie vorher gemacht hat: halbtags auf Lisa aufpassen."

„Sie würde es anders formulieren."

„Ist mir egal. Und, ich glaube, ihm auch. Er ist nicht begeistert von ihr."

„Kein Wunder, nachdem du ihm von USP-Bruder erzählt hast."

„Übrigens: Ihr Verhältnis zum Bruder ist viel enger, als sie uns gegenüber getan hat. Der Bruder ist elf Jahre älter, er hat sie aufgezogen. Gemeinsam mit Großvater, der auch Tierarzt war. Es gibt Anzeichen, die Eltern sind im Drogenmilieu verkommen, aber über sie wird nicht geredet."

„Könnte er einen Grund gehabt haben, seine Schwester vor Katharina Föhrenburg beschützen oder sie rächen zu wollen?"

„Man braucht nicht spekulieren. Er hat ein Alibi für den Mord. Er ist von Kameras aufgenommen worden. Mehr als hundert Kilometer entfernt. Bei einem Treffen der Sozialpatrioten."

„Und wenn die Aufnahmen Fake sind?"

„Sie sind von Gegendemonstranten. Zum Glück hat USP gleich Radau gemacht. Es gibt Anzeigen, weil ihre Gegner die Videos ins Netz gestellt haben. Sie tun wieder einmal so, als wären sie die Opfer."

„Also können wir Klaus Prokop abhaken."

„Für den Mord. Apropos: Da hält seine Schwester Silvestri für verdächtig."

„Vesna, sie hat gesagt, sie hat ‚so ein Gefühl'. Das ist nicht besonders konkret. Vor kurzem hatte sie noch Katharina im Verdacht. Die ist jetzt tot, also redet sie von Silvestri. Als Nächstes könnte sie Gruber vorschlagen. Sie macht sich einfach wichtig."

„Gruber wird sie nicht verdächtigen. Und Beck auch nicht. Die beiden braucht sie."

„Beck wäre ja auch schwer möglich. Nachdem sie zur Tatzeit zusammen waren. – Wird Gruber eigentlich gegen die Hassposter klagen?"

„Kann Oskar das übernehmen?" fragt Vesna.

„Oskar hat keine Zeit. Du sollst Gruber das bitte ausrichten. Er wird jemanden empfehlen."

Oskar schenkt uns Jameson nach.

„Gib ihn mir."

„Du wirst ihn nicht umstimmen."

„Gib!"

Was folgt, ist ein Gespräch, zu dem Oskar nicht besonders viel beiträgt. „Ist dir klar, dass ich Mandanten gegenüber Vertraulichkeitsverpflichtungen habe? Ich würde euch auf keinen Fall erzählen, wenn mir etwas verdächtig vorkommt. Ich denke, du willst ihn beschützen?"

Dann ist wieder sie am Wort. Lange. Er verdreht die Augen. Und hält mir das Telefon hin.

„Früher war das nicht so kompliziert", sagt Vesna. „Jetzt wird rundherum geblockt."

„Ich kann dir mehr über den Masterplan und antidemokratische Hausfrauen-Influencer erzählen."

„Unterstehe dich!"

„Wer blockt eigentlich?"

„Na Oskar eben. Wäre gut gewesen, wenn er Kontakt mit Gruber hat. Und uns warnt, wenn ihm etwas komisch vorkommt."

„Du traust Gruber nicht restlos."

„Warum sollte ich? Leute, die glauben, sie haben Gutes gepachtet, sind mir verdächtig."

„Er ist dein Klient."

„Er hat mich so vollgequatscht, dass ich es schon bereue."

Oskar prostet mir zu. Ich lache leise. „Vesna, vielleicht bist es jetzt du, die Entspannung braucht!"

Kurzes Schweigen in der Leitung. „Okay, abgemacht", höre ich dann.

„Was abgemacht?"

„Wir singen. Background. Bei EverLyn."

„Du bist verrückt!"

[20.]

Ich freue mich auf Internationales. Abseits von völkischem Getue und Verschwörungstheorien. Ich treffe mich mit Alexander Silvestri im „Jasmin", um über die Rückkehr von Gruber zu reden. Er war ganz erstaunt, dass ich das Lokal nicht kenne. Etwas abgelegen, man könnte auch sagen, in der Wiener Pampa. Dafür aber angeblich mit den besten Dim Sum der Stadt.

Ich verlasse die Südosttangente, kurve durch Breitenlee: hohe Siedlungshäuser und Einkaufscenter, dazwischen immer noch Felder und eine kleine, wie aus der Zeit gefallene Kirche. Ich bin neugierig. Warum nicht das Nützliche mit dem Angenehmen verbinden? Ich werde trotzdem aufmerksam sein. Mich von Silvestris Charme nicht täuschen lassen.

Parkplätze gibt's jedenfalls genug. Es lebe die Peripherie. Gerade als ich den Motor abstellen will, wird mir ein Anruf von Sam Mayer angezeigt. Ich drücke auf die Empfangstaste.

„Ich muss planen, wie weit bist du?", kommt es aus dem Autolautsprecher.

„Ich kann eine Reportage über den Stand der Dinge machen. Allerdings glaube ich, es wäre besser, noch etwas zuzuwarten. Wir sollten nicht erwähnen, dass Gruber zurück ist. Noch wissen die anderen Medien nichts davon."

„Gruber ist zurück?"

„Seit kurzem. Es war so viel los … Ich wollte dich ohnehin anrufen."

„Aber du arbeitest schon noch für Ecco?"

„Du warst an Gruber nicht besonders interessiert."

„Mira, wenn ein Paranoiker ein paar Tage weg ist, dann ist das nicht gerade die Weltsensation. Aber wenn er ausgerechnet jetzt auftaucht ... Kann es sein, dass er mit dem Tod seiner Schwägerin zu tun hat?"

„Alles kann sein. Das ist ja das Problem."

„Du verschweigst mir etwas."

„Nein! Ich treffe mich mit Silvestri, dem Assistenten von Gruber. Ich melde mich danach, okay?"

„Wo bist du? Wie steht er zu Gruber?"

„Ich bin schon vor dem Lokal. Hier soll es übrigens die besten Dim Sum der Stadt geben. Mal schauen, was der Abend bringt."

„Das klingt, als wolltest du mich hinhalten."

„Will ich nicht. Übrigens: Ich hätte noch eine andere Reportage anzubieten. Der ‚Masterplan' der neuen Rechtsextremen. Die Rettung des Abendlandes mithilfe von Influencerinnen und Trollen. Lokalen wie diesem hier will man es so ungemütlich wie möglich machen. Aber das ist erst Stufe eins."

„Das mit dem ‚Masterplan' ist am Laufen."

„Wie bitte?"

„Ist doch ein großes Thema inzwischen. Das recherchiert ein Team von Ecco Deutschland. Verbindungen der rechten und rechtsextremen Szene, ihre Geldgeber, ihre Ideen, Europa nach ihren obskuren Vorstellungen umzukrempeln."

„Und ... davon weiß ich nichts?"

„Wann warst du zum letzten Mal in der Redaktion?"

Ich schweige.

„Du bist nicht die Einzige, Mira. Und: Mir ist wichtig, dass wir ohne Vorurteile berichten."

„Du denkst, ich habe welche? Hat man welche, wenn man nichts mit diesen Typen am Hut hat? Die man übrigens besser Antidemokraten statt Rechte nennen sollte."

„Deine Antwort beweist es. Wir wollen nicht Teil der neuen Empörungsspiele sein."

„Ich empöre mich nicht. Ich recherchiere. – Gruber. Die sollten jedenfalls mit ihm reden. Es gibt kaum jemanden, der so viel weiß über die Szene."

Sam seufzt. „Apropos Selbstgerechtigkeit."

„Er ist nicht selbstgerecht. Er ist vielleicht ein wenig ... fokussiert. Seine Schüler haben ihn geliebt."

„Na gut. Ich sag es dem Team."

„Er wird ohnehin nur Hintergrundinfos liefern wollen, er hat zu viel Angst, um in die Öffentlichkeit zu gehen. Er macht sich Sorgen um seine Nichte Lisa."

„Wenn du klarer siehst, melde dich. Denk dran: Fakten. Nicht zu viel Gefühl."

Ich werde wütend. „Ich habe schon zu einer Zeit als Journalistin gearbeitet, da hast du noch in die Windeln geschissen!"

Täusche ich mich, oder kichert Sam? „Ich sage nur: Gattinnen erfolgreicher Männer und ihre spannenden Hobbys."

„Da bin ich eben reingefallen. Bei mir selbst habe ich eben weniger genau hingesehen. Hatte keiner einen Schaden, nur ich den Spott."

Ich steige aus. Bin ich hier richtig? Die Tür aus Alu und Pressglas scheint mir nicht zu einem Asia-Tempel zu passen. Ein paar Schritte retour. „Jasmin". Schriftzug, Gebäude. Lage: Kann es sein, dass mich Silvestri für dumm verkaufen will? Dass das hier ein mehr oder weniger geheimes Puff ist?

Noch ein paar Schritte zurück. Vesna würde nicht zögern, sondern einfach nachsehen. Vesna. Ich hätte ihr sagen sollen, dass ich Silvestri treffe. Ich habe abgewiegelt, als sie überlegt hat, ob an Bea Prokops Verdächtigungen doch etwas dran sein könnte. Was hat sie gesagt? Überall wird geblockt. Ich möchte nicht abblocken, ganz im Gegenteil. Ich brauche meine Freundin mehr denn je. Jetzt, wo sich selbst ECCO für die wichtigen Themen andere Journalistinnen holt. Coolere. Ziemlich sicher auch jüngere.

Ich schicke Vesna eine Nachricht und atme durch. Wenn sie es nicht schafft, so kurzfristig zu kommen: kein Problem.

Gewusst hat sie jedenfalls davon. Eine asiatischstämmige Familie steigt aus einem SUV, sie verschwinden hinter der Ecke des Gebäudes. Ein zweiter Eingang? Ich gehe ihnen nach und atme durch. Hier ist der größere Parkplatz. Löwenskulpturen und dann ein einladendes Entree. Ein Raum, der eigentlich schon eine Halle ist, große runde Tische, fast alle besetzt. Die schweren Tischtücher, die eleganten Sessel mit bodenlangen Hussen, die Geräuschkulisse und dazwischen flinke asiatische Kellnerinnen, der Duft der Speisen: Man tritt ein und ist in China. Welche Provinz? Spielt keine Rolle. Ich bin in Breitenlee, ich gehe langsam durch den Saal, suche Silvestri. Menschen, die ursprünglich aus Fernost kommen. Fröhliche, teils auch laute Menschen. Dort drüben. Nein, der Mann gehört zu einer Familie mit drei rundlichen Kindern. Die Frau dreht sich um, sie trägt einen blauen Hidschab und lächelt. Offenbar erwarten sie noch jemanden. Sind sie hier doppelt exotisch? Nein, das Exotischste bin momentan wohl ich.

Eine Kellnerin hat meinen suchenden Blick bemerkt. Sie rät mir, vorne, im alten Teil, nachzusehen. Alexander Silvestri winkt mir von einem massiven Holztisch, ganz ohne feierliche Verkleidung. Hier ist es leiser. Und das Publikum sehr gemischt.

„Die UNO-City und die Bürotürme sind nah. Klar kennen viele aus der internationalen Community das ‚Jasmin'. Gibt's schon seit ewig. Und es ist der Treffpunkt der Chinesen, wenn sie etwas feiern wollen."

Wir essen uns durch die Dim Sum. Alexander Silvestri liebt es ebenso wie ich, viele kleine Gerichte zu probieren. Ich finde die Reisteigrollen mit Garnelen besonders fein, erinnert mich an etwas, das ich in Hanoi gegessen habe. Silvestris Favorit sind die Rindfleischteigtaschen mit Ingwer und die gebackenen Tintenfischlaibchen.

Ob ich mutig sei, fragt er mich wenig später. Weil hier gibt's bei den Dim Sum auch gedämpfte Phönixkrallen, Spareribs, Kuttelfleck.

„Wirklich?", sagt die Kellnerin, als sie unsere Bestellung aufnimmt. Und schon bald lutsche ich an den feinen Knöchelchen von Hühnerfüßen. Das wenige Fleisch schmeckt recht neutral, aber die Sauce ist hinreißend. Wir haben wie selbstverständlich vom Sie zum Du gewechselt. Es tut meiner Objektivität keinen Abbruch, rede ich mir ein. Wir stoßen mit ordentlichem österreichischen Gespritzten an. Auf die Vielfalt. Und auf Knuspriges vom Schwein, gefüllte Paprika mit Fisch und dann doch auch noch eine kleine Auswahl der natürlich frisch zubereiteten Sushi und Sashimi.

„Es ist eines der Lieblingslokale von Peter", sagt Alexander Silvestri dann. Womit wir beim Thema wären.

„Ist er wieder im Büro von ALLES GUTE?"

„Wir sind sehr froh, dass er überhaupt wieder aufgetaucht ist. Auch weil dadurch diese schlimme Ungewissheit vorbei ist. Er weiß noch nicht, wie viel er im Büro sein wird. Er möchte sich vor allem um Lisa kümmern."

„Wie geht es mit Bea Prokop weiter? Was halten Sie … was hältst du von ihr?"

„Sie ist sehr hilfreich. Sie ist rund um die Uhr bei Lisa geblieben. Von sich aus. Sie hat dafür gesorgt, dass Lisas Tagesablauf gleich bleibt. Auch wenn sie natürlich Fragen stellt. Sie ist ein sehr aufgewecktes Kind. Bea Prokop kann sehr gut mit ihr."

„Ich habe gehört, Peter Gruber zieht in die Wohnung seiner Schwester."

„Eine Übergangslösung, bis sich so einiges klärt."

„Und Bea?"

„Wird in ihre alte Rolle zurückkehren."

„Friktionsfrei?"

Silvestri sieht mich sinnend an. „Weiß ich nicht genau, immerhin sind alle in einer Ausnahmesituation. Aber ich denke, dass es gut läuft."

„Ihr Gehalt hat schon bisher die AG bezahlt, oder?"

„Ja. Es läuft über den Notfallfonds. Weil es so am einfachsten ist, das zu verbuchen, sagt Beck. Wobei …"

„Bea hat mehr verlangt?"

„Keine Ahnung. Peter Gruber hat mir einige Fragen gestellt. Offenbar gab es deutlich größere Abbuchungen als für das Gehalt von Bea Prokop. Es ist nicht alles einfach nachzuvollziehen. Es gibt eine Verschränkung mit den Konten für ausgelagerte Dienstleistungen. Und für Beratungshonorare. Deswegen wäre es wichtig, dass wir die ALLES GUTE AG neu strukturieren. Man kann nicht einfach, wenn man es braucht, zusätzliche Konten einrichten. Das geht sich in der Bilanz nicht aus."

„Sagt Gruber?"

„Sagt Beck. Gruber will, dass sich nichts Grundlegendes ändert."

„Nur so eine Idee: Was, wenn Gruber an Beck vorbei Gelder abgehoben hat?"

„Das darf er."

„Privat?"

„Nein, für die Firma. Ansonsten bekommt er ein Gehalt. Dasselbe wie wir alle. Viertausend Euro."

„Das klingt schon fast utopisch gerecht. Dabei hat er mir noch eine Predigt über links, rechts und antidemokratische Umtriebe gehalten."

„Er neigt zum Theoretisieren. Die Linken, die alles gleichmachen möchten, und die Rechten, die genau das Gegenteil wollen. Jedenfalls: Ich weiß, dass Beck ab und zu mehr bekommt. Für Auslagen. Er macht aber auch eine Menge und hat große Verantwortung."

„Das weist er sich selbst an?"

„Er ist zeichnungsberechtigt. Ich übrigens nicht. Was mir nichts ausmacht."

„Und Gruber ist es natürlich auch."

„Ja klar."

„Also könnte auch er sich Summen anweisen und sie, zum Beispiel, als externe Beratungskosten verbuchen."

„Keine Ahnung. Ich denke, da bräuchte er eine Rechnung, oder?"

Ich deute auf das letzte Sushi.

„Ich kann nicht mehr", sagt Silvestri und lächelt. „Beim nächsten Mal solltest du auch die traditionellen Hauptspeisen probieren."

Wer weiß, was morgen ist. „Santendo hat sich übrigens nie bei mir gemeldet. Wie läuft das mit den Verkaufsgesprächen, jetzt, wo Gruber zurück ist?"

Alexander Silvestri zuckt mit den Schultern. „Es hat sich nichts verändert. Beck möchte verkaufen, aber ihm sind die Hände gebunden. Er ist nicht besonders gut auf mich zu sprechen. Er meint, ich müsse mehr unternehmen, um Peter umzustimmen."

„Und?"

„Je mehr ich über Santendo weiß, desto weniger bin ich dafür, dass die einsteigen. Ich hoffe noch immer auf eine Partnerschaft, mit einem seriösen Unternehmen. Oder wir passen die Struktur selbst an. Mit einem echten externen Berater."

„Einem echten?"

„Na ja. Jetzt scheint es so zu sein, dass es immer wieder Beck ist, der via Steuerberatungskanzlei die AG berät."

„Er berät sich selbst?"

„Er leistet deutlich mehr als seine Dienststunden. Und er zieht Experten bei. Die aber lieber nicht aufscheinen. Aus Steuergründen, sagt Beck. – Das muss unter uns bleiben. Jedenfalls bin ich sicher nicht für einen Verkauf an jemanden, den in erster Linie die Datenabzocke interessiert."

„Die Sache mit Einklang ist vom Tisch?"

„Bohre nicht in meinen Wunden! Da war ich so etwas von blöd! Vor allem auch, weil Peter dadurch an mir gezweifelt hat. Als er weg war, habe ich mir Vorwürfe gemacht. Womöglich hatte er das Gefühl, dass er sich nicht einmal mehr auf mich verlassen kann."

„Bea hat gemeint … du bist in ihn verliebt."

„Das hatten wir doch schon: Nein! Und er auch nicht in mich! Keine Ahnung, warum sie so etwas behauptet. Als Nächstes unterstellt ihr mir einen Mord aus Leidenschaft. – Nur: Warum sollte ich dann Katharina … Das ist alles Unsinn. Und bitte frag Peter nicht danach. Er nimmt viele Dinge ohnehin ... übertrieben persönlich. So war es auch mit Becks Idee zu verkaufen. Und mit Katharinas Wunsch, mehr in die Firma eingebunden zu werden. Ich will nicht, dass er auch noch das Vertrauen in Lisas Nanny verliert."

„Ihr Bruder ist im USP-Umfeld aktiv. Aber das hast du nicht von mir."

„Ups. Weiß Peter davon?"

„Ja."

„Dann wird sie in jedem Fall ein Problem haben. Vielleicht versucht sie deswegen, abzulenken."

„Was sollte ihr das bringen? Du hast noch etwas anderes gesagt: Katharina wollte mehr eingebunden werden?"

„Sie wollte in den Vorstand. Eine andere Idee war, dass die AG eine neue Abteilung für Auslandsbeziehungen aufbaut. Sie hat Sprachen studiert. Aber ..."

„Was, aber?"

„Das hat doch nichts mit ihrem fürchterlichen Tod zu tun."

„Mord."

„Man ... weiß es noch nicht genau, hat mir ein Kripobeamter gesagt. Noch kann auch ein Unfall nicht ausgeschlossen werden."

„Unwahrscheinlich. – Wie hat Beck das gesehen?"

„Katharinas Ambitionen? Ich weiß nicht, er hat sie wohl eher gefördert. Ich habe das nur erzählt, um klarzumachen, wie viel Druck auf Peter lastet. Und wie wichtig es ist, dass er Leute hat, denen er vertrauen kann."

„Vesnas Team passt auf ihn auf." Ich sehe auf mein Telefon. Ich habe Alexander Silvestri erzählt, dass sie vielleicht noch kommt. Scheint sich doch nicht ausgegangen zu sein. Keine Antwort auf meine Nachricht.

„Das ist sehr beruhigend. Er muss ... zur Ruhe kommen."

„Was, wenn er Beck kündigt, weil der verkaufen will?"

Silvestri schüttelt den Kopf. „Glaube ich nicht. Es wäre zu ... kompliziert. Ich denke nicht, dass er die AG selbst führen könnte."

„Beck ist nicht unersetzbar."

„Nein, sicher nicht. Aber jetzt haben wir noch zu viel kreatives Durcheinander."

„Und wenn doch einer der ganz großen IT-Player Interesse an Lisa hat? Sie ist immerhin ein Kommunikationstool, das ohne Werbung, ohne besondere Voraussetzungen in kurzer Zeit Millionen Menschen überzeugt hat."

„Wie ... kommst du jetzt darauf?"

„Wegen dem kreativen Durcheinander, wie du das nennst. Vielleicht gefällt das Meta oder Google oder X oder wie immer das Ding von Musk gerade heißt. Man könnte auch eine feindliche Übernahme versuchen."

„Willst du noch Dessert?"

Ich schüttle den Kopf.

Silvestri lächelt hinreißend: „Ich kann nicht ohne Dessert ... eine meiner großen Schwächen."

„Feindliche Übernahme."

„Ich weiß nicht einmal genau, was das ist. Du meinst, die kriegen unsere Anfangsschwierigkeiten raus, drohen, sie an die Öffentlichkeit zu bringen, und retten uns dann?"

So genau hatte ich mir das gar nicht überlegt. Klingt plausibel. Ich nicke. „Mit oder ohne Infos von Beck. Ihr habt noch keine Bilanz gelegt. Das steht an. Wenn nicht alles transparent und nachvollziehbar ist, wenn vermutet werden kann, dass Gewinne doch nicht in die Stiftung, sondern anderswohin gehen: Das wäre ein gefundenes Fressen für den Internet-Mob. Dann wäre das Vertrauen in Lisa dahin."

Silvestri nickt langsam. „Da hast du wohl recht."

„Katharina könnte über Beck einiges mitbekommen haben. Noch dazu, wo sie gerne mehr eingebunden wäre."

„Bei ihr geht's einfach um Geld." Silvestri schlägt sich die Hand vor den Mund. „Das habe ich jetzt nicht so gemeint. Es ging ihr ... um Lisa."

Ich lächle. „Sie war überzeugt, dass ihr mehr zusteht. Das hat sie auch uns gegenüber ziemlich deutlich gemacht."

Alexander Silvestri sieht in die Speisekarte. „Nur mehr eine Kleinigkeit. Dim Sum gibt's auch in süß. Gebackene Sesambällchen. Und gedämpfte Teigknödel mit Vanillefüllung. Klingt großartig."

„Finde ich auch", sagt Vesna. „Da bin ich gerade noch rechtzeitig gekommen." Sie setzt sich zu uns. Braucht sie womöglich eine Brille? Sie bewegt den Kopf einmal vor, einmal zurück, versucht offenbar zu fokussieren. Ich kenne das.

„Gibt's Neues zum Fall?", frage ich sie.

„Eigentlich nicht. Alles am Laufen."

So kurz angebunden ist sie selten. Vielleicht ist sie sauer, weil ich sie doch sehr knapp von unserem Treffen informiert habe. Sie hätte nur eine Frage, sagt sie, als die dampfenden Dim-Sum-Körbchen vor uns stehen.

„Warum haben Sie den Schlüssel zum Keller gehabt?"

Silvestri sieht sie an. „Ich habe es dem Kripobeamten schon gesagt: Peter Gruber hat den Schlüssel irgendwann in die AG gebracht. Er hat gemeint, vielleicht machen wir doch einmal eine Art Betriebsausflug auf den Wunderberg. Er hatte den Schlüssel offenbar kurz vorher wiederentdeckt und wollte ihn nicht daheim haben. Er hat ihn zu sehr an Julia, seine Frau, erinnert. – Aber warum fragen Sie ihn das nicht selbst?"

„Weil er gesagt hat, er kann sich nicht erinnern."

„Es ist schon eine Weile her. Trotzdem seltsam, dass er sich nicht erinnert."

„Hat Beck gewusst, dass Katharina den Schlüssel geholt hat?", fragt Vesna weiter.

„Nein, der war schon weg."

„Und er hat ein Alibi. Bea Prokop", ergänze ich. Zu zweit war dieser Abend um einiges entspannter.

„Wer sagt uns eigentlich, dass Peter Gruber nicht schon früher zurückgekommen ist?", überlegt Vesna.

Silvestri starrt sie an. „Warum?"

„Warum nicht? Er kommt drauf, dass man ihn hintergangen hat, dass man ihn ausbooten will."

„Katharina?"
„Und wenn gar nicht sie gemeint war?", antwortet Vesna.
Silvestri lächelt schmal. „Nicht böse sein, das ist viel Spekulation. Eines weiß ich sicher: Peter Gruber verabscheut Gewalt."
„Sie sind ihm nahe. Als Assistent natürlich", setzt Vesna nach.
Ich mache meiner Freundin Zeichen, mit dem Unsinn aufzuhören.
Alexander Silvestri steht langsam auf. Er versucht ein Lächeln. „Liebe Frau Krajner, bitte nehmen Sie meinen Aufbruch nicht persönlich. Ich habe Mira gesagt, dass ich spätestens um neun wegmuss. Ein privater Termin. Jetzt ist es ohnehin schon bald halb zehn." Das Lächeln in meine Richtung fällt deutlich herzlicher aus. „Liebe Mira, danke für einen wirklich bezaubernden Abend in China. Wir sollten ihn dringend wiederholen." Er deutet ein Küsschen an und ist dahin.
„Liebe Mira?", fragt Vesna.
„So … redet es sich leichter", antworte ich lahm.
„Hat er gefunden."
„Was sollte das? Es hat nach Verhör geklungen."
„Ich habe ihn gesehen. In den Kasematten in Graz. Ich bin mir sicher. Leider war ich beim Clubbing zu weit weg. Aber jetzt ist es klar. Hundertprozentig. Er ist keine unauffällige Erscheinung. Er war in der Menschenmenge. Er war es, vor dem Gruber davongelaufen ist. – Was hat Gruber gesagt? Man kann selbst engster Umgebung nicht mehr trauen."

[21.]

Vesna ist nervös, weil wir nicht vorankommen. Ich soll den Polster, von dem Bea geredet hat, herbeischaffen. Sie hat Nemecek dazu gebracht, seinem ehemaligen Schützling und jetzigen Forensik-Chef das Versprechen abzuringen, ihn auf Spuren zu untersuchen. Es ist höchste Zeit, hinter die „Kulissen der Inszenierung" zu sehen, hat Vesna gemeint. „Vorne sie machen Theater, aber was spielt sich dahinter ab?" Mir würde Bea eher vertrauen. Weil ich so gutgläubig sei. Ich habe es auf mir sitzen lassen.

Ich habe nach wie vor Zweifel daran, dass Peter Gruber in Graz ausgerechnet vor seinem Assistenten davongelaufen sein soll. – Und wenn, fragt sich, warum. Vielleicht hatte er keine Angst, sondern wollte nicht gesehen werden. – Wobei? Egal. Ich werde den Polster holen. Allerdings muss ich warten, bis Bea in der Wohnung und Peter Gruber bei einem Kollegen von Oskar ist. Wegen des Testaments. Vesna wollte nicht, dass er von unserer Aktion erfährt. Sie wird sich unterdessen um Silvestris Beziehungen kümmern. „Ohne Ansehen der schönen Person", hat sie hinzugefügt. Ich weiß, wann ich meine Freundin nicht bremsen kann. Außerdem: Sein Beziehungsgeflecht interessiert auch mich.

„Ich bin so froh, dass Peter wieder da ist", sagt Bea Prokop zur Begrüßung. „Es gibt keine anderen Verwandten von Lisa, er ist der einzige. Ich kümmere mich natürlich weiter um sie. Ein so talentiertes Kind muss im richtigen Rahmen aufwachsen. Wir planen gerade."

„Was?"

„Das ist … noch nicht spruchreif. Ich werde wohl fix zu Lisa ziehen. Natürlich in einer anderen Wohnung, oder einem Haus, wo Platz ist. Lisa braucht eine weibliche Hand. Und vor allem Betreuung, um ihr kreatives Potenzial auszuschöpfen. Ein Flügel wäre schön. Es macht ihr sicher mehr Spaß, auf einem Flügel zu spielen. Außerdem muss man Peter Gruber entlasten."

„Ist das Ihr Plan oder seiner?"

„Unser gemeinsamer."

Besser, ich frage sie nicht nach ihrem Bruder. Hat sie mit Gruber über ihn gesprochen? Oder sie blenden beide das Problem aus, weil es jetzt Wichtigeres gibt. „Weiß Lisa schon, was passiert ist?"

„Sie … freut sich sehr, dass Peter wieder da ist."

„Ist Katharinas Handy inzwischen aufgetaucht?"

„Bei mir?"

„Das hier ist ihre Wohnung. War ihre Wohnung."

Bea starrt mich an, sieht dann zu Boden. „Das ist Sache der Polizei, oder? Sie haben mich danach gefragt, aber ich war ja nicht da, sondern bei meinem Treffen mit Christof Beck."

„War Lisa mit?"

„Nein, die war beim frühpädagogischen Musikunterricht. Wir hatten nicht viel Zeit, wir sind in der Kärntner Straße spazieren gegangen. So fürchterlich, wenn ich daran denke, dass gerade da …"

„Wer hatte die Idee dazu?"

„Welche?"

„Zum Treffen in der Kärntner Straße."

„Beck, glaube ich. Es war keine große Sache. Harmlos. Die Polizei hat mich auch das schon gefragt. Sie haben kein Problem damit."

„Wo ist Lisa jetzt?"

„Sie malt in ihrem Zimmer. Sie braucht viel Ruhe. Sicherheit. Kreative Ablenkung."

Ein Klingeln. Ich sehe mich irritiert um. Das Festnetztelefon. Bea hebt ab. „Prokop und Föhrenburg", sagt sie. Klingt wie eine Firma. Und jedenfalls so, als wäre sie schon jetzt Teil der Familie.

Sie sieht mich gestresst an. Offenbar hat sie keine Freude, wenn ich mithöre.

„Da kann ich Sie nicht hindern", murmelt sie.

Ich mache ein Zeichen, ich ziehe mich zurück. Die Toilette wird neben Kinderzimmer und Schlafzimmer sein. Ich muss die Tür zum Wohnzimmer nicht schließen. Vom Gang aus könnte ich das eine oder andere mitbekommen. Und ihr gebe ich das Gefühl, offener reden zu können.

Bea nickt dankbar.

„Ich will nicht, dass Lisa zu viel mitbekommt", höre ich sie ins Telefon sagen. Und dann: „Mir ist nicht klar, was Sie hier finden wollen. Das ist die Wohnung des Opfers." Wieder Pause. „Was? ... Natürlich ... die Kleine ist fünf. Sie braucht Betreuung ..."

„Was machst du da?"

Ich fahre herum. Lisa.

„Ich habe die Toilette gesucht."

Sie deutet auf die nächste Tür.

„Jetzt muss ich nicht mehr."

Lisa lächelt. „Das ist manchmal so."

Ich lächle zurück, bin versucht, ihr über die Locken zu streicheln. Um sie geht es, um ihre Tragödie und dass man auch ohne Eltern einen guten Weg für sie findet. Nicht darum, ob eine App verkauft wird oder nicht.

„Jetzt ist Mama weg, oder?", sagt sie.

Ich sehe zur angelehnten Wohnzimmertür. „Alle haben dich lieb", sage ich. „Peter ist wieder zurück, du nennst ihn doch Peter?"

„So heißt er, weißt du das nicht?"

„Doch, weiß ich. Er ist nett, oder?" Was bitte redet man mit einer Fünfjährigen, die gerade ihre Mutter verloren hat?

„Ja. Er bringt Geschenke."

„Es wird immer jemand bei dir sein."

„Bea schläft da. Ihr Bruder war auch da, aber sie haben gestritten. Wegen dem Computer."

„Du kennst ihren Bruder?"

„Ich mag ihn nicht."

„Warum?"

„Ich kenne mich aus mit Computer, weil Peter die App hat, die ich gemalt habe."

„Sie haben wegen eines Computers gestritten?" Bin ich wirklich gerade dabei, ein verwaistes Kind auszuhorchen?

„Ja. Sie war wütend, dass er den Computer lieber hat als sie. Sie hat ihm verboten, dass er mit dem Computer spielt. Das kenne ich. Man darf das nicht dauernd."

„Aber bei Erwachsenen ist es schwieriger, ihnen so etwas zu verbieten."

„Bei Kindern auch. Ich weiß schon, was ich tue, wenn ich nicht am Handy oder an Mamis Computer spielen darf."

Ich lächle. „Und was hat ihr Bruder gesagt?"

„Weiß ich nicht mehr. Er ist gegangen und sie hat die Tür geklescht."

„Gekleschst?"

„Ganz fest zugehaut. Mami sagt, Bea macht gerne Theater."

Ich sehe Lisa an. Deine Mami wird nie mehr etwas sagen. Wie fürchterlich.

„Weinst du? So schlimm ist das nicht. Weil dann ist Alex gekommen."

„Ein Freund von dir oder von Bea?"

„Ein Freund von allen. Er ist sehr lieb. Er ist lustig. Bea sagt, er wohnt am anderen Ufer. Wir gehen über die Brücke, manchmal. Ich schaue, ob ich ihn dort sehe. Aber das war noch nie so. Sie sind auf der Bank gesessen, Bea und Alex. Ich habe es gesehen, so wie du, durch die Tür."

„Ich … habe nicht gelauscht. Ich habe mich bloß nicht ausgekannt."

„Die Wohnung ist nicht so groß. Zu klein, sagen Mami und Bea."

„Sie sind da auf der Bank gesessen?"

„Ja, wo sonst? Glaubst du, auf der Brücke?"

Ich lächle und schüttle den Kopf. „Du hast gehört, was sie geredet haben?"

„Bea sagt, man darf nicht lauschen. Und ich habe schon geschlafen. Vorher. Bis ihr Bruder gestritten hat mit ihr."

„Gestern Abend?"

„Ja. Natürlich. Bea hat Alex umarmt, das macht sie sonst nie. Dann hat er ihre Jacke aufgemacht."

„Und ... dann?"

„Ich weiß nicht. Dann hat sie ihn weggeschickt."

„Was macht ihr hier?", sagt Bea laut.

Wir sehen sie beide irritiert an.

„Ich habe erzählt, dass immer jemand da ist, da braucht sie keine Angst haben", sagt Lisa.

Bea beugt sich zu ihr und gibt ihr einen Kuss auf die Wange. „Natürlich bin ich immer da!" Sie lächelt mich von unten herauf an. „Das Kind hat eine blühende Fantasie! Auch deswegen liebe ich sie so!" Sie wirkt einigermaßen hektisch. Hat es mit dem Anruf zu tun? Oder mit dem, was mir Lisa erzählt haben könnte? Bea bringt die Kleine zurück in ihr Zimmer. Es dauert nur einige Augenblicke und sie ist wieder da. „Ich habe etwas für Sie!"

Der Polster ist in einem großen durchsichtigen sauberen Plastiksack. Die aufgedruckte Lisa-Figur grinst fröhlich durch den Beutel. Mittendrin ein Riss, aus dem etwas weißes Füllmaterial quillt. Neben dem Polster ein kleines Messer mit rotem Griff. Massenware.

„Ich habe ihn nur mit Handschuhen angefasst", sagt Bea. „Früher ... bevor ich ihn weggeräumt habe, da habe ich ihn angegriffen. Aber ..."

„Das kann man schon unterscheiden. Wo haben Sie den Polster denn gefunden?"

„Am Weg zum Kindergarten, wie die anderen."

„Wissen Sie noch, wann?"

Bea runzelt die Stirn. „Das haben Sie schon einmal gefragt. Ich habe mir das Datum nicht aufgeschrieben. Vor einem Monat oder so."

„Die anderen Polster sind bei der Polizei?"

„Wenn sie sie noch haben. Sie haben nicht sehr interessiert gewirkt. Leider."

„Lisa hat erzählt, dass Alexander Silvestri da war. Sie mag ihn offenbar sehr."

Bea lächelt verhalten. „Kinder sind so ... voller Vertrauen. Und man muss sagen: Er kann ausgezeichnet mit Kindern."

„Er ist oft da?"

„Nein. Aber ... man läuft sich da und dort schon mal über den Weg."

„Darf ich fragen, warum er gestern hier war?"

„Ich weiß es nicht genau. Vielleicht hat er geglaubt, dass Peter Gruber schon eingezogen ist. Er war nur kurz da. Er ... wollte wohl einfach sehen, ob alles gut läuft."

„Ihr Verdacht gegen ihn ist jetzt ja hinfällig."

„Verdacht? Ich habe mir Sorgen gemacht."

„Sie haben vermutet, Silvestri könnte Gruber etwas angetan haben. Aus verschmähter Liebe."

„So habe ich das nicht gesagt. Was für ein Glück, dass Peter wieder hier ist. Ich bin sehr froh, wenn Alex Silvestri nichts mit alldem zu tun hat."

„Wenn?"

„Wenn, dass ... Sie werden verstehen, dass ich müde bin. So einfach ist das alles nicht für mich. Zum Glück habe ich als Tierärztin reichlich Krisenerfahrung gesammelt. Das habe ich auch Peter gesagt."

Ich sehe sie fragend an.

„Was glauben Sie, was los ist, wenn ein wertvolles Reitpferd stürzt?"

Lässt sich wohl kaum vergleichen.

„Katharina wollte mit Silvestri reden, das weiß ich. Sie hat sich auch Sorgen gemacht", fährt Bea Prokop fort.

„Warum?"

„Ich ... ich wollte nicht neugierig sein. Es ging um irgendetwas ... wie einschüchtern. Aber da war ja so vieles, was Peter ..." Sie sieht mich an: „Ich will mir nicht vorstellen, dass Alex etwas über die Drohungen weiß."

„Was könnte er für einen Grund haben, da etwas zu verschweigen?"

„Ich kenne mich bei alldem nicht aus. Vielleicht ging es um die Sache mit dem Verkauf, wegen der es böses Blut gibt. Oder ... es war doch verschmähte Liebe."

„Ich habe eher den Eindruck, er hat Interesse an Ihnen."

„So ein Unsinn! Sie dürfen nicht glauben, was Lisa fantasiert. Sie ist fünf und reimt sich alles Mögliche zusammen. Das arme Kind. Vielleicht gut so, wenn sich bei ihr Realität und Wunschvorstellungen vermischen."

Ich habe den Plastikbeutel in eine große Einkaufstasche gesteckt und bin damit zum Kebab-Laden. Nemecek hat mir die Adresse durchgegeben. Er liegt nur wenige hundert Meter von der Siedlung entfernt.

Jetzt sieht er in die Tasche, nickt zufrieden und nimmt sie mir ab.

„Die Einkaufstasche ist meine", stelle ich klar.

„Ich gehe lieber nicht mit einem durchsichtigen Beutel samt Messer und grinsendem Polster spazieren. Du kriegst sie wieder."

„Riecht gut hier."

„Ist auch ausgezeichnet. Früher war da ein Espresso. Wobei Kaffee nicht ihr größtes Geschäft war."

Ich grinse. „Alkohol. Eine Schnapsbude."

„Das auch. Und ein Hinterzimmer, in dem es Stoß und andere nicht ganz legale Kartenspiele gegeben hat. Mir ist der Kebab-Laden lieber. Ich muss los. Du hast lange gebraucht. War alles okay?"

Ich nicke. „Ich habe ein bisschen mit Lisa geplaudert."
„Das arme Kind."
„Sie mag den Bruder von Bea nicht."
„So was soll vorkommen. Lass dir ein Lammkebab mit allem machen. Mein Ex-Kollege hat keine Zeit zu warten. Ich muss ihm den Polster so schnell wie möglich bringen. Ist ja auch ein Auftrag von Vesna." Er zwinkert mir zu und sieht auf die Tasche. „Sehr viel Gutes hat die App ihren Entwicklern bisher nicht gebracht. Außer Geld."
„Haben wir auch schon festgestellt. Immerhin ist Gruber wieder aufgetaucht."
„Wer weiß, vielleicht finden wir ja seine Spuren auf dem Poster."
„Er hat sich selbst bedroht?"
„Bevor du fragst: Ich habe keinerlei Hinweise darauf." Nemecek küsst mich auf die Wange und ist dahin.
„Kommandant sagt: echtes Kebab mit allem", kommt es von hinter dem Tresen. Ein schlanker Mann um die vierzig, Tattoos auf beiden Unterarmen, der Akzent hört sich arabisch an.
„Kommandant?"
„Sie wissen nicht? Er war Bezirkspolizeikommandant. Ein guter. Nicht in Wien. Besser so. Für die Gangster, meine ich."
„Scharf bitte!"
Er nickt und ich spüre, wie ich in seiner Hochachtung steige. „Kommandant hat schon bezahlt. Sie kriegen Cola gratis. Oder was anderes."

[22.]

Ich bereite Mazzamurru vor. Eines der genialen Gerichte aus Sardinien. *Cucina povera.* Die arme Küche – die alles andere als armselig ist. Nur einfach. Und mit beinahe unendlichen Variationsmöglichkeiten. Je nachdem, was gerade verfügbar ist. Ich bin gespannt, ob Vesna mehr über Alexander Silvestri rausgefunden hat. Ich kann mir nicht vorstellen, dass er mit den Drohungen, ihrer seltsamen Eskalation oder gar dem Mord an Katharina zu tun hat. Aber: Sein spätabendlicher Besuch bei Bea ist eigenartig. Immerhin ist dadurch klar, dass er wirklich einen Termin gehabt hat und nicht vor Vesna und ihren Fragen geflohen ist. Aber warum hat er verschwiegen, mit wem er sich trifft? Es sei ein „privater" Termin, hat er gesagt.

Ich toaste dicke Weißbrotscheiben. Oskar erzählt mir, dass Peter Gruber sehr besorgt ist, ob der Markenschutz für die App hält.

Ich lächle. „Also hat sich Vesna wieder mal durchgesetzt und er ist jetzt doch dein Mandant."

„Hat sie nicht. Es war bloß ein Beratungsgespräch. Für diese besondere Frage." Er stibitzt ein Stückchen Käse. „Meine Sekretärin war trotzdem nicht erbaut, dass sie Termine verschieben musste. Aber ich wollte das lieber schnell erledigt haben."

„Wie hat Gruber auf dich gewirkt?"

„Besorgt eben. Aber das scheint er wohl meistens zu sein."

„Was, wenn er die Drohungen selbst inszeniert hat?"

„Wie kommt diese Bea Prokop denn darauf?"

„Das war nicht sie, sondern Nemecek. Er hat sofort dazugesagt, dass es keine Hinweise darauf gibt."
„Hier scheint jeder jedem zu misstrauen."
„Nemecek überlegt bloß verschiedene Möglichkeiten. Bea Prokop: Sie scheint alle der Reihe nach zu verdächtigen. Vielleicht braucht sie auch Spielmaterial. Ich will es nicht Erpressung nennen. Ich glaube, ihr geht es vor allem darum, einen fixen Platz in Lisas Leben zu bekommen."
„Das ist doch nett."
„Der fixe Platz sollte großzügig bemessen sein, sie träumt von einem Haus mit Flügel. Um das kreative Talent der Kleinen zu fördern. Ehrlich gestanden finde ich Lisas Zeichnungen nicht anders als die von Gleichaltrigen."
Ich schneide Fleischtomaten in Würfel und zerdrücke drei Knoblauchzehen. Oskar sieht mir entspannt zu. Er gehört zu den Menschen, die weder andauernd reden noch aufs Mobiltelefon schauen müssen. Eine aussterbende Sorte. Ich sage ihm das.
Er lacht. „Ich bin froh, wenn ich dir beim Kochen zuschauen kann. Ich weiß, bald gibt es etwas Gutes. Und reden muss ich untertags genug."
Ich nicke. Da war dieser Streit zwischen Bea und ihrem Bruder wegen des Computers. Was kann Lisa damit gemeint haben? Sie mag Alexander. Beas Bruder mag sie nicht.
Ich gebe etwas Öl in eine Auflaufform, belege sie mit dem getoasteten Weißbrot, gebe die Tomatenstücke darauf, dann Salz und Pfeffer. Jetzt noch den Mozzarella schneiden und verteilen.
„Haben Kinder besondere Instinkte, was ihren Zugang zu Menschen angeht?", frage ich Oskar.
„Du meinst, weil sie noch weniger wissen, weniger Vorurteile haben?"
„So in der Art." Ich reibe gereiften Pecorino über alles.
„Keine Ahnung. Ich weiß nur, dass Katzen oft Menschen umschmeicheln, die nichts mit ihnen anfangen können."

„Und Hunde mögen ihre Besitzer, selbst wenn die sonst kaum wer mag." Ich grinse. „Die Vergleiche zwischen kleinen Kindern und Tieren sollten wir für uns behalten." Ich heize das Backrohr aufs Maximum.

„Sorry, dass ich noch reinplatze", sagt Vesna wenig später.
„Du bist uns immer willkommen", erwidert Oskar.
„Fast immer", ergänze ich vom Herd her. „Ist momentan wahrscheinlich besser, nicht zu viel online zu kommunizieren. Bis wir mehr wissen. – Wie steht's um Alexander Silvestris Verhältnisse?"
„Das ist es, was dich interessiert", spottet meine Freundin. „Keine Angst, Oskar. Er ist schwul. Sein Partner ist Gartenarchitekt."
„Sind Gärtner nicht immer die Mörder?", flachst Oskar.
„Vielleicht ist es inzwischen der Mann von Gärtner", setzt Vesna drauf.
„Pflanzt jemand anderen", erwidere ich. „Sonst gibt's Mazzamurru nur für mich." Ich hole Basilikum von der Terrasse. Kalter Wind. Wie lange wird es noch dauern bis zum ersten Frost?

„Eigentlich bin ich wegen anderem da", sagt Vesna eine Zeit später. „Die Vorbereitungen für die Europatournee von EverLyn laufen. Wir müssen noch klären, was wir anziehen."
„Das heißt, du hattest keine Zeit für unseren Fall."
„Peter Gruber wird professionell bewacht."
„Warum soll ich jetzt schon entscheiden, was ich anziehe?"
„Ich rede von Bühnenoutfit."
Oskar sieht uns amüsiert an. „Kann es sein, dass ihr mir wieder mal etwas nicht gesagt habt? Ihr tretet wirklich auf? Dann muss ich mir freigeben. Zumindest für einige Stationen der Tournee."
„Nein!", rufe ich.
„Du willst mich nicht dabeihaben?"

„Ich werde selbstverständlich nicht Backgroundsängerin."
„Du hast zugestimmt", widerspricht Vesna.
„Wirklich nicht! Ich habe gesagt, das ist verrückt."
„Eben. Das war Zustimmung, ich kann sehr gut zwischen Zeilen lesen."
Oskar lacht. Statt mir zu helfen.
„Ich habe an Ladys in Red gedacht … richtiges Rot, macht sich gut auf Bühne. Du kannst eine Hose anhaben, ich weiß, du magst das lieber. Ich nehme einen engen Rock. Und …"
„Nein!"
„Also nicht Rot. Dann doch dezentes Schwarz. Man wird am Schnitt sehen, dass wir nicht in Trauer sind. Und natürlich an den Bewegungen. Wir müssen proben. Du hast momentan nicht so viel zu tun. Und ich habe ganz ordentliche Vertreterin gefunden. Eine Ukrainerin. Sie hat daheim eine Firma für Büromaterial gehabt. Ich bin erst vor kurzem draufgekommen, dabei putzt sie bei mir schon ein paar Monate."
„Vesna, du wirst nicht ablenken!"
„Will ich gar nicht, im Gegenteil. Hans hat drei Songs vorgeschlagen. Zuerst einmal: ‚We Will Rock You' – den lieben alle, das ist eines der Highlights bei allen ihren Auftritten. Dann natürlich ‚57er Chevy'."
„Super, damit sie Witze über unser Baujahr machen können!"
„Wir sind beide jünger. Das sieht man."
„Und dann überlegt er ‚I've Got You Under My Skin'. Das nehmen sie neu ins Programm. Es ist ein besonderer Song für uns beide. Damals haben wir … ist fast schon zu romantisch."
„Vesna, noch einmal zum Mitschreiben: Ich. Kann. Nicht. Singen."
Sie sieht mich ungerührt an. „Jede kann singen."
„Oskar, sag was!"
„Du hast schon recht. Eigentlich. Andererseits … habt ihr schon an ‚Love Me Tender' gedacht?"
Ich schreie empört auf. „Du meinst, wegen der Backgroundsängerin, die Elvis fast drausgebracht hat?"

„Sie ist legendär geworden", gibt Oskar zu bedenken.

Und Vesna fügt an: „Ist doch auch gute Tarnung. Wenn HALLO DU nächste Story über Gattinnen und ihre Hobbys macht, dann steht bei dir ‚international erfolgreiche Backgroundsängerin von EverLyn'. Und was du sonst noch machst als Journalistin, das bleibt im Dunkeln."

„Apropos: Es gibt da etwas Seltsames im Zusammenhang mit Beas Bruder."

„Man sollte es nicht überbewerten, dass Lisa ihn nicht mag", sagt Oskar und stellt die Käseplatte auf den Tisch.

Vesna zuckt mit den Schultern. „Vielleicht bringt er keine Geschenke. Und lacht auch nicht mit ihr. Jedenfalls hat er ein hundertprozentiges Alibi. So etwas gibt es nämlich auch. – Du musst mir Rezept für dieses Mazza-Dings geben. Wenn ich zwischen Tomaten und Käse Faschiertes gebe, wird es auch Hans schmecken."

„Bea wollte ihrem Bruder verbieten, den Computer zu benutzen … so hat es zumindest Lisa erzählt."

„Er ist zu Besuch. Vielleicht wollte er ihren Computer für neue Hasspostings verwenden."

„Das ist eine Idee!"

„Aber es kann auch ganz anders sein", überlegt Vesna. „Wahrscheinlich sagt man Lisa, dass sie den Computer nicht selbst einschalten darf. Das hat sie dann mit etwas verbunden, worüber die zwei gestritten haben. Kinder setzen Stücke von der Realität anders zusammen. Wie in einem Kaleidoskop. Du drehst ein bisschen und alles sieht anders aus, obwohl die Teile dieselben sind."

„Man müsste vielleicht nur ein wenig weiterdrehen, damit das ursprüngliche Bild wiederkommt."

„Kann sein, kann aber auch nicht sein. Wahrscheinlich will Bea verhindern, dass ihr Bruder Hassbotschaften an Peter Gruber schickt. Auch wenn er in letzter Zeit ohnehin leise war."

Ich nicke. „Sie muss Gruber freundlich stimmen. Sie kann es nicht brauchen, dass die politische Einstellung ihres Bruders auf sie zurückfällt. Sie plant offenbar ihre Zukunft mit Lisa, in einem schönen Haus."

„Und mit Gruber?", fragt Vesna irritiert.

„Keine Ahnung, von ihm hat sie bloß gesagt, dass man ihn entlasten muss."

„Ich glaube, die Dame verdrängt einiges", stellt meine Freundin fest. „Klaus Prokop steht auf meiner Liste. Vielleicht kann man ihn in die Enge treiben und er erzählt etwas über die Hass-Kampagne und warum sie erst nach ein paar Wochen so richtig losgegangen ist. Sehr hell ist er nicht, wenn er bei dem Angriff auf den Fernsehsender mitgetan hat. Ich werde mich darum kümmern."

„Nicht sehr schlau, beim Verhältnis der Sozialpatrioten zu Menschen von anderswo her."

„Ich bin Österreicherin!"

„Es gibt Pläne, allen Nichtassimilierten die Staatsbürgerschaft wieder zu entziehen."

„Das sollen sie versuchen!"

„Vielleicht wäre es gut, zuerst mit Bernhard Angerer zu reden. Kann doch sein, dass er Prokop kennt. Er war zumindest … kooperativ."

„Sieh an", spottet Vesna. „Ein netter Rechter!"

„Er hat Umgangsformen."

„Was glaubst du, dass die alle nicht mit Messer und Gabel essen?"

Er könne mich in der Freistunde einschieben, hat Bernhard Angerer angeboten. Vorausgesetzt, ich bin bereit, mit ihm den Donaukanal entlangzugehen. Will er mit mir gesehen werden? Hat das einen besonderen Grund? Ich habe beschlossen, das ständige Misstrauen Gruber zu überlassen. Es ist Vormittag, es begegnen uns ohnehin nur wenige Menschen. Und zum Glück legt es der Sportlehrer auch nicht darauf an, meine Fitness zu prüfen.

„Ich kenne diesen Klaus Prokop nicht", sagt Angerer. „Wir sind inzwischen sehr viele. Wir sind aus unterschiedlichsten Motiven dabei. Eine soziale Volkspartei eben. Wie sie seit langem vermisst worden ist."

„Es ist doch eher radikal, einen Fernsehsender zu stürmen", werfe ich ein.

„Es ist in erster Linie dumm. Natürlich gehört das öffentlich-rechtliche Fernsehen weg, aber so etwas unterstütze ich nicht."

„Sie sind also bei den Grundideen einer Meinung, aber bei den Methoden nicht", fasse ich zusammen.

„Es muss sich erst vieles finden. Es ist eine junge Bewegung. Jedenfalls wird nichts so heiß gegessen. Auch bei uns nicht. Und wenn Sie auf die Postings gegen Peter Gruber anspielen: Der interessiert ohnehin niemanden mehr."

„Sie wissen ... wo er ist?"

„Liebe Frau Valensky. Sie müssen nicht so vorsichtig fragen. Der Messias ist zurückgekehrt. Da braucht man keine Agenten, um das mitzubekommen."

„Es ... war darüber nichts in der Öffentlichkeit."

„Sie meinen in herkömmlichen Medien? Die haben doch längst an Bedeutung verloren. Ein paar seiner Freunde haben sich natürlich laut im Netz gefreut. Ganz abgesehen davon, dass die Behörden Bescheid wissen. Man wollte meine Einschätzung zu seiner Person."

„Im Fall von Katharina Föhrenburg?"

„Sozusagen. Habe ich natürlich gerne gemacht. Wir sind es nicht, die Ordnungskräfte attackieren, nur weil sie Auskünfte wollen."

„Wer hat das getan? Gruber?"

„Unsinn. Ich rede von den Schwarzen, die vor kurzem Radau gemacht haben."

„Das waren Musiker aus dem Senegal. Sie wurden gleich mehrmals angehalten und mussten nachweisen, dass sie legal im Land sind. Zwei Polizisten haben einen von ihnen krankenhausreif geprügelt."

„Was wollen wir? Noch mehr Drogendealer im Land?"

„Das waren keine Drogendealer!"

„Egal. Sie brauchten sich bloß auszuweisen. Was ist schlimm daran, dass die aus dem Senegal kommen? Können sie doch herzeigen. Wenn sie wirklich einen Pass haben. Man sollte auf das Vaterland stolz sein. Nur kann man nicht einfach davonrennen, wenn es schlecht läuft."

„Sie sind Musiker. Die reisen und treten auf."

„Es geht nicht um diesen Fall, ich meine das generell: Die sollen daheimbleiben und ihr Land verbessern. Wenn Sie an der Wahrheit interessiert sind, kann ich Ihnen gerne Gespräche vermitteln. Auch als Journalistin. Ganz offiziell. Wir sind offen."

Geht er deswegen hier mit mir spazieren? Weil er möchte, dass ich über ihre Ideen schreibe? Man sollte ihnen keine Plattform geben, hat Sam gemeint.

„Ich weiß, was Metapolitik ist", sage ich zu Angerer. „Man besetzt Worte und Begriffe, Menschen verknüpfen sie mit den Sozialpatrioten. Und dann kommen die damit verbundenen politischen Ziele in die Mainstream-Debatte."

Der Lehrer lacht. „So wie USB? Wo wir doch angeblich den gesamten Computer wollen? Manchmal frage ich mich, ob die Gutmenschen nicht einmal rechtschreiben können. Sie unterstellen uns, den Leuten über den Begriff USP weiß Gott was ins Hirn pflanzen zu wollen. Dabei ist es einfach unsere logische Abkürzung: Union der Sozialpatrioten. Wie anders sollten wir uns nennen?"

[23.]

Ein Schotterwerk nahe bei Wien. Kein Ort, an den sich Menschen verirren sollten, die vom Charme unserer Heimat schwärmen. Vertrocknete Maisfelder, Wäldchen, schütter wie nach einem Brand. Flaches staubiges Land, das auch in den amerikanischen Mittelwesten passen würde. Das Sympathischste sind noch die zahlreichen Windräder. Sie bringen Bewegung rein. Dazwischen die Schottergruben, niedrige barackenartige Gebäude, Verbotsschilder, betonierte Zufahrtsstraßen. Wir wissen inzwischen mehr über Klaus Prokop: Anders als seine Schwester hat er nicht studiert, er ist Ingenieur für Maschinenbau. Autozulieferindustrie, Abteilungsleiter, Werk geschlossen. Neuer Job als CSO. Soll „Chef Security Officer" bedeuten. Er ist der Sicherheitsmanager in dieser Schotterwüste. Eigentlich Wachmann mit einer protzigen Berufsbezeichnung. Das Werk gehört einem der USP-Finanziers. Zumindest scheint er nichts gegen gewisse Anglizismen zu haben.

Ich bin gespannt, ob Prokop mit uns reden wird. Ich wollte mir eine passende Geschichte zurechtlegen, bevor wir ihn treffen. Vesna hat es abgelehnt zu warten. Sie möchte unsere These überprüfen. So schnell wie möglich. Noch bevor er mit seiner Schwester redet. Angerer hat mich auf die Idee gebracht. Mit seinem Gerede von USB und USP. Was, wenn Bea beim Streit mit ihrem Bruder von der USP geredet hat? Lisa könnte „USB" gedacht und das dann als Computer bezeichnet haben. Leider konnten wir niemanden in ihrem Umfeld fragen, ob sie den

Begriff kennt. Ihre Mutter ist tot. Ihre Nanny könnte gewarnt werden. Und Gruber würde alles, wie häufig, verkomplizieren. Fran hat nur gelacht, als wir von ihm wissen wollten, ob eine aufgeweckte Fünfjährige schon von USB-Sticks oder Ähnlichem gehört haben könnte. „Die kennen Begriffe, die ihr beiden sicher nicht kennt", hat er wenig feinfühlend zur Antwort gegeben.

Wir stellen mein Auto bei einem mageren Baum unter zwei Verbotsschildern ab. Weiter hinten Monsterbagger. Vor dem niedrigen grauen Gebäude eine Reihe von ebenso grauen Schotter-Lastwagen. Und ein Pick-up.

„Wir überrumpeln ihn mit Wahrheit. Du bist Journalistin, ich habe Security-Firma und bin für Grubers Sicherheit verantwortlich. Deswegen kennen wir auch Bea, weil sie auf seine Nichte aufpasst. Ich muss der Polizei melden, wenn ich den Verdacht habe, dass Gruber nicht sicher ist. Ich mache mir Gedanken, weil er bei USP ist. Und gepostet hat. Wir wollen alles über sein Verhältnis zur Schwester wissen", erklärt Vesna und sieht durch ihr Mini-Hightech-Fernglas. Ein Geschenk von Hans. War nicht ganz ernst gemeint, glaube ich.

„Warum sollte er reden?"

„Wir werden ihn provozieren", fährt Vesna fort und schwenkt weiter.

„Super Idee. Du meinst nicht, das könnte hier auf diesem außerirdischen Gelände gefährlich werden? Ein Schubs in die Grube, eine Fuhre Schotter drüber und das war's."

„Die schütten keinen Schotter rein, die holen Schotter raus", stellt Vesna ungerührt fest. „Und wir wissen: Er hat ein Alibi." Sie deutet auf den Weg am Rand einer der Gruben. „Schau! Dort hinten ist er. Allein. Sehr gut."

Nicht gut, denke ich, als ich versuche, mit Vesna Schritt zu halten. Dann sind wir nämlich auch allein mit ihm.

Das Gesicht von Klaus Prokop ist gerötet. Er ist groß, massig. Hat schon unsere Annäherung ausgereicht, um ihn wütend zu machen?

Vesna pflanzt sich seelenruhig vor ihm auf. Ein paar Fragen hätte sie, quasi von Kollegin zu Kollege. Damit sie ihren Job machen kann. Und nicht mit der Polizei reden muss. Er starrt uns misstrauisch an. Er ist fünfundfünfzig, das wissen wir. Er könnte auch zehn Jahre älter sein.

Vesna kommt zum Punkt: „Ihre Schwester ist nicht begeistert von Ihren politischen Ideen."

„Woher kommen Sie?"

„Aus Wien."

„Schwachsinn."

„Sie wollen Meldezettel sehen?"

„Das mit den politischen Ideen ist Schwachsinn. Außerdem geht es sie nichts an."

„Wem ‚sie'?", fragt Vesna. „Schwester oder mich?"

„Beide!"

Ich versuche ein deeskalierendes Lächeln. „Immerhin hat sie Ihnen den Umgang mit der USP verboten."

„Als ob die mir was verbieten könnte. Hauen Sie ab! Ich lasse mich nicht unter Druck setzen, von niemandem!"

„Dumm, wenn Ihr Job wieder mal weg wäre, oder?" Mit Vesnas Rückendeckung macht es Spaß, etwas nachzulegen.

„Meiner? Sie hat sich in miese Gesellschaft begeben! Ich lasse nicht zu, dass sie unsere Bewegung anpatzt! Ich bin hier unter Freunden!"

„Wir wissen inzwischen, dass die Drohungen von Ihnen und Ihren ... Freunden gekommen sind."

„Drohungen? Man darf wohl noch die Wahrheit schreiben!"

„Leider hat die Chefin Ihrer Schwester zu viel mitbekommen", mischt sich Vesna ein.

„Sie hängen mir keinen Mord an!"

„Es wird Patrioten-Führern nicht gefallen. Schlechte Presse. Meine Freundin hier, sie ist Journalistin. Sie kann darüber schreiben."

Herzlichen Dank, liebe Vesna. Ich stehe immer gerne in der Schusslinie.

„Das ist doch alles Schwachsinn! Was wollen Sie?", faucht Prokop.

„Rauskriegen, was los ist", sagt Vesna. „Von Security zu Security. Mein Job ist es, Gruber zu schützen."

„Was soll ihm denn passieren? Weint er, wenn man ein böses Wort zu ihm sagt?"

„Seiner Schwägerin ist schon was passiert. Und Sie waren nahe dran."

„Ich habe mit diesen Leuten nichts am Hut. Wenn, dann ist Beate nahe dran! Ich lasse mich nicht mit Unterstellungen unter Druck setzen, von niemandem!"

„Sie ist Ihre Schwester", sage ich so ruhig wie möglich.

„Ich habe sie aufgezogen. Aber sie hat sich nicht um mich gekümmert, erst als sie mich gebraucht hat! Ich will das dreckige Geld von denen nicht! Das können Sie ihnen gerne ausrichten! Wenn sich Beate kaufen lässt, ist das ihre Sache. Nicht meine."

Mir kommt eine Idee. „Sie haben das Geld aber gerne genommen, um Gruber zu erschrecken, oder? Damit der Shitstorm so richtig Fahrt aufnehmen kann."

„Der redet nur dummes Zeug, der soll sich ruhig fürchten! Mit dem anderen habe ich nichts zu tun. Was weiß ich, was die tun, um ihn loszuwerden. Die waren doch alle sauer auf ihn. Nicht wir, die sind die Verbrecher!"

Vesna hebt einen Daumen, so, dass nur ich es sehen kann. „Wir fassen zusammen", setzt sie fort. „Katharina Föhrenburg hat Ihnen Geld gegeben, damit Sie, Ihre Kumpels und die Trolle von der USP Gruber bedrohen. Damit er aus Angst die App verkauft. Jetzt ist sie tot."

„Schwachsinn! Ich habe nichts mit ihr zu tun gehabt. Ich klage Sie, wenn Sie das behaupten!"

Ich sehe meine Freundin an. Wir denken wohl dasselbe. Das Kaleidoskop. Ein paar Steinchen verschieben sich wieder zu einem logischen Muster. „Es war Ihre Schwester Beate. Wenn Sie uns sagen, von wem sie den Auftrag hatte, kriegen Sie weniger Probleme. Und Ihre Schwester auch."

„Was weiß ich, das interessiert mich nicht! Beate ist dumm, unsereins wird immer für dumm verkauft, aber ich spiel da nicht mehr mit. Die glaubt, sie wird Kreativdirektorin oder so etwas in der neuen Firma, dabei ist der Geschäftsführer genauso ein Betrüger wie ihr Mister ALLES GUTE."

„Das Geld ist also von Christof Beck gekommen."

„Aus dieser AG! Direkt von denen! Ich sage ja, die wollen Gruber selbst loswerden. Und jetzt wollen sie alles mir in die Schuhe schieben und die USP anpatzen, so schaut es bei den Guten in Wirklichkeit aus!"

Vesna versucht ein mitfühlendes Lächeln. Ich finde, da sollte sie noch etwas üben. „Wir wollen nur wissen, was wirklich läuft. Wir haben keinen Grund, die zu decken."

„Warum sollte ich ausgerechnet euch was erzählen?"

Weil du es schon getan hast?, bin ich versucht, zu sagen.

„Weil es Sauerei ist, Ihnen Mord anzuhängen", sülzt meine Freundin.

„Schwachsinn! Damit habe ich nichts zu tun! Ich habe ein Alibi, das habe ich Beate gesagt!"

Ich setze ein: „Und trotzdem ... Beate verdächtigt Sie."

„Sie spinnt! Sie hat geglaubt, dass ich Gruber habe verschwinden lassen, dabei ist der Wichser einfach abgehauen mit seinen Millionen! Wenn du mit denen zu tun hast, dann wirst du wie sie!"

Vesna nickt. „Alibis können falsch sein. Und richtige kann man ... falsch machen. Heutzutage ist alles möglich."

„Ich werde mich wehren! Beate hat mich und meine Jungs gebeten, Gruber ein wenig Angst einzujagen. Wir haben nur die Wahrheit geschrieben. Das ist nicht strafbar. Das bisschen Geld ... das waren Spesen, nicht mehr. Sie hat gesagt, wenn er verkauft, hat sie einen tollen Job und ich kann auch einen kriegen, weil wir ja wissen, wie die Sache mit dem Verkauf wirklich gelaufen ist."

„Erpressung?"

„Quatsch! Der Mister ALLES GUTE ist ja wieder aufgetaucht. Wenigstens kann sie nicht mehr denken, ich habe ihn auf dem Gewissen. Die Mörder sind anderswo! Sie kann es sich abschminken, dass ich den Kontakt mit der USP abbreche, nur weil sie glaubt, das nützt ihr jetzt bei Gruber."

„Beate hält Sie für den Täter", wiederhole ich.

Jetzt ist sein Gesicht noch röter. Er brüllt: „Der Gruber ist selbst untergetaucht! Das ist jetzt ja klar!"

„Weil Sie ihn bedroht haben."

„Unsinn! Weil er seine Millionen in Sicherheit bringen will! Wir haben bloß die Wahrheit gepostet und …"

„Und Polster durchstochen und Drohbriefe verfasst", setze ich fort.

„Quatsch! Das haben die selbst gemacht!"

„Wer ‚die selbst'?, fragt Vesna.

„Was weiß ich, die miesen Freunde von Beate. Die soll mir ja nichts unterstellen, ich sage ja, diese bösartigen Besserwisser färben ab."

„Mithilfe von Silvestri?"

„Von wem?"

„Assistent von Peter Gruber."

„Schwachsinn. Bei dem muss man aufpassen, dass er nichts mitkriegt, hat sie gesagt. Aber der kriegt eh nichts mit, dazu ist ihm zu heiß."

„Zu heiß?" Ich begreife nicht. Was ist ihm zu heiß? Hatte er doch damit zu tun?

„Ein warmer Bruder … Sie verstehen?"

Ich sehe mich um. Einer der Riesenbagger rollt langsam auf uns zu. Wir haben mehr erfahren, als zu erwarten war. Jetzt sollten wir lieber weg. Ich gebe meiner Freundin verstohlene Zeichen. Aber immer funktioniert es nicht mit der nonverbalen Kommunikation.

Sie macht unbeirrt weiter: „Ich verstehe: Bea hat Ihnen und Ihren Freunden Geld von der AG gegeben, damit Gruber sich fürchtet und verkauft. Dann hat Katharina bemerkt, was gelaufen ist."

„Gar nichts hat sie begriffen! Der Gruber ist freiwillig untergetaucht!"

„Aber Katharina Föhrenburg ist tot."

„Der steckt doch selbst hinter allem! Was soll ich damit zu tun haben? Ich habe ein Alibi. Die antifaschistischen Arschlöcher haben es sogar ins Netz gestellt, ich werde ihnen ein Dankschreiben schicken. Okay? Man will es uns in die Schuhe schieben! Wie alles! Hauen Sie ab! Da ist betreten verboten!"

Vesna fokussiert auf irgendetwas, das hinter mir sein muss. Ich drehe mich vorsichtig um. Drei Männer. Sie kommen langsam näher. Was Vesna nicht wissen kann: ein Bagger. Er rollt von der entgegengesetzten Seite auf uns zu.

Vesna sieht Prokop an. „Wenn Sie nicht drankommen wollen für was, das Sie nicht getan haben: besser, Sie sagen volle Wahrheit. Dann kann ich helfen."

„Haut ab!"

Die Karte, die Vesna ihm hinhält, steckt er trotzdem ein.

Ich sehe mich nach einem Fluchtweg um. Vielleicht kann man über den Erdhügel... Prokop macht einen Schritt auf mich zu. Ich fahre zurück. Der verdammte Schotter. Ich stolpere. Prokop starrt mich an, dann die drei Männer. „Das war ich nicht!"

„Sagt keiner", stellt Vesna fest und reicht mir eine Hand.

„Ich habe einen Erste-Hilfe-Kurs", ruft Prokop.

Ich rapple mich auf. „Geht schon. Danke."

„Behaupten Sie ja nicht, ich hätte Sie angegriffen!"

Ich sehe, dass der Bagger abgebogen ist. Hinunter in die Grube.

Es ist Vesna, die fährt. Wir biegen von der Schotterstraße in eine Betonstraße und von dort auf die Landesstraße. Beruhigend breite gerade Fahrbahn, die uns wegbringt aus der Schotterwelt. Vesna beschleunigt. Das geht bei einem E-Auto ansatzlos. Auch mein braver Soul kommt in kürzester Zeit auf ein ziemliches Tempo. Sie lässt den Fuß am Gas. Ist sie verrückt geworden? Die Straße wird schmäler und schmäler, die Bäume am Straßenrand rücken näher und näher. Ich schließe die Augen. Sehe Sternchen. Dann merke ich, wie sie das Tempo wieder reduziert.

„Das habe ich jetzt gebraucht. Damit Hirn wieder klar ist", sagt sie.

„Dass ich einen Schlaganfall kriege, ist dir egal."

„Du hast überlebt, oder? Wir haben geglaubt, er spricht vom Mord, dabei hat er über Verschwinden von Gruber gesprochen. Bea hat geglaubt, er und seine Patrioten-Freunde haben damit zu tun."

„Für den Mord hat er ein Alibi", stelle ich fest.

„Natürlich. Warum hätte er auch Katharina Föhrenburg umbringen sollen?"

„Weil sie weiß, dass er mit den Drohungen zu tun hat?"

„Quatsch. Er findet, da ist nicht viel dran. Sonst hätte er es nicht erzählt. Dafür ist er fast panisch geworden, als du umgekippt bist. Weißt du, was ich glaube? Er hat eine Bewährungsstrafe, oder sein Boss im Schotterwerk hat ihm Messer angesetzt: Keine Gewalt! Weil da schon einmal was war. Ich werde es prüfen."

„Ändert nichts an seinem Alibi."

„Nein. – Aber weiß Bea von diesem Alibi?", überlegt Vesna. „Weiß sie von den Videos der Gegendemonstranten? Seine Behauptung wird ihr nicht reichen."

Wir sind auf die Wiener Südosttangente gebogen. Keine Gefahr mehr, dass Vesna rast, um ihr Hirn frei zu kriegen. Eine Lastwagenkolonne auf der ersten Spur, alles andere drängelt und staut auf den anderen Spuren.

Ich fasse zusammen: „Beate will, dass ihr Bruder nichts mehr postet. Sie verlangt von ihm, dass er den Kontakt zu den Sozialpatrioten abbricht. Sie muss verhindern, dass Gruber dahinterkommt, wer hinter dem Shitstorm, vielleicht auch hinter den anderen Drohungen steckt. Sie kennt ihren Bruder und weiß, dass er sich in Widersprüche verstricken wird, um seine Haut zu retten. Sie will nicht, dass die Spur zu ihm und dann zu ihr führt."

„Klar nicht. Sie will Zukunft mit Lisa in großem Haus mit Klavier."

„Prokop hat von einem Job als Kreativdirektorin in der ALLES GUTE AG geredet."

„Ist die andere der Zukunften."

„Zukunft kennt keine Mehrzahl."

„Da spricht Bea dagegen, Frau Besserwisserin. Sie hat mehrere Zukunften: entweder als Mami-Ersatz im schönen Haus. Oder als Direktorin in der AG."

„Die hätte es gegeben, wenn Peter Gruber verkauft und Beck den Laden übernimmt. Für irgendeinen Konzern. Also: nur eine Zukunft."

„Perspektiven können sich ändern", stellt Vesna fest. „Da war noch etwas. Ich bin sicher, er hat es auf Gruber bezogen. Er hat gesagt: Der steckt doch selbst hinter allem! Und dass er freiwillig abgetaucht ist, um sein Geld zu retten. Finanziell ist ziemliches Chaos in der Firma. – Man hätte alles aufnehmen sollen."

„Das sind die üblichen Verschwörungstheorien gegen Peter Gruber."

„Vielleicht. Vielleicht auch nicht."

„Wir müssen den Ermittlern sagen, was wir wissen."

„Es hat nicht direkt mit Mord zu tun", wiegelt Vesna ab. „Wir können mit Nemecek reden. Vielleicht gibt es schon ein Ergebnis beim Polster. Er soll es uns sagen, dafür wir haben Informationen für ihn."

„Ist alles nur mehr Druck und Erpressung?", frage ich erschöpft.

„Das ist keine Erpressung, das ist Gegengeschäft."

„Verrückt, wenn man bedenkt, wie es angefangen hat: mit einer App gegen die Spaltung, für ein besseres Miteinander, ganz harmlos."

„Wissen wir, ob es harmlos war? Nein", stellt Vesna fest. „Wenn es dich tröstet: Millionen Menschen verschicken über LISA weiter ALLES GUTE, sie wissen nichts von dem, was wir wissen."

„Und es gibt Menschen, die freuen sich, wenn man ihnen ALLES GUTE wünscht", mache ich weiter.

Wir sind auf der Abbiegespur Richtung Stadtzentrum. Worauf ich mich freue, ist eine lange heiße Dusche. Vesna macht Pläne, wie wir Bea mit dem konfrontieren, was uns ihr Bruder erzählt hat. Was wir sagen, was wir für uns behalten. Und wie wir es schaffen, dass Beck nichts erfährt. Damit wir auch für ihn eine Überraschung haben.

„Beck und Bea", sage ich.

„Habe ich auch schon gedacht", erwidert Vesna.

„Ich meine es anders: Bea hat Beck ein Alibi gegeben. Jetzt wissen wir, sie haben gemeinsame Sache gemacht, damit Peter Gruber verkauft. Das Alibi ist nicht mehr viel wert."

„Ruf Nemecek an."

Eine Stunde später sitzen wir beim Keller seines Winzerfreundes in der Sonne.

Vor uns eine Flasche leichter Welschriesling. Der perfekte Nachmittagswein, hat Joschi gemeint und sich dann dezent zurückgezogen.

Wir haben für den ehemaligen Bezirkspolizeikommandanten zusammengefasst, was uns an dem Gerede von Klaus Prokop schlüssig erschienen ist. Er hat nicht viel gesagt, ein paar Mal den Kopf geschüttelt.

Ich sehe ihn auffordernd an.

„Die Spuren am Polster", überlegt er. „Da passt einiges zusammen. Anderes aber gar nicht."

„Es gibt Spuren?", frage ich.

„Ja. Ich wollte dich ohnehin noch heute anrufen."

Ich werfe Vesna einen Blick zu und nicke. Es geht auch ohne Erpressung oder Gegengeschäfte. Sie grinst, sie hat verstanden.

„Was ist?"

„Alles gut", sage ich zu Nemecek. „Von wem ist die DNA?"

„Keine DNA, so etwas dauert. Wir haben etwas Besseres, Klassisches: einen Fingerabdruck."

„Wir wissen, dass Bea den Polster in der Hand hatte", sage ich enttäuscht.

„Natürlich. Ich meine, es gibt noch einen: von Silvestri."

Ich sehe ihn verblüfft an. „Warum?"

„Gut möglich, dass dieser Klaus Prokop nicht den vollen Durchblick hat."

„Sogar ziemlich sicher", bestätigt Vesna. „Bea hat Silvestri schon länger am Radar. Wegen verschmähter Liebe zu Gruber, meint sie zumindest. Prokop hat nur zugegeben, dass er und seine Freunde hinter dem Shitstorm stecken. ‚Die Wahrheit gesagt haben', wie er das nennt. Die anderen Drohungen hätten die von der AG selbst gemacht."

„Warum Silvestri?", wiederhole ich.

Vesna legt mir die Hand auf den Unterarm. „Man kann sich täuschen."

Ja. Kann man. Weiß ich. Aber ... „Ich meine: Was hätte er für einen Grund gehabt, Peter Gruber mit durchstochenen Polstern und anonymen Briefen zu ängstigen? Das passt doch nicht."

„Der Abdruck war deutlich", stellt Nemecek fest. „Er war nicht am Polster selbst, da bleibt schwer was haften, sondern am Zipp."

„Die Polster haben keinen Zipp", sagt Vesna.

Ich widerspreche. „Er hatte einen Zipp. Ich habe ihn gesehen."

Vesna schüttelt den Kopf. „Die normalen ALLES-GUTE-Polster haben keinen. Ich habe einen."

„Und über meine LISA-App hast du gespottet!"

„Ich habe ihn nicht gekauft. Ich habe ihn von einer Kundin geschenkt bekommen. Gegen den Stress. Er liegt in einer Ecke. Ich habe ihn vergessen und erst vor kurzem wieder angesehen. Jana war da und hat kritisiert, dass man ihn nicht einmal waschen kann, wenn er schmutzig wird. Den kann man nur wegwerfen. Von wegen ALLES GUTE. – Weil er eben nicht zum Abziehen geht und keinen Zipp hat."

Ich sehe in die Sonne, schließe die Augen. Das Kaleidoskop. „Lisa hat geglaubt, ihre Nanny hat dem Bruder befohlen, sich vom Computer fernzuhalten", sage ich langsam. „Dabei hat sie von ihm verlangt, sich von seinen Freunden von der USP fernzuhalten und nichts mehr zu posten. Silvestri war bei ihr. Danach. Vielleicht ist das Treffen nicht von ihm, sondern von ihr ausgegangen. Sie hat einen Verdächtigen gebraucht. Gerade weil sie ihren Bruder aus der Schusslinie nehmen wollte. Damit man nicht von ihm auf sie kommt."

„Lisa hat von einer Umarmung geredet", macht Vesna weiter. „Und dass er sie sonst nicht umarmt hat."

„Natürlich. Es war so: Bea hat gesagt, mein Zipp klemmt, kannst du mir helfen? Er hilft. Sie hat schon länger versucht, Silvestri in Verdacht zu bringen."

„Zuerst wollte sie Katharina verdächtig machen", präzisiert Vesna. „Da hat sie noch geglaubt, ihr Bruder steckt hinter dem Verschwinden von Gruber. Dann ist ihre Kathi ausgeschieden als Verdächtige. Endgültig. Trotzdem: Silvestri war in Graz bei den Kasematten. Was hat er dort gemacht?"

Nemecek schweigt.

„Was meinst du?", frage ich.

„Es ist schön, euch zuzuhören."

„Und das heißt jetzt was?"

„Es klingt … plausibel, aber auch wieder nicht. Wir werden versuchen herauszufinden, wie und wann der Zipp eingenäht wurde. Auf die Gefahr hin, dass mich mein ehemaliger Mitarbeiter für durchgeknallt hält. Ich bin in Pension. Da wird man seltsam."

Sein Winzerfreund nähert sich langsam mit einer Doppelliterflasche. Was haben die heute noch mit uns vor? Joschi lächelt breit. „Sturm hilft bei allem", sagt er. „Darf ich euch stören?"

„Genau das brauchen wir jetzt", sagt Nemecek und bittet ihn, sich zu uns zu setzen. „Etwas, das so richtig durchputzt."

„Durchputzt?", fragt Vesna.

Joschi lacht. „Der ganz junge, noch nicht fertig vergorene Wein. Er hat wenig Alkohol, aber er wirkt richtig gut auf die Verdauung."

Ich zwinkere Nemecek an. „Ich dachte, du redest vom Hirn, das durchgeputzt wird."

„Weißt du, wo meines sitzt?"

„Für jedes Jahr, das man am Leben ist, soll man ein Viertel trinken", fährt der Winzer fort. „Natürlich nicht auf einmal."

Ich koste. Traubig, fruchtig, ein klein wenig prickelnd. Nicht pickig wie das Zeug, das man häufig als Sturm serviert bekommt.

„Na klar, der ist echt. Ich hab ihn gerade aus einem Fass gezogen. Grüner Veltliner. DAC-Qualität."

„Das tut richtig gut", seufze ich. „Wenn man den ganzen Wirrwarr der Prokops damit nur auch durchputzen könnte."

„Klar ist eines: Klaus Prokop hat Katharina nicht umgebracht", stellt Vesna fest. „Auch wenn er dir als Täter lieber wäre als der schöne Silvestri."

„Klar ist auch, die Nanny hat sich einen besseren Job erhofft, wenn Gruber die App verkauft. Sie haben versucht, ihm Angst einzujagen", mache ich weiter.

Nemecek nickt. „Der gute Gruber kann trotzdem alle an der Nase herumgeführt haben. Er will sein Geld und seinen Ruf retten. Katharina Föhrenburg ist seine Schwägerin. Sie waren offenbar nicht besonders gut aufeinander zu sprechen. Wenn sie das herausgefunden hat …"

„Und warum kommt er dann zurück, wenn sie tot ist?", frage ich.

„Weil sie nichts mehr erzählen kann", antwortet Vesna.

„Ich glaube, ihr solltet noch ein Glas Sturm trinken", mischt sich der Winzer ein. „Gleich geht die Sonne unter, dann wird es kalt."

Peter Grubers Keller. Von hier aus nicht zu sehen, und doch ist er ganz nah. In derselben Gasse. So ähnlich ist es vielleicht mit der Wahrheit. „Dass niemand etwas bemerkt hat, hier am Wunderberg …", murmle ich stattdessen.

Der Winzer lächelt. „Die Kripobeamten haben alle befragt. Ich hab natürlich auch herumgefragt. Gruber ist kein besonders auffälliger Typ. Und er war offenbar jahrelang nicht hier. Es gibt einige Wiener, die sich hier einen Keller gekauft haben und dann doch eher selten kommen."

„Katharinas Telefon: Es war zum letzten Mal beim Keller eingeloggt." Ich sehe den Winzer an. „Gibt's dafür ein gutes Versteck in einer Kellerröhre? Eines, wo Spurensicherer nicht automatisch suchen würden?"

„Der Keller ist versiegelt", stellt Nemecek fest. „Da könnt ihr nicht rein. Und so eine Kellerröhre hat nur einen Eingang."

„Nicht alle", widerspricht sein Freund. „Es gibt gar nicht wenige, die sind unter der Erde miteinander verbunden."

„Nein!", befindet der ehemalige Bezirkspolizeikommandant. „Ich muss los. Die Sonne ist weg."

„Einmal Polizist, immer Polizist", murmelt Vesna.

„Das bringt eh nichts", beruhigt Joschi und steht auch auf.

„Ich komme demnächst vorbei, um Wein zu kaufen", sage ich zu ihm. Fast habe ich Eva Berthold gegenüber ein schlechtes Gewissen. – Wo beginnt Verrat? Da sicher nicht.

„Schreib mir deine Nummer auf, dann halte ich dich auf dem Laufenden", sagt Joschi beim Abschied zu mir.

Nemecek wirft ihm einen prüfenden Blick zu.

„Ich geb' die Nummer meiner Schwiegertochter, die kümmert sich um den Weinverkauf und die Infos und alles."

„Sollen wir Lisa fragen, wie das mit der Umarmung genau war?", überlege ich. Jetzt sitze ich am Steuer. Ist mir deutlich lieber.

„Man kann es versuchen."

„Aber vielleicht erzählt sie es Bea. Wir dürfen die Kleine nicht in Gefahr bringen."

„Und wenn sie es schon ist?", setzt Vesna nach. „Ich hoffe, Nemecek klärt das mit dem Zipp schnell."

„Bevor Bea von ihrem Bruder erfährt, dass wir bei ihm waren."

„Er hat sie verraten. Das wird er ihr sicher nicht sagen."

„Silvestri!", rufe ich. „Er weiß doch am besten, wie das gelaufen ist. Ob sie wollte, dass er kommt, oder ob es doch umgekehrt war."

„Wenn du glaubst, er sagt die Wahrheit? Dann rufe ihn gleich an und mit Freisprecheinrichtung."

Ich seufze. Sie hat ja recht. „Alexander Silvestri anrufen", befehle ich der digitalen Assistenz. Schon praktisch. Auch wenn ich nicht weiß, wo gerade gespeichert wird, wen ich anrufe. Einige Male Freizeichen. Dann eine weibliche Stimme. „ALLES GUTE AG, was kann ich für Sie tun?"

Klingt irgendwie eigenartig. Wie wenn man das Christkind anrufen würde. Oder den Weihnachtsmann. Mein Wunsch ist simpel, mal schauen, ob sie ihn mir erfüllt.

„Herr Silvestri? Der ist momentan leider nicht zu sprechen."

Vesna mischt sich ein: „Ich mache den Personenschutz für Ihren Chef. Bitte. Stellen Sie uns zu Alexander Silvestri durch. Es ist wichtig."

„Personenschutz von Herrn Beck?"

„Seit wann hat der Security? Von Peter Gruber."

„Sie sind ... von der Polizei?"

„Was dagegen?"

„Nein, nur ... weil er ja auf der Polizei ist."

„Wer?"

„Alex ... Herr Silvestri. Ich kann Ihnen wirklich nichts sagen, ich habe schon zu viel gesagt."

„Ist Gruber da?", macht Vesna weiter.

„Nein ... Wenn Sie wirklich seinen Personenschutz machen, dann müssten Sie das wissen."

„Sie werden wohl nicht glauben, dass ich ihn selbst rund um die Uhr schütze!"

[24.]

Ich habe lange heiß geduscht, wir haben bei unserem Lieblingsasiaten bestellt, einen guten Film gesehen. Ich habe trotzdem schlecht geschlafen. Ich musste nach den kleinen bunten Teilchen des Kaleidoskops suchen. Überall waren sie, im Schotter und auf dem Erdboden des Weinkellers, im Internet und in einer Wohnung, in der viele Lisas an der Wand hingen.

Oskar hat gemeint, das war der Sturm. Der putzt durch, habe ich widersprochen. Meine Verdauung funktioniert. Mein Hirn leider nicht so.

Der Fingerabdruck von Silvestri. Auf dem Polster, der gar keinen Zipp haben sollte. Was Klaus Prokop gesagt hat: Er steckt hinter allem. Dieser Satz geht mir nicht mehr aus dem Kopf. Gemeint war Gruber. Der Erzfeind. Sind das alles bloß Verschwörungstheorien? Schuld sind immer die anderen? Durchgehendes Motiv bei vielen Fans der Sozialpatrioten. Aber leider nicht nur bei denen.

Vesna hat Bea Prokop und Christof Beck eine Nachricht zukommen lassen. Von Santendos Europa-CEO. Fran hat dessen E-Mail-Adresse geklont und gemeint, wie, das wollten wir gar nicht wissen. Sieht täuschend echt aus. Es gäbe einige unschöne Gerüchte, er bitte um Aufklärung, steht in der Mail. Er schlägt ein persönliches Treffen vor. Und fordert strikte Vertraulichkeit. Was, wenn Beck engeren Kontakt zum Europa-Chef hat, als wir vermuten, und er ihn auf die Mail hin anruft? Dann wissen wir zumindest, dass die Verkaufsgespräche weiterlaufen, war Vesnas

Antwort. Sie hat Bea Prokop und Beck im Abstand von einer Viertelstunde eingeteilt. Warum, konnte sie mir nicht genau beantworten. „Man muss auch improvisieren", hat sie gemeint. Hoffen wir, dass die beiden nicht doch miteinander reden.

„Sonst gibt es Plan B", stellt Vesna fest.

„So wie verschiedene Zukunften", versuche ich es mit Spott. Ich bin nervös. Sehr nervös.

„Natürlich. Nach Plan B kommt Plan C."

„Du solltest ihnen einfach sagen, dass du nie aufgibst. Dann gestehen sie. Was auch immer. – Was, wenn wir Lisa in Gefahr bringen?"

„Sie ist in Kindergarten. Ich nehme an, du hast Kind und nicht App gemeint."

„Sie kann zu viel mitbekommen haben."

Vesna murmelt etwas. Wir sind im Café Meierei im Volksgarten. Um diese Zeit ist hier wenig los. Im Freien ist es noch frisch, wir haben einen Tisch gewählt, von dem aus man einen guten Überblick hat, aber selbst nicht von überall gesehen wird. Die Meierei ist alt und verwinkelt. Ein Vorteil und ein Nachteil.

Vesna greift zum Telefon.

„Was machst du?", will ich wissen.

„In Firma Bescheid sagen. Franjo, du weißt, mein Cousin, soll Sandra als Personenschutz zum Kindergarten schicken und mitfahren. Für alle Fälle."

Ich nicke und stehe auf. Gehe ein paar Schritte. Man hätte einen Ort wählen sollen, an dem mehr Menschen sind.

„Dein Nemecek: Er hätte längst anrufen sollen", sagt Vesna, als ich wieder am Tisch bin.

„Wenn etwas nicht klappt, hat es immer mit mir zu tun."

„Wenn du nervös bist, wirst du zickig."

„Ich bin nicht …"

Telefon. Nemecek. Ich sehe mich um. Niemand in Hörweite. Ich stelle auf laut: „Ihr hattet recht. Der Zipp passt nicht zum Polster."

„Ihr? Das war ich!", wirft Vesna ein.

„Offenbar ist der Reißverschluss erst vor kurzem eingenäht worden. Und dieser Zippteil, dieses Ding, an dem man zieht, ist auch nicht das, was ursprünglich dran war, sondern ein größeres aus Metall."

Vesna nickt. „Damit Fingerabdruck besser drauf passt." Sie macht mir Zeichen, deutet.

„Danke", sage ich und stecke das Telefon weg. Da kommt Bea. Allein. Vesna nickt mir befriedigt zu.

Bea Prokop starrt uns an. „So ein Zufall."

Vesna verzieht ein wenig den Mund. „Sie setzen sich besser."

„Er … Sie wurden auch hierher bestellt? Ich weiß nicht, was dieser Mann will. Worum es geht."

„Sie haben dafür gesorgt, dass Silvestri den Zipp angreift. Und ihn dann an den Polster genäht."

„Was soll der Blödsinn?"

Vesna schüttelt den Kopf. „Wir waren gestern bei Ihrem Bruder. Im Schotterwerk. Er hat gestanden."

„Der hat doch keine Ahnung. Seine USP-Freunde haben bei ihm ein richtiges Brainwashing gemacht. Ich konnte nichts dagegen tun. Der wittert überall Feinde und Verschwörung. Das ist ganz schlimm. Peter Gruber ist sein Hauptfeind. Und ich bin es inzwischen auch. Traurig."

„Sie haben ihn angestiftet. Katharina ist dahintergekommen."

Bea Prokop wendet sich in meine Richtung: „Könnten Sie Ihrer Freundin sagen, dass ihr offenbar etwas entgangen ist? Peter Gruber ist zurück! Er ist von sich aus wiedergekommen!"

Ich sehe sie an. „Sie wollten der Polizei falsches Beweismaterial unterjubeln. Und: Sie haben Ihren Arbeitgeber bedroht."

„Das ist doch lächerlich! Wie Sie sich wichtigmachen! Sie waren es, die dauernd von diesem dummen Polster geredet haben. Ich wollte nichts, als Sie endlich auf die richtige Fährte bringen."

„Sie haben das nur für einen Job getan? Nur für ein bisschen Geld?" Ich schüttle den Kopf.

„Nur für einen Job? Das kann bloß so eine sagen, die alles hat! Glaubt nicht, die haben nicht recherchiert: die Frau des reichen Anwalts, die ein wenig aus Spaß herumschnüffelt!"

„Und wer sind jetzt ‚die'?"

„Na, die Freunde von Klaus. Ich hatte damit nichts zu tun."

Ich sehe sie wütend an. „Alle anderen sind schuld. Sie sind das Opfer, was? Sie passen gut zu denen."

Bea faucht: „Silvestri hat mich bedroht! Er hat versucht, mich mit den Freunden meines Bruders zu erpressen! Er weiß, dass Peter Gruber so etwas nicht verzeiht!"

Vesna. Ihre Augen werden schmal. Sie hat etwas gesehen. Ich merke, wie sich ihr Körper anspannt. Sie ist bereit, jede Sekunde aufzuspringen. Ich habe Angst, mich umzudrehen. Kalte feine Schweißperlen, Unterarme, Oberarme, Hals, den Rücken rauf.

„Das ist eine Überraschung", höre ich Beck sagen.

Vesna lächelt und entspannt sich ein wenig. Was hätte sie getan, wenn er umgedreht hätte? Wäre sie ihm nach? Hätte sie ihn hergezerrt? „Besser, Sie nehmen auch Sessel", sagt sie.

„Ich bin verabredet."

„Santendo kann leider nicht kommen."

„Hat Sie Gruber geschickt?" Beck setzt sich langsam, er versucht zu begreifen.

„Kann schon sein. Wir wissen, dass Sie gemeinsam mit Bea Prokop versucht haben, ihn zum Verkauf zu ... überreden. Durch Drohungen."

„Hat sie euch das gesagt?" Er sieht Bea böse an.

„Ihr Bruder hat alles bestätigt. Die Leute von den Patrioten kümmern sich um Shitstorm, sie haben mit persönlichen Drohungen nachgelegt. Es war klar, wie ... sensibel Peter Gruber ist."

„Paranoid! Auch das ist Paranoia!"

„Ihr Verhältnis mit Katharina Föhrenburg. Sie sollte mithelfen, damit verkauft wird", macht Vesna weiter.

„Was wollen Sie mir anhängen? Damit kommen Sie nicht durch, sie und Gruber, wäre nicht ich, die AG wär' längst den Bach runtergegangen!"

„Besser, du bremst dich etwas ein", kommt es von Bea Prokop.
„Hättest du wohl gerne! Ja, gut: wird vielleicht Zeit, dass ich rede: Ich habe Katharina geliebt. Die da, diese größenwahnsinnige Nanny, hat sie gegen mich aufgehetzt. Alles, was ich wollte, ist ‚Lisa wünscht Alles Gute' auf Dauer zu sichern. Deswegen habe ich nichts gegen die Drohungen unternommen. Weil ich gehofft habe, Peter Gruber verkauft. Es ist in seinem Interesse. Und im Interesse von Lisa."

Bea Prokop starrt ihn feindselig an. „Du hast sie bezahlt."

„Ich habe dich bezahlt, du falsches Luder! Aus Mitleid!"

„Sie wollen wissen, wie es war?", zischt Bea. „Beck ist diesem Konzern im Wort. Die machen Druck. Seit der blöden Talkshow noch mehr. Sie haben ihm versprochen, dass er der Chef wird, und die App wird ein Welterfolg. Auch seine Beteiligung an der AG hätte bei einem Verkauf Millionen gebracht. Zuerst hat er Katharina eingespannt, um Peter Gruber kleinzukriegen. Er hat gewusst, dass sie sauer auf ihn war, weil er sie kurzgehalten hat. Er hat sie zu seiner Geliebten gemacht und …"

„Das ist doch Schwachsinn!"

„Aber dann wollte sie nicht mehr mitspielen. Ein paar böse Postings, da hat sie nichts dagegen gehabt, da war sie mit dabei. Auch bei den anonymen Briefen und Anrufen. Aber Gruber wollte trotzdem nicht verkaufen, also wollte Beck immer mehr. Da hat sie Angst bekommen, ihre geliebte Lisa kriegt was ab. Ich habe es selbst gehört. Die Wohnung ist nicht groß. Also hat er mich erpresst. Mir gedroht, dass ich meinen Job verliere, wenn rauskommt, dass auch mein Bruder gepostet hat. Er hat geglaubt, er kann das Verschwinden von Gruber meinem Bruder und mir anhängen!"

Beck beugt sich über Bea. Ein paar Leute schauen zu uns herüber. Neugierig. Vesna starrt ihn an. „Eine Berührung und die Polizei ist da. Zeugen haben wir schon."

Er lässt sich in den Sessel fallen, kann gerade noch verhindern, dass er umkippt. „Ich habe nichts zu verbergen. Ich nicht. Sie ist zu mir gekommen und ich war so blöd, ihr zu vertrauen.

Sie hat gesagt, sie könnte über die USP einen Shitstorm inszenieren, der richtig heftig wird. Die bräuchten nur ein wenig Unterstützung, finanzielle Anerkennung, um richtig loszulegen. Dazu soll es analoge Drohungen geben, so nahe wie möglich bei Gruber. Und dann hatte sie die Idee mit dem Polster. Ihr Preis: ein Job in der Führungsebene der neuen ALLES GUTE AG."

„Katharina hat dich und deine Lügen durchschaut! Sie hat dich fallen lassen!"

Beck starrt sie an. „Deswegen hast du mir ein Alibi gegeben! – Um dir eines zu besorgen!"

„Wer wollte mich in der Kärntner Straße treffen, um die Lage zu besprechen?" Beas Stimme schnappt beinahe über.

Beck sieht mich an. „Was die sagt, ist hysterischer Unsinn. Ich habe Gruber gewarnt."

„Und Silvestri?", will Vesna wissen.

Beck runzelt die Stirn. „Woher wissen Sie … Er wurde aufs Revier bestellt. Es gibt da offenbar einen Verdacht. Darum sollten Sie sich kümmern!"

Ich lächle. „Die Ermittler wissen noch nicht, dass die Spuren auf dem Polster platziert worden sind."

Vesna fasst in kurzen Worten zusammen, was wir herausgefunden haben.

Beck schweigt. Dann seufzt er. „Du dummes Luder."

„Dumm?", kreischt Bea.

„Okay. Auch Peter Gruber weiß es: Ich wollte, dass die App verkauft wird. Es wäre zu unser aller Bestem gewesen. Aber der Rest? Ich werde jeden klagen, der behauptet …"

Vesna schüttelt den Kopf. „Santendo wird nicht amüsiert sein. – Oder stecken die mit drin? Wir sind mit ihnen in Kontakt. Woher hätten wir sonst die E-Mail-Adresse?"

„Gruber … ist in Kontakt mit Santendo?"

Vesna belässt es bei einem spöttischen Blick.

„Natürlich hat Santendo nichts mit dem Chaos zu tun, das Bea und ihre Freunde angerichtet haben. Ich gebe jede eidesstattliche Erklärung ab, sagen Sie ihnen das! Die machen Milliarden

Umsatz! Die haben so etwas nicht notwendig. Sie zahlen einen zweistelligen Millionenbetrag! Für eine Kinderzeichnung samt ein wenig rundherum! Sie werden mit Rufmord nicht durchkommen!"

„Und wann wird Ihnen klar, dass es nicht um Ruf und Geld, sondern um Mord geht?", stellt Vesna fest.

„Ich weiß nur, dass ich es nicht gewesen bin!"

WhatsApp-Signal. Ich sehe auf mein Mobiltelefon. Joschi, der Winzer. Wein kaufen? Jetzt? Falscher Zeitpunkt. Bald ... Ich lese trotzdem weiter.

Mobiltelefon gefunden. Kommandante sagt: Vorsicht!

Vesna starrt mich an.

Auch ich kann bluffen. Was kann es schaden, ich habe es satt, dass sich hier jeder auf den anderen ausredet.

„Pech", sage ich und lächle. „Sie haben Katharinas Telefon gefunden. Es war in der Kellerröhre. In einem guten Versteck. Es ist alles aufgezeichnet."

Bea sieht sich hektisch um.

Vesna packt sie am Unterarm. „Sie bleiben da!"

„Die haben mich in den Keller gelockt!", klagt Bea.

„Nur dumm, dass das Mobiltelefon aufgetaucht ist." Ich tue, als würde ich lesen. Dabei weiß ich nicht einmal, ob es wirklich Aufzeichnungen gibt. Aber warum sonst wäre das Telefon versteckt worden?

Bea Prokop schüttelt den Kopf. Sie kann gar nicht damit aufhören. Wir sehen sie an.

„So war es nicht", sagt sie. „Kathi hat mich zum Keller bestellt. Sie hat behauptet, mein Bruder hat Peter Gruber umgebracht. Sie hat Angst gehabt, das mit den Drohungen hängt man ihr an. Beck hat uns alles versprochen, wenn wir ihm bloß helfen, damit die App verkauft wird."

Christof Beck springt auf.

„Sie setzen sich wieder", befiehlt Vesna.

„Wenn du Jugo-Schnüfflerin nicht gekommen wärst ..." Beas Blick ist hasserfüllt.

„Das können Sie Polizei erzählen."

„Wer … hat das Mobiltelefon?", will Beck wissen.

„Der Bezirkspolizeikommandant", sage ich.

Beck holt tief Luft. „Ich werde eine Aussage machen. Ich hätte es längst tun sollen. Ich habe Beate Prokop Geld gegeben, weil sie mir leidgetan hat. Sie hatte diese Corona-Schulden, weil ihre Kindergruppe nichts geworden ist. Das kann man nachprüfen. Was weiß ich, was sie sich dann zusammengereimt hat. Peter Gruber zu bedrohen, um mir eine Freude zu machen. Um sich einzuschleimen. Verrückt."

[25.]

Wenn Bea Prokop gewusst hätte, wie schnell die Aufnahme im Keller abgerissen ist: Hätte sie dann auch geredet? Eigentlich traurig, dass es so einfach war, sie zu einem Geständnis zu bringen, sage ich zu Vesna. Wir stehen auf unserer Terrasse, der Wind hat zugelegt.
„Traurig? Sei froh, dass es geklappt hat."
„Sie ist reingeschlittert. Immer tiefer."
„Sie hat Katharina ermordet."
„Nicht einmal das ist ganz klar."
„Was sonst? Katharina hat eine dicke Jacke angehabt, im Keller ist es immer kalt, also kann man keine eindeutigen Spuren nachweisen. Aber Bea hat sie gestoßen. Mit großer Kraft. Sie ist aufs Fass gefallen. Und dann hat Bea ihren Kopf noch einmal auf den Rand geknallt."
„Die Forensiker sagen, Katharina kann selbst noch einmal den Kopf gehoben haben und wieder aufs Fass gefallen sein."
„Du hast Mitleid? Mit der Mörderin?"
„Nicht … Mitleid. Ich finde es bloß schlimm, wie etwas derart eskalieren kann. Und: Wenn sie die Spur am Polster nicht gefälscht hätte, vielleicht wäre sie mit allem durchgekommen."
„Du bist müde. Was kein Wunder ist. Du musst Story nicht heute schreiben, hat Sam gesagt."
„Ich will aber. Ich will das aus meinem Kopf haben. Ich muss mir die Aufzeichnung aus dem Keller noch einmal anhören. In Ruhe."

„Du kannst auch mit dem anfangen, was Oskar inzwischen weiß."

Ich nicke. Oskar hat einen genaueren Blick auf die Finanzgebarung der ALLES GUTE AG geworfen. Peter Gruber hat ihn darum gebeten. Er hat eingewilligt, dass ich auch darüber schreibe. Unter der Auflage, dass LISA keinen Schaden nimmt. Die App. Was mit seiner Nichte wird … Er überlegt tatsächlich, ‚LISA wünscht ALLES GUTE' zu verkaufen oder zumindest das operative Geschäft abzugeben. Und mit seiner Lisa irgendwo ganz neu anzufangen. Voraussetzung ist, er findet einen seriösen Partner. Gibt es sie in dieser Branche? Je mehr Geld im Spiel ist, desto schwieriger wird es. Aber das ist nicht nur im IT-Bereich so. Fran rät zu einer Kooperative, in der Geld und Macht verteilt sind. Vielleicht interessiert sich auch eine NGO dafür. Ich hoffe, die schlagen sich dann nicht bald die Köpfe ein.

Klar ist, dass sich Beck aus verschiedenen Töpfen der AG bedient hat. Und dass er schon deswegen jedes Interesse daran haben musste, möglichst rasch zu verkaufen. Bevor alles auffliegt. Ob Peter Gruber ihn anzeigen wird? Oskar hat ihm einen versierten Kollegen vermittelt. Beck wegen der Anstiftung zum Shitstorm und den Drohungen zu belangen, wird komplizierter, meint Oskars Kollege. Zu viele Aussagen, die alle nicht besonders glaubwürdig sind. Aber wie es aussieht, will Gruber ohnehin nur aus allem raus.

„Wenigstens weiß er jetzt, dass er Alexander Silvestri vertrauen kann", sage ich zu Vesna.

Sie zwinkert mir zu. „Da hast du richtigen Riecher gehabt, ausnahmsweise. Aber was fährt der ihm auch heimlich nach Graz nach, aus Sorge."

„Er wollte ihn beschützen. Gerade weil ihm nicht klar war, was da läuft. Wir haben ja selbst erlebt, wie durcheinander Gruber war."

„Und dann sieht Gruber ihn und denkt: Auch Silvestri ist hinter mir her!"

„Es gibt viel zu viel Misstrauen", seufze ich.

„Ach was, zu viel und zu wenig. Und das sogar gleichzeitig. Leute glauben den eigenen alles und den anderen nichts. Blöd nur, dass sich Silvestri in Graz hat abhängen lassen. Sonst hätte er gewusst, wo Peter Gruber hin ist. Er hätte mit ihm reden können. An der schönen Grenzlandweinstraße."

„Und Katharina wäre womöglich noch am Leben", sage ich nachdenklich. „Bleib bitte da, während ich mir die Aufnahme anhöre."

Bevor ich es mir noch einmal überlege, spiele ich das Tonfile, das mir Nemecek geschickt hat, ab.

„Kathi? Oh, hallo, da bist du! Was soll das mit dem Keller?"

„Bea, es muss endlich Ruhe sein. Hier geht nicht einmal ein Telefon. Da kann einen auch niemand abhören. Wir können ganz offen reden."

„Wie meinst du das?"

„Du weißt genau, was ich meine. Die Hasspostings. Die Drohungen. Dein Bruder und seine Leute. Was haben sie mit Peter gemacht?"

„War doch eure Idee, das Ganze."

„Ich mache nicht mehr mit. Das weißt du. Beck weiß es auch. Das … mit ihm war ein ganz blöder Fehler. Er geht zu weit. Er ist schon viel zu weit gegangen. Und du auch. Die Sache mit den Polstern … aber er wollte immer noch nicht verkaufen. Du musst mir sagen, was mit Peter passiert ist!"

„Wie … soll ich das wissen?"

„Dein Bruder. Was ist passiert? Oder warst du mit dabei?"

„Natürlich nicht! Lass meinen Bruder in Ruh! Ich weiß zu viel über dich!"

„Bea, hör auf damit. Ich will einfach wissen, was geschehen ist. Man kann es nicht mehr ändern. Ich … gehe nicht zur Polizei, wenn du mich nicht dazu zwingst. Sie … sollen Peter hierher in den Keller bringen. Man kann ihn finden, keiner wird etwas erfahren. Ich muss an Lisa denken."

„Ich sag dir, was du denkst: Wenn Peter Gruber tot ist, erbt deine Lisa alles. Aber dafür muss seine Leiche auftauchen. Wenn er nur verschwunden ist, dann dauert es viele Jahre, bis du Geld siehst."

„Und wenn es so wäre? Es wird nicht dein Schaden sein ..."

„Glaubst du, ich bin blöd? Du lieferst meinen Bruder ans Messer. Und mich auch! Ich bin nicht deine doofe Nanny. Die Wahrheit ist: Du bist eine Verkäuferin, die froh sein kann, dass sie eine solche Tochter hat! Ich habe ein Studium, ich bin ..."

„Bea, das ist doch Unsinn. Du bist meine Freundin. Rede! Wir sitzen im selben Boot. Nur so kann ich dir helfen."

„Du jammerst, dass du zu kurz kommst, dabei hast du alles, alles! Ein süßes Kind und einen Schwager, der Millionär ist, du bist jung, sie wird reich sein und dann erben. Und ich? Die haben mir mein Leben versaut! Ich habe Schulden und einen Bruder, der die Arbeit verloren hat, den ich immer wieder retten muss! Und jetzt willst du ihn drankriegen, um schneller ans Geld zu kommen! Wir sitzen im selben Boot? Vergiss es!"

„Ich will, dass Ruhe ist!"

„Damit nicht auffliegt, wie sehr du mit drin hängst! Weil du den Hals nicht vollkriegen kannst! – Wo ist dein Handy?"

„Ich habe es nicht mit, hier geht es nicht. Durchsuch mich. Kein Problem. Aber: Es muss endlich Ruhe sein, wenn du das nicht einsiehst, dann kann ich auch andere ..."

Dann wird der Ton immer leiser, ist nicht mehr zu verstehen, Knacken, Rauschen, Ende. Länger hat der Akku nicht durchgehalten.

Ich weiß von Nemecek, dass Katharina Föhrenburg das Telefon circa eine Stunde vorher auf Aufnahme gestellt hat. Es war hinter einem Ziegel im Gewölbe versteckt. Wir werden wohl nie erfahren, wie sie auf die Idee gekommen ist.

[26.]

Wir sind in der Künstlergarderobe. Großer Spiegel. Rundherum Lichter, die zu sehr blenden. Und mein Gesicht nicht eben jünger aussehen lassen. Ich glaube es noch immer nicht. Wir haben kaum geprobt. Vesna hält mir ein Glas Champagner hin.

Ich weiß, dass sie alle draußen sitzen: Oskar und Nemecek und Joschi und Silvestri und Lisa und Gruber. Es ist verrückt: Seit die Story erschienen ist, boomt die App noch mehr. „Lisa und das Gute" hat Ecco die Reportage genannt. Natürlich haben auch alle anderen Medien berichtet. Ich sehe mich nach einem Fluchtweg um. Ich kann da nicht raus. Vesna prostet mir zu. Wir sind beide in Schwarz. Meine Freundin sieht hinreißend aus in diesem engen langen Kleid. Während ich … Auch schon egal, wodurch ich mich lächerlich mache.

Vesna strahlt. „Auf die Freude am Leben! Auf den Spaß!"

Wenn das Spaß ist. Ich muss weg. Jetzt.

Meine Freundin nimmt mich an der Hand. „Hast du gehört? Los geht's!"

Ich stehe auf der Bühne. Ich sehe Gesichter und sehe sie nicht. Lisa ist auf den Schultern von Gruber, sie hält ein Schild hoch: Alles Gute!!!! Die Strichfigur daneben grinst, wie noch keine gegrinst hat.

Und dann Schweinwerfer. Die Band vor uns. EverLyn legt los.

„Tanzen", zischt mir Vesna zu, „tanzen!"

Okay. Dann also tanzen.

„I've got you under my skin" … Hans sitzt am Schlagzeug. Er singt selbst. Seine Stimme ist kratzig, nicht ganz klar, aber voller Emotion, voller Swing. Er dreht sich zu uns um. Vesna hat Tränen in den Augen, sie wischt sie nicht weg, sie kann sie nicht wegwischen. Wir tanzen, tausende Augen auf uns.

Und dann: Singen! Wir singen.

DANKE!

An meine liebste Schwester **Elisabeth Fandler**. Sie hat mich bei diesem Buch auch mit ihrer großen Expertise als Kinderpsychologin unterstützt. Dass ihre hinreißende Enkeltochter Jana, als ich das Buch geschrieben habe, gerade drei Jahre alt geworden ist, hat mich inspiriert. Simon und Mirjam und Jana, Martin und Christine und ihre Lotti und natürlich meine geliebte Mutter Ernestine: Ihr alle seid ein ganz wichtiger Teil meines Lebens! So schön, mit euch Generationen heranwachsen und älter werden zu sehen. Auch wegen euch wird Graz mir immer eine Heimat bleiben. Ich finde, die Stadt meiner Jugend hat sich großartig entwickelt – in diesem Buch habe ich Mira und Vesna endlich einmal hierher mitgenommen.

www.graz.net
www.parkhotel-graz.at
www.eschenlaube.at

An **Friederike Kraus**, die mir gestattet hat, aus ihrer Diplomarbeit „Wiener Originale der Zwischenkriegszeit" zu zitieren. Sie hat sich übrigens auch als ganz besondere Fremdenführerin einen Namen gemacht. Geschichte wird für mich erst durch die ganz „normalen", aber auch die verrückten und weniger sympathischen Menschen ihrer Zeit wirklich greifbar. Der Betreuer ihrer Diplomarbeit war jemand, der dazu sehr viel beigetragen hat: der bekannte Historiker und Wiener Universitätsprofessor **Karl Vocelka**. Sein Buch „Geschichte Österreichs – Kultur, Gesellschaft, Politik" habe ich zur Vorbereitung auf diesen Krimi mit Freude wieder gelesen. Es sollte ein Standardwerk für alle an unserer Welt Interessierten sein: umprätentiös und mit diesem besonderen Blick auf die sozialen Zusammenhänge. Dass er über seinen Fachbereich hinaus auch Bücher über die Geschichte des Weins und sehr empfehlenswerte Kriminalromane geschrieben hat, macht ihn mir natürlich noch sympathischer.

https://wien-stadtfuehrung.info
https://erzaehlmirvon.wien

An **Joschi Döllinger** für unsere jahrzehntelange Freundschaft und dass ich seine großartige Winzerfamilie jetzt schon so lange begleiten darf. Den „Wunderberg" und ihren besonderen Heurigen gibt's tatsächlich, und zwar im Ort, der mir zur Heimat geworden ist: Auersthal. Der Rest ist natürlich (fast) frei erfunden. Am besten, man kommt und sieht selbst. Es zahlt sich aus, schon wegen der köstlichen Weinviertler Weine … Auch zu Alles Gute gibt es natürlich wieder eine Döllinger-Sonderwein-Edition: Zum Buchtitel passend ist es eine Cuvée aus drei feinen Weißweinsorten. Danke auch dafür, lieber **Matthias**, sie wird mich bei vielen Lesungen begleiten …

www.weingut.doellinger.at

An **Manfred Buchinger**, den genialen und unbeschreiblichen Chef von „Buchingers Gasthaus Zur Alten Schule". Du bist der Bruder, den ich nie hatte. Der Koch, der mich erdet. Der Haberer, mit dem man lachen kann. Auf noch viele Abenteuer in der Küche und außerhalb!

www.buchingers.at

An **Florian Ladengruber**, Bezirkspolizeikommandant in (Un-)Ruhe, für Ein- und Durchblicke. Wie heißt es so schön? Ähnlichkeiten mit lebenden Personen sind zufällig … also kann es wohl auch bloß Zufall sein, dass die eine oder der andere Ähnlichkeiten zwischen ihm und dem cool-unkonventionellen Fritz Nemecek entdeckt. Ihm danke ich auch stellvertretend für meine so bereichernden **Weinviertel-Freundschaften**. Man hat behauptet, gewisse der Bücher seien (auch) Weinviertel-Regionalkrimis. Ich finde jedenfalls, das Weinviertel ist nicht Provinz, sondern Mikrokosmos.

www.weinviertel.at

An meine Freund*innen vom Folio-Verlag, allen voran die beiden Verlagschefs **Ludwig Paulmichl** und **Hermann Gummerer**. Danke für euer Vertrauen in meine Bücher – und das in Zeiten, die für die Verlagsszene nicht eben einfacher werden. Danke natürlich auch an **Marylou Thurner** (beste liebste Betreuerin ever!!!), **Adele Brunner**, **Elisabeth Dirnberger**, **Anna Huck** und das so wichtige Vertriebsteam, damit meine und die vielen anderen spannenden Folio-Bücher auch in den Buchhandel kommen: angeführt von **Uli Deurer** und **Anna Lauerer,** ausgeführt durch die Verlagsvertreter*innen. Und last, but not least ein DANKE an meinen Lektor **Joe Rabl** (du weißt: Ohne dich wollen auch Mira und Vesna nicht sein!!!): Einen besseren Verlag gibt's für mich nicht – und das hat auch mit eurer wunderbaren Mischung aus persönlichem Engagement und Professionalität zu tun.

www.folioverlag.com

An unsere lieben sardischen und nach Sardinien zugewanderten Freund*innen, unter anderem **Luca** (Evviva Cagliari Calcio!!!), **Roberto, Franco, Danilo, Sandro, Luisa, Giuliano, Maria, Ettore, Elio, Dani, Fabri, Regina, Willy, Eric** und, und … Sie haben mir auch während des Schreibprozesses sehr geholfen: durch vielfältigste (auch technische und handwerkliche) Unterstützung, Empathie, Gespräche, Interesse und immer wieder stärkende kulinarische Auszeiten (es geht mir da so wie Mira: Ein gutes Essen, guter Wein trägt einfach sehr schnell sehr viel zum Wohlbefinden bei). Ich hoffe, dass auf die vielen Fragen, wann es (nach „Elezioni mortali") endlich wieder eine italienische Übersetzung geben wird, bald eine befriedigende Antwort existiert …

www.silviocarta.it
www.dapalmira.it
www.ristorantepizzeriadamax.it
www.facebook.com/RistorantePizzeriaFlumini
www.lounge.dishmenu.it/restaurant/mammai

An **Ernest Hauer**, der mit seinem umfassenden, auch historischen, Wissen schon bei den Vorarbeiten zu diesem Buch zentral war. Seine Jahrzehnte als politischer Journalist, seine Erfahrung und Weltsicht waren gerade in diesem Fall unverzichtbar. Vor allem aber ist er mein Mann, mein Freund, mein Begleiter durch die Jahre und die Welt … DANKE.

Stress, Alphatiere, Leidenschaft. Die Profi-Küche war immer ein gefährlicher Ort.

Im Gasthaus „Apfelbaum" scheint die Welt noch in Ordnung. Doch dann wird der syrische Hilfskoch erstochen. Die Wiener Journalistin Mira Valensky und ihre Freundin Vesna Krajner auf der Jagd durch die Gourmettempel zwischen Gastro-Klischees und der Macht der öffentlichen Meinung.

Der packende Insider-Krimi. Und eine Liebeserklärung an das faszinierende Küchen-Universum.

„Ein Genuss-Krimi von einer großartigen österreichischen Autorin."
ORF, Johannes Kössler

WIEN · BOZEN

Gebunden: ISBN 978-3-85256-887-4
E-Book: ISBN 978-3-99037-150-3

WWW.FOLIOVERLAG.COM

Das Kochbuch für alle Fälle – kreativ, einfach, schnell.

Mira Valensky liebt es zu essen, aber sie kocht auch leidenschaftlich gerne. Das verbindet die Kult-Ermittlerin mit ihrer Autorin. Beide lassen sich von dem inspirieren, was gerade da ist oder was sie auf ihren Reisen entdecken – von den Gerüchen und Geschmäckern Sardiniens und des Veneto, von der Exotik Vietnams, dem Zauber der Levante und von typisch Österreichischem.

Miras Rezepte versprühen Lebensfreude und die Sehnsucht nach der weiten Welt

„Eine Art Reisebuch in unterschiedlichste Kochwelten."
Vorgekocht, Bernhards Kochbuchtippsein

WIEN · BOZEN

Mit zahlreichen Farbabb.
Gebunden: ISBN 978-3-85256-835-5
E-Book: ISBN 978-3-99037-114-5

WWW.FOLIOVERLAG.COM